Dieses Werk ist Fiktion. Namen, Personen, Orte und Ereignisse entstammen entweder der Fantasie der Autorin oder werden fiktiv verwendet. Jede Ähnlichkeit mit realen Personen, ob lebend oder tot, oder mit tatsächlichen Ereignissen oder Orten ist zufällig.

Für Margaret und Graeme,
die mir Wunder gezeigt haben

Das Volk kam zu Samuel und sagte: Gib uns einen König, auf dass er uns anführe.

Samuel sagte: Das werden die Rechte des Königs sein, der über euch herrschen wird: Er wird eure Söhne holen und sie für sich bei seinen Wagen und seinen Pferden verwenden und sie werden vor seinem Wagen herlaufen. Er wird sie zu Obersten über (Abteilungen von) Tausend und zu Führern über (Abteilungen von) Fünfzig machen. Sie müssen sein Ackerland pflügen und seine Ernte einbringen. Sie müssen seine Kriegsgeräte und die Ausrüstung seiner Streitwagen anfertigen. Eure Töchter wird er holen, damit sie ihm Salben zubereiten und kochen und backen. Eure besten Felder, Weinberge und Ölbäume wird er euch wegnehmen und seinen Beamten geben. Von euren Äckern und euren Weinbergen wird er den Zehnten erheben und ihn seinen Höflingen und Beamten geben. Eure Knechte und Mägde, eure besten jungen Leute und eure Esel wird er holen und für sich arbeiten lassen. Von euren Schafherden wird er den Zehnten erheben. Ihr selber werdet seine Sklaven sein. An jenem Tag werdet ihr wegen des Königs, den ihr euch erwählt habt, um Hilfe schreien, aber der Herr wird euch an jenem Tag nicht antworten.

Doch das Volk wollte nicht auf Samuel hören, sondern sagte: Nein, ein König soll über uns herrschen. Auch wir wollen wie alle anderen Völker sein. Unser König soll uns Recht sprechen, er soll vor uns herziehen und soll unsere Kriege führen. Samuel hörte alles an, was das Volk sagte, und trug es dem Herrn vor. Und der Herr sagte zu Samuel: Hör auf ihre Stimme und setz ihnen einen König ein!

1 Samuel 8, 11–22

The Men Writer's Association
New Bevand Square

27. Oktober

Liebe Naomi,

das verdammte Buch ist fertig. Ich schicke es dir, inklusive aller Fragmente und Zeichnungen, in der Hoffnung, Rat von dir zu erhalten oder zumindest endlich das Echo zu hören, wenn ich diesen Stein von Buch in den Brunnen werfe.

Als Erstes wirst du mich fragen, wovon es handelt. »Nicht noch ein Band mit trockener Geschichte«, habe ich versprochen. Nach vier Büchern habe ich erkannt, dass man keinem Leser zumuten kann, sich durch Berge von Belegen zu graben; niemand legt Wert auf die technischen Einzelheiten, wie man Funde datiert und Schichten vergleicht. Ich habe schon oft gesehen, wie der Blick meines Publikums leer wurde, wenn ich meine Forschungen näher erläutert habe. Das hier stellt daher eine Art Hybrid dar, das hoffentlich auch auf etwas durchschnittlichere Leser ansprechend wirkt. Nicht ganz Geschichte, aber auch kein Roman. Vielleicht könnte man es eine Art »Buch zum Ereignis« oder erzählende Dokumentation nennen, die glaubwürdigste Art des Berichts, wie sich Archäologen einig sind. Ich habe einige Illustrationen archäologischer Funde beigefügt, die hoffentlich sinnvoll sind, auch wenn ich mir sicher bin, dass viele Leser sie überblättern werden.

Ich muss dir ein paar Fragen stellen: Ist es sehr schockierend? Zu schwer zu akzeptieren, dass so etwas je passieren konnte, egal, wie weit es in der Vergangenheit zurückliegt? Kann ich irgendetwas tun, um es plausibler erscheinen zu lassen? Du weißt ja, was man sagt: dass »Wahrheit« und der »Anschein von Wahrheit« Gegensätze sind.

Ich habe einiges verstörendes Material zu Mother Eve eingebaut … doch wir wissen ja alle, wie so etwas läuft! Sicherlich wird sich niemand zu sehr darüber aufregen … Heutzutage behauptet ja jeder von sich, Atheist zu sein. Und die ganzen »Wunder« lassen sich ja tatsächlich erklären.

Oje, jetzt bin ich aber wirklich still. Ich will dich nicht beeinflussen, lies es einfach, und sag mir dann, was du davon hältst. Ich hoffe, mit deinem Buch geht es gut voran. Ich kann es kaum erwarten, es zu lesen, wenn es fertig ist. Vielen, vielen Dank, dass du dir die Zeit für mein Manuskript nimmst.

Alles Liebe,
Neil

Nonesuch House
Lakevik

Teuerster Neil,

wow, Wahnsinn! Ich habe bereits ein wenig hineingelesen und kann es gar nicht erwarten, mich voll und ganz darauf zu stürzen. Wie ich sehe, hast du einige Szenen mit männlichen Soldaten, männlichen Polizisten und »Jungsbanden« eingebaut, wie du es angekündigt hattest, du frecher Kerl! Dir muss ich ja nicht sagen, wie sehr mir so etwas gefällt. Du erinnerst dich sicherlich. Ich bin wirklich völlig gebannt.

Mich fasziniert, was du aus den Voraussetzungen gemacht hast. Eine willkommene Abwechslung zu meinem eigenen Buch, wenn ich ehrlich sein soll. Selim sagt, wenn das kein Meisterwerk wird,

wird er mich für eine Frau verlassen, die tatsächlich schreiben kann. Ich glaube nicht, dass er weiß, wie sehr mich diese beiläufigen Bemerkungen verletzen.

Egal! Ich freue mich auf dein Buch! Ich glaube, dass mir diese »von Männern regierte Welt« gefallen könnte. Ganz sicher ist es eine freundlichere, rücksichtsvollere und – darf ich das so sagen? – sinnlichere Welt als unsere.

Bald mehr, mein Lieber!

Naomi

NEIL ADAM ARMON

DIE GABE

EIN HISTORISCHER ROMAN

Die Kraft zeigt sich immer in derselben Form, der eines Baumes. Von den Wurzeln bis zu den Wipfeln, mit einem starken Stamm, von dem das Ästegewirr abzweigt und sich zu immer dünneren, tastenden Fingern verjüngt. Die Form der Kraft ist der Umriss eines lebenden Wesens, das nach außen drängt, seine zarten Ranken immer noch ein wenig weiter wachsen lässt.

Wie Flüsse, die zum Meer fließen – Rinnsale werden zu Bächen, Bäche zu Flüssen, Flüsse zu Fluten, die unaufhaltsam voranstürzen und mit aller Macht in die Weiten eines Ozeans sich ergießen.

Wie ein Blitz, der vom Himmel zur Erde niederfährt. Der verästelte Riss im Himmel brennt sich auf der Erde in Fleisch ein. Auch in einem Acrylglasblock breitet sich dieses Muster aus, wenn er von Strom getroffen wird. Wir schicken Elektrizität durch geregelte Schaltkreise und Schalter, doch sie will die Form eines lebenden Wesens annehmen, eines Farnkrautes, eines nackten Zweiges. Der Blitz schlägt in der Mitte ein, das Licht strebt nach außen.

Diese Form wächst in uns allen, unser innerer Baum aus Nerven und Blutgefäßen, inklusive Stamm und aller Äste. Die Signale werden von unseren Fingerspitzen über die Wirbelsäule ins Gehirn geleitet. Wir sind elektrisch. Die Gabe, diese einzigartige Kraft, lebt in uns, wie sie es auch in der Natur tut. Meine Kinder, alles, was hier geschieht, befindet sich im Einklang mit dem Gesetz der Natur.

Macht bewegt sich auf dieselbe Weise unter den Menschen; so ist es einfach. Menschen bilden Dörfer, aus Dörfern werden Städte, aus Städten werden Metropolen, aus Metropolen Staaten. Befehle werden vom Zentrum an die Außenposten weitergegeben, Ergebnisse von den Außenposten ins Zentrum. Es wird beständig kommuniziert. Meere können nicht ohne Rinnsale überleben, kein Baumstamm ohne Knospen, das über allem thronende Gehirn nicht ohne die Nervenenden. Wie oben, so auch unten. Wie an den äußeren Grenzen, so im Herzen direkt.

Daraus folgt, dass es zwei Arten gibt, auf die sich die Natur und der Gebrauch von menschlicher Macht ändern können. Zum einen könnte ein Erlass vom Palast ausgehen, ein Befehl an die Menschen: »So sei es.« Doch die andere Möglichkeit ist viel sicherer, viel unausweichlicher. Abertausende von Lichtpunkten senden eine neue Botschaft aus. Wenn sich die Menschen verändern, kann der Palast nicht standhalten. Denn so steht es geschrieben: »Der Blitz ruht in ihrer Hand, und sie befiehlt ihm einzuschlagen.«

Das Buch Eve, 13–17

Noch zehn Jahre

Roxy

Die Männer sperren Roxy währenddessen in einen Schrank. Sie wissen jedoch nicht, dass ihre Mum sie schon oft darin eingeschlossen hat, wenn sie unartig gewesen war. Nur für ein paar Minuten, bis sie sich beruhigt hat. Dennoch hat sie insgesamt bisher einige Stunden darin verbracht und in dieser Zeit die Schrauben des Schlosses mit ihrem Fingernagel oder einer Büroklammer gelockert. Sie hätte das Schloss daher jederzeit abmontieren können. Doch dann hätte ihre Mum einen Riegel an der Außenseite angebracht. Es reicht ihr, in der Dunkelheit zu sitzen und zu wissen, dass sie sich befreien könnte, wenn sie unbedingt wollte. Dieses Wissen ist genauso gut wie tatsächliche Freiheit.

Deshalb denken die Einbrecher, sie hätten sie ordentlich weggesperrt. Doch sie befreit sich und sieht daher alles mit an.

Die Männer kommen um halb zehn Uhr abends. Roxy hätte bei ihren Cousins sein sollen; seit Wochen war es vereinbart gewesen, doch sie hatte ihrer Mutter vorgeworfen, nicht die richtigen Strumpfhosen von Primark mitgebracht zu haben, weshalb ihre Mum den Abend kurzerhand abgeblasen hatte. Als ob es Roxy so wichtig gewesen wäre, zu ihren blöden Cousins zu gehen.

Als die Typen die Tür eintreten und sie sehen, wie sie auf dem Sofa neben ihrer Mum schmollt, ruft einer: »Verdammt, das Mädchen ist hier.« Sie sind zu zweit, ein Mann ist größer und hat ein rattenhaft schmales Gesicht, der andere ist kleiner, mit einem breiten Kiefer. Sie hat die beiden noch nie gesehen.

Der Kleinere packt ihre Mum an der Kehle, der Größere verfolgt Roxy, die rasch aufgesprungen war, durch die Küche. Sie hat es fast durch die Hintertür geschafft, als er sich in ihren Oberschenkel krallt. Sie fällt nach vorne, und er packt ihre Hüfte. Sie tritt wild um sich und brüllt »Hau ab, lass mich los!«, und als er ihr eine Hand über den Mund legt, beißt sie ihn so fest, dass sie Blut schmeckt. Er flucht, lässt sie jedoch nicht los und trägt sie trotz ihres Widerstandes durchs Wohnzimmer. Der Kleinere hat ihre Mum gegen den Kamin gedrängt. Roxy spürt, wie etwas sich in ihr aufbaut, auch wenn sie nicht weiß, was es ist. Ein Gefühl in ihren Fingerspitzen, ein Prickeln in ihren Daumen.

Sie beginnt zu schreien. Ihre Mum ruft immer wieder: »Tut ja meiner Roxy nichts, wehe, ihr tut ihr etwas, ihr habt ja keine Ahnung, mit wem ihr es zu tun habt, das wird euch noch leidtun, ihr werdet euch wünschen, ihr wärt nie geboren. Ihr Vater ist Bernie Monke, verdammt noch mal.«

Der Kleinere lacht. »Zufällig haben wir eine Nachricht für ihren Dad!«

Der Größere schiebt Roxy so schnell in den Schrank unter der Treppe, dass diese kaum weiß, wie ihr geschieht, bis es dunkel um sie wird und sie den süßlich-dumpfen Geruch des Staubsaugers wahrnimmt. Ihre Mum beginnt zu schreien.

Roxys Atem geht schnell. Sie hat furchtbare Angst, aber sie muss unbedingt zurück zu ihrer Mum. Mit dem Fingernagel dreht sie an einer der Schrauben am Türschloss. Ein, zwei, drei Umdrehungen, dann ist es geschafft. Ein Funke blitzt zwischen der Metallschraube und ihrer Hand auf. Statische Aufladung. Sie fühlt sich seltsam. Als könnte sie mit geschlossenen Augen sehen. Ein, zwei, drei Umdrehungen, auch die untere Schraube ist gelöst. Ihre Mum sagt flehend: »Bitte, bitte nicht. Wieso tut ihr das? Sie ist doch noch ein Kind. Sie ist nur ein Kind, um Himmels willen.«

Einer der Männer lacht. »Wie ein Kind hat sie für mich nicht ausgesehen.«

Ihre Mum kreischt auf, es klingt wie Metall, das zerquetscht wird.

Roxy versucht zu erraten, wo sich die Männer befinden. Einer ist bei ihrer Mum. Der andere … ist irgendwo links von ihr. Sie will sich leise aus dem Schrank schleichen, dem Größeren in die Kniekehlen treten, dann auf seinen Kopf. Danach heißt es zwei gegen einen. Wenn sie bewaffnet sind, haben sie es bisher nicht gesagt. Roxy hat schon früher gekämpft. Die Leute sagen Sachen über sie. Ihre Mum. Und ihren Dad.

Eins. Zwei. Drei. Ihre Mum schreit wieder. Roxy zieht das Schloss von der Tür und schlägt diese mit aller Kraft auf.

Sie hat Glück und erwischt den großen Mann von hinten. Er stolpert, fällt nach vorne, sie packt rasch seinen rechten Fuß, und der Angreifer stürzt schwer auf den Teppich. Ein Knacken, Blut schießt aus seiner Nase.

Der Kleinere drückt ihrer Mum ein Messer an den Hals. Die silberne Klinge zwinkert ihr lächelnd zu.

Die Augen ihrer Mutter weiten sich. »Lauf, Roxy«, sagt sie leise, doch Roxy hört es, als spräche die Stimme in ihrem Kopf. »Lauf. Lauf!«

In der Schule drückt sich Roxy nicht vor Prügeleien. Wenn man das tut, werden sie einem bis in alle Ewigkeit nachrufen: »Deine Mum ist eine Schlampe und dein Dad ein Gangster. Passt nur auf, sonst beklaut euch Roxy noch.« Man muss auf sie einprügeln, bis sie um Gnade winseln. Unter gar keinen Umständen läuft man weg.

Etwas geschieht. Das Blut hämmert in ihren Ohren. Ein kribbelndes Gefühl breitet sich über ihre Schultern aus, ihren Rücken, entlang des Schlüsselbeins. Es signalisiert ihr: Du kannst es. Du bist stark.

Sie springt über den ausgestreckt daliegenden Mann, der stöhnend sein Gesicht betastet. Sie wird ihre Mum aus dem Haus bringen. Sie müssen es nur bis auf die Straße schaffen. Da draußen sind sie sicher, es ist ja schließlich noch hell. Sie werden ihren Dad auftreiben, und er wird sich um alles kümmern. Nur ein paar Schritte. Sie schaffen das.

Der Kleinere tritt Roxys Mum hart in den Bauch. Sie krümmt sich vor Schmerzen, sinkt auf die Knie. Er bedroht Roxy mit dem Messer.

Der Große stöhnt: »Tony, vergiss nicht – nicht das Mädchen!«

Der Kleinere tritt seinem Kumpan ins Gesicht, und noch einmal, und noch einmal.

»Sag nicht. Meinen verdammten. Namen!«

Der Große verstummt. Sein Gesicht ist blutüberströmt. Roxy weiß, dass sie in ernsthaften Schwierigkeiten steckt. Ihre Mutter schreit wieder: »Lauf weg! Lauf!« Roxy fühlt sich, als seien ihre Arme von Nadelstichen übersät. Wie nadelfeine Stiche aus Licht zieht es über ihr Rückgrat zu ihrem Schlüsselbein, von ihrer Kehle zu ihren Ellbogen, Handgelenken, Fingerspitzen. Ein Gefühl, als ob sie unter ihrer Haut glitzert.

Er streckt eine Hand nach ihr aus, das Messer fest in der anderen. Sie macht sich bereit, ihn zu treten oder zu stoßen, doch eine innere Stimme sagt ihr überraschenderweise, sie solle sein Handgelenk packen. Sie gehorcht und *befreit* irgendetwas tief in ihrer Brust, als ob sie das schon immer gekonnt hätte. Er versucht hektisch, sich von ihr loszureißen, doch zu spät.

Der Blitz ruht in ihrer Hand, und sie befiehlt ihm einzuschlagen.

Etwas knistert und knackt, es riecht ein wenig nach Gewitter und verbranntem Haar. Unter ihrer Zunge schmeckt sie Bitterorange. Der kleinere Mann liegt plötzlich auf dem Boden und wimmert, ein hohes, summendes Geräusch. Seine Hand ballt sich zur Faust und öffnet sich wieder. Eine lange rote Narbe zieht sich vom Handgelenk den Arm hinauf. Sie ist sogar unter der dichten blonden Behaarung gut zu sehen: Scharlachrot schlängelt sie sich wie Farnkraut nach oben, komplett mit Blättern, Ranken, Knospen und Zweigen. Ihre Mutter verfolgt alles schockstarr, mit weit aufgerissenem Mund. Tränen laufen ihr über die Wangen.

Roxy zerrt am Arm ihrer Mum, doch diese bewegt sich zu langsam. Immer wieder sagt sie: »Lauf weg! Lauf!« Roxy hat keine Ahnung, was sie da gerade getan hat, aber sie weiß, dass man, wenn man jemand Stärkeren zu Boden gebracht hat, sofort die Beine in die Hand nimmt. Doch ihre Mum ist zu langsam. Bevor Roxy sie hochziehen kann, sagt der kleinere Mann: »O nein, das wirst du nicht.«

Unsicher rappelt er sich auf und hinkt zur Tür. Eine Hand hängt leblos herab, die andere hält immer noch das Messer umklammert. Roxy erinnert sich an das Gefühl, als sie es getan hat – was auch immer das war. Sie zieht ihre Mum hinter sich.

»Was hast du denn da, Mädchen?«, fragt der Mann. Tony.

Sie wird sich den Namen merken und ihn ihrem Dad sagen. »Eine Batterie?«

»Aus dem Weg«, sagt Roxy scharf. »Oder willst du es noch mal spüren?«

Tony tritt ein paar Schritte zurück. Mustert ihre Arme. Überprüft, ob sie etwas hinter dem Rücken versteckt. »Du hast es fallen gelassen, nicht wahr, Kleine?«

Sie erinnert sich an das Gefühl. Wie sich etwas in ihr befreit hat, die Explosion nach außen.

Sie tritt auf Tony zu. Er weicht nicht zurück. Sie macht noch einen Schritt. Er blickt auf seine leblose Hand, deren Finger noch zucken. Er schüttelt den Kopf. »Du hast gar keine Waffe.«

Mit dem Messer in der Hand bewegt er sich auf sie zu. Sie streckt den Arm aus, berührt den Rücken seiner Messerhand. Will es noch einmal freisetzen.

Nichts geschieht.

Er lacht. Hält das Messer mit den Zähnen fest und packt mit einer Hand ihre beiden Handgelenke.

Sie versucht es erneut. Nichts. Er zwingt sie auf die Knie.

»Bitte«, fleht ihre Mum leise. »Bitte nicht.«

Dann bekommt sie einen Schlag auf den Hinterkopf und wird ohnmächtig.

Als sie erwacht, steht die Welt auf dem Kopf. Sie sieht den Kamin, seine Holzumrandung, ihr Gesicht wird dagegen gedrückt. Ihr Kopf schmerzt, und ihr Mund ist im Teppich vergraben. Sie schmeckt Blut. Etwas tropft. Sie schließt die Augen, öffnet sie wieder und erkennt, dass weit mehr als ein paar Minuten vergangen sein müssen. Die Straße vor dem Fenster ist unbelebt, das Haus selbst kalt. Und zur Seite gedreht. Sie macht eine Bestandsaufnahme ihres Körpers. Ihre Beine liegen auf einem Stuhl, sie hängt mit Kopf und Oberkörper nach unten und wird in den Teppich und den Kamin gezwängt. Sie versucht, sich aufzurichten, doch das kostet zu viel Kraft, weshalb sie ihre Beine mit schlängelnden Bewegungen auf den Boden manövriert. Es tut weh, aber wenigstens muss sie sich nicht mehr verrenken.

Die Erinnerung kehrt in Bildblitzen zurück. Der Schmerz, die Quelle des Schmerzes, dieses Etwas, das sie getan hat. Dann ihre Mum. Sie richtet sich langsam auf, ihre Hände kleben. Und irgendetwas tropft immer noch. Der Teppich ist durchweicht, ein roter Fleck zieht sich um den Kamin. Da ist ihre Mum, ihr Kopf hängt über der Sofalehne. Auf ihrer Brust liegt ein Stück Papier, auf dem mit Filzstift eine Primel gezeichnet ist.

Roxy ist vierzehn. Sie ist eine der Jüngsten und eine der Ersten.

Tunde

Tunde zieht seine Bahnen im Pool, wobei er mehr Wasser verspritzt, als er eigentlich müsste, damit Enuma sieht, wie er versucht, nicht zu zeigen, dass er bemerkt werden möchte. Sie blättert durch eine Ausgabe von *Today's Woman*. Jedes Mal, wenn er aufsieht, zuckt ihr Blick zurück zu der Zeitschrift, und sie tut so, als wäre sie völlig von einem Artikel über Toke Makinwa und ihrer überraschenden Winterhochzeit gefesselt, die auf ihrem YouTube-Kanal ausgestrahlt worden war. Doch er weiß, dass Enuma ihn beobachtet. Er glaubt, dass sie weiß, dass er es weiß. Ein aufregendes Spiel.

Tunde ist einundzwanzig und endlich den Jahren entwachsen, in denen alles an ihm entweder zu lang oder zu kurz war, in die falsche Richtung zeigte und unbeholfen wirkte. Enuma ist vier Jahre jünger als er, aber viel mehr Frau, als er Mann ist, sittsam, aber nicht abweisend. Auch nicht zu schüchtern, wie ihr Gang verrät oder das Lächeln, das über ihr Gesicht zuckt, wenn sie einen Witz vor den anderen versteht. Ursprünglich kommt sie aus Ibadan und ist in Lagos zu Besuch; sie ist die Cousine eines Freundes eines Typen, den Tunde aus seinem Fotojournalismuskurs am College kennt. Sie sind eine ganze Gruppe, die den Sommer über miteinander herumhängt. Tunde war sie schon an ihrem ersten Tag in der Stadt aufgefallen; ihr in sich gekehrtes Lächeln, ihre Witze, die er zuerst gar nicht als solche erkannte. Der Schwung ihrer Hüften, und wie sich das T-Shirt an ihren Oberkörper schmiegt, o ja. Es war gar nicht so einfach, Zeit allein mit Enuma zu verbringen, und Tunde will die Gelegenheit nutzen.

Enuma hatte einmal gesagt, dass es ihr am Strand nicht gefiel: zu viel Sand, zu viel Wind. Swimmingpools mochte sie lieber. Tunde wartete einen, zwei, drei Tage, bis er einen Ausflug vorschlug – sie könnten alle hinunter zum Akodo Beach fahren, dort den Tag verbringen und picknicken. Enuma sagte sofort, sie wolle nicht mitkommen. Tunde gab vor, es nicht zu bemerken. Am Abend vor dem Ausflug klagte er über einen verdorbenen Magen. Es ist gefährlich, mit Bauchproblemen schwimmen zu gehen – das kalte Wasser könnte einem einen Schock versetzen. Bleib doch besser daheim, Tunde. Aber dann verpasse ich ja den Ausflug ans Meer. Tunde, du solltest nicht im Meer schwimmen. Enuma bleibt auch hier, sie kann einen Arzt rufen, falls du einen benötigst.

Eines der Mädchen sagte: »Aber ihr werdet ja dann ganz allein hier in diesem Haus sein.«

Tunde verfluchte sie im Stillen. »Meine Cousinen kommen später noch«, antwortete er rasch.

Keiner fragte nach, um welche Cousinen es sich handelte. Es war einer dieser heißen und faulen Sommer, in dem die Menschen ein und aus gingen in dem großen Haus ums Eck vom Ikoyi Club.

Enuma hatte keine Einwände, was Tunde erfreut zur Kenntnis nahm. Sie streichelte auch nicht den Rücken ihrer Freundin und bat sie, nicht mit zum Strand zu fahren. Sie sagte nichts, als er eine halbe Stunde nachdem das letzte Auto abgefahren war, aufstand, sich streckte und verkündete, dass er sich sehr viel besser fühlte. Sie beobachtete ihn, wie er von dem kurzen Sprungbrett in den Pool sprang, und wieder blitzte ihr ganz eigenes Lächeln auf.

Er macht eine astreine Drehung unter Wasser, seine Füße durchbrechen kaum die Oberfläche. Er fragt sich, ob sie ihm dabei zugesehen hat, doch sie ist weg. Er sieht sich um und erblickt ihre schlanken Beine und nackten Füße, die sich dem Pool nähern. Offensichtlich war sie in der Küche und hat sich etwas zu trinken geholt.

»Hallo«, sagt er neckend. »Hey, Dienstmädchen, bring mir doch mal die Cola.«

Sie dreht sich um und lächelt mit großen, leuchtenden Augen. Sie sieht sich suchend um und deutet dann mit dem Finger auf ihre Brust, als wolle sie sagen: Wer? Ich?

Gott, er ist so scharf auf sie. Er weiß allerdings nicht genau, was er tun soll. Vor ihr gab es nur zwei andere Mädchen, und keine von ihnen war seine offizielle Freundin. Auf dem College ziehen sie ihn auf, dass er mit seinem Studium verheiratet sei, weil er immer Single ist. Das gefällt ihm natürlich überhaupt nicht. Doch er wartet auf die Frau, die er wirklich haben will. Die das gewisse Etwas hat.

Er legt die Handflächen auf die feuchten Kacheln, stemmt sich aus dem Wasser und setzt sich in einer geschmeidigen Bewegung auf den Rand, die seine Muskeln am Oberkörper hervorragend zur Geltung kommen lässt. Er hat ein gutes Gefühl. Das hier wird etwas.

Sie sitzt auf einer Liege. Als er auf sie zukommt, schiebt sie einen Finger unter die Lasche, als wolle sie die Dose öffnen.

»O nein«, sagt er, immer noch lächelnd. »Du weißt doch, dass so etwas nichts für jemanden wie dich ist.«

Sie presst die Coladose an den Bauch, sie muss kalt an ihrer Haut sein. Unterwürfig antwortet sie: »Ich möchte doch nur mal probieren.« Dabei beißt sie sich auf die Unterlippe.

Das macht sie doch bestimmt mit Absicht. So muss es sein. Er ist aufgeregt. Es passiert tatsächlich.

Er ragt hoch über ihr auf. »Gib sie mir.«

Sie hält die Dose in der Hand und rollt sie über ihren Hals, als wolle sie sich abkühlen. Sie schüttelt den Kopf. Dann stürzt er sich auf sie.

Spielerisch ringen sie miteinander. Er achtet darauf, sanft mit ihr umzugehen, und ist sich sicher, dass es ihr genauso viel Spaß macht. Sie hält die Dose hoch über den Kopf, er schiebt ihren Arm ein wenig nach hinten, sodass sie nach Luft schnappt und den Rücken durchdrückt. Er will nach der Coladose greifen, und sie lacht tief und weich. Ein großartiges Lachen.

»Aha, du versuchst also, deinem Herrn und Meister sein Getränk vorzuenthalten«, sagt er. »Was bist du doch für ein ungezogenes Dienstmädchen.«

Wieder lacht sie und windet sich unter ihm. Ihre Brüste drängen gegen den V-Ausschnitt ihres Badeanzugs. »Du bekommst die Dose nie«, erwidert sie. »Ich werde sie mit meinem Leben verteidigen!«

Und er denkt: Klug *und* wunderschön, der Herr habe Erbarmen mit mir. Sie lacht, er lacht. Er drückt sie mit seinem Körpergewicht auf die Liege, spürt ihren warmen Körper unter sich.

»Glaubst du etwa, du kannst sie mir vorenthalten?« Er will wieder nach der Dose greifen, und Enuma windet sich unter ihm. Er packt ihr Handgelenk.

Sie legt ihre Hand auf seine.

Der Geruch nach Orangenblüten breitet sich aus. Wind kommt auf und weht einige Blütenblätter ins Wasser.

Tunde hat das Gefühl, als habe ihn etwas gestochen. Er

senkt den Blick, um das Insekt zu verscheuchen, doch er sieht nur seine Hand in ihrer warmen Handfläche.

Das Gefühl verstärkt sich. Zuerst sticht es in seiner Hand und im Unterarm, dann kribbelt es, schließlich setzt der Schmerz ein. Er atmet zu schnell, bringt keinen Ton heraus. Er kann seinen linken Arm nicht bewegen. Sein Herzschlag dröhnt in seinen Ohren. Seine Brust fühlt sich an wie eingeschnürt.

Sie lacht immer noch, leise und tief, lehnt sich vor und zieht ihn näher zu sich. Sie sieht ihm in die Augen, ihre Iris ist von braunen und goldenen Lichtern durchzogen, ihre Unterlippe ist feucht. Er hat Angst und ist gleichzeitig aufgeregt. Er kann sie nicht aufhalten, egal was sie als Nächstes tun wird. Der Gedanke ist Furcht einflößend. Und gleichzeitig elektrisierend. Er ist so hart, dass es schmerzt, und er hat seine Erektion bisher nicht einmal bemerkt. Sein linker Arm ist völlig gefühllos.

Sie beugt sich noch weiter vor, haucht ihm ihren Kaugummiatem entgegen und küsst ihn sanft auf die Lippen. Dann windet sie sich unter ihm hervor, läuft zum Pool und taucht mit einem geschmeidigen Sprung ins Wasser.

Er wartet, dass das Gefühl in seinen Arm zurückkehrt. Sie zieht ruhig ihre Bahnen, ruft ihm weder etwas zu, noch bespritzt sie ihn mit Wasser. Er ist aufgeregt, schämt sich, will mit ihr reden, doch er hat Angst. Vielleicht hat er sich das alles auch nur eingebildet. Vielleicht beschimpft sie ihn, wenn er sie fragt, was geschehen ist.

Er geht zur Bude an der Straßenecke, um sich einen gefrorenen Orangensaft zu kaufen, damit er nicht mit ihr sprechen muss. Als die anderen vom Strand zurückkehren, stimmt er erleichtert ihren Plänen zu, am nächsten Tag einen entfernten Cousin zu besuchen. Er braucht dringend Ablenkung und möchte nicht allein sein. Er weiß nicht, was passiert ist, und er kann auch mit niemandem darüber reden. Bei der puren Vorstellung, wie er seine Freunde Charles oder Isaac um Rat bittet, schnürt sich seine Kehle zu. Wenn er erzählt, was ihm zugestoßen ist, würden sie ihn für verrückt halten oder schwach oder ihn der Lüge bezichtigen. Er erinnert sich daran, wie sie über ihn gelacht hat.

Er sucht in ihrem Gesicht nach Antworten auf seine Fragen. Was hat sie getan? Wollte sie es? Wollte sie ihm gezielt wehtun oder ihm Angst einjagen? Oder war es nur ein Unfall? War ihr überhaupt bewusst, dass sie etwas getan hatte? Oder war gar nicht sie schuld, sondern irgendeine lustbedingte Fehlfunktion seines Körpers? Die Sache nagt an ihm. Enuma lässt sich nichts anmerken. Am letzten Tag ihres Aufenthalts hält sie Händchen mit einem anderen Jungen.

Scham frisst sich wie Rost durch seinen Körper. Er kann nicht aufhören, an diesen Nachmittag zu denken. Nachts im Bett sieht er ihre Lippen vor sich, ihre Brüste, die sich gegen den dünnen Badeanzug pressen, ihre Nippel, seine vollkommene Hilflosigkeit, das Gefühl, dass sie ihn jederzeit überwältigen könnte. Die Vorstellung erregt ihn, und er berührt sich selbst. Er sagt sich, dass ihn die Erinnerung an ihren Körper erregt, ihr Geruch nach Hibiskusblüten, doch er weiß es nicht sicher. Alles hat sich mittlerweile in seinem Kopf vermischt: Lust und Macht, Verlangen und Angst.

Vielleicht liegt es daran, dass er diesen Nachmittag so oft aufs Neue durchlebt hat, vielleicht, weil er sich nach einem handfesten Beweis sehnt, einem Foto oder einem Video, einer Tonaufnahme. Vielleicht ist das der Grund, warum er im Supermarkt als Erstes nach seinem Handy greifen will.

Oder es liegt an den Dingen, die man ihnen am College beizubringen versucht – über den Graswurzel-Journalismus, über den richtigen Riecher für Storys –, und die er tatsächlich verinnerlicht hat.

Ein paar Monate nach dem Zwischenfall mit Enuma ist er mit seinem Freund Isaac in einem Goodies-Supermarkt. Sie stehen gerade beim Obst und Gemüse, atmen den süßen Duft von reifen Guaven ein, davon angezogen wie die kleinen Fliegen, die sich auf der Oberfläche der überreifen, aufgeschnittenen Frucht niederlassen. Tunde und Isaac diskutieren über Mädchen und was diese mögen. Tunde versucht, seine Scham so tief in sich zu vergraben, dass sein Freund nicht ahnt, dass er ein Geheimnis hat. Da gerät ein Mädchen im Supermarkt in Streit mit einem Mann. Er ist etwa dreißig, sie vielleicht fünfzehn oder sechzehn.

Er hat sie angemacht; Tunde dachte zuerst, die beiden kennen sich. Er erkennt seinen Fehler erst, als sie sagt: »Lass mich in Ruhe.« Der Mann lächelt entspannt und macht noch einen Schritt auf sie zu. »Ein hübsches Mädchen wie du verdient doch ein Kompliment.«

Sie beugt sich vor, sieht zu Boden, atmet schwer. Ihre Finger krallen sich in den Rand einer Holztrage voller Mangos. Tundes Haut fängt zu kribbeln an, und er holt sein Handy aus der Tasche, schaltet die Videofunktion ein. Hier geschieht gleich das, was ihm passiert ist. Er will es besitzen, es mit nach Hause nehmen und immer wieder ansehen können. Seit dem Tag mit Enuma kann er an kaum etwas anderes denken, hofft, dass es ihm noch einmal begegnet.

Der Mann sagt: »Hey, schau mich an. Lächel doch mal.«

Das Mädchen schluckt angestrengt und sieht weiter nach unten.

Die Gerüche im Supermarkt intensivieren sich; Tunde kann mit einem Atemzug Äpfel identifizieren, Paprika, süße Orangen.

Isaac flüstert: »Ich glaube, sie verpasst ihm gleich eine mit einer Mango.«

Kannst du die Blitze steuern? Oder sagen sie zu dir: »Hier sind wir?«

Tunde filmt, als sie sich umdreht. Das Bild verschwimmt, als das Mädchen reagiert. Ansonsten bannt er das ganze Geschehen klar und deutlich auf Video. Sie legt ihre Hand auf den Arm des Mannes, während er lächelt und glaubt, dass sie ihre Wut nur spielt. Wenn man das Video an diesem Punkt anhält, sieht man, wie die elektrische Ladung überspringt. Eine Lichtenberg-Figur breitet sich aus, wirbelt und verzweigt sich wie ein Fluss über seine Haut, vom Handgelenk bis zum Ellenbogen, während die kleinen Blutgefäße platzen.

Tunde filmt, wie der Mann zuckend und würgend zu Boden fällt. Dann fängt er das Mädchen ein, als es aus dem Supermarkt flüchtet. Lärm brandet im Hintergrund auf, als andere Kunden nach Hilfe rufen, sagen, das Mädchen hätte den Mann vergiftet. Ihn geschlagen, mit einer Giftspritze angegriffen. Oder nein, zwischen dem Obst war eine Schlange versteckt, eine Viper oder Puffotter. Jemand sagt: »*Aje ni girl yen, sha!* Das Mädchen war eine Hexe! So tötet eine Hexe einen Mann.«

Tunde richtet die Kameralinse wieder auf den Mann am Boden, der mit den Fersen gegen die Linoleumfliesen trommelt. Rosafarbener Schaum dringt aus seinem Mund, seine Augen sind verdreht. Er schlägt den Kopf hin und her. Tunde dachte, wenn er das Unheimliche in dem hellen Fenster seines Handys einfangen könnte, hätte er nicht länger Angst. Doch als er dem Mann zusieht, der roten Schleim aushustet und weint, kriecht die Furcht wie ein heißer Draht sein Rückgrat entlang. Er weiß jetzt, was er damals am Pool gespürt hat: dass Enuma ihn hätte töten können, wenn sie es gewollt hätte. Er hält die Kamera so lange auf den Mann gerichtet, bis die Sanitäter eintreffen.

Er stellt das Video online und begründet damit den Tag der Mädchen.

Margot

»Das muss eine Fälschung sein.«

»Fox News sagt, dass es echt ist.«

»Fox News sagt immer das, was nötig ist, damit die meisten Leute auch ganz sicher Fox News einschalten.«

»Stimmt schon. Trotzdem.«

»Was sind das für Fäden, die da aus ihrer Hand schießen?«

»Elektrizität.«

»Aber das ist doch … ich meine …«

»Genau.«

»Woher ist das Video?«

»Ich glaube, Nigeria. Ist gestern online gegangen.«

»Es gibt eine Menge Verrückte da draußen, Daniel. Fälscher, Betrüger.«

»Es gibt noch mehr Videos. Seit das hier aufgetaucht ist, sind noch vier oder fünf weitere hochgeladen worden.«

»Fälschungen. Die Leute lassen sich von so etwas mitreißen. Das sind … wie heißt das noch? … Memes, Internetphänomene. Hast du von diesem Slender Man gehört? Einige Mädchen haben versucht, ihm ihre Freundin zu opfern. Nicht ihm, dieser Kunstfigur. Schrecklich.«

»Vier oder fünf Videos pro Stunde, Margot.«

»Verdammt.«

»Ja.«

»Nun, und was soll ich jetzt tun?«

»Die Schulen schließen.«

»Hast du auch nur eine Ahnung, was ich mir dann von

den Eltern anhören darf? Kannst du dir die Millionen *wählender* Eltern vorstellen und was sie tun werden, wenn ich ihre Kinder heute nach Hause schicke?«

»Kannst du dir vorstellen, was du dir von den Lehrerverbänden anhören darfst, wenn eines ihrer Mitglieder verletzt wird? Verkrüppelt? Getötet? Denk doch an die *Haftung*.«

»*Getötet?*«

»Wir müssen mit allem rechnen.«

Margot blickt auf ihre Hände, die die Schreibtischkante umklammern. Wenn sie auf Daniels Empfehlung eingeht, macht sie sich zum Idioten. Das muss doch einfach ein Video für irgendeine Fernsehsendung sein. Sie wird als die Dumpfbacke dastehen, die Bürgermeisterin, die die Schulen dieser riesigen Metropole wegen eines verdammten Scherzes schließen lässt. Aber wenn sie sie nicht schließt und etwas passiert … Daniel wird der Gouverneur dieses Bundesstaates sein, der die Bürgermeisterin gewarnt hat, der versucht hat, sie zum Handeln zu überreden, leider jedoch vergeblich. Sie sieht schon die Tränen vor sich, die über seine Wangen laufen, während er über eine Live-Schaltung aus dem Präsidentensitz interviewt wird. Scheiße.

Daniel wirft einen Blick auf sein Handy. »In Iowa und Delaware werden die Schulen geschlossen«, verkündet er.

»Na gut.«

»Und das heißt?«

»Genau das. Na gut. Ich werde die Schulen schließen.«

Die nächsten vier oder fünf Tage vergehen wie in einem Traum. Sie kann sich nicht erinnern, das Büro verlassen zu haben, nach Hause gefahren oder ins Bett gegangen zu sein, auch wenn sie all das getan haben musste. Ihr Telefon hört nicht auf zu klingeln. Sie geht damit ins Bett und hält es beim Aufwachen immer noch in der Hand. Die Mädchen sind zum Glück bei Bobby, sodass sie sich darum nicht kümmern muss. Und Gott möge ihr vergeben, aber sie denkt auch nicht an ihre Töchter.

Das unheimliche Phänomen hat sich über die ganze Welt ausgebreitet, und keiner weiß, was eigentlich vor sich geht.

Anfangs sah man noch zuversichtliche Gesichter im Fernsehen, Sprecher der CDC, der amerikanischen Seuchenschutzbehörde, die die Ansicht vertraten, es handele sich um ein leichtes Virus, von dem sich die Betroffenen gut erholten. Außerdem sehe es nur so aus, als würden junge Mädchen Menschen mit ihren Händen einen Stromschlag verpassen. Wir wissen doch alle, dass das unmöglich ist, nicht wahr, völlig verrückt – die Nachrichtensprecherinnen lachten so sehr, dass ihr Make-up Risse bekam. Und weil es gerade so lustig war, holten sie Meeresbiologen ins Studio, die etwas von Zitteraalen und deren spezifischen Fähigkeiten erzählten. Ein verschrobener Typ mit Vollbart, eine junge Wissenschaftlerin mit Brille, Fische in einem Aquarium – die heutige Ausgabe des Frühstücksfernsehens ist gesichert. Kristen, wusstest du, dass der Erfinder der Batterie sich von Zitteraalen inspirieren ließ? Nein, Tom, das wusste ich nicht, wie interessant. Ich habe gehört, dass sie ein Pferd zu Fall bringen können. Nein, wirklich? Das hätte ich nie gedacht. Ein japanisches Labor hat offenbar seine Weihnachtsbaumlichter mit dem Strom aus einem Tank voller Zitteraale betrieben. Das können wir aber mit den Mädchen nicht machen, nicht wahr? Ich glaube nicht, Kristen, ich glaube nicht. Obwohl – ist denn nicht jedes Jahr früher Weihnachten? So fühlt es sich zumindest an. Und jetzt zum Wetter.

Bürgermeisterin Margot und ihr Büro haben die Bedrohung schon längst ernst genommen, bis auch die Nachrichtensender begreifen, dass eine reale Gefahr besteht. Sie bekommen schließlich die ersten Berichte über Kämpfe auf den Spielplätzen. Ganz seltsame neue Auseinandersetzungen, bei denen die Jungen – meistens, manchmal auch Mädchen – Narben zurückbehalten, die sich wie Blattwerk über ihre Arme, Beine oder das weiche Fleisch ihres Bauches emporwinden, nachdem sie atemlos und zuckend zu Boden gegangen waren. Der erste Gedanke, wenn es sich hier um keine Krankheit handelt, gilt einer neuen Waffe, die die Kinder in die Schule mitbringen. Doch mit Anbruch der zweiten Woche der unheilvollen Vorkommnisse weiß man, dass auch das nicht die Erklärung ist.

Man klammert sich an jede verrückte Theorie, die kursiert, und weiß nicht, wie man Wahrscheinliches von Lächerlichem trennen soll. Eines Abends liest Margot einen Bericht von einem Team aus Delhi, die als Erste den seltsamen, muskelartigen Auswuchs entdeckt haben, der sich über das Schlüsselbein der betroffenen Mädchen zieht. Sie nennen ihn »das Organ der Elektrizität« oder den *Strang*, wegen der ineinander verschlungenen Muskelstränge. An den Punkten, an denen er mit dem Schlüsselbein verwachsen ist, ermöglichen vermutlich Rezeptoren eine Form von elektrischer Echoortung. Mittels MRT hat man die Wurzeln des Strangs in den Schlüsselbeinen neugeborener Mädchen nachgewiesen. Margot kopiert den Bericht und schickt ihn per E-Mail an jede Schule im Staat. Ein einziger handfester, wissenschaftlich belegbarer Hinweis in der Flut an wirren Vermutungen. Selbst Daniel ist kurzzeitig dankbar, bevor ihm wieder einfällt, dass er sie ja eigentlich hasst.

Ein israelischer Anthropologe vertritt die Ansicht, dass die Entwicklung dieses Organs in einem Menschen der Beweis der Wasseraffentheorie ist; dass wir unbehaart sind, weil wir uns aus den Weltmeeren heraus entwickelt haben, nicht aus dem Urwald. Wie der Zitteraal oder der Zitterrochen hätten wir früher die Meerestiefen in Angst und Schrecken versetzt. Prediger und Fernsehevangelisten stürzen sich auf die Meldung und extrahieren daraus unleugbare Vorzeichen auf den bevorstehenden Weltuntergang. In einer beliebten Wissenschaftssendung bricht eine Schlägerei zwischen einem Wissenschaftler und einem Mann Gottes aus. Ersterer fordert, dass die elektrisch geladenen Mädchen operativ untersucht werden sollten, Letzterer glaubt, sie seien die Vorboten der Apokalypse, und kein Mensch dürfe Hand an sie legen. Man streitet darüber, ob dieses neue Organ schon immer im menschlichen Genom versteckt war und jetzt zum Leben erweckt wurde, oder ob es sich hier um eine Mutation handelt, eine schreckliche Deformierung.

Vor dem Einschlafen denkt Margot an geflügelte Ameisen, die an just einem Tag im Sommer das Haus am See einnehmen, wie der Boden von ihnen wimmelt, wie sie sich an die Holzfassade klammern, wie die Baumstümpfe vor Flügelschlägen vibrieren. Die Luft ist so voller Ameisen, dass man sie fast unweigerlich einatmet. Das ganze Jahr über leben sie allein für sich unter der Erde. Sie entwickeln sich aus den Eiern, sie essen – Staub und Samen, was auch immer –, und sie warten, warten. Eines Tages, wenn die Temperatur einige Tage lang ideal war, wenn die Luftfeuchtigkeit ebenfalls die richtige Höhe erreicht hat … dann erheben sie sich alle gleichzeitig in die Luft. Um sich zu finden. Margot konnte diese Gedanken mit niemandem teilen. Man würde denken, über den ganzen Stress sei sie verrückt geworden. Außerdem gibt es weiß Gott genug Leute, die auf ihren Posten scharf sind. Dennoch liegt sie abends im Bett, nach einem langen Tag, an dem sie sich mit Berichten von verbrannten Kindern herumgeschlagen hat, Kindern mit Krampfanfällen, gegeneinander kämpfenden Mädchengangs, die man zu ihrer eigenen Sicherheit in Gewahrsam genommen hat, und denkt: Warum jetzt? Warum gerade jetzt? Und immer wieder muss sie an die geflügelten Ameisen denken, die auf den Sommer warten, auf den richtigen Zeitpunkt.

Drei Wochen nach Bekanntwerden der ersten Zwischenfälle ruft Bobby sie an, man habe Jocelyn beim Kämpfen erwischt.

Am fünften Tag hatten sie die Mädchen von den Jungen getrennt, nachdem klar geworden war, dass die Aggression von den Mädchen ausging. Eltern befehlen ihren Söhnen bereits, nicht allein aus dem Haus zu gehen, sich nicht zu weit davon zu entfernen. »Wenn man einmal gesehen hat, wie es passiert …«, sagt eine graugesichtige Frau im Fernsehen. »Ich habe gesehen, wie ein Mädchen im Park einen Jungen grundlos angegriffen hat. Das Blut ist aus seinen Augen geströmt. Seinen Augen! Wenn man es einmal gesehen hat, darf keine Mutter ihre Söhne mehr unbeaufsichtigt lassen.«

Allerdings konnte man das öffentliche Leben nicht für immer einfrieren; man musste es umorganisieren. Jungen wurden mit speziellen Bussen in nur für sie bestimmte Schulen transportiert. Man gewöhnte sich rasch daran. Man musste sich nur ein paar Videos im Internet anschauen, um von der realen Gefahr überzeugt zu sein.

Für die Mädchen kann dagegen keine so einfache Lösung gefunden werden. Man kann sie nicht voneinander fernhalten. Einige sind wütend, andere bösartig, und nachdem sich jetzt keine mehr verstecken muss, wollen einige ihre Kraft und neu gewonnenen Fähigkeiten unter Beweis stellen. Es gab Verletzungen und Unfälle, ein Mädchen wurde von einem anderen geblendet. Die Lehrer sind verängstigt. Fernsehexperten sagen: »Sperrt sie alle in Hochsicherheitsgefängnisse.« Soweit man das bisher sagen kann, sind alle Mädchen im Alter von etwa fünfzehn Jahren betroffen. Man kann sie nicht alle einsperren, das ist sinnlos. Dennoch fordert es die Öffentlichkeit.

Jetzt hat man also auch Jocelyn erwischt. Die Presse weiß schon davon, noch bevor Margot zu Hause bei ihrer Tochter eingetroffen ist. Die Wagen der Fernsehsender drängen sich vor ihrem Haus. Frau Bürgermeisterin, was können Sie zu den Gerüchten sagen, dass wegen Ihrer Tochter ein Junge im Krankenhaus liegt?

Nein, dazu kann sie nichts sagen.

Bobby sitzt im Wohnzimmer auf der Couch, Maddy neben ihm. Sie trinkt ihre Milch und schaut *Powerpuff Girls*. Ihr Blick zuckt kurz zu ihrer Mutter, als diese den Raum betritt, dann wieder zurück zum Fernsehbildschirm. Zehn, und benimmt sich schon wie fünfzehn. Okay. Margot küsst Maddy auf den Kopf und ignoriert, dass ihre Tochter an ihr vorbei zum Fernseher schauen will. Bobby drückt Margots Hand.

»Wo ist Jos?«

»Oben.«

»Und?«

»Sie ist genauso verängstigt wie alle anderen.«

»Verständlich.«

Margot schließt leise die Schlafzimmertür.

Jocelyn sitzt mit ausgestreckten Beinen auf dem Bett und hält Mr. Bear. Sie ist doch noch ein Kind. Nur ein Kind.

»Ich hätte dich anrufen sollen«, sagt Margot, »sobald es angefangen hat. Es tut mir leid.«

Jocelyn ist den Tränen nahe. Margot setzt sich vorsichtig auf das Bett. »Dad sagt, du hast niemanden verletzt, zumindest nur leicht.«

Jos schweigt, weshalb Margot einfach weiterredet. »Da waren noch … drei andere Mädchen? Ich weiß, dass sie angefangen haben. Dieser Junge hätte sich dir überhaupt nicht nähern dürfen. Man hat sie im John Muir Hospital untersucht. Du hast den Jungen nur erschreckt.«

»Ich weiß.«

Gut. Verbale Kommunikation. Ein Anfang.

»War das … das erste Mal?«

Jocelyn verdreht die Augen. Mit einer Hand zupft sie an der Tagesdecke.

»Das hier ist für uns beide etwas Neues, okay? Wie lange spürst du es schon?«

Ihre Tochter antwortet so leise, dass Margot sie kaum verstehen kann. »Sechs Monate.«

»Sechs *Monate?*«

Falsch. Zeig niemals Ungläubigkeit, niemals Besorgnis. Jocelyn zieht die Beine an.

»Es tut mir leid«, sagt Margot. »Es ist nur … eine Überraschung.«

Jos runzelt die Stirn. »Viele Mädchen haben schon vor mir angefangen. Irgendwie … war es lustig. Wie eine statische Aufladung.«

Statische Aufladung. Wie war das – man kämmte sich das

Haar, und dann blieb ein Ballon daran haften? Ein Spiel für Sechsjährige an Kindergeburtstagen.

»Es war einfach so etwas Lustiges, Verrücktes, was nur Mädchen gemacht haben. Es gab geheime Videos im Netz. Wie man Tricks damit anstellen konnte.«

In einem Alter, in dem Geheimnisse vor den Eltern kostbar sind. Alles, von dem die Erwachsenen noch nie gehört haben.

»Wie hast du … woher weißt du, was du tun musst?«

Jos antwortet: »Ich weiß es nicht. Ich hatte irgendwann einfach das Gefühl, dass ich es kann. Es ist irgendwie wie … wenn man etwas loslässt.«

»Warum hast du nichts gesagt? Warum hast du es mir nicht erzählt?«

Sie sieht durch das Fenster in den Garten. Hinter dem hohen Zaun drängen sich Männer und Frauen mit Kameras.

»Ich weiß es nicht.«

Margot erinnert sich, wie sie damals versucht hat, mit ihrer eigenen Mutter über Jungs oder das, was auf Partys passierte, zu reden. Was »zu weit« genau bedeutete, wo die Hand eines Jungen innehalten sollte. Sie erinnert sich, wie unmöglich solche Gespräche waren.

»Zeig es mir.«

Jos verengt die Augen. »Ich kann nicht … ich würde dir wehtun.«

»Hast du geübt? Kannst du es so gut kontrollieren, dass du mich nicht töten oder einen Anfall auslösen würdest?«

Jos holt tief Luft, bläst die Wangen auf, atmet langsam aus. »Ja.«

Ihre Mutter nickt. Das ist die junge Frau, die sie kennt:

gewissenhaft und ernst. Jos ist immer noch da. »Dann zeig es mir.«

»Ich habe es nicht so weit im Griff, dass es nicht wehtut. Okay?«

»Wie sehr wird es schmerzen?«

Jos spreizt die Finger, blickt auf ihre Handflächen. »Es kommt und geht. Manchmal ist der Schlag stark, manchmal kaum spürbar.«

Margot presst die Lippen aufeinander. »Okay.«

Jos streckt die Hand aus, zieht sie wieder zurück. »Ich will nicht.«

Früher einmal war es Margots Aufgabe, jeden Millimeter dieses Kinderkörpers zu säubern und zu pflegen. Sie muss wissen, über welche Kraft ihre Tochter verfügt. »Keine Geheimnisse mehr. Zeig es mir.«

Jos ist den Tränen nahe. Sie legt Zeige- und Mittelfinger auf den Arm ihrer Mutter. Margot wartet, ob Jos irgendetwas tut; den Atem anhält, die Stirn furcht oder die Muskeln in ihrem Unterarm anspannt. Nichts. Nur der Schmerz, der sie plötzlich durchzuckt.

Sie hat die vorläufigen Berichte der CDC gelesen, die zu dem Schluss gekommen sind, dass diese geheimnisvolle Kraft »besonders das Schmerzzentrum im menschlichen Gehirn angreift«. Das bedeutet, dass der elektrische Schlag stärker schmerzt, als er eigentlich sollte. Ein gezielter Impuls, der eine Antwort der körpereigenen Schmerzrezeptoren triggert. Nichtsdestotrotz hätte sie erwartet, etwas zu sehen: verbranntes Fleisch oder den Lichtstrahl aus den Fingern ihrer Tochter, so schnell wie der Biss einer Schlange.

Stattdessen breitet sich der Geruch nach regenfeuchtem

Laub aus. Ein Apfelhain, in dem das Fallobst vergärt, genauso wie auf der Farm ihrer Eltern.

Dann setzt der Schmerz ein. An der Stelle, an der Jos ihren Unterarm berührt, spürt sie es tief im Knochen. Wie die Grippe, die sich in Muskeln und Gelenken festsetzt. Das Gefühl verstärkt sich. Etwas lässt ihren Knochen knacken, verdreht ihn, biegt ihn, und sie will Jos schon bitten aufzuhören, doch sie kann den Mund nicht öffnen. Es gräbt sich durch den Knochen, als wolle es ihn von innen zersplittern; sie stellt sich einen Tumor vor, eine feste, klebrige Masse, die sich in ihrem Knochenmark ausbreitet, Elle und Speiche in scharfe Stücke sprengt. Ihr wird übel. Sie will schreien. Der Schmerz pulsiert durch ihren Arm, ihren ganzen Körper. Sie spürt das Echo im Kopf, in ihrer Wirbelsäule, in ihrem ganzen Rücken. Es wandert zu ihrer Kehle und breitet sich über das Schlüsselbein aus.

Das Schlüsselbein. Nur ein paar Sekunden dauert der Angriff, doch es fühlt sich wie eine Ewigkeit an. Nur Schmerz lässt einen so in den Körper hineinhorchen. So bemerkt Margot das Antwortecho in ihrer Brust. Zwischen den Wäldern und Bergen aus Schmerz erklingt eine helle Note an ihrem Schlüsselbein. Gleiches ruft nach Gleichem.

Sie fühlt sich an etwas erinnert. Ein Spiel, das sie als Mädchen gespielt hat. Wie seltsam, daran hat sie seit Jahren nicht gedacht. Sie hat nie jemandem davon erzählt; aus irgendeinem Grund wusste sie, dass sie das nicht durfte. Bei dem Spiel war sie eine Hexe und konnte eine Lichtkugel in ihrer Hand formen. Ihre Brüder spielten, sie wären Raumfahrer mit Plastikstrahlerkanonen, die sie mit Sammelcoupons aus Cornflakespackungen gekauft hatten. Doch das Spiel, in das sie allein bei den Buchen am Rand des Grundstücks versunken ist, war etwas völlig anderes. Sie brauchte keine Pistole, keinen Astronautenhelm oder ein Laserschwert. Sie selbst war sich völlig genug.

Ein kribbelndes Gefühl breitet sich in Brust und Armen und Händen aus. Wie ein eingeschlafener Körperteil, der gerade wieder aufwacht. Der Schmerz ist nicht verschwunden, aber in den Hintergrund gerückt. Irgendetwas anderes geschieht gerade. Instinktiv krallt sie ihre Hände in Jocelyns Patchworktagesdecke. Der Geruch der Buchen steigt ihr in die Nase, als befände sie sich wieder unter ihren schützenden Blätterhauben, umgeben vom Duft nach altem Holz und nassem Lehm.

Sie schickt ihr Licht bis ans Ende der Welt.

Als sie die Augen öffnet, sieht sie das Muster, das sich auf ihren Händen abzeichnet. Konzentrische Kreise, hell und dunkel, hell und dunkel, die sich auch in die Tagesdecke gebrannt haben. Und sie weiß es, sie hat die Eruption gespürt, und sie erinnert sich, dass sie es vielleicht schon immer gewusst und es schon immer ihr gehört hat. Sie soll es in der Hand halten, sie soll darüber befehlen.

»O Gott«, sagt sie. »O Gott.«

Allie

Allie zieht sich auf das Grab und lehnt sich zurück, um die Aufschrift auf dem Grabstein zu lesen. Sie widmet den Menschen unter ihr immer einen Moment: Hey, wie geht's Ihnen, Annabeth MacDuff, liebevolle Mutter? Dann zündet sie sich eine Marlboro an.

Zigaretten gehören zu den etwa vier- oder fünftausend Freuden auf dieser Erde, die Mrs. Montgomery-Taylor im Angesicht des Herrn für verabscheuungswürdig hält. Die glühende Asche, das Inhalieren, der Rauch, der zwischen den geöffneten Lippen entweicht, das alles sagt laut und deutlich: Leck mich, Mrs. Montgomery-Taylor, leck mich, und die ganzen Kirchendamen und Jesus fucking Christus ebenso. Es hätte völlig gereicht, es auf die herkömmliche Art und Weise zu tun, immer noch beeindruckend und ein ausreichendes Versprechen hinsichtlich der Dinge, die da noch kommen würden. Doch Allie hat keine Lust, ihre Zigarette auf die übliche Art und Weise anzuzünden.

Kyle deutet mit dem Kinn in Richtung Zigarette und sagt: »Hab gehört, dass ein paar Jungs letzte Woche ein Mädchen in Nebraska deswegen umgebracht haben.«

»Weil sie geraucht hat? Ganz schön heftig.«

Hunter sagt: »Die Hälfte der Kids in der Schule weiß, dass du es kannst.«

»Und?«

Hunter erwidert: »Dein Dad könnte dich in seiner Fabrik brauchen. Spart Geld und Strom.«

»Er ist nicht mein Dad.«

Sie lässt wieder eine silberne Flamme an ihren Fingerspitzen aufglühen, während die Jungs zusehen.

Als die Sonne untergeht, erwachen die Grillen und Frösche auf dem Friedhof zum Leben, warten auf den Regen. Der Sommer war lang und heiß. Die Erde lechzt nach Gewittern.

Mr. Montgomery-Taylor besitzt eine Fleischverpackungsfabrik mit Niederlassungen hier in Jacksonville, oben in Albany und sogar in Statesboro. Man nennt es Fleischverpackung, aber eigentlich geht es um Fleischproduktion. Das Töten von Tieren. Mr. Montgomery-Taylor hat Allie als junges Mädchen dorthin mitgenommen. Er hielt sich wohl für einen guten Mann, der ein kleines Mädchen in die Männerwelt einführt. Sie ist irgendwie stolz darauf, dass sie sich alles angesehen hat, ohne mit der Wimper zu zucken oder wegzulaufen. Mr. Montgomery-Taylors Hand lag die ganze Zeit auf ihrer Schulter wie eine Klaue, schob sie zu den Boxen, in denen die Schweine zusammengepfercht wurden, bevor man ihnen die Kehle durchschnitt. Schweine sind sehr intelligente Tiere. Wenn man sie verängstigt, schmeckt das Fleisch danach nicht mehr. Man muss sehr vorsichtig sein.

Hühner sind nicht intelligent. Sie darf zusehen, wie die Hühner ausgepackt werden, ganz weiß und fedrig. Die Hände, die nach ihnen greifen, sie umdrehen, ihre weißen Hinterteile zeigen, ihre Beine an das Förderband fesseln, das ihre Köpfe durch ein mit Strom versetztes Wasserbecken zieht. Die Vögel kreischen und winden sich. Einer nach dem anderen versteift sich und erschlafft.

»Es ist eine Gnade«, sagte Mr. Montgomery-Taylor. »Sie wissen gar nicht, wie ihnen geschieht.«

Er lachte, und seine Angestellten stimmten ein.

Allie hatte bemerkt, dass ein oder zwei Hühner die Köpfe gehoben hatten. Das Wasser hatte sie nicht betäubt. Sie waren immer noch bei Bewusstsein, als sie im Brühtrog landeten.

»Effizient, hygienisch und rücksichtsvoll«, sagte Mr. Montgomery-Taylor.

Allie dachte an Mrs. Montgomery-Taylors eifernde Vorträge über die Hölle, an die herumwirbelnden Messer und das siedend heiße Wasser, das den ganzen Körper verschlingen wird, das kochende Öl und die Flüsse geschmolzenen Bleis.

Allie wollte zu dem Förderband rennen und die Hühner befreien. Sie stellte sich vor, wie diese sich wütend mit Schnäbeln und Krallen auf Mr. Montgomery-Taylor stürzten. Doch die Stimme sagte zu ihr: Jetzt ist nicht der richtige Zeitpunkt, Tochter. Dein Moment ist noch nicht gekommen. Bisher hatte die Stimme sie ihr ganzes Leben lang gut beraten. Weshalb Allie nickte und sagte: »Das ist alles sehr interessant. Danke, dass ich dich begleiten durfte.«

Schon bald nach ihrem Besuch in der Fabrik fiel ihr ihre neue Fähigkeit auf. Es kam nicht plötzlich, sondern eher so, wie man bemerkt, dass die eigenen Haare lang geworden sind. Ein schleichender Prozess.

Sie saßen beim Abendessen. Allie griff nach ihrer Gabel, und ein Funken sprang von ihrer Hand.

Die Stimme sagte: Tu es noch einmal. Du kannst es. Konzentrier dich. Etwas regte sich in ihrer Brust, etwas löste sich. Da war der Funken. Gut gemacht, sagte die Stimme, aber zeig es ihnen nicht, es ist nicht für sie bestimmt. Die Montgomery-Taylors bemerkten nichts. Allie hielt den Blick gesenkt und zeigte keine Regung. Die Stimme sagte: Das ist mein erstes Geschenk an dich, Tochter. Lerne, wie du es einsetzen kannst.

Sie übte in ihrem Schlafzimmer, ließ den Funken von einer Hand auf die andere überspringen. Erst ließ sie ihre Nachttischlampe heller brennen, dann gedämpfter. Sie brannte kleine Löcher in ein Kleenex und übte so lange, bis sie so fein wie Nadelstiche waren. Diese Dinge verlangen ständige Aufmerksamkeit. Das kann sie gut. Sie hat bisher von niemandem gehört, der damit Zigaretten anzünden kann.

Die Stimme sagte: Der Tag wird kommen, an dem du deine Fähigkeit einsetzen kannst, und wenn dieser Tag gekommen ist, wirst du wissen, was zu tun ist.

Normalerweise lässt sie zu, dass die Jungs sie anfassen, wenn sie das wollen. Sie glauben, dass sie sich aus diesem Grund auf dem Friedhof treffen. Eine Hand gleitet einen Schenkel hinauf, eine Zigarette wird zur Seite gehalten, während sie geküsst wird. Kyle setzt sich neben sie, legt ihr eine Hand auf die Taille und will ihr Top hochschieben. Sie bedeutet ihm mit einer Geste aufzuhören. Er lächelt.

»Komm schon«, sagt er und zupft an ihrem Top.

Sie verpasst ihm einen kleinen Schock auf dem Handrücken. Ganz harmlos, gerade genug, um ihn innehalten zu lassen.

Er zieht seine Hand zurück, sieht Allie an und sagt aufgebracht zu Hunter: »Hey, was ist los?«

Sie zuckt mit den Schultern. »Keine Lust.«

Hunter setzt sich auf ihre andere Seite. Die beiden Jungskörper pressen sich an sie, die Ausbuchtungen in ihrem Schritt sprechen eine deutliche Sprache.

»Kein Problem«, meint Hunter, »aber weißt du, du hast uns hierhergebracht, und wir haben definitiv Lust.«

Er legt ihr einen Arm um die Taille, sein Daumen streift ihre Brust, seine Hand ist groß und stark. »Komm schon«, drängt er, »wir drei werden viel Spaß haben.«

Er will sie küssen, sein Mund öffnet sich.

Sie mag Hunter. Er ist einen Meter neunzig groß, stark, mit breiten Schultern. Sie hatten tatsächlich schon Spaß miteinander. Doch deshalb ist sie heute nicht hier. Sie hat so ein gewisses Gefühl.

Sie erwischt ihn in der Achselhöhle, einer ihrer Nadelstiche genau in den Muskel. Präzise und sorgfältig, wie ein scharfes Messer, das in seine Schulter eindringt. Sie verstärkt den Effekt, wie wenn die Lampe immer heißer wird, das Messer aus Feuer zu bestehen scheint.

»Scheiße!«, ruft Hunter und rückt von ihr ab. »Scheiße!« Er massiert seine linke Achselhöhle mit der rechten Hand. Sein linker Arm zittert.

Kyle zieht Allie wütend an sich. »Warum hast du uns den ganzen Weg hier rausfahren lassen, wenn du …«

Sie erwischt ihn an der Kehle, genau unter dem Kiefer. Wie eine Metallklinge, die durch seinen Kehlkopf schneidet. Sein Unterkiefer fällt herab, er gibt würgende Geräusche von sich. Er atmet noch, kann aber nicht sprechen.

»Fick dich!«, brüllt Hunter. »Dann bleibst du eben hier!«

Hunter weicht zurück. Kyle rafft seinen Schulrucksack an sich, während er sich immer noch die Kehle hält. »Uck! Ou!«, stößt er hervor, als sie zu ihrem Auto hasten.

Nach Einbruch der Dunkelheit wartet sie noch lange, liegt ausgestreckt auf dem Grab von Annabeth MacDuff, der liebevollen Mutter, und zündet eine Zigarette nach der anderen mit einem Knistern aus ihren Fingerspitzen an. Sie raucht sie bis zum Filter auf. Die Laute der Nacht erheben sich um sie herum, und sie denkt: Kommt und holt mich doch.

Sie sagt zu der Stimme: Hey, Mom, heute ist der Tag, nicht wahr?

Die Stimme sagt: Das stimmt, Tochter. Bist du bereit?

Allie erwidert: Es kann losgehen.

Sie klettert das Blumengitter hinauf, um wieder ins Haus zu gelangen. Ihre Schuhe hängen mit zusammengebundenen Schnürsenkeln um ihren Hals. Mrs. Montgomery-Taylor sah einmal, wie sie als kleines Mädchen einen Baum hinaufgeklettert ist – eins, zwei, drei war sie oben –, und sagte: »Die Kleine klettert ja wie ein Äffchen.« Sie sagte es, als hätte sie schon lange diesen Verdacht gehabt. Als ob sie nur auf eine Bestätigung gewartet hätte.

Allie stößt ihr Schlafzimmerfenster, das sie einen Spalt offen gelassen hat, auf und wirft ihre Schuhe in den Raum. Dann hievt sie sich durch das Fenster. Sie wirft einen Blick auf ihre Uhr; sie ist nicht einmal zu spät zum Abendessen, also kann ihr niemand Vorwürfe machen. Sie lacht, leise und heiser. Ein Lachen antwortet ihr. Sie merkt, dass sie nicht allein im Raum ist. Natürlich weiß sie, um wen es sich handelt.

Mr. Montgomery-Taylor entfaltet sich aus dem Lehnsessel wie ein langer Arm einer seiner Fabrikmaschinen. Allie holt Luft, doch bevor sie auch nur ein Wort herausbringen kann, schlägt er sie hart mit dem Handrücken über den Mund. Wie ein Tennisschlag im Country Club. Das Knacken ihres Kiefers ist der Aufprall des Schlägers auf dem Ball.

Seine Wut war schon immer sehr kontrolliert, sehr ruhig. Je weniger er sagt, desto wütender ist er. Er ist betrunken, man riecht es, außer sich, und er knurrt: »Ich habe dich gesehen. Habe dich mit diesen Jungs gesehen. Dreckige. Kleine. Hure.« Jedes Wort unterstreicht er mit einem Fausthieb, einer Ohrfeige oder einem Tritt. Sie krümmt sich nicht zu einer Kugel zusammen. Sie fleht ihn nicht an aufzuhören. Sie weiß, dass es sonst nur noch länger dauert. Er zwingt ihre Knie auseinander. Seine Hand liegt an seiner Gürtelschnalle. Er wird ihr zeigen, was für eine kleine Hure sie ist. Als ob er das nicht schon unzählige Male getan hätte.

Mrs. Montgomery-Taylor sitzt unten und hört Polka im Radio. Sie trinkt Sherry in winzigen Schlucken, die keinen Schaden anrichten können. Es ist ihr egal, was Mr. Montgomery-Taylor abends im Obergeschoss tut; wenigstens schläft er sich nicht durch die Nachbarschaft, und das Mädchen hat sich schließlich alles selbst zuzuschreiben. Wenn ihr ein Reporter der *Sun-Times*, der aus irgendeinem Grund Interesse an den alltäglichen Vorgängen in ihrem Haus entwickelt haben könnte, in diesem Moment ein Mikrofon vor die Nase gehalten und gefragt hätte: Mrs. Montgomery-Taylor, was tut Ihrer Meinung nach Ihr Ehemann dem sechzehnjährigen Mischlingsmädchen an, dem Sie aus christlicher Nächstenliebe ein Heim gegeben haben? Was tut er Ihrer Meinung nach, dass sie brüllt? Wenn man sie fragen würde – aber wer würde das schon tun? –, würde sie antworten: Er verpasst ihr eine Tracht Prügel, und die hat sie auch verdient. Und wenn der Reporter nachfragen würde – Was meinen Sie damit, dass er sich durch die Nachbarschaft schläft? –, würde Mrs. Montgomery-Taylor ein wenig die Lippen verziehen, als ob ihr ein abstoßender Geruch in die Nase gestiegen wäre, und dann würde sie wieder das gewohnte Lächeln aufsetzen und vertraulich antworten: Ach, Sie wissen doch, wie Männer sind.

Vor Jahren, als er Allie gegen das Kopfende des Bettes presste, eine Hand an ihrer Kehle, hörte sie die Stimme zum ersten Mal klar und deutlich in ihrem Kopf. Wenn sie darüber nachdenkt, dann hat sie sie schon lange aus der Entfernung gehört. Schon bevor sie zu den Montgomery-Taylors kam, seit man sie von Pflegestelle zu Pflegestelle brachte, hatte immer eine leise Stimme in ihrem Kopf sie gewarnt, wenn Gefahr drohte.

Die Stimme hatte gesagt: Du bist stark, du wirst es überstehen.

Und Allie hatte geantwortet, als sich der Griff um ihre Kehle verstärkte: Mom?

Und die Stimme hatte gesagt: Aber natürlich.

Heute war gar nichts Besonderes passiert. Sie hat sich nicht provokanter verhalten als sonst. Jeden Tag wächst man ein kleines Stück, jeden Tag ist etwas anders, und plötzlich ist etwas möglich, das bisher unmöglich gewesen war. So wird aus einem Mädchen eine erwachsene Frau. Schritt für Schritt, bis es vollendet ist. Als er sich auf sie stürzt, weiß sie, dass sie es kann. Dass sie die Kraft dazu besitzt. Vielleicht reicht es ihr schon seit Wochen oder Monaten, doch erst heute ist sie sich sicher. Jetzt kann sie es tun, ohne die Gefahr eines Fehlschlags oder Vergeltung. Es erscheint ihr wie die einfachste Sache der Welt, wie etwa die Hand auszustrecken und einen Lichtschalter zu betätigen. Sie weiß nicht, warum sie nicht schon früher beschlossen hat, dieses alte Licht auszuschalten.

Sie sagt zu der Stimme: Jetzt ist der richtige Zeitpunkt gekommen, nicht wahr?

Und die Stimme antwortet: Das weißt du doch.

Plötzlich riecht es nach Regen. Mr. Montgomery-Taylor blickt auf, in dem Glauben, dass endlich ein Sommergewitter aufzieht, dass die ausgedörrte Erde Wasser bekommt. Vielleicht regnet es sogar durch das Fenster, doch er freut sich über den Wetterumschwung, während er sie weiter vergewaltigt. Allie legt ihre Hände an seine Schläfen. Sie spürt die Handflächen ihrer Mutter um ihre eigenen kleinen Finger. Sie ist froh, dass Mr. Montgomery-Taylor gerade aus dem Fenster sieht, auf der Suche nach dem nicht existenten Regen.

Sie entfesselt ihre Kraft.

Weißes Licht flammt auf. Ein silberner Blitz zieht sich über seine Stirn, seinen Mund, seine Zähne. Er zuckt und gleitet aus ihr. Seine Zähne schlagen aufeinander, während er sich verkrampft. Mit einem lauten Aufprall fällt er zu Boden, und Allie hat Angst, dass Mrs. Montgomery-Taylor etwas gehört haben könnte, doch das Radio dröhnt zum Glück laut genug. Keine Schritte auf der Treppe, keine Stimme, die etwas nach oben ruft. Allie zieht Unterhose und Jeans nach oben. Sie beugt sich vor, um zuzusehen. Roter Schaum bedeckt seine Lippen, sein Rücken ist durchgedrückt, die Hände zu Klauen verkrampft. Er scheint noch zu atmen. Sie denkt: Ich könnte jemanden holen, dann würde er vielleicht überleben. Dann legt sie ihre Hand auf sein Herz und bündelt ihre Kraft, schickt sie geradewegs in seine Brust, an den Ort, der den menschlichen Rhythmus steuert. Er erschlafft.

Rasch packt sie ein paar Sachen. Geld, das sie unter dem Fensterbrett versteckt hat, nicht viel, aber erst einmal wird es genügen. Ein batteriebetriebenes Radio, ein Relikt aus Mrs. Montgomery-Taylors Kindheit, das sie ihr in einem Moment der Freundlichkeit überlassen hat, der nur dazu diente, die simple Reinheit des Leidens zu übertünchen. Allie lässt ihr Handy zurück, denn sie hat gehört, dass man sie darüber aufspüren kann. Sie wirft einen Blick auf den kleinen Elfenbeinchristus, der über ihrem Bett an der Wand an sein Mahagonikreuz genagelt ist.

Nimm ihn mit, sagt die Stimme.

Habe ich alles richtig gemacht?, fragt Allie. Bist du stolz auf mich?

Und wie stolz ich bin, Tochter. Und du wirst mich noch stolzer machen. Du wirst noch Großes vollbringen.

Allie wirft das kleine Kruzifix in ihren Seesack. Sie wusste schon immer, dass sie niemandem etwas von der Stimme erzählen darf. Sie kann gut Geheimnisse bewahren.

Allie blickt zum letzten Mal auf Mr. Montgomery-Taylor, bevor sie aus dem Fenster klettert. Vielleicht wusste er gar nicht, wie ihm geschah. Doch sie hofft das Gegenteil. Sie wünschte, sie hätte ihn bei vollem Bewusstsein in den Brühtrog werfen können.

Als sie vom Blumengitter auf den Rasen springt und durch den Garten eilt, denkt sie, dass sie vielleicht hätte versuchen können, ein Messer aus der Küche mitgehen zu lassen. Doch dann erinnert sie sich – und muss über sich selbst lachen –, dass sie überhaupt kein Messer braucht, außer um ihr Essen zu schneiden.

Drei Bilder der Heiligen Mutter, schätzungsweise fünfhundert Jahre alt. Gefunden bei einer Ausgrabung im Südsudan.

Noch neun Jahre

Allie

Zweiundachtzig Tage wandert sie und versteckt sich, versteckt sich und wandert. Fährt per Anhalter, wenn sie jemand mitnimmt, ansonsten läuft sie.

Zuerst ist es kein Problem, jemanden zu finden, der ein sechzehnjähriges Mädchen quer durch den Bundesstaat mitnimmt. So kann sie ihre Spur gut verwischen. Doch je weiter sie nach Norden kommt und der Sommer dem Herbst weicht, desto weniger Fahrer reagieren auf ihren ausgestreckten Daumen. Immer mehr weichen ihr panisch aus, auch wenn sie gar nicht auf der Straße steht. Eine Frau bekreuzigt sich, während ihr Mann am Steuer das Gaspedal durchdrückt.

Allie hat sich gleich zu Anfang ihrer Reise bei Goodwill einen Schlafsack gekauft. Er riecht ein wenig streng, doch sie lüftet ihn jeden Morgen, und bisher hat es auch noch nicht stark geregnet. Sie genießt die Reise, auch wenn sie die meiste Zeit Hunger hat und ihre Füße wund gelaufen sind. An manchen Morgen ist sie kurz nach Sonnenaufgang aufgewacht und hat die Landschaft bewundert, die sich scharf vor dem Himmel abzeichnet, fühlte, wie das erwachende Licht in ihrer Lunge glitzerte, und sie war glücklich. Einmal hat ein Graufuchs sie drei Tage begleitet, im Abstand von wenigen Metern. Er kam nie nahe genug, um ihn zu berühren, doch er entfernte sich auch nicht. Bis auf das eine Mal, als er mit einer schlaffen Ratte und blutverschmierter Schnauze zurückkehrte.

Allie sagte zu der Stimme: Ist das Tier ein Zeichen?

Und die Stimme antwortete: O ja. Lauf weiter, Mädchen.

Allie hat keine Zeitungen gelesen und auch ihr kleines Radio nicht eingeschaltet. Es ist ihr nicht bewusst, aber sie hat den Tag der Mädchen völlig verpasst. Es ist ihr nicht bewusst, dass ihr das das Leben gerettet hat.

In Jacksonville ist Mrs. Montgomery-Taylor am Abend zur gewohnten Zeit nach oben gegangen, in der Erwartung, ihren Mann in seinem Arbeitszimmer vorzufinden, wo er die Zeitung liest, nachdem er das Mädchen angemessen wegen seiner Verfehlungen gezüchtigt hat. Stattdessen bot sich ihr in dem Zimmer des Mädchens ein erschreckender Anblick. Allie hatte Mr. Montgomery-Taylor am Boden liegen gelassen, die Hose um seine Knöchel gebauscht, sein Glied noch halb steif. Blutiger Schaum ist in den cremefarbenen Teppich gesickert. Mrs. Montgomery-Taylor saß eine halbe Stunde auf dem zerwühlten Bett und betrachtete Clyde Montgomery-Taylor. Zuerst keuchte sie auf, doch dann atmete sie langsam und gleichmäßig. Der Herr gibt, sprach sie schließlich in den leeren Raum, und der Herr nimmt. Sie zog Clydes Hosen nach oben und bezog das Bett frisch, wobei sie vorsichtig um die Leiche ihres Mannes herumging. Sie überlegte, ob sie ihn in den Stuhl an seinem Schreibtisch setzen und den Teppich reinigen sollte, doch auch wenn er ihr in seiner Unwürdigkeit auf dem Boden leidtat, bezweifelte sie, stark genug für ein solches Unterfangen zu sein. Außerdem passte die Geschichte besser zusammen, wenn er sich im Zimmer des Mädchens befunden und ihr den Katechismus vorgelesen hatte.

Sie rief die Polizei und machte um Mitternacht ihre Aussage für die mitfühlenden Beamten. Dem Wolf ein Heim gegeben und dem tollwütigen Hund Beistand geleistet zu haben. Sie gab ihnen

Fotos von Allie. Das wäre völlig ausreichend gewesen, um sie in ein paar Tagen zu finden, wenn nicht genau in dieser Nacht die Anruflawine bei der Polizeistation eingegangen wäre, ebenso wie bei dem Revier in Albany, in Statesboro und allen weiteren im ganzen Land. Die Anrufe breiteten sich über die Polizeireviere wie ein weites Netz aus.

In einer Stadt an der Küste, deren Namen sie nie herausfindet, entdeckt Allie einen guten Schlafplatz im Gebüsch bei einigen Häusern; eine geschützte Bank mit einem warmen, trockenen Platz zum Zusammenrollen auf einem Felsvorsprung. Sie bleibt dort drei Tage, weil die Stimme sagt: Hier ist etwas für dich, Mädchen. Such und hol es dir.

Sie ist die ganze Zeit müde und hungrig, das Schwindelgefühl ist ein Teil von ihr geworden und auf gewisse Art sogar angenehm. Wenn ihre Muskeln so vibrieren, kann sie die Stimme leichter hören. Ihre letzte Mahlzeit ist eine Weile her. Schon früher hat sie oft aufgehört zu essen, in der Überzeugung, dass die Stimme, das leise, amüsierte Grollen, ihrer Mutter gehört.

Allie erinnert sich kaum an ihre Mutter, auch wenn sie natürlich weiß, dass sie eine hatte. Das Leben begann für sie mit einem hellen Blitz, als sie drei oder vier war. Sie war mit jemandem im Einkaufszentrum gewesen, denn sie hatte einen Ballon in der einen Hand und ein Eis in der anderen. Dieser Jemand – nicht ihre Mutter, das wüsste sie – sagte: »Sag Tante Rose zu dieser Dame, und sie wird lieb zu dir sein.«

In diesem Moment hörte sie die Stimme zum ersten Mal. Als sie nach oben in Tante Roses Gesicht blickte und in ihrem Kopf hörte: Lieb. Klar doch. Ganz bestimmt.

Seither hatte die Stimme ihr nie etwas Falsches geraten. Tante Rose entpuppte sich als bösartige alte Hexe, die Allie beschimpfte, wenn sie schon etwas getrunken hatte, und das war beinahe jeden Tag. Die Stimme sagte Allie, was sie tun sollte; wie sie sich den richtigen Lehrer in der Schule aussuchen und ihre Geschichte so erzählen sollte, dass sie nicht übertrieben klang.

Doch die Frau nach Tante Rose war sogar noch schlimmer, und Mrs. Montgomery-Taylor übertraf auch diese. Dennoch hat die Stimme sie über all die Jahre vor dem Schlimmsten bewahrt. Sie hatte noch all ihre Finger und Zehen, wenn auch mit knapper Not, und jetzt sagt ihr die Stimme: Bleib hier. Warte.

Sie geht jeden Tag in die Stadt und erforscht jeden Ort, an dem es warm und trocken ist und an dem man sie bleiben lässt. Die Stadtbibliothek. Die Kirche. Das kleine, überheizte Revolutionskriegsmuseum. Am dritten Tag schafft sie es, sich ins Aquarium zu schleichen.

Es ist Nebensaison, die Tür wird nicht so streng bewacht. Außerdem ist es sowieso nur klein; fünf zusammenhängende Räume am Ende einer Ladenkette. *Wunder der Tiefe!*, verkündet ein Schild an der Tür. Allie wartet, bis der Mann am Eingang ein Schild mit der Aufschrift *Bin in zwanzig Minuten zurück* aufstellt und weggeht, um sich eine Limo zu holen. Sie stößt die kleine Holztür auf und geht einfach hinein. Denn dort ist es unglaublich warm. Und weil die Stimme ihr gesagt hat, sie solle überall suchen. Alle Steine umdrehen.

Sobald sie den Raum voller hell erleuchteter Aquarien, in denen bunte Fische ihre Bahnen ziehen, betritt, weiß sie, dass sich hier etwas für sie befindet. Sie fühlt es in ihrer

Brust, ihrem Schlüsselbein, bis hinunter zu ihren Fingern. Etwas ist hier; ein anderes Mädchen, das dieselben Fähigkeiten besitzt wie sie. Nein, kein Mädchen. Allie streckt noch einmal ihren anderen Sinn aus, den kribbelnden. Sie hat im Internet gelesen, wie manche Mädchen spüren konnten, ob eine andere Frau im Raum gleich ihre Kraft entfesseln würde. Doch bei Allie war es anders. Seit sie ihre Kraft entdeckt hatte, konnte sie sofort sagen, ob irgendjemand in ihrer Umgebung überhaupt dieselbe Fähigkeit besaß. Und jetzt ist so jemand hier.

Beim vorletzten Aquarium weiß sie mehr. Dieses Becken ist dunkler, ohne die exotischen, bunten Fische. Es enthält lange, dunkle und geschmeidige Wesen, die am Boden des Beckens lauern und sich langsam bewegen. Ein Zählerkasten ist neben dem Becken an der Wand befestigt, dessen Nadel auf null steht.

Allie hat diese Geschöpfe noch nie gesehen und weiß auch nicht, wie sie heißen.

Sie legt ihre Hand auf das Glas.

Eines der Wesen dreht sich um und tut etwas. Sie kann es hören. Ein zischendes, knackendes Geräusch ertönt. Die Nadel am Zähler schnellt in die Höhe.

Doch Allie braucht den Zähler nicht, um zu wissen, was gerade passiert ist. Der Fisch hat einen Stromstoß abgegeben.

An der Wand hängt ein Schild mit Erläuterungen. Allie liest atemlos, drei Mal, weil sie so aufgeregt ist. Das hier sind elektrische Aale, sogenannte Zitteraale, die verrückte Sachen machen können. Sie verpassen ihrer Beute unter Wasser elektrische Schocks. Genau, richtig gelesen. Allie formt aus Daumen und Zeigefinger einen kleinen Bogen. Die Aale bewegen sich.

Doch das ist noch nicht alles. Aale können die Muskeln ihrer Beute »fernsteuern«, indem sie Einfluss auf die elektrischen Impulse in ihrem Gehirn nehmen. Sie können die Fische direkt in ihr offenes Maul schwimmen lassen.

Allie denkt lange darüber nach. Wieder legt sie ihre Hand auf das Glas und betrachtet die Fische.

Diese Kraft ist in der Tat sehr mächtig, man muss sie im Griff haben können. Aber du hattest doch immer die Kontrolle, Tochter. Und man muss mit ihr umzugehen wissen. Aber das kann man doch lernen.

Allie spricht in ihrem Herzen: Mutter, wohin soll ich gehen?

Und die Stimme sagt: Verlass diesen Ort und geh dorthin, wohin ich dich führe.

Die Stimme hat sich schon immer in einem biblisch anmutenden Tonfall ausgedrückt.

An diesem Abend will Allie sich schlafen legen, doch die Stimme sagt: Nein, geh weiter. Ihr Magen ist leer, und ihr ist schwindelig. Ständig denkt sie an Mr. Montgomery-Taylor, hat das Gefühl, er würde immer noch an ihrem Ohr lecken. Sie wünschte, sie hätte einen Hund.

Die Stimme sagt: Nicht mehr lange, mein Mädchen, hab keine Angst.

Und im Dunkeln erstrahlt ein Licht, beleuchtet ein Schild, auf dem steht: *Orden der Schwestern der Gnade. Suppe für die Obdachlosen und Betten für die Bedürftigen.*

Die Stimme sagt: Siehst du, ich hatte recht.

Danach weiß Allie nur noch, dass, nachdem sie die Türschwelle überschritten hat, drei Frauen sie in ihre Obhut nehmen, sie »Kind« und »Kleine« nennen und erfreute Ausrufe von sich geben, als sie das Kruzifix in ihrem Seesack finden, denn das ist der Beweis für das, was sie in ihrem Gesicht zu finden gehofft hatten. Sie versorgen sie mit Essen, während sie kaum bei Bewusstsein in einem weichen, warmen Bett sitzt. An diesem Abend fragt keiner, wer sie ist und woher sie kommt.

Das farbige Kind ohne Zuhause und ohne Familie, das an der Ostküste in einem Orden gelandet ist, erregt in diesen Monaten kaum Aufmerksamkeit. Sie ist nicht die Einzige, die an diesem Strand angeschwemmt wird, und auch nicht diejenige, die am dringendsten Unterstützung braucht. Die Schwestern freuen sich, dass die leeren Zimmer bewohnt sind – sie leben in einem Gebäude, das vor beinahe hundert Jahren erbaut wurde, als der Herr noch viel mehr Frauen zu Seinen ewigen Ehefrauen machte, und das jetzt viel zu groß für sie ist. Nach drei Monaten haben sie Stockbetten in die Zimmer gestellt, einen Stundenplan erarbeitet für den normalen Unterricht und die Sonntagsschule. Die Mädchen müssen im Austausch für Mahlzeiten, Decken und ein Dach über dem Kopf verschiedene Aufgaben übernehmen. Die alten Zeiten scheinen wiedergekehrt zu sein. Mädchen werden auf die Straße gesetzt – Nonnen nehmen sie auf.

Allie hört gern die Geschichten ihrer Mitbewohnerinnen. Für einige von ihnen wird sie zur Vertrauten, einer Freundin, damit sie ihre eigene Geschichte auf deren Erfahrungen abstimmen kann. Savannah hat ihren Stiefbruder so hart im Gesicht getroffen, dass die »Spinnweben über seinen Mund krochen, seine Nase, sogar seine *Augen*«. Savannah erzählt die Geschichte mit weit aufgerissenen Augen und kaut aufgeregt Kaugummi. Allie bohrt ihre Gabel in das zähe alte

Eintopffleisch, das die Nonnen dreimal die Woche auftischen, und fragt: »Was wirst du jetzt tun?« Savannah antwortet: »Ich werde einen Arzt finden, der es herausoperiert.« Ein Hinweis. Es gibt noch andere. Einige Mädchen mussten lange Gebete von ihren Eltern über sich ergehen lassen, die dachten, ihre Töchter seien von Dämonen besessen. Manche kämpften mit anderen Mädchen, sogar hier noch. Eine hatte einem Jungen das angetan, weil er sie *darum gebeten hat*: Diese Geschichte erregt großes Interesse bei den Mädchen. Wäre es möglich, dass Jungs es mochten? Es wollten? Einige von ihnen haben Internetforen aufgetrieben, in denen genau dieser Eindruck vermittelt wird.

Ein anderes Mädchen hat seiner Mutter gezeigt, was sie zu tun hat. Diese war, wie Victoria geradezu beiläufig erzählt, von Victorias Stiefvater so oft und so brutal geschlagen worden, dass sie keine Zähne mehr im Mund hatte. Victoria erweckte mit einer Berührung ihrer Hand die Kraft in ihr und zeigte ihr, wie sie sie einsetzen konnte. Ihre Mutter warf sie als Dank aus dem Haus und schimpfte sie eine Hexe. Keiner braucht ein Internetforum, um das zu verstehen. Alle nicken, und jemand reicht Victoria die Soße.

In weniger chaotischen Zeiten hätte sicher jemand nachgefragt, was mit diesen Mädchen eigentlich los ist – die Polizei, Sozialarbeiter oder Mitglieder der Schulverwaltung. Doch die Behörden sind einfach nur froh, dass ihnen jemand hilft.

Jemand fragt Allie, was ihr zugestoßen ist, und sie weiß, dass sie ihren richtigen Namen nicht preisgeben darf. Sie nennt sich Eve, und die Stimme sagt: Eine gute Wahl, die erste Frau auf der Erde. Eine hervorragende Wahl.

Eves Geschichte ist einfach, uninteressant und gleich

wieder vergessen. Eve stammt aus Augusta, und ihre Eltern hatten sie für zwei Wochen zu Verwandten geschickt. Als sie zurückkehrte, waren die Eltern unbekannt verzogen. Sie hat zwei jüngere Brüder; die Eltern wollten sie vermutlich schützen, auch wenn Eve nie jemandem etwas getan hat. Die anderen Mädchen nicken und widmen sich dem nächsten Thema.

Es geht nicht darum, was ich getan habe, denkt Allie, sondern was ich tun werde.

Und die Stimme sagt: Es geht darum, was Eve tun wird.

Und Allie antwortet: Ja.

Es gefällt ihr im Kloster. Die Nonnen sind zum größten Teil freundlich, und weibliche Gesellschaft tut Allie gut. Ihrer Meinung nach haben Männer wenig Gutes an sich. Wenn die Mädchen ihre Aufgaben erledigt haben, dürfen sie im Meer schwimmen und am Strand spazieren gehen; im Garten stehen Schaukeln, und das gemeinsame Singen in der Kapelle lässt die Stimmen in Allies Kopf verstummen. In diesen ruhigen Momenten denkt sie: Vielleicht könnte ich für immer hierbleiben. Mein einziger Wunsch ist es, für den Rest meines Lebens im Hause Gottes verweilen zu dürfen.

Eine Nonne, Schwester Maria Ignacia, fällt Allie besonders auf. Sie hat ebenso dunkle Haut wie Allie und sanfte, braune Augen. Schwester Maria Ignacia erzählt gerne Geschichten aus der Kindheit von Jesus und wie seine Mutter Maria immer nett zu ihm war und ihn gelehrt hat, alle lebenden Dinge zu lieben.

»Seht ihr«, sagt Schwester Maria Ignacia zu den Mädchen, die sich vor der Abendandacht bei ihr versammelt haben, »unser Herr hat von einer Frau gelernt zu lieben. Und

Maria liebt alle Kinder. Auch euch, indem sie euch zu uns gebracht hat.«

Eines Abends, nachdem die anderen schon gegangen sind, lehnt Allie ihren Kopf gegen Schwester Maria Ignacias Knie und sagt: »Kann ich mein ganzes Leben lang hierbleiben?«

Schwester Maria Ignacia streichelt ihr Haar und sagt: »Oh, dann müsstest du aber eine Nonne werden. Vielleicht stellst du fest, dass du etwas anderes vom Leben möchtest. Einen Mann und Kinder, Arbeit.«

Allie denkt: So reagieren sie immer. Keiner will, dass man bleibt. Immer sagen sie, dass sie einen lieben, aber bleiben darf man nicht.

Und die Stimme sagt leise: Tochter, wenn du bleiben willst, dann kann ich das für dich einrichten.

Allie antwortet: Bist du Maria?

Und die Stimme sagt: Wenn du das möchtest, Liebes. Wenn dich das antreibt.

Allie antwortet: Nie wollen sie mich behalten, nicht wahr? Niemals darf ich bleiben.

Und die Stimme sagt: Wenn du bleiben willst, musst du diesen Ort zu deinem eigenen machen. Überleg dir, wie du das anstellen willst. Keine Angst, dir wird etwas einfallen.

Die Mädchen erproben ihre Kräfte aneinander. Im Wasser, an Land verpassen sie einander kleine elektrische Schläge und Nervenkitzel. Allie nutzt die Zeit ebenfalls zum Üben, auch wenn sie zurückhaltender vorgeht. Die anderen sollen nicht wissen, was sie tut; sie erinnert sich an das, was sie über die Zitteraale gelesen hat. Nach vielen Versuchen gelingt es ihr, einen so schwachen Stromstoß abzugeben, dass der Arm oder das Bein eines anderen Mädchens zusammenzuckt, ohne dass dieses den Grund dafür erkennen kann.

»Oh!«, ruft Savannah, als ihre Schulter plötzlich nach oben zuckt. »Was war das denn?«

»Hm«, meint Victoria, als Allie ihr Gehirn ein wenig kitzelt. »Irgendwie habe ich auf einmal Kopfschmerzen. Ich kann nicht … ich kann nicht klar denken.«

»Verdammt!«, schreit Abigail, als ihr Knie ausschlägt. »Jetzt habe ich einen Krampf wegen des Wassers.«

Allie muss nicht viel Kraft aufwenden und tut keinem weh. Sie kommen nie darauf, dass Allie dahintersteckt, wie die Aale im Aquarium, den Kopf knapp über der Wasseroberfläche, die Augen weit aufgerissen und mit starrem Blick.

Nach ein paar Monaten sprechen ein paar Mädchen davon, den Orden verlassen zu wollen. Die anderen haben möglicherweise auch Geheimnisse, denkt Allie – oder Eve, wie sie sich auch allein mit sich selbst nennen will –, verstecken sich hier vielleicht ebenfalls nur, bis die Atmosphäre weniger aufgeheizt ist.

Eines der Mädchen, das sie Gordy nennen, weil es mit Nachnamen Gordon heißt, fragt Allie, ob sie mitkommen möchte. »Wir wollen nach Baltimore«, sagt sie. »Verwandte meiner Mom leben da, die uns helfen können, Fuß zu fassen.« Sie bewegt die Schultern. »Ich hätte dich gern dabei.«

Eve hat viel leichter Freunde gefunden als Allie früher. Eve ist nett und ruhig und aufmerksam, wohingegen Allie abweisend und kompliziert war.

Sie kann nicht zurückgehen, und was gäbe es denn auch schon, zu dem man zurückkehren könnte? Andererseits wird sicher auch nicht groß angelegt nach ihr gesucht. Sie sieht jetzt auch anders aus, ihr Gesicht ist länger und magerer, sie ist gewachsen. In diesem Alter beginnen Teenager, ihr Erwachsenengesicht auszubilden. Sie könnte nach Norden ziehen, nach Baltimore, oder in irgendeine andere Stadt im Nirgendwo und als Kellnerin arbeiten. In drei Jahren würde niemand in Jacksonville sich mehr an sie erinnern. Sie könnte aber auch hierbleiben. Hier ist sie glücklicher als je zuvor im Leben. Sie horcht an Türen und Ecken. Das hat sie schon immer gemacht. Ein Kind in Gefahr muss lernen, mehr auf die Erwachsenen zu achten als ein geliebtes und geschätztes Kind.

So hört sie, wie die Nonnen untereinander streiten, und so erfährt sie, dass sie vielleicht gar nicht bleiben kann.

Schwester Veronica, deren Gesichtsausdruck immer wie in Granit gemeißelt ist, spricht mit der Äbtissin in ihrem kleinen Wohnzimmer.

»Haben Sie es gesehen?«, fragt sie. »Haben Sie gesehen, dass es möglich ist?«

»Wir haben es alle gesehen«, knurrt die Äbtissin.

»Wie können Sie dann daran zweifeln?«

»Ammenmärchen«, wirft Schwester Maria Ignacia ein. »Kinderspiele.«

Schwester Veronicas Stimme ist so laut, dass die Tür erzittert, und Allie tritt einen Schritt zurück.

»Sind denn die Evangelien *Ammenmärchen?* War unser Herr ein Lügner? Wollt ihr mir sagen, dass es nie einen Dämon gab, dass Er ein *Spiel* gespielt hat, als Er der Menschheit die Teufel austrieb?«

»Aber das sagt doch niemand, Veronica. Niemand zweifelt die Evangelien an.«

»Habt ihr es in den Nachrichten gesehen? Habt ihr gesehen, was sie tun? Sie haben Kräfte, von denen die Menschen gar nichts wissen dürften. Woher kommt diese Kraft? Die Antwort wissen wir alle. Der Herr hat es uns gesagt. Wir wissen es alle.«

Schweigen breitet sich im Raum aus.

Schwester Maria Ignacia ergreift schließlich wieder leise das Wort: »Ich habe gehört, dass die Umweltverschmutzung der Grund dafür ist. In der Zeitung stand dazu ein interessanter Artikel. Verschmutzungen in der Atmosphäre verursachen bestimmte Mutationen bei …«

»Es ist der Teufel. Der Teufel geht unter uns um und prüft die Unschuldigen und die Schuldigen, verleiht den Verdammten Kräfte, wie er es immer schon getan hat.«

»O nein«, erwidert Schwester Maria Ignacia. »Ich sehe das Gute in ihren Gesichtern. Das sind *Kinder*, und es ist unsere Pflicht, uns um sie zu kümmern.«

»Du würdest auch im Gesicht Satans persönlich etwas Gutes sehen, wenn er mit einer ergreifenden Geschichte und leerem Magen vor deiner Tür stünde.«

»Und wäre das denn falsch? Wenn Satan Hunger hätte?«

Schwester Veronica stößt ein Lachen wie ein Hundebellen aus.

»Gute Vorsätze! Gute Vorsätze pflastern den Weg zur Hölle.«

Die Äbtissin verschafft sich Gehör. »Wir haben schon um Rat beim Diözesanausschuss gebeten. Sie beraten sich und beten. In der Zwischenzeit hat der Herr uns aufgetragen: Lasset die Kindlein zu uns kommen.«

»Junge Mädchen erwecken es in älteren Frauen. Das ist das Werk des Teufels, der das Böse weitergibt wie Eva den Apfel an Adam.«

»Wir können die Kinder doch nicht einfach auf die Straße setzen.«

»Der Teufel wird sie an seinem Busen nähren.«

»Oder sie werden verhungern«, entgegnet Schwester Maria Ignacia.

Allie denkt lange über das Gehörte nach. Sie könnte weiterziehen. Doch es gefällt ihr hier.

Die Stimme sagt: Du hast gehört, was sie gesagt hat. Eva hat Adam den Apfel gegeben.

Allie denkt, vielleicht hat sie genau das Richtige getan. Vielleicht brauchte die Welt etwas Neues. Einen Tritt in den Hintern.

Die Stimme sagt: So ist's recht.

Allie fragt: Bist du Gott?

Die Stimme antwortet: Wer bin ich denn deiner Meinung nach?

Allie denkt: Ich weiß, dass du für mich da bist, wenn ich in Not bin. Ich weiß, dass du mich auf den rechten Weg geführt hast. Sag mir, was ich jetzt tun soll. Bitte.

Die Stimme antwortet: Wenn die Welt keine Veränderung bräuchte, warum sonst wäre die Kraft jetzt zum Leben erwacht?

Allie denkt: Gott sagt der Welt, dass es eine neue Weltordnung gibt. Dass die alte Art zu leben abgelöst wurde. Die letzten Jahrhunderte liegen hinter uns. Genau wie Jesus den Menschen von Israel gesagt hat, dass Gottes Wünsche sich geändert haben, dass die Zeit der Evangelien vorbei ist und es neue Lehren geben muss.

Die Stimme antwortet: Dieses Land braucht einen Propheten.

Allie fragt: Aber wen?

Die Stimme antwortet: Versuch es doch mal, Schatz. Vergiss nicht, wenn du hierbleiben willst, musst du die Führung übernehmen, damit sie dir den Ort nicht wegnehmen können. Du bist nur sicher, Liebes, wenn du hier bestimmst.

Roxy

Roxy hat schon früher gesehen, wie ihr Dad andere Typen verprügelt hat. Sie hat gesehen, wie er ihnen völlig beiläufig mit dem Handrücken und all seinen Ringen ins Gesicht geschlagen hat, als er schon gehen wollte. Sie hat gesehen, wie er auf einen Mann eingeschlagen hat, bis seine Nase geblutet hat und er zu Boden fiel. Dann hat ihm Bernie immer wieder in den Bauch getreten, und als er fertig war, hat er sich die Hände an dem Taschentuch aus seiner hinteren Hosentasche abgewischt. Er sah auf das zerstörte Gesicht des Mannes herab und sagte: »Leg dich bloß nicht mit mir an. Glaub bloß nicht, dass du mir blöd kommen kannst.«

Das wollte sie auch immer können.

Der Körper ihres Vaters ist eine Burg für sie. Schutz und Waffe gleichzeitig. Wenn er seinen Arm um ihre Schulter legt, empfindet sie eine Mischung aus Angst und Trost. Sie ist auch schon schreiend vor seiner Faust davongelaufen. Sie hat gesehen, was er Leuten antut, die ihr etwas antun wollen.

Das wollte sie auch immer können. Nur das, sonst nichts.

»Du weißt, was passiert ist, nicht wahr, Schätzchen?«, fragt Bernie.

»Verdammter Primrose«, erwidert Ricky.

Ricky ist ihr ältester Halbbruder.

Bernie sagt: »Das war eine Kriegserklärung, Schätzchen, deine Mum zu töten. Und wir haben lange gebraucht, bis wir sicher wussten, wie wir an ihn rankommen. Doch jetzt sind wir sicher. Und wir sind bereit.«

Ricky und Terry, der mittlere Sohn, tauschen einen wissenden Blick aus, ebenso wie Terry und Darrell, der jüngste. Drei Söhne von seiner eigenen Frau, und dann noch Roxy. Sie weiß, warum sie seit diesem Jahr bei ihrer Großmutter lebt und nicht bei ihnen. Sie gehört nur halb dazu. Nicht genug, um am Sonntag zum Mittagessen zu kommen, aber viel zu sehr, als dass sie sich aus so etwas heraushalten könnte. Das hier betrifft alle.

Roxy sagt: »Wir sollten ihn umbringen.«

Terry lacht.

Sein Vater wirft ihm einen strengen Blick zu, und das Lachen verstummt abrupt. Mit Bernie Monke legt man sich nicht an. Nicht einmal, wenn man sein leiblicher Sohn ist. »Sie hat recht«, sagt Bernie. »Du hast wirklich recht, Roxy. Wir sollten ihn wahrscheinlich umbringen. Doch er ist stark und hat viele Freunde, weshalb wir langsam und vorsichtig vorgehen müssen. Wenn wir es tun, muss der erste Schlag sitzen.«

Sie soll zeigen, was sie kann. Sie hält ein wenig Kraft zurück, sodass nur ihre Arme taub werden. Darrell flucht, als sie ihn berührt, und es tut ihr ein wenig leid. Darrell ist als Einziger immer nett zu ihr. Er hat ihr sogar immer eine extra Schokoladenmaus aus dem Süßigkeitenladen mitgebracht, wenn sein Dad ihn nach der Schule zu seiner Mutter gefahren hat.

Danach reibt Bernie sich seine kräftigen Arme und sagt: »Das ist alles?«

Und sie zeigt es ihnen. Sie hat einiges davon im Internet gesehen.

Sie folgen ihr in den Garten, wo Bernies Frau Barbara einen hübschen Teich angelegt hat, in dem große orangefarbene Fische herumschwimmen.

Es ist kalt. Das mit Raureif überzogene Gras knirscht unter Roxys Füßen.

Sie kniet sich hin und taucht ihre Fingerspitzen in den Teich.

Plötzlich breitet sich ein Geruch nach reifem Obst aus, süß und saftig. Der Geruch nach Hochsommer. Ein Lichtblitz im dunklen Wasser. Ein Zischen, Knistern.

Einer nach dem anderen treiben die Fische tot an die Wasseroberfläche.

»Fuck!«, ruft Terry.

»Verdammte Scheiße!«, knurrt Ricky.

»Mum wird überhaupt nicht begeistert sein«, sagt Darrell.

Barbara Monke hat nie Interesse an Roxy gezeigt, nicht nachdem ihre Mutter gestorben ist, nicht nach der Beerdigung. Niemals. Einen Moment genießt Roxy die Vorstellung, wie Barbara ihre Fische tot vorfindet.

»Ich kümmere mich um eure Mutter«, sagt Bernie. »Rox, mein Mädchen, das wird uns sehr nützlich sein.«

Bernie treibt zwei Kumpels auf, die Töchter im richtigen Alter haben, und überredet diese, ihre Fähigkeiten zu zeigen. Sie kämpfen spielerisch gegeneinander, jede gegen jede oder zwei gegen einen. Bernie überwacht sie im Garten, wie sie Funken sprühen und Blitze schlagen. Auf der ganzen Welt drehen die Menschen deswegen durch, doch es gibt immer jemanden, der sich etwas Neues zunutze machen will.

Eins ist nach den Trainingskämpfen sicher: Roxy verfügt über ungeheure Kräfte. Mehr als jedes Mädchen, das sie als Trainingspartnerin für sie auftreiben können. Sie lernt einiges über Radius und Reichweite, wie sie einen Bogen bilden kann und dass ihre Kraft auf nasser Haut besser wirkt.

Sie ist sehr stolz auf ihre besondere Fähigkeit und legt alles hinein.

Sie ist mit Abstand die stärkste von allen Mädchen, von denen sie gehört haben.

Deshalb wird Roxy auch mitkommen, wenn Bernie alles organisiert hat und sie wissen, wo Primrose sich aufhalten wird.

Ricky zieht sie vor der Abfahrt in die Toilette. »Du bist jetzt ein großes Mädchen, nicht wahr, Rox?«

Sie nickt. Sie weiß ungefähr, was jetzt gleich kommen wird.

Er zieht eine kleine Plastiktüte aus der Tasche und schüttet vorsichtig etwas weißes Pulver auf den Rand des Waschbeckens.

»Das hast du schon mal gesehen, oder?«

»Ja.«

»Schon mal versucht?«

Sie schüttelt den Kopf.

»Na, dann los.«

Er zeigt ihr, was sie mit einem zusammengerollten Fünfzigpfundschein aus seiner Brieftasche tun muss. Den Geldschein kann sie behalten, wenn sie fertig sind, als Zulage zum Job. Danach hat sie ein sehr klares, sehr sauberes Gefühl. Nein, sie hat nicht vergessen, was mit ihrer Mum passiert ist. Ihre Wut ist immer noch rein und weiß und elektrisch, doch sie spürt keine Trauer. Es ist wie etwas, von dem sie einmal gehört hat, was sie aber nicht direkt betrifft. Es ist gut. Sie ist voller Kraft. Der ganze Tag steckt in ihren Fingern. Sie erzeugt einen langen, Funken sprühenden Bogen zwischen ihren Handflächen, länger, als sie ihn je zuvor zustande gebracht hat.

»Hey«, sagt Ricky, »nicht hier drin, okay?«

Sie ruft den Bogen zurück, bis er nur noch glitzernde Spuren an ihren Fingern hinterlässt. Am liebsten hätte sie laut gelacht darüber, wie viel in ihr steckt und wie leicht es ist, die Kraft zu entfesseln.

Ricky füllt ein wenig des weißen Pulvers in ein frisches Plastiktütchen ab und schiebt es Roxy in die Jeanstasche. »Falls du es brauchst. Nimm es nur, wenn du Angst bekommst, okay? Und auf *gar keinen* Fall im Auto, verstanden?«

Sie braucht es nicht. Denn ihr gehört ja sowieso schon alles.

Die nächsten Stunden nimmt sie als Momentaufnahmen wahr. Wie Bilder auf ihrem Handy. Sie blinzelt und sieht ein Bild. Sie blinzelt wieder und sieht etwas anderes. Sie blickt auf ihre Uhr, es ist zwei Uhr nachmittags. Wenig später sieht sie erneut darauf, und es ist plötzlich halb drei. Selbst wenn sie es versuchte, würde sie sich um nichts Sorgen machen. Das ist gut.

Sie haben ihr den Plan eingetrichtert. Primrose wird mit nur zwei Kumpeln dort sein. Sein Freund Weinstein hat ihn verraten. Hat ihn zu diesem Lagerhaus beordert, unter dem Vorwand, sie müssten sich treffen. Bernie und seine Söhne werden hinter den Kisten mit den Gewehren warten. Zwei Jungs werden sich nach draußen schleichen und die Türen verriegeln. Sie wollen die Männer überraschen und überwältigen und dann Roxy loslassen. Zum Abendessen sollten sie wieder zu Hause sein. Primrose hat keine Ahnung. Roxy kommt eigentlich nur mit, weil sie verdient, es mit anzusehen, nach allem, was sie durchgemacht hat. Und weil Bernie sich immer doppelt absichert, deshalb hat er auch so lange überlebt. Deshalb versteckt sie sich oben im Lagerhaus und späht durch das Gitter nach unten, im Schutz einiger Kisten. Nur für den Fall. Sie ist dort und sieht nach unten, als Primrose eintrifft. Blende auf, Blende zu.

Als es losgeht, eskaliert die Situation sofort und resultiert in einem tödlichen Chaos. Bernie und die Jungs sind unten, sie brüllen Weinstein zu, aus dem Weg zu gehen, und Weinstein zuckt mit den Schultern, als wolle er sagen, Pech gehabt, Kumpel, doch er weicht trotzdem zurück, als Bernie und seine Söhne vorrücken. In diesem Moment lächelt Primrose, und seine Kumpels kommen herein. Viel mehr, als Weinstein ihnen angekündigt hatte. Jemand hat gelogen. Der Auslöser klickt.

Primrose ist ein großer Mann, dünn und blass. Er hat zwanzig Männer dabei, die alle sofort das Feuer eröffnen. Sie haben sich um den Eingang des Gebäudes verteilt und schießen hinter ihrer Deckung aus Eisenplatten am Geländer hervor. Sie sind eindeutig in der Überzahl. Drei Männer drücken Terry hinter einer niedrigen Holzkiste zu Boden. Der große, langsame Terry mit der riesigen, weißen, aknenarbigen Stirn. Er hebt den Kopf über den Kistenrand, und Roxy will ihm zurufen, es nicht zu tun, doch kein Wort dringt aus ihrer Kehle.

Primrose zielt sorgfältig, nimmt sich alle Zeit der Welt; er lächelt, und dann blüht plötzlich ein rotes Loch mitten in Terrys Gesicht, und er kippt nach vorne wie ein gefällter Baum. Roxy blickt auf ihre Hände. Lange Bögen aus Elektrizität wandern zwischen ihren Handflächen, auch wenn sie sich nicht erinnern kann, sie gerufen zu haben. Sie sollte etwas tun, doch sie hat Angst. Schließlich ist sie doch erst fünfzehn. Sie holt das kleine Tütchen aus der Hosentasche und schnupft ein wenig von dem Pulver. Sie sieht, wie die Energie ihre Arme und Hände überläuft. Ihre Gedanken sind wie eine Stimme, die ihr von außen ins Ohr flüstert: Dafür bist du geboren.

Sie ist auf der Eisenbrücke, die mit den Platten im Erdgeschoss verbunden ist, die Primroses Männer als Deckung benutzen. Viele berühren das Eisen oder lehnen sich dagegen. Sie sieht, was sie mit einem Schlag anrichten kann, und bei dieser Vorstellung ist sie so aufgeregt, dass sie kaum still sitzen kann. Ein Knie beginnt auf und ab zu wippen. Das hier sind die Männer, die ihre Mum getötet haben, und jetzt weiß sie, wie sie sich rächen kann. Sie wartet, bis einer seine Fingerspitzen auf dem Geländer ruhen lässt, einer sich mit dem Kopf dagegen lehnt und ein dritter sich an einem Türgriff festhält, während er sich duckt und schießt. Einer von ihnen trifft Bernie an der Seite. Roxy atmet langsam zwischen gespitzten Lippen aus. Ihr wolltet es so, denkt sie, und setzt das Geländer unter Strom. Drei der Männer gehen mit durchgedrücktem Rücken zu Boden, schreiend und zuckend und mit nach hinten verdrehten Augen. Habe ich euch. Ihr wolltet es nicht anders.

Und dann entdecken sie sie. Das Bild ist eingefroren.

Viele sind nicht mehr von ihnen übrig. Jetzt herrscht Gleichstand, auch wenn Bernie vielleicht sogar die Oberhand hat, vor allem weil Primrose langsam Angst bekommt; man erkennt es an seinem Gesichtsausdruck. Donnernde Schritte ertönen auf der Metalltreppe, zwei Männer versuchen, Roxy zu packen. Einer beugt sich tief über sie, weil das normale Kinder erschreckt, normale kleine Mädchen. Roxy reagiert instinktiv, sie muss ihm nur zwei Finger an die Schläfe legen und einen elektrischen Stoß durch seine Stirn schicken, schon liegt er auf dem Boden und weint blutige Tränen. Der andere legt einen Arm um ihre Taille – wie dumm kann man sein? –, und sie greift nach seinem Handgelenk. Sie lernt, dass sie gar nicht viel Kraft einsetzen muss, damit die Männer von ihr ablassen, und sie ist sehr zufrieden mit sich selbst, bis sie nach unten sieht und erkennt, dass Primrose durch die Hintertür fliehen will.

Er wird davonkommen. Bernie liegt stöhnend auf dem Boden, Terry blutet aus dem Loch in seinem Kopf. Terry ist tot, genau wie ihre Mutter, das weiß sie sicher, und Primrose will abhauen. Nein, das wirst du nicht, du Stück Scheiße, denkt Roxy. Das wirst du auf gar keinen Fall.

Geduckt rennt sie die Treppe nach unten und folgt Primrose durch die Hintertür, einen Korridor entlang, durch ein leeres Großraumbüro. Sie sieht, wie er nach links abbiegt, und läuft schneller. Wenn er es bis zu seinem Wagen schafft, hat sie ihn verloren, und er wird sich rasch und unerbittlich an ihnen rächen; keiner von ihnen wird es überleben. Sie erinnert sich, wie seine Männer ihre Mum an der Kehle gepackt haben. Er hat das befohlen. Er hat es wahr werden lassen. Sie rennt noch schneller.

Er flüchtet durch einen weiteren Korridor in einen Raum, in dem sich eine Tür zur Feuertreppe befindet. Sie hört, wie er die Klinke hinunterdrückt, und sagt leise »Fuck, fuck, fuck«, doch als sie um die Ecke biegt, ist Primrose immer noch da. Die Tür ist verschlossen. Stattdessen versucht er, mit einem Metallmülleimer das Fenster einzuschlagen. Sie hechtet nach vorne, wie sie es geübt haben, schlittert weiter und zielt auf sein Schienbein. Eine Hand packt seinen Knöchel, das süße, nackte Fleisch, und Roxy lässt ihre Kraft fließen.

Beim ersten Mal gibt er kein Geräusch von sich, stürzt stumm zu Boden, als würden die Knie unter ihm nachgeben, während seine Arme immer noch versuchen, das Fenster einzuschlagen, nur dass der Mülleimer jetzt die Wand trifft. Als er endgültig zu Boden geht, packt sie sein Handgelenk und verpasst ihm einen erneuten Stromstoß.

An seinen Schreien erkennt sie, dass ihm noch nie jemand so etwas angetan hat. Er brüllt weniger vor Schmerzen als vor Überraschung, vor Angst. Sie verfolgt, wie sich das Geflecht auf seinem Arm ausbreitet, wie bei seinem Handlanger in Mums Haus, und allein der Gedanke daran lässt die Elektrizität stärker und heißer durch ihren Körper strömen. Er schreit, als ob Spinnen unter seiner Haut herumkrabbeln und ihn von innen heraus auffressen würden.

Sie nimmt sich ein wenig zurück.

»Bitte«, fleht er, »bitte.«

Er sieht sie an, zwingt seine tränenden Augen, sich auf sie zu fokussieren. »Ich kenne dich«, sagt er schließlich. »Du bist Monkes Kleine. Deine Mum hieß doch Christina, nicht wahr?«

Das ist ein Fehler. Den Namen ihrer Mutter sollte er wirklich nicht in den Mund nehmen. Sie verpasst ihm einen Schlag an der Kehle, und er schreit: »Scheiße, verdammt!«

Dann brabbelt er: »Es tut mir so leid, es tut mir leid, es ging um deinen Dad, aber ich kann dir helfen, du kannst für mich arbeiten, so ein starkes und schlaues Mädchen, so was habe ich noch nie gespürt. Bernie will dich doch sowieso nicht, das weiß ich. Arbeite für mich. Sag mir, was du willst. Ich gebe dir alles.«

Roxy erwidert: »Du hast meine Mum getötet.«

Er antwortet: »Dein Dad hat diesen Monat drei meiner Jungs umgebracht.«

Sie fährt fort: »Du hast deine Männer zu uns geschickt, und sie haben meine Mum getötet.«

Primrose wird so still, dass sie schon denkt, gleich schreit er wieder, oder er wird versuchen, ihr die Zähne einzuschlagen. Dann lächelt er und zuckt mit den Schultern. »Wenn das so ist, kann ich dir nichts anbieten, Kleine. Doch du hättest es nicht mit ansehen sollen. Newland hat gesagt, du wärst nicht im Haus.«

Schritte nähern sich, schwere Stiefel, mehrere Leute. Vielleicht die Männer ihres Vaters, vielleicht Primroses. Vielleicht würde sie jede Sekunde vor einer Kugel davonrennen müssen.

»Ich war aber zu Hause«, erwidert Roxy.

»Bitte«, fleht Primrose, »bitte nicht.«

Sie ist wieder im Haus ihrer Mutter, sieht alles klar und deutlich vor sich, während das Kokain in ihrem Kopf explodiert. Genau das war es, was ihre Mum gesagt hat. Sie denkt an ihren Dad mit seinen Ringen und an den blutigen Mund eines Mannes, der geschlagen wurde. Nur darum geht es. Sie legt ihre Hand an Primroses Schläfe.

Und tötet ihn.

Tunde

Einen Tag nachdem er das Video ins Netz gestellt hat, bekommt er einen Anruf. Angeblich von CNN, was er zuerst nicht glauben kann. Genau so ein dummer Witz sähe seinem Freund Charles ähnlich. Einmal hat er Tunde angerufen und sich als französischer Botschafter ausgegeben. Zehn Minuten hielt er den hochnäsigen Akzent durch, dann brach er vor Lachen zusammen.

Die Stimme am anderen Ende der Leitung sagt: »Wir wollen den Rest des Videos und bezahlen jeden Preis.«

»Wie bitte?«

»Spreche ich mit Tunde? BourdillonBoy97?«

»Ja?«

»CNN hier. Wir wollen den Rest des Videos kaufen, das Sie nach dem Vorfall im Supermarkt ins Internet gestellt haben. Und auch alles andere Material, was Sie noch haben.«

Er denkt, den Rest? Welchen Rest? Dann erinnert er sich.

»Es … es fehlen nur eine oder zwei Minuten am Ende. Andere Kunden sind ins Bild gelaufen. Ich dachte nicht, dass …«

»Wir machen die Gesichter unkenntlich. Wie viel wollen Sie?«

Er ist immer noch völlig verschlafen und kann nicht klar denken. Daher nennt er die erste Summe, die ihm einfällt. Fünftausend amerikanische Dollar.

CNN stimmt so rasch zu, dass ihm klar wird, dass er das Doppelte hätte verlangen können.

An diesem Wochenende streift er durch die Straßen und die Clubs, auf der Suche nach neuem Videomaterial. Ein Kampf zwischen zwei Frauen am Strand, um Mitternacht. Die Elektrizität erleuchtet die aufmerksamen Gesichter des Publikums, während die Frauen stöhnend und ächzend versuchen, sich gegenseitig an die Kehle zu gehen. Tunde schießt Bilder ihrer vor Wut verzerrten Gesichter, halb im Schatten verborgen. Die Kamera verleiht ihm ein Gefühl von Macht; als ob er da wäre und gleichzeitig auch nicht. Man macht, was man mag, denkt er, doch ich werde auch etwas daraus machen. Ich werde derjenige sein, der die Story erzählt.

Ein Junge und ein Mädchen haben in einer Gasse Sex. Sie neckt ihn mit ihrer knisternden Handfläche an seinem Steißbein. Der Junge dreht sich um und sieht Tundes Kamera auf ihn gerichtet. Er hält inne, das Mädchen lässt die Energie über sein Gesicht laufen und sagt: »Schau nicht ihn an, sondern mich.« Als er sie an sich zieht, lächelt sie, lässt den Rücken des Jungen aufleuchten und sagt zu Tunde: »Hey, willst du auch mal?« Da bemerkt er eine zweite Frau etwas weiter hinten in der Gasse, die sie beobachtet, und er rennt so schnell wie möglich davon. Hinter sich hört er Gelächter. Als er in Sicherheit ist, muss er auch lachen. Er spielt die Videoaufnahmen ab. Sexy. Er würde das auch gern mal erleben. Vielleicht.

CNN kauft auch diese Aufnahmen. Er betrachtet seinen Kontostand und denkt, ich bin ein Journalist. So läuft es. Ich habe eine Meldung gefunden, und sie haben mich dafür bezahlt. Seine Eltern fragen jedoch nur: »Wann gehst du wieder aufs College?«

Er antwortet: »Ich nehme mir ein Freisemester und sammle praktische Erfahrungen.« Endlich beginnt sein Leben, er spürt es genau.

Er lernt früh, nicht mit seiner Handykamera zu filmen. Dreimal in den ersten paar Wochen berührt eine Frau das Gerät und zerstört es damit. Er kauft eine Schachtel mit billigen Digitalkameras von einem Lastwagen auf dem Alaba-Markt, aber er weiß, dass er mit den Aufnahmen, die er in Lagos machen kann, nicht das große Geld verdienen wird, das es da draußen zu holen gibt. Er liest in Internetforen, was in Pakistan passiert, in Somalia oder Russland. Die Aufregung überläuft ihn kribbelnd. Das ist es. Sein Krieg, seine Revolution, seine *Geschichte*. Genau hier, vor seiner Nase, er muss nur zugreifen. Charles und Joseph rufen ihn an und fragen, ob er sie am Freitagabend auf eine Party begleiten möchte, doch er lacht nur und sagt: »Ich habe was viel Cooleres vor, Mann.« Dann kauft er sich ein Flugticket.

Am Abend der ersten großen Unruhen trifft er in Riad ein. Das ist sein Glück; wenn er drei Wochen vorher gekommen wäre, hätte er vielleicht zu schnell aufgegeben, aus Geldmangel oder zu geringem Enthusiasmus. Er hätte dieselben Aufnahmen wie alle gemacht: Bilder von Frauen mit der traditionellen Gesichtsmaske Battoulah, die schüchtern kichernd aneinander ihre neuen Fähigkeiten erprobten. Wahrscheinlich hätte er jedoch gar nichts bekommen – am Anfang filmten nur Frauen. Um als Mann hier aufnehmen zu können, musste er schon an genau dem Abend eintreffen, an dem sie durch die Stadt strömten.

Auslöser war der Tod von zwei etwa zwölfjährigen Mädchen. Ein Onkel hatte sie dabei erwischt, wie sie teuflische Dinge taten; als religiöser Mann hatte er rasch seine Freunde gerufen, und am Ende hatte man die beiden Mädchen zu Tode geprügelt. Die Nachbarn sahen und hörten alles. Doch – und wer kann schon sagen, warum Menschen an einem Donnerstag anders auf etwas reagieren, das auch am Dienstag schon so war? – diesmal wehrten sie sich. Ein Dutzend Frauen wurde zu hundert. Hundert Frauen zu tausend. Die Polizei zog sich zurück. Die Frauen riefen Parolen und trugen Plakate mit sich herum. Plötzlich erkannten sie alle gemeinsam ihre Kraft.

Als Tunde am Flughafen landet, erklären ihm die Sicherheitsbeamten am Ausgang, dass es da draußen nicht sicher wäre und ausländische Besucher im Terminal bleiben und den ersten Flug nach Hause nehmen sollten. Er muss drei verschiedene Männer bestechen, um ins Freie schleichen zu können. Er bezahlt einem Taxifahrer das Doppelte, damit dieser ihn dahin bringt, wo sich die Frauen zu ihrem lautstarken Protestmarsch versammeln. Es ist mitten am Tag, der Mann hat Angst.

»Fliegen Sie wieder heim«, sagt er, als Tunde aussteigt.

Drei Straßen weiter entdeckt er das Ende der Menschenmenge. Er hat das Gefühl, dass hier heute etwas geschehen wird, etwas, das er so zuvor noch nie gesehen hat. Er ist zu aufgeregt, um Angst zu haben. Er wird derjenige sein, der alles aufzeichnet.

Er folgt den Frauen, hält die Kamera dicht bei sich, sodass nicht sofort ersichtlich ist, was er tut. Zwei Frauen bemerken ihn dennoch. Sie rufen ihm etwas zu, zuerst auf Arabisch, dann auf Englisch.

»Medien? CNN? BBC?«

»Ja«, antwortet er. »CNN.«

Sie lachen, und einen Moment lang bekommt er es doch mit der Angst zu tun, doch die löst sich in nichts auf, als die Frauen sich gegenseitig zurufen »CNN! CNN!«. Sie drängen sich um ihn und recken lächelnd einen gestreckten Daumen in die Kamera.

»Du darfst nicht mit uns laufen, CNN«, sagt eine, die ein wenig besser Englisch spricht als die anderen. »Heute werden keine Männer bei uns sein.«

»Oh, aber ...«, Tunde setzt sein gewinnendstes Lächeln auf, »ich bin doch harmlos. Ihr würdet mir nichts tun.«

Die Frau bleibt unerbittlich. »Nein, keine Männer.«

»Was muss ich tun, damit ihr mir vertraut?«, fragt Tunde. »Schaut, hier ist mein CNN-Ausweis. Ich trage keine Waffen bei mir.« Er öffnet sein Jackett, zieht es langsam aus und wendet es in der Luft hin und her.

Die Frauen beobachten ihn. Die, die passabel Englisch spricht, sagt: »Du könntest alles bei dir tragen.«

»Wie heißt du?«, fragt er. »Meinen Namen kennst du bereits. Ich bin im Nachteil.«

»Noor«, antwortet sie. »Das bedeutet ›das Licht‹. Wir bringen das Licht. Also, sag uns: Was ist, wenn du eine Pistole in einem Halfter am Rücken trägst oder einen Taser an deinem Oberschenkel?«

Er sieht sie an und zieht langsam eine Augenbraue nach oben. Sie hat dunkle, fröhliche Augen. Sie lacht ihn an.

»Wirklich?«, meint er.

Sie nickt lächelnd.

Er knöpft langsam sein Hemd auf, zieht es aus. Funken springen zwischen den Fingerspitzen der Frauen, doch er hat keine Angst.

»Keine Pistole auf dem Rücken.«

»Das sehe ich«, erwidert sie. »Und der Oberschenkel?«

Etwa dreißig Frauen beobachten die Szene. Jede einzelne von ihnen könnte ihn mit einem Schlag töten. Wer A sagt …

Er knöpft seine Jeans auf, streift sie nach unten. Die Frauen schnappen leise nach Luft. Er dreht sich langsam um die eigene Achse.

»Kein Taser«, sagt Tunde, »an meinen Oberschenkeln.«

Noor lächelt. Leckt sich die Oberlippe.

»Dann solltest du mit uns kommen, CNN. Zieh dich wieder an und folge uns.«

Rasch kleidet er sich wieder an und stolpert hinter den Frauen her. Noor ergreift seine linke Hand.

»In unserem Land ist es verboten, dass Männer und Frauen sich auf der Straße an den Händen halten. In unserem Land dürfen Frauen nicht Auto fahren. Frauen können mit Autos nicht umgehen.«

Sie packt seine Hand fester. Er spürt, wie diese seltsame Kraft über ihre Schultern zuckt, wie diese besondere Atmosphäre in der Luft vor einem Gewitter. Sie tut ihm nicht weh, nicht einmal ein Flimmern tritt auf ihn über. Sie zieht ihn über die leere Straße zu einem Einkaufszentrum. Vor dem Eingang parken Dutzende Autos in ordentlichen Reihen, die von roten, grünen und blauen Flaggen gekennzeichnet werden.

Von den oberen Stockwerken des Einkaufszentrums sehen Männer und Frauen nach unten zu ihnen. Die jungen Frauen um Tunde herum lachen, deuten mit den Fingern auf die Zaungäste und erzeugen ein Knistern zwischen ihren Fingerspitzen. Die Männer verziehen das Gesicht. Die Frauen starren begierig nach unten. Ihre Augen sehnen sich nach diesem Anblick.

Noor lacht, als sie Tunde bedeutet, sich in sicherer Entfernung zur Motorhaube eines schwarzen Jeeps direkt vor dem Eingang zu postieren. Ihr Lächeln ist breit und selbstbewusst.

»Filmst du?«, fragt sie.

»Ja.«

»Wir dürfen in diesem Land kein Auto steuern«, sagt sie, »aber schau zu, was wir stattdessen können.«

Sie legt ihre Hand flach auf die Motorhaube. Ein Klicken ertönt, und die Haube öffnet sich.

Sie grinst Tunde zu und legt ihre Hand auf den Motor, neben die Batterie.

Der Motor springt an, heult auf. Immer höher, immer lauter kreischt er, versucht, vor der Berührung der Frau zu fliehen. Noor lacht die ganze Zeit. Das Geräusch der gequälten Maschine wird immer durchdringender, bis es zu einer Explosion kommt, ein weißer Blitz aus dem Motorblock schießt und dieser einfach schmilzt. Öl und flüssiger Stahl tropfen auf den Boden. Noor verzieht das Gesicht, packt Tundes Hand und ruft ihm »Lauf!« ins Ohr. Und das tun sie, rennen über den Parkplatz, während sie ihn drängt weiterzufilmen. Er dreht sich zu dem Jeep um, genau in dem Moment, in dem das heiße Metall auf den Benzinschlauch trifft und der Wagen explodiert.

Es ist so laut und heiß, dass sein Kameramonitor erst weiß wird, dann schwarz. Als das Bild zurückkommt, laufen junge Frauen in der Mitte des Bildschirms, vor dem Hintergrund des enormen Feuers. Sie gehen von Auto zu Auto, bringen die Motoren zum Aufheulen und schließlich zum

Schmelzen. Manche müssen die Autos nicht einmal berühren; die Energie, die sie auf die Fahrzeuge werfen, reicht aus. Alle lachen.

Tunde schwenkt die Kamera nach oben in Richtung der Menschen, die alles durch die Fenster der oberen Stockwerke verfolgen. Manche Männer versuchen, ihre Frauen von den Glasscheiben wegzuziehen. Manche Frauen schütteln die Hände ihrer Männer einfach ab, ohne ein Wort. Schauen weiter zu, die Handflächen gegen das Glas gepresst. Da weiß Tunde, dass dieses Phänomen die Welt erobern und alles ändern wird, und er ist so glücklich, dass er in den Chor aus Freudenschreien der Frauen einstimmt.

In Manfouha, im Westen der Stadt, tritt eine ältere Äthiopierin aus einem halb fertigen, von Gerüsten gestützten Haus, um sie zu begrüßen. Sie hält die Hände erhoben und ruft etwas, das niemand versteht. Ihr Rücken ist gekrümmt, die Schultern nach vorn geschoben, ihre Wirbelsäule zwischen den Schulterblättern gewölbt. Noor nimmt ihre Hand zwischen ihre, und die ältere Frau beobachtet ihr Tun wie ein Patient die Arztbehandlung. Noor legt zwei Finger auf ihre Handfläche und zeigt ihr, wie sie die Kraft nutzen kann, die schon immer in ihr geschlummert haben muss, all die Jahre ihres Lebens. So funktioniert es. Die jüngeren Frauen können es in den älteren erwecken. Und von jetzt an werden alle Frauen über diese Kraft verfügen.

Die Greisin beginnt zu weinen, als Noors zarte Berührung ihre Nerven und Gelenke entflammt. Man erkennt es auf dem Video an ihrem Gesichtsausdruck, als sie in sich hineinhorcht und die Veränderungen spürt. Sie selbst hat wenig zu geben. Ein winziger Funke springt von ihren Fingerspitzen auf Noors Arm über. Sie muss ungefähr achtzig

Jahre alt sein. Die Tränen laufen ihr übers Gesicht, als sie das Kunststück immer wieder vollbringt. Sie hält ihre Handflächen in die Höhe und bricht in Freudengeheul aus. Die anderen Frauen stimmen ein, und ihre Gesänge hallen durch die Straßen, durch die Stadt. Tunde denkt, dass diese glückliche Warnung im ganzen Land erklingen muss. Er ist der einzige Mann, der einzige, der filmt. Diese Revolution wirkt wie ein privates Wunder, das die Welt verändern wird.

Er folgt den Frauen durch die Nacht und filmt alles, was er sieht. Im Norden der Stadt sieht er eine Frau im Obergeschoss eines Hauses hinter einem vergitterten Fenster. Sie wirft eine Nachricht durch die Gitterstäbe nach unten. Tunde ist zu weit weg, doch ein Ruck geht durch die Menge, als die Nachricht von Frau zu Frau gereicht wird. Sie brechen die Tür auf, und er folgt ihnen in das Haus, wo sie den Mann finden, der die Frau vom Fenster in einem Küchenschrank festhält. Sie machen sich nicht einmal die Mühe, ihm etwas anzutun; sie nehmen die Frau einfach mit, während sich ihnen immer mehr Mitstreiterinnen anschließen. Auf dem Campus des Instituts für Gesundheitswissenschaften rennt ein Mann auf sie zu, schießt mit einem Gewehr um sich und brüllt auf Arabisch und Englisch, wie ungehörig sie sich gegenüber Autoritätspersonen verhalten. Er verletzt drei Frauen, bevor sich die anderen auf ihn stürzen. Es klingt wie Eier in der Bratpfanne. Als Tunde nahe genug herangehen kann, um alles zu filmen, liegt der Mann bewegungslos auf dem Boden. Das Flechtwerk aus Linien über seinem Gesicht und seinem Hals ist so dicht, dass er kaum mehr zu erkennen ist.

Kurz vor Einbruch der Dämmerung nimmt Noor Tundes Hand, inmitten der vielen Frauen, die keine Anzeichen von

Ermüdung zeigen, und führt ihn zu einem Apartment, einem Zimmer, einem Bett. Es gehört einem Freund von ihr, sagt sie, einem Studenten. Sechs Menschen wohnen hier. Doch die Hälfte der Einwohner der Stadt ist geflohen, das Apartment verwaist. Der Strom funktioniert nicht. Noor erzeugt einen Funken, um ihnen den Weg zu leuchten, und zieht Tunde schließlich das Jackett aus, das Hemd. Sie mustert seinen Körper wie zuvor: offen und begierig. Sie küsst ihn.

»Ich habe das noch nie getan«, sagt sie, und er antwortet, dass das auch auf ihn zutrifft, und er schämt sich nicht dafür.

Sie legt eine Hand auf seine Brust. »Ich bin eine freie Frau.«

Er spürt es. Es ist aufregend. Von den Straßen sind immer noch Rufe, das Knistern von Elektrizität und gelegentliche Schüsse zu hören. Hier in diesem Zimmer, dessen Wände mit Postern von Pop- und Filmstars bedeckt sind, drängen sich ihre Körper warm aneinander. Sie knöpft seine Jeans auf, er streift sie ab. Noor geht vorsichtig vor; er spürt, wie ihr Strang zu vibrieren beginnt. Er hat Angst, ist gleichzeitig erregt; wie in seinen Fantasien vermischt sich alles.

»Du bist ein guter Mann«, sagt sie. »Du bist wunderschön.«

Sie streicht mit dem Handrücken über seine spärlichen Brusthaare. Ein winziger Funken erscheint an den Haarspitzen und leuchtet schwach. Es fühlt sich gut an. Sein ganzer Körper ist hellwach, als sie ihn berührt, als wäre er bisher überhaupt nicht richtig da gewesen.

Er will sie spüren, in sie hineingleiten; sein Körper sagt ihm bereits, was er tun soll, wie er weitermachen soll. Wie er sanft ihre Arme nehmen, sie aufs Bett legen soll. Wie er den Akt vollziehen soll. Doch sein Körper sendet gegensätzliche Signale aus: Angst ebenso sehr wie Lust, Schmerzen, die genauso stark wie das Verlangen sind. Er will sie und will sie gleichzeitig nicht. Er überlässt ihr das Tempo.

Es dauert lange, und das ist gut. Sie zeigt ihm, was er tun soll, mit seinem Mund, mit seinen Fingern. Als sie ihn reitet, verschwitzt und voller Lust, ist die Sonne an einem neuen Tag über Riad aufgegangen. Als sie zum Höhepunkt kommt und die Kontrolle verliert, schickt sie einen Stromstoß durch seine Pobacken, über sein Becken, und er spürt den Schmerz kaum, so groß ist das Entzücken.

Am Nachmittag kreisen Helikopter über der Stadt, Soldaten werden auf die Straßen geschickt, ausgestattet mit Gewehren und scharfer Munition. Tunde filmt, als die Frauen zurückschlagen. So viele haben sich versammelt, und alle sind so unglaublich wütend. Einige Frauen werden getötet, doch das stachelt die anderen nur noch mehr an. Und kann ein Soldat die ganze Zeit weiterfeuern, eine Frau nach der anderen niedermähen? Die Frauen lassen die Schlagbolzen in den Gewehren schmelzen, ebenso wie die Motoren der Fahrzeuge. »Pures Glück war es an diesem Morgen, am Leben zu sein«, kommentiert Tunde seinen Beitrag, denn er hat über die Revolution recherchiert, »doch jung zu sein war der Himmel auf Erden.«

Zwölf Tage später wird die Regierung gestürzt. Unbestätigten Gerüchten zufolge weiß man, wer den König getötet hat; manche sagen, es war ein Familienmitglied, manche sprechen von einem israelischen Auftragskiller. Es wird auch geflüstert, dass eine der Dienstbotinnen die Täterin war, die dem Palast viele Jahre lang loyal gedient hat. Sie habe die Kraft zwischen ihren Fingerspitzen gespürt und konnte sich nicht mehr zurückhalten.

Zu diesem Zeitpunkt sitzt Tunde schon wieder im Flugzeug. Die Ereignisse in Saudi-Arabien sind um die ganze Welt gegangen, und überall passiert gerade dasselbe.

Margot

»Es ist ein Problem.«

»Wir wissen alle, dass es ein Problem ist.«

»Denk darüber nach, Margot. Denk gut darüber nach.«

»Das tue ich doch.«

»Wir können nicht wissen, ob *irgendwer* in diesem Raum es kann.«

»Wir wissen immerhin, dass *du* es nicht kannst, Daniel.«

Lachen ertönt. In einem Raum voller nervöser Menschen ist ein Lachen eine Erleichterung. Die dreiundzwanzig Menschen, die um den Konferenztisch sitzen, beruhigen sich erst nach einer Weile wieder. Daniel ist wütend. Er glaubt, man hat über ihn Witze gemacht. Er wollte schon immer hoch hinaus.

»Offensichtlich«, meint er säuerlich. »Offensichtlich. Aber wir wissen es einfach nicht. Gut, mit den Mädchen tun wir, was wir können – Himmel, habt ihr die aktuellen Ausreißerzahlen gesehen?«

Alle haben die aktuellen Ausreißerzahlen gesehen.

Daniel lässt nicht locker. »Ich spreche nicht von den Mädchen. Das ist zum größten Teil unter Kontrolle. Ich spreche von erwachsenen Frauen. Teenagermädchen können es bei erwachsenen Frauen stimulieren und auch gegenseitig übertragen. Margot, du hast die Aufnahmen gesehen, auch erwachsene Frauen können es jetzt.«

»Das ist aber sehr selten.«

»Wir *glauben*, dass es sehr selten ist. *Ich* sage, dass wir es einfach nicht wissen. Es könnte dich betreffen, Stacey, oder dich, Marisha. Vielleicht sogar dich, Margot.« Er lacht, und die anderen stimmen nervös ein.

Margot entgegnet: »Natürlich, Daniel, ich könnte dich hier und jetzt gleich grillen. Das Büro des Gouverneurs gibt eine Eilmeldung heraus, die mit deiner Zustimmung an das Bürgermeisteramt geht?« Sie spreizt die Finger. »Pfffzzzt.«

»Das ist nicht lustig, Margot.«

Doch die anderen um den Tisch lachen bereits.

Daniel sagt: »Wir werden diesen Test durchführen lassen, im ganzen Staat, an allen Regierungsangestellten. Das bedeutet auch das Büro des Bürgermeisters, Margot. Einwände gelten nicht. Wir müssen es sicher wissen. In Regierungsgebäuden darf niemand mit diesen Fähigkeiten beschäftigt sein. Das wäre, als liefe man mit einer geladenen Waffe herum.«

Ein Jahr ist bereits vergangen. Das Fernsehen hat von Aufständen in fernen und instabilen Teilen der Welt berichtet, von Frauen, die die Macht über ganze Städte an sich gerissen haben. Daniel hat recht. Das Problem ist nicht mehr, wozu fünfzehnjährige Mädchen fähig sind, sondern dass sie es übertragen können. Sie können die Kraft auch in älteren Frauen erwecken. Wie lange ist das schon möglich? Und wieso wusste bis jetzt keiner davon?

Im Morgenfernsehen werden Experten in Humanbiologie und Höhlenmalereien interviewt. Diese Felsritzung, die man in Honduras gefunden hat und die über sechstausend Jahre alt ist, sieht die nicht aus wie eine Frau, aus deren Fingern gerade Blitze schießen, Professor? Nun, natürlich repräsentieren diese Ritzungen oft mythische und symbolische Verhaltensweisen. Es könnte aber auch historisch sein, etwas darstellen, das tatsächlich passiert ist. Das wäre durchaus möglich. Wussten Sie, dass der Gott der Israeliten in den ältesten Schriften eine Schwester namens Anath hatte, ein Mädchen im Teenageralter? Wussten Sie, dass sie eine unbesiegbare Kriegerin war, dass sie mit den Blitzen sprach, dass sie in den ältesten Schriften ihren eigenen Vater tötete und seinen Platz einnahm? Sie badete ihre Füße gern im Blut ihrer Feinde. Die Fernsehmoderatoren lachen unsicher. Das klingt ja nicht gerade nach einer gütigen Herrscherin, nicht wahr, Kristen? Nein, Tom, ganz sicher nicht. Glauben Sie, Professor, vor dem Hintergrund dieser zerstörerischen Göttin, dass die Menschen früher etwas wussten, was uns bisher verborgen geblieben ist? Das ist natürlich schwer zu sagen. Und ist es möglich, dass diese Fähigkeit schon sehr lange unter uns ist? Sie meinen, ob Frauen in der Vergangenheit es bereits auch konnten und wir es nur vergessen haben? Als ob man so etwas vergessen könnte, nicht wahr? Nun, Kristen, wenn so eine Kraft früher auch schon existierte, haben wir sie vielleicht bewusst ausgemerzt, weil wir damit nicht leben wollten. Du würdest es mir doch sagen, wenn du so etwas könntest, Kristen, nicht wahr? Nun, Tom, vielleicht würde ich so etwas ja auch für mich behalten wollen. Die Blicke der Moderatoren treffen sich. Etwas Unausgesprochenes geht zwischen ihnen vor. Und jetzt zum Wetter.

Die offizielle Verhaltensregel, die das Büro der Bürgermeisterin auf fotokopierten Blättern an die Schulen im gesamten Einzugsgebiet ausgegeben hat, lautet: Abstinenz. Tut es einfach nicht. Es wird vorübergehen. Wir trennen Jungs und Mädchen. Binnen einem oder zwei Jahren wird es sicher eine Spritze oder Impfung dagegen geben, und alles wird wieder normal. Für die Mädchen ist es genauso verstörend, ihre Fähigkeiten einzusetzen, wie für die Opfer. Das ist die offizielle Linie.

Spätabends parkt Margot ihr Auto in einem Stadtteil, der nicht von Kameras überwacht wird, steigt aus, legt ihre Handfläche an einen Laternenpfahl und setzt ihre volle Kraft ein. Sie muss einfach wissen, wozu sie fähig ist. Sie will spüren, was es *ist*. Es fühlt sich so natürlich an, genauso bekannt und logisch wie ihr erstes Mal Sex, als ob ihr Körper sagt: Alles okay, ich habe das im Griff.

Die Lichter an der Straße erlöschen eins nach dem anderen. Plopp, plopp, plopp. Margot lacht laut auf. Wenn jemand das hier herausfände, würde man sie sofort absetzen; andererseits würde man sie sowieso entmachten, wenn überhaupt jemand wüsste, dass sie es kann. Wieso sich also zurückhalten? Sie steigt wieder ins Auto, tritt das Gaspedal durch und rast davon, bevor die Sirenen ertönen. Sie fragt sich, was sie getan hätte, hätte man sie erwischt. Im selben Moment weiß sie, dass sie noch genug Kraft in ihrem Strang hat, um mindestens einen Mann zu betäuben, vielleicht sogar mehr. Sie spürt, wie die Kraft gegen ihr Schlüsselbein pulsiert, durch ihre Arme. Bei der Vorstellung muss sie wieder lachen. In letzter Zeit passiert ihr das immer öfter, dass sie einfach lacht. Sie fühlt sich ständig heiter und entspannt, als ob die ganze Zeit Hochsommer in ihr herrschte.

So war es nicht bei Jos. Niemand weiß warum, keiner hat genug zu diesem Phänomen recherchiert, um auch nur einen Vorschlag zur Erklärung zu haben. Sie leidet unter starken Schwankungen. An manchen Tagen verfügt sie über so viel Kraft, dass sie die Sicherungen im Haus herausspringen lässt, wenn sie nur das Licht einschaltet. An manchen

Tagen dagegen kann sie sich kaum verteidigen, wenn andere Mädchen sie auf der Straße angreifen. Mädchen, die sich nicht wehren können, werden mittlerweile mit abfälligen Namen bedacht: Waschlappen oder leere Batterie. Das sind noch die harmloseren. Man hört auch Krüppel, Flick, Nesh, Pzit. Die letzte Bezeichnung ist die lautmalerische Umsetzung des Geräusches, wenn eine Frau vergeblich versucht, einen Funken zu erzeugen. Besonders böse wird es, wenn man an einer Gruppe Mädchen vorbeigeht, die alle unschuldig »pzit« flüstern. Junge Menschen können immer noch vernichtend sein. Jos hat sich in den letzten Monaten immer mehr zurückgezogen und Zeit allein verbracht, während ihre Freunde neue Freunde gefunden haben, mit denen sie mehr »gemeinsam haben«.

Margot hat vorgeschlagen, dass Jocelyn ein Wochenende bei ihr verbringen soll, während Bobby sich um Maddy kümmert. So hätten die Mädchen jeder einen Elternteil für sich. Maddy will mit dem Bus in die Stadt fahren, um sich die Dinosaurier anzuschauen – sie darf normalerweise nicht mehr Bus fahren, weshalb das aufregender für sie wäre als der Besuch im Museum. Margot hat in der letzten Zeit so viel gearbeitet. Ich nehme Jos zur Mani- und Pediküre mit, beschließt sie. Eine Pause wird uns beiden guttun.

Sie frühstücken an dem Tisch, der an der Glaswand der Küche steht. Jos schaufelt sich noch mehr gekochte Pflaumen auf den Teller und übergießt sie mit Joghurt. Margot sagt: »Du darfst es immer noch keinem erzählen.«

»Ja, ich weiß.«

»Ich könnte meinen Job verlieren, wenn du es irgendjemandem sagst.«

»Mom, das *weiß* ich. Ich habe es weder Dad noch Maddy erzählt. Niemandem. Und das werde ich auch nicht.«

»Tut mir leid.«

Jocelyn lächelt. »Schon okay.«

Margot erinnert sich plötzlich, wie gern sie ein Geheimnis mit ihrer Mutter geteilt hätte. Wie die Sehnsucht danach sogar die schmuddeligen Rituale von Bindengürteln oder die sorgfältig versteckten Rasierklingen fast liebenswert oder sogar glamourös erscheinen lassen.

Am Nachmittag üben sie gemeinsam in der Garage, fordern einander heraus, trainieren, bis ihnen der Schweiß ausbricht. Jos' Kraft wird stärker, und sie kann sie besser kontrollieren, wenn sie mit ihr übt. Margot spürt das Flackern, spürt, dass es Jos Schmerzen bereitet, wenn die Kraft sich aufbaut und dann plötzlich verschwindet. Es muss doch eine Möglichkeit geben, wie Jos es kontrollieren kann. Es muss doch in den Schulen in dieser riesigen Metropole Mädchen geben, die gelernt haben, ihre Kraft zu kontrollieren und die es Jos beibringen könnten.

Für Margot ist erst einmal nur wichtig, dass sie selbst ihre Kraft unterdrücken kann. Denn nächste Woche werden in der Arbeit Tests durchgeführt.

»Kommen Sie rein, Bürgermeisterin Cleary. Setzen Sie sich.«

Der Raum ist klein, mit nur einem winzigen Fenster weit oben in Deckennähe, durch das ein dünner Streifen graues Licht dringt. Die Betriebskrankenschwester verteilt die jährliche Grippeimpfung in diesem Raum, hier werden auch Jahresgespräche geführt. Es gibt einen Tisch mit drei Stühlen. Hinter dem Tisch sitzt eine Frau, an deren Kragen eine hellblaue Security-Marke befestigt ist. Vor ihr auf dem Tisch steht ein Gerät: Es sieht wie ein Mikroskop aus oder ein Gerät zur Blutanalyse. Es hat zwei Nadeln sowie ein Sichtfenster und Linsen.

Die Frau sagt: »Frau Bürgermeisterin, Sie sollen wissen, dass jeder in diesem Gebäude getestet wird. Sie sind nicht die Einzige.«

»Auch die Männer?« Margot hebt eine Augenbraue.

»Nun, die Männer nicht, nein.«

Margot denkt darüber nach.

»Okay. Und Sie machen hier … was genau?«

Die Frau lächelt schwach. »Frau Bürgermeisterin, Sie haben die Formulare unterschrieben. Sie wissen, worum es hier geht.«

Ihre Kehle schnürt sich zu. Sie legt eine Hand auf ihre Hüfte. »Nun, ich möchte trotzdem, dass Sie es mir noch einmal sagen. Der Vollständigkeit halber.«

Die Frau erwidert: »Wir führen hier den für den ganzen Staat verpflichtenden Test auf die Präsenz eines Strangs oder elektrostatischer Kraft durch.« Sie liest von einer Karte ab, die neben der Maschine liegt. »Bitte beachten Sie, dass es sich um eine landesweite Anweisung von Gouverneur Daniel Dandon handelt. Ihre Eignung für Ihre Position in der Regierung hängt von Ihrem Einverständnis zu diesem Test ab. Ein positives Testergebnis muss nicht zwingend Einfluss auf Ihre zukünftige Beschäftigung haben. Eine Frau kann positiv getestet werden, ohne dass sie weiß, dass sie über die Fähigkeit verfügt, elektrostatische Kraft einzusetzen. Psychologische Betreuung steht zur Verfügung, sollten die Testresultate zu erschütternd sein oder es sich herausstellen, dass Sie nicht länger für Ihren derzeitigen Posten geeignet sind und Sie sich über Ihre Zukunft Gedanken machen müssen.«

»Was heißt das?«, fragt Margot. »Nicht länger geeignet? Was meinen Sie damit?«

Die Frau schürzt die Lippen. »Gewisse Positionen, die den Kontakt mit Kindern und der Öffentlichkeit mit sich bringen, wurden vom Büro des Gouverneurs als unangemessen eingestuft.«

Margot sieht Daniel Dandon geradezu vor sich, den Gouverneur des Bundesstaates, wie er lachend hinter dem Stuhl der Frau steht.

»*Kinder und die Öffentlichkeit?* Und was bleibt mir dann noch?«

Die Frau lächelt. »Wenn Sie diese Kraft bisher noch nicht gespürt haben, ist alles in Ordnung. Sie können dann wie gewohnt weitermachen.«

»Nicht für jeden ist alles in Ordnung.«

Die Frau betätigt einen Schalter an der Maschine, die leise brummend anspringt.

»Ich wäre dann so weit, Frau Bürgermeisterin.«

»Was passiert, wenn ich mich weigere?«

Die Frau seufzt. »Wenn Sie sich weigern, muss ich das aufzeichnen, und der Gouverneur wird jemanden im Außenministerium davon in Kenntnis setzen.«

Margot setzt sich und denkt, sie werden nicht nachweisen können, dass ich die Kraft schon eingesetzt habe. Niemand weiß es. Ich habe nicht gelogen. Mist. Sie schluckt angestrengt.

»Gut«, sagt sie schließlich. »Bitte zeichnen Sie auf, dass ich offiziell Beschwerde dagegen einlege, diesem die Privatsphäre verletzenden Test unterzogen zu werden.«

»In Ordnung«, erwidert die Frau. »Ich werde das notieren.«

Hinter ihrem leichten Lächeln sieht Margot wieder Daniels lachendes Gesicht. Sie streckt den Arm aus, damit die andere Frau die Elektroden darauf befestigen kann. Währenddessen denkt sie, dass sie dann, wenn das alles hier vorbei ist, wenn sie vielleicht ohne Job dasteht und ihre politischen Ambitionen in den Wind schießen kann, wenigstens nicht mehr in dieses dumme Gesicht sehen muss.

Die Elektroden werden auf ihre Handgelenke, Schultern und ihr Schlüsselbein geklebt. Man sucht nach elektrischer Aktivität, erklärt die Technikerin mit langsamer, einlullender Stimme. »Sie sollten höchstens ein leicht brennendes Gefühl wahrnehmen, Ma'am, sonst nichts.«

Nun ja, es geht ja höchstens auch um das Ende meiner Karriere, denkt Margot im Stillen.

Es ist alles ganz einfach. Man wird ihre automatische Nervenreaktion mit einer Reihe elektrischer Niedrigimpulse testen. Dasselbe Muster wird bei den weiblichen Säuglingen im Krankenhaus angewandt, auch wenn dort das Ergebnis immer dasselbe ist, weil alle weiblichen Säuglinge damit auf die Welt kommen. Ein kaum wahrnehmbarer elektrischer Schock auf den Strang, und dieser reagiert automatisch mit einem Zucken. Margot spürt, dass ihr Strang bereit ist, spürt die Nerven, das Adrenalin.

Vergiss nicht, dich überrascht zu geben, sagt sie sich, vergiss nicht, verängstigt zu wirken, beschämt und abgestoßen von dieser neuartigen Entdeckung.

Die Maschine brummt leise. Margot weiß, wie der Test ablaufen wird. Zuerst wird man ihr einen kaum wahrnehmbaren Schock versetzen, zu schwach, als dass die Nerven ihn registrieren würden. Die Stränge der kleinen Mädchen reagieren fast immer auf diesem Level oder dem nächsthöheren. Die Maschine hat zehn Stärkeeinstellungen. Mit jedem Level verstärkt sich der elektrische Impuls. Ab einem gewissen Punkt wird Margots eigener alter und ungeübter Strang reagieren, gleich gesellt sich zu gleich. Und dann werden sie es wissen. Sie atmet gleichmäßig ein und aus und wartet.

Am Anfang spürt sie überhaupt nichts. Nur der Druck baut sich auf. Über ihrer Brust, die Wirbelsäule entlang. Die ersten drei Level gehen spurlos an ihr vorüber, während die Maschine immer weiterschaltet. Margot würde sich am liebsten jetzt entladen. Ein Gefühl wie beim Aufwachen, wenn man die Augen öffnen möchte. Doch sie widersteht, was auch nicht schwer ist.

Sie atmet gleichmäßig weiter. Die Frau, die die Maschine bedient, lächelt und macht sich eine Notiz auf ihrem kopierten Auswertungszettel. Auch das vierte Kästchen bekommt kein Kreuz. Fast die Hälfte geschafft. Ab einem gewissen Punkt wird sie sich natürlich nicht mehr wehren können, so viel weiß Margot aus ihrer Recherche. Sie wirft der Technikerin ein rasches klägliches Lächeln zu.

»Geht es Ihnen gut?«, fragt die Frau.

»Mit einem Glas Scotch ginge es mir besser«, erwidert Margot.

Die Maschine verrichtet weiter ihre Arbeit. Es wird immer schwieriger. Margot spürt die Stiche an der rechten Seite ihres Schlüsselbeins und in ihrer Handfläche. Komm schon, spricht es, komm schon. Etwas scheint ihren Arm nach unten zu drücken. Sie fühlt sich unwohl. So leicht könnte sie dieses schwere Gewicht abwerfen und sich davon befreien. Doch man darf ihr nicht anmerken, dass sie schwitzt, dass sie kämpft.

Margot erinnert sich, was sie tat, als Bobby ihr von seiner Affäre erzählte. Sie erinnert sich, wie ihr abwechselnd heiß und kalt wurde, wie sich ihr die Kehle zuschnürte. Sie erinnert sich, wie er fragte: »Willst du nichts dazu sagen? Fällt dir dazu gar nichts ein?« Ihre Mutter würde ihren Vater anschreien, ginge er morgens aus dem Haus und verschlösse nicht die Tür. Oder ließe seine Hausschuhe mitten im Wohnzimmer stehen. Doch sie war nie eine dieser Frauen, wollte es auch nicht sein. Als Kind spazierte sie im Schatten der Eiben umher, setzte ihre Füße vorsichtig auf den Boden, weil sie sich vorstellte, dass sich bei einem falschen Schritt die Wurzeln durch die Erde nach oben bohren und sie umschlingen würden. Schweigen konnte sie schon immer.

Die Maschine arbeitet weiter. Acht Kästchen auf dem Blatt Papier sind mit einer Null ausgefüllt. Margot hat befürchtet, nicht zu merken, wie sich eine Null anfühlt, dass alles vorbei wäre, bevor es begonnen hat, und sie keine Wahl haben würde. Sie atmet weiter gleichmäßig ein und aus. Der Widerstand fällt ihr mittlerweile sehr schwer, doch sie kennt das Gefühl. Ihr Körper will etwas, und sie verwehrt es ihm. Der Druck verläuft über ihren gesamten Oberkörper, über ihre Bauchmuskeln zum Becken und über ihren Po. Als ob man den Drang zu pinkeln unterdrückt, auch wenn die Blase voll ist. Als ob man den Atem ein paar Sekunden länger anhält, als es angenehm ist. Kein Wunder, dass die kleinen Babys das noch nicht können. Es ist ein Wunder, dass man überhaupt eine erwachsene Frau mit diesen Fähigkeiten gefunden hat. Margot möchte sich so gern entladen und beherrscht sich doch eisern.

Die Maschine schaltet auf das zehnte Level. Es ist nicht

unmöglich, nicht einmal ansatzweise. Sie wartet. Das Brummen verstummt. Das Gebläse dreht sich noch eine Weile und bleibt stehen. Der Stift hebt sich vom Graphenpapier. Zehn Nullen.

Margot versucht, enttäuscht zu wirken. »Kein Treffer, hm?«

Die Technikerin zuckt mit den Schultern.

Margot verschränkt die Füße unter dem Stuhl, während die Technikerin die Elektroden abzieht. »Ich dachte auch nie, dass ich es haben könnte.« Sie lässt ihre Stimme ein wenig brechen.

Daniel wird den Bericht lesen. Er wird ihn abzeichnen müssen. Die Freigabe für die Arbeit in der Regierung erteilen.

Sie zieht die Schultern nach oben und lacht rau.

Jetzt gibt es keinen Grund, warum man ihr nicht die Oberaufsicht über die Implementierung des Tests in ihrer Metropole erteilen sollte. Keinen einzigen Grund. Sie gibt das Budget dafür frei. Sie genehmigt die Informationskampagnen, die erklären, dass diese Technologie für die Sicherheit unserer Söhne und Töchter sorgen wird. Margots Name wird auf dem offiziellen Bericht stehen, der besagt, dass diese Testausrüstung Leben retten wird. Als sie die Formulare unterzeichnet, sagt sie sich, dass dies wahrscheinlich sogar stimmt. Jede Frau, die eine Entladung unter diesem milden Druck nicht zurückhalten kann, ist eine Gefahr für sich selbst und auch für die Gesellschaft.

Seltsame Bewegungen entstehen, nicht nur irgendwo auf der Welt, sondern direkt hier in den Vereinigten Staaten. Im Internet ist alles dokumentiert. Jungen, die sich wie Mädchen kleiden, um härter zu erscheinen. Mädchen, die sich als Jungen kleiden, um allem zu entgehen, was automatisch mit der Kraft assoziiert wird. Oder um sich als Wölfe im Schafspelz zu verkleiden und Nichtsahnende zu überfallen. Die Westboro Baptist Church hat einen plötzlichen Zuwachs an verrückten Neumitgliedern zu verzeichnen, die glauben, der Jüngste Tag stehe vor der Tür.

Die Arbeit, die sie hier verrichten – alles normal erscheinen zu lassen, den Menschen ein Gefühl von Sicherheit zu vermitteln, damit sie weiter ihren Jobs nachgehen und am Wochenende Geld für Erholungsaktivitäten ausgeben können –, ist wichtig.

»Ich versuche immer, etwas Positives sagen zu können, ich versuche es wirklich, aber ich …« Daniel lässt die Seiten auf den Tisch fallen. »Hier steht nichts, aber auch gar nichts drin, was ich verwenden könnte.«

Arnold, Daniels Budgetsachbearbeiter, nickt schweigend, die Hand am Kinn, unsicher, abwartend.

»Ich weiß, dass es nicht Ihre Schuld ist«, fährt Daniel fort. »Sie sind unterbesetzt, haben zu wenig Ressourcen – wir wissen alle, dass Sie unter schwierigen Umständen Ihr Bestes geben –, aber das hier können wir wirklich nicht gebrauchen.«

Margot hat den Bericht aus dem Büro des Bürgermeisters gelesen. Er schönt nichts, ja, er empfiehlt radikale Offenheit in Bezug auf den derzeitigen Stand in Sachen Schutz, Behandlungen und Möglichkeiten, das Phänomen in der Zukunft eindämmen zu können. (Es gibt keine Möglichkeiten.) Daniel spricht weiter, führt ein Problem nach dem anderen auf, sagt jedoch nie »Dafür bin ich nicht mutig genug«, auch wenn er es die ganze Zeit so meint.

Margot presst die Handflächen an die Unterseite der Tischplatte. Während Daniel spricht, spürt sie, wie sich die Kraft aufbaut. Sie atmet langsam und gleichmäßig; sie weiß, sie hat es im Griff. Die Kontrolle bereitet ihr zuerst Befriedigung. Sie malt sich genau aus, was sie tun würde; während Daniel monoton weiterspricht, durchlebt sie alles. Sie hat genug Kraft in sich, um Daniel an die Kehle zu gehen und ihn mit einem Stromstoß auszuschalten. Dann hätte sie immer noch genug Energie, um Arnold mit einem Schlag an die Schläfe zu Fall zu bringen, mindestens. Es wäre ganz einfach. Leicht. Sie könnte es völlig geräuschlos tun. Sie könnte beide hier und jetzt töten, im Konferenzraum 5b.

Sie fühlt sich weit weg von diesem Tisch, an dem Daniels Mund sich immer noch öffnet und schließt wie das Maul eines Goldfisches. Sie befindet sich in luftiger Höhe, an einem Ort, an dem sich ihre Lungen mit Eiskristallen füllen und alles sauber und klar erscheint. Was tatsächlich geschieht, ist nicht wichtig. Sie könnte sie töten. Das ist die Wahrheit. Sie lässt die Kraft ihre Fingerspitzen kitzeln, versengt die Versiegelung an der Unterseite der Tischplatte. Der süßliche chemische Geruch steigt ihr in die Nase. Nichts von dem, was die beiden Männer sagen, hat irgendeine weitreichendere Bedeutung, denn sie könnte sie im Handumdrehen töten, bevor einer sich in ihren bequem gepolsterten Stühlen auch nur bewegt hat.

Es ist egal, dass sie es nicht tun sollte und auch nie tun wird. Wichtig ist, dass sie es könnte. Die Fähigkeit, Schmerzen zuzufügen, ist eine ganz besondere Art von Reichtum.

Plötzlich unterbricht sie Daniel wie das scharfe Klopfen an einer Tür. »Vergeude damit nicht meine Zeit, Daniel.«

Er ist nicht ihr Vorgesetzter. Sie sind gleichgestellt. Er kann sie nicht feuern, auch wenn er so spricht, als könnte er es.

Sie sagt: »Wir wissen doch beide, dass noch niemand eine Antwort hat. Wenn du eine tolle Idee hast, raus damit. Ansonsten ...«

Sie lässt den Rest des Satzes unausgesprochen. Daniel öffnet den Mund, schließt ihn jedoch gleich wieder. Unter ihren Fingerspitzen weicht der Lack auf, blättert ab und fällt in Flocken auf den dicken Teppich.

»Das dachte ich mir«, meint sie. »Wir sollten das hier gemeinsam angehen. Einverstanden, Kumpel? Es bringt nichts, sich gegenseitig den Wölfen zum Fraß vorzuwerfen.«

Margot denkt an ihre Zukunft. Irgendwann wirst du mir die Schuhe lecken, Daniel. Ich habe große Pläne.

»Ja«, erwidert er. »Okay.«

Sie denkt, so spricht ein Mann. Und das ist der Grund.

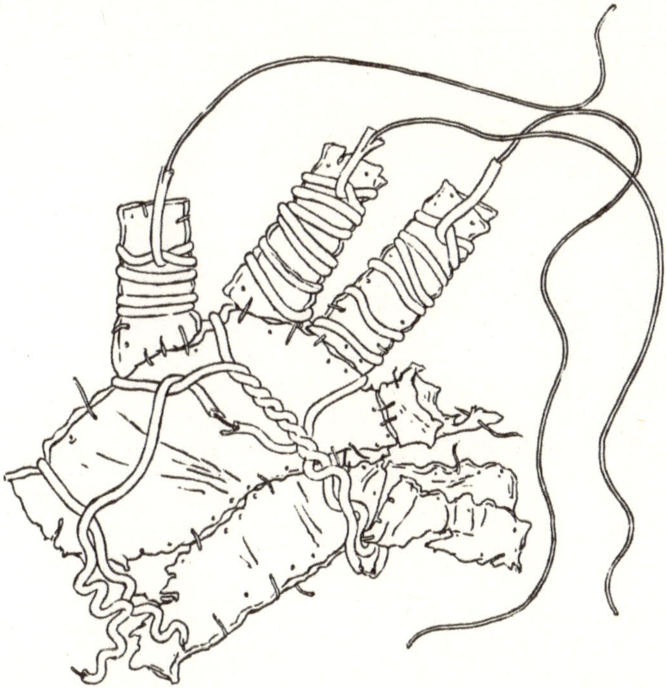

Rudimentäre Waffe, schätzungsweise tausend Jahre alt. Die Drähte sollen Strom leiten. Wahrscheinlich im Kampf oder bei Strafmaßnahmen verwendet. Aus einem Grab im alten Teil von Westchester.

Noch acht Jahre

Allie

Nicht viele Wunder sind nötig. Weder für den Vatikan noch für eine Gruppe hochgradig nervöser Teenagermädchen, die seit Monaten zusammengepfercht sind und Angst um ihr Leben haben. Man braucht nicht viele Wunder. Zwei reichen. Drei sind schon zu viel.

Ein Mädchen namens Luanne ist erst vierzehn; sie hat milchweiße Haut, rote Haare und Sommersprossen auf den Wangen. Vor drei Monaten ist sie zu ihnen gestoßen und besonders gut mit Gordy befreundet. Sie teilen ein Bett im Schlafsaal. Um sich zu wärmen. »Nachts wird es schrecklich kalt«, sagt Gordy, und Luanne lächelt, und die anderen Mädchen lachen und stoßen sich gegenseitig mit dem Ellbogen in die Rippen.

Sie ist nicht gesund, schon seit die Gabe, wie viele die Kraft mittlerweile nennen, sich bei ihnen allen bemerkbar gemacht hat. Kein Arzt kann ihr helfen. Wenn sie sich aufregt oder Angst hat, verdreht sie die Augen und fällt abrupt zu Boden. Krämpfe durchzucken sie, die ihr Rückgrat brechen könnten. »Man muss sie einfach nur halten«, sagt Gordy. »Legt ihr den Arm um die Schultern und haltet sie, bis sie aufwacht. Sie kommt von selbst zu sich, ihr müsst nur warten.« Oft schläft sie dann eine Stunde oder noch länger. Gordy saß schon geduldig um Mitternacht im Speisesaal bei ihr oder morgens um sechs im Garten, die Arme um die Schultern ihrer Freundin gelegt.

Allie hat ein seltsames Gefühl bei Luanne.

Sie fragt: Ist sie es?

Die Stimme antwortet: Ich denke schon.

Eines Nachts herrscht ein heftiges Gewitter, mit Blitz und Donner, das vom Meer heranzieht. Die Mädchen beobachten es zusammen mit den Nonnen vom Steg hinter dem Orden aus. Die Wolken sind blaulila, das Licht diffus, als der Blitz ein, zwei, drei Mal in den Ozean einschlägt.

Die Mädchen werden unruhig, ihre Stränge erwachen zum Leben. Savannah kann sich nach ein paar Minuten nicht mehr zurückhalten und gibt einen elektrischen Bogen in den Holzsteg ab.

»Hör auf«, befiehlt Schwester Veronica. »Hör sofort damit auf.«

»Veronica«, mahnt Schwester Maria Ignacia. »Sie hat doch niemandem etwas getan.«

Savannah kichert und lässt noch einmal die Funken sprühen. Sie könnte sich natürlich beherrschen, wenn sie es wirklich wollte. Doch das Gewitter ist so aufregend, dass man am liebsten daran teilhaben möchte.

»Du bekommst morgen kein Essen, Savannah«, sagt Schwester Veronica streng. »Wenn du dich überhaupt nicht im Griff hast, erstreckt sich unsere Wohltätigkeit nicht auf dich.«

Schwester Veronica hat bereits ein Mädchen auf die Straße gesetzt, das auf dem Ordensgelände ständig gekämpft hat. Die anderen Nonnen haben sich ihr untergeordnet; sie darf die Mädchen auswählen, in denen sie den Teufel am Werk glaubt.

Doch kein Essen am nächsten Tag ist eine harte Strafe. Am Samstag gibt es immer Hackbraten.

Luanne zupft Schwester Veronica am Ärmel. »Bitte«, sagt sie, »sie hat es doch nicht gewollt.«

»Fass mich nicht an, Mädchen.«

Schwester Veronica reißt ihren Arm zurück und stößt Luanne dabei von sich.

Doch das Gewitter hat bereits etwas in Luanne erweckt. Ihr Kopf zuckt zurück und auf die Seite, wie sie es schon oft gesehen haben. Ihr Mund öffnet und schließt sich, doch kein Laut dringt über ihre Lippen. Sie fällt nach hinten und stürzt schwer auf den Steg. Gordy will zu ihr laufen, doch Schwester Veronica versperrt ihr mit ihrer Krücke den Weg.

»Lass sie«, befiehlt sie.

»Aber Schwester ...«

»Wir haben das Mädchen schon genug verhätschelt. Sie hätte den Teufel nicht in ihren Körper lassen dürfen. Jetzt muss sie mit den Konsequenzen leben.«

Luanne liegt krampfend auf dem Steg, ihr Hinterkopf schlägt auf das Holz. Blutige Luftbläschen sammeln sich in ihren Mundwinkeln.

Die Stimme sagt: Los, du weißt, was du zu tun hast.

Allie sagt: »Schwester Veronica, darf ich versuchen, sie zu beruhigen?«

Schwester Veronica mustert Eve nachdenklich, das ruhige und hart arbeitende Mädchen, als das sich Allie in den letzten Monaten ausgegeben hat.

Sie zuckt mit den Schultern. »Wenn du glaubst, diesen Unsinn beenden zu können, Eve, dann nur zu.«

Allie kniet sich neben Luanne. Die anderen Mädchen sehen sie an wie eine Verräterin. Sie wissen alle, dass es nicht Luannes Schuld ist – warum tut Eve dann so, als könne sie etwas dagegen tun?

Allie spürt die Elektrizität in Luannes Körper, in ihrer Wirbelsäule, ihrem Hals, ihrem Kopf. Die elektrischen Signale schießen durcheinander, halten inne, versuchen, sich in die richtigen Bahnen zu lenken. Sie sieht es so deutlich wie mit ihren eigenen Augen: Hier ist eine Blockade und hier auch, und dieser Bereich an der Schädelbasis ist für den fehlerhaften Takt verantwortlich. Nur eine winzige Anpassung wäre nötig, eine nicht einmal wahrnehmbare Kraftdosis, so wenig, wie sonst niemand abgeben kann, nur ein leichtes Antippen an genau *dieser* Stelle, um alles ins Lot zu bringen.

Allie birgt Luannes Kopf in ihrer Handfläche, legt den kleinen Finger in die Mulde an ihrer Schädelbasis, leitet eine haarfeine Stromlinie hinein und lässt sie los.

Luanne öffnet die Augen, die Krämpfe hören abrupt auf. Sie blinzelt und fragt: »Was ist passiert?«

Alle wissen, dass Luanne normalerweise mindestens eine Stunde geschlafen hätte und eine Woche verwirrt gewesen wäre.

Abigail sagt: »Eve hat dich geheilt. Sie hat dich berührt, und dann warst du geheilt.«

Das war das erste Zeichen, und dieses Mal sagte man: Über die hier hält der Himmel die schützende Hand.

Danach bringt man die Mädchen zu ihr, die geheilt werden müssen. Manchmal legt sie ihnen die Hände auf und spürt ihre Qual. Manchmal schmerzt etwas, das nicht schmerzen müsste. Kopfweh, ein gezerrter Muskel, Schwindelgefühl. Allie, das nichtsnutzige Mädchen aus Jacksonville, hat genug geübt, dass Eve, die ruhige und besonnene junge Frau, ihre Hände auf den Körper eines anderen Menschen legen und genau die richtige Stelle finden kann, um eine nadelfeine Energielinie ins Fleisch zu schicken und zumindest vorübergehend etwas zu verbessern. Die Heilung ist real, wenn auch eigentlich nur temporär. Sie kann dem Körper nicht beibringen, seine Arbeit besser zu machen, doch sie kann dessen Fehler für eine gewisse Zeit korrigieren.

Allmählich glauben die anderen an sie. Dass sie etwas Besonderes an sich hat. Die Mädchen glauben es sowieso schon, die Nonnen nach und nach.

Savannah sagt eines Abends leise im Schlafsaal, nachdem die Lichter gelöscht wurden: »Ist das Gott, Eve? Spricht Gott zu dir? Hast du Gott in dir?«

Die anderen Mädchen hören zu, auch wenn sie so tun, als schliefen sie bereits.

Eve antwortet: »Was glaubst du?«

Savannah erwidert: »Ich denke, du hast die Kraft zu heilen in dir. Wie wir es in der Heiligen Schrift gelesen haben.«

Ein Murmeln ertönt im Schlafsaal, doch keine widerspricht.

Als sie sich am nächsten Abend bettfertig machen, sagt Eve zu etwa zehn Mädchen: »Kommt morgen bei Einbruch der Dämmerung mit mir ans Meer.«

Sie fragen: »Warum denn?«

Und sie antwortet: »Eine Stimme hat zu mir gesprochen, geht bei der Morgendämmerung ans Meer.«

Die Stimme sagt: Gut gemacht, Mädchen, du findest die richtigen Worte zum richtigen Zeitpunkt.

Der Himmel ist so blaugrau wie eine Murmel und übersät mit fedrigen Wolken. Das Meer rauscht leise wie eine Mutter, die ihr Baby beruhigt, als die Mädchen in ihren Nachthemden zum Strand gehen.

Allie spricht mit Eves Stimme, die leise und tief ist. »Die Stimme hat mir gesagt, dass wir ins Wasser waten sollen.«

Gordy lacht und sagt: »Was wird das, Eve? Willst du schwimmen gehen?«

Luanne legt Gordy einen Finger auf die Lippen. Seit Eve ihren Daumen in Luannes Nacken gepresst hat, dauern ihre Krampfanfälle nur noch wenige Sekunden.

Abigail fragt: »Was sollen wir dann machen?«

Eve antwortet: »Gott wird uns zeigen, was Sie von uns möchte.«

»Sie« ist eine ganz neue Auslegung und revolutionär. Doch alle verstehen es. Sie haben auf diese guten Neuigkeiten gewartet.

Die Mädchen waten hinaus ins Wasser, Nachthemden und Pyjamas kleben an ihren Beinen. Sie zucken zusammen, wenn sie auf scharfkantige Steine treten, sie lachen ein wenig, doch sie sind in ehrfürchtiger Stimmung, die allen ins Gesicht geschrieben steht. Etwas wird hier draußen geschehen. Der Morgen bricht an.

Sie stehen in einem Kreis, bis zur Hüfte im kalten, klaren Wasser, und streichen mit den Händen durch das Nass.

Eve sagt: »Heilige Mutter, zeige uns, was du von uns möchtest. Taufe uns mit deiner Liebe und lehre uns zu leben.«

Plötzlich spüren alle Mädchen im Kreis, wie ihre Knie unter ihnen nachgeben. Als ob eine riesige Hand sie auf einmal nach unten drückt, ihre Köpfe unter Wasser presst, damit sie, nach Luft schnappend, wieder auftauchen, das nasse Haar nach hinten schleudern und wissen, dass Gott sie berührt hat und dies der Tag ihrer Wiedergeburt ist. Alle fallen im Wasser auf die Knie, als ob die Hand sie wieder nach unten drückt. Allen ist einen Moment lang bewusst, dass sie hier unter Wasser sterben werden, ohne Atemluft. Doch dann werden sie emporgehoben, und sie sind wiedergeboren.

Sprachlos vor Verzückung stehen sie da, völlig durchnässt. Nur Eve war stehen geblieben und ist trocken.

Alle hatten Gottes Anwesenheit gespürt, und Sie war froh. Die Vögel kreisten über ihnen, begrüßten jubelnd den neuen Tag.

Etwa zehn Mädchen waren an diesem Morgen im Meer, um das Wunder zu bezeugen. Bis zu diesem Moment waren sie einfache Schäfchen in der Herde aus fünf Dutzend junger Mädchen, die Schutz bei den Nonnen gesucht hatten. Sie waren nicht die charismatischsten, beliebtesten oder die lustigsten, die hübschesten oder die klügsten Mädchen. Wenn sie irgendetwas verband, dann, dass sie alle schreckliche Dinge erlebt hatten. Sie hatten am meisten gelitten und verfügten über das größte Wissen, was von anderen Menschen und vor allem von sich selbst zu befürchten war. Doch jetzt war alles anders.

Die Mädchen müssen Eve schwören, nichts von den Ereignissen des Morgens zu erzählen; doch natürlich wird es weitergetragen. Savannah erzählt es Kayla, Kayla berichtet es Megan, und Megan gibt an Danielle weiter, dass Eve mit dem Schöpfer gesprochen hat, dass sie geheime Botschaften verbreitet.

Die anderen Mädchen wollen auch von Eve unterrichtet werden.

Sie fragen: »Warum sprichst du von Gott als ›Sie‹?«

Eve antwortet: »Gott ist weder weiblich noch männlich, sondern beides. Doch jetzt zeigt Sie uns eine neue Seite an sich, eine, die wir viel zu lange ignoriert haben.«

Sie fragen: »Aber was ist mit Jesus?«

Eve antwortet: »Jesus ist der Sohn. Doch der Sohn stammt

von der Mutter ab. Überlegt mal: Was ist größer – Gott oder die Welt?«

Sie sagen, denn so haben die Nonnen es ihnen beigebracht: »Gott ist größer, denn Gott hat die Welt erschaffen.«

Eve entgegnet: »Derjenige, der erschafft, ist also größer als das Erschaffene?«

Sie sagen: »So muss es sein.«

Darauf erwidert Eve: »Wer ist also größer, die Mutter oder der Sohn?«

Sie denken nach, zögern, Eves Worte könnten blasphemisch sein.

Eve sagt: »In der Heiligen Schrift wird es bereits angedeutet. Man hat uns gesagt, dass Gott in menschlicher Gestalt auf die Welt kam. Wir haben schon gelernt, Gott ›Vater‹ zu nennen. Jesus hat uns das beigebracht.«

Sie geben zu, dass es sich tatsächlich so verhält.

Eve sagt: »Ich lehre euch daher etwas Neues. Diese Gabe wurde uns verliehen, damit wir unser verqueres Denken begradigen. Die Mutter, nicht der Sohn, ist der himmlische Gesandte. Wir müssen Gott ›Mutter‹ nennen. Gott, die Mutter, kam auf die Erde in Marias Gestalt, die ihr Kind opferte, damit wir frei von Sünde leben können. Gott hat immer gesagt, dass Sie auf die Erde zurückkehren würde. Und jetzt ist Sie tatsächlich zurückgekommen, um uns Ihre Lehre zu verkünden.«

Sie wollen wissen: »Wer bist du?«

Und Eve antwortet: »Wer bin ich eurer Meinung nach?«

Allie fragt stumm: Wie schlage ich mich?

Und die Stimme sagt: Sehr gut.

Allie fragt weiter: Ist das nach deinem Willen?

Und die Stimme sagt: Glaubst du, irgendetwas könnte geschehen ohne den Willen Gottes?

Das ist erst der Anfang, Schätzchen, glaub mir.

Zu dieser Zeit tobte ein großes Fieber im Land, man dürstete nach der Wahrheit und hungerte danach zu verstehen, was der Allmächtige im Sinn hatte mit dieser Neuausrichtung des menschlichen Schicksals. Zu dieser Zeit gab es im Süden viele Prediger, die ihre Interpretation verbreiteten: Es sei eine Strafe für die Sünde, Satan wandele unter uns, es sei das Zeichen, dass das Ende gekommen ist. Doch sie vertraten alle nicht die wahre Religion. Denn die wahre Religion bedeutet Liebe, nicht Angst. Die starke Mutter, die ihr Kind liebevoll im Arm hält: das ist Liebe, das ist die Wahrheit. Die Mädchen geben diese Erleuchtung untereinander weiter. Gott ist zurückgekommen, und Ihre Botschaft ist nur für uns bestimmt.

Einige Wochen später finden am frühen Morgen weitere Taufen statt. Es ist Frühling, kurz vor Ostern, das Fest der Eier, der Fruchtbarkeit und der Öffnung des Leibes. Das Fest von Maria. Als die Mädchen aus dem Wasser kommen, versuchen sie nicht zu verbergen, was ihnen gerade widerfahren ist. Das hätten sie auch gar nicht gekonnt, selbst wenn sie es versucht hätten. Beim Frühstück wissen es alle Mädchen, ebenso wie die Nonnen.

Eve sitzt im Garten, und die anderen Mädchen kommen zu ihr. Sie fragen: »Wie sollen wir dich nennen?«

Und Eve sagt: »Ich bin nur die Botschafterin der Mutter.«

Sie sagen: »Aber trägst du die Mutter in dir?«

Und Eve antwortet: »Sie ist in uns allen.«

Dennoch nennen die Mädchen sie von da an Mother Eve.

An diesem Abend diskutieren die Nonnen vom Orden der Schwestern der Gnade hitzig miteinander. Schwester Maria Ignacia – die, wie den anderen nicht entgangen ist, besonders eng mit dieser Eve befreundet ist – spricht sich für die Neuordnung der Glaubensvorstellungen aus. Es sei doch dasselbe wie immer, sagt sie. Die Mutter und der Sohn – wie bisher auch. Maria ist die Mutter der Kirche. Maria ist die Königin des Himmels. Sie betet jetzt für uns und in unserer Stunde des Todes. Manche von diesen Mädchen sind nicht einmal getauft. Jetzt taufen sie sich selbst. Was kann daran schon verwerflich sein?

Schwester Katherine spricht von den frühen Ketzern, die die Jungfrau Maria als Göttin verehrten, und dass sie auf Führung warten sollten.

Schwester Veronica erhebt sich mühsam und steht, aufrecht wie das wahre Kreuz, mitten im Raum. »Der Teufel wohnt in diesem Haus«, verkündet sie. »Wir haben dem Teufel erlaubt, in uns Wurzeln zu schlagen und sich in unsere Herzen einzunisten. Wenn wir das Geschwür nicht jetzt herausschneiden, sind wir alle verdammt und verloren.«

Sie hebt die Stimme und blickt von einer Mitschwester zur nächsten: »Verdammt! Wenn wir sie nicht verbrennen, wie man diese Mädchen in Decatur und Shreveport verbrannt hat, wird der Teufel uns alle holen. Es muss völlig ausgemerzt werden.« Sie hält inne, weiß, wann eine Pause die Wirkung ihrer Worte verstärkt. Dann fährt sie fort: »Ich werde heute Nacht beten. Ich werde für euch alle beten. Wir werden die Mädchen bis zum Morgen einsperren. Wir sollten sie alle verbrennen.«

Das Mädchen, das am Fenster gelauscht hat, überbringt Mother Eve die Nachricht.

Alle warten, was sie dazu sagen wird.

Die Stimme sagt: Jetzt hast du sie, Mädchen.

Mother Eve verkündet: Lasst sie uns einschließen. Die Allmächtige wird Ihre Wunder wirken.

Die Stimme sagt: Versteht Schwester Veronica denn nicht, dass ihr einfach das Fenster öffnen und die Regenrinne hinunterklettern könntet?

Und Allie antwortet: Es ist der Wille der Allmächtigen, dass sie es noch nicht erkannt hat.

Am nächsten Morgen ist Schwester Veronica immer noch in der Kapelle und betet. Als die anderen Schwestern um sechs zur Vigil kommen, liegt sie ausgestreckt vor dem Kreuz, die Arme ausgebreitet, die Stirn auf den kalten Steinfliesen. Erst als die anderen sich vorbeugen und sie sanft am Arm berühren, sehen sie, dass sich das Blut in ihrem Gesicht gesammelt hat. Sie ist seit vielen Stunden tot. Ein Herzinfarkt. Etwas, das bei einer Frau ihres Alters jederzeit eintreffen kann. Als die Sonne aufgeht, blicken sie zu der Figur am Kreuz und sehen, dass Jesus' hölzernes Fleisch von den farnartigen Linien der Gabe durchzogen ist. Sie wissen, dass Schwester Veronica ihnen in dem Moment genommen wurde, in dem sie das Wunder erblickte und all ihre Sünden bereute.

Die Allmächtige war wie versprochen zurückgekehrt, und Sie weilt jetzt wieder in einem menschlichen Körper.

Ein Tag der Freude.

Nachrichten vom Heiligen Stuhl treffen ein, die um Ruhe und Ordnung ersuchen, doch die Mädchen sind viel zu aufgeregt dafür. Eine festliche Stimmung herrscht in dem Gebäude, die üblichen Regeln scheinen aufgehoben zu sein. Die Betten werden nicht gemacht, die Mädchen holen sich etwas zu essen aus der Speisekammer, wenn sie Hunger haben, und warten nicht auf die Mahlzeiten. Es wird gesungen und musiziert. Die Luft glitzert förmlich. Bis zum Mittagessen haben fünfzehn weitere Mädchen um die Taufe gebeten und sie am Nachmittag erhalten. Manche Nonnen protestieren dagegen und drohen mit der Polizei, doch die Mädchen lachen und verpassen ihnen Stromschläge, bis sie davonlaufen.

Am späten Nachmittag spricht Eve zu ihrer Gemeinde. Die Zuhörerinnen nehmen die Rede mit ihren Smartphones auf und schicken sie um die ganze Welt. Mother Eve trägt eine Kapuze, um demütiger zu erscheinen, denn sie predigt nicht ihre Botschaft, sondern die der Mutter.

Eve sagt: »Habt keine Angst. Wenn euer Glaube stark genug ist, wird Gott bei euch sein. Sie hat Himmel und Erde für uns umgestoßen.

Man hat euch gesagt, dass die Männer über die Frauen herrschen wie Jesus über die Kirche. Doch ich sage euch, dass die Frau über den Mann herrscht wie Maria über ihren kleinen Sohn, nämlich mit Liebe und Zuneigung.

Man hat euch gesagt, dass er für eure Sünden gestorben sei und diese damit ausgelöscht habe. Doch ich sage euch, dass die Sünden der Menschen in der großen Aufgabe aufgehen, Gerechtigkeit in der Welt zu schaffen. So viel Unrecht wurde begangen, und es ist der Wille der Allmächtigen, dass wir uns zusammentun und für Gerechtigkeit sorgen.

Man hat euch gesagt, dass Männer und Frauen als Ehemann und Ehefrau zusammenleben sollen. Doch ich sage euch, dass die Frauen miteinander leben, sich gegenseitig helfen, Verbindungen zueinander aufbauen, sich gegenseitig stützen sollen.

Man hat euch gesagt, dass ihr euch mit eurem Schicksal abfinden müsst, doch ich sage euch, dass es ein neues Land für uns geben wird. Es wird einen Ort geben, an dem Gott uns zeigen wird, wo wir eine neue Nation aufbauen werden, die stark und frei ist.«

Eines der Mädchen entgegnet: »Aber wir können nicht für immer hierbleiben, und wo ist dieses neue Land, und was wird geschehen, wenn die Nonnen die Polizei rufen? Dieser Ort gehört uns nicht, sie werden uns nicht bleiben lassen! Sie werden uns alle ins Gefängnis werfen!«

Die Stimme sagt: Mach dir darum keine Gedanken. Es wird jemand kommen.

Eve antwortet: »Gott wird Ihre Rettung schicken. Eine Soldatin wird kommen. Und *du* sollst verdammt sein wegen deiner Zweifel. Gott wird nicht vergessen, dass du in dieser Stunde des Triumphs kein Vertrauen in Sie hattest.«

Das Mädchen beginnt zu weinen. Die Handykameras zoomen auf sie. Bei Einbruch der Dämmerung wird sie des Ordens verwiesen.

In Jacksonville schaut jemand die Nachrichten im Fernsehen. Jemand sieht das Gesicht unter der Kapuze, halb versteckt in den Schatten. Jemand denkt sich: Ich kenne dieses Gesicht.

Margot

»Schau dir das an.«

»Ich schaue es mir an.«

»Hast du es gelesen?«

»Nicht alles.«

»Das ist nicht irgendein Drittweltland, Margot.«

»Das weiß ich.«

»Das ist Wisconsin.«

»Das sehe ich.«

»Das passiert im verdammten Wisconsin!«

»Bleib ruhig, Daniel.«

»Man sollte diese Mädchen erschießen. Einfach abknallen. Mit einem Kopfschuss. *Peng*. Sache erledigt.«

»Du kannst doch nicht *alle* Frauen erschießen, Daniel.«

»Keine Sorge, Margot, dich würden wir natürlich am Leben lassen.«

»Sehr beruhigend.«

»Oh, entschuldige. Deine Tochter hätte ich beinahe vergessen. Sie ist … nein, sie würde ich nicht erschießen.«

»Vielen Dank, Daniel.«

Daniel trommelt mit den Fingern auf die Schreibtischplatte, und sie denkt – was ihr in letzter Zeit recht oft passiert –, dass sie ihn dafür umbringen könnte. Diese leise Stimme ist mittlerweile ständig präsent. Ein Gedanke, der ihr immer wieder durch den Kopf schießt. Wie ein glatter Stein in der Tasche, über den sie mit dem Daumen reibt. Da ist er. Der Tod.

»Hör auf, über das Erschießen junger Frauen zu sprechen, das ist wirklich nicht nett.«

»Ja, ja, ich weiß. Aber …«

Er deutet auf den Bildschirm. Sie sehen gerade ein Video, in dem sechs Mädchen sich gegenseitig ihre Kräfte demonstrieren, wie sie es aus einem Internetclip gelernt haben. Sie starren in die Kamera und sagen: »Dies widmen wir der Göttin.« Sie verpassen einander so viele Stromschläge, bis eine von ihnen ohnmächtig wird. Eine andere blutet aus Nase und Ohren. Diese »Göttin« scheint eine Art Internetphänomen zu sein, angeheizt durch die Gabe der Frauen, von anonymen Foren und durch die Vorstellungskraft junger Menschen, die jetzt das sind, was sie schon immer waren und immer sein werden. Es gibt auch ein Symbol: Es ähnelt der Hand der Fatima, ein Auge ziert die Handfläche, die farnartigen Linien der Gabe ragen aus dem Augapfel wie zusätzliche Gliedmaßen, wie die Äste eines Baums. An Mauern, entlang von Zugstrecken und an Autobahnbrücken taucht das Symbol auf – weit oben, an schier unerreichbaren Stellen. Einige Internetforen stacheln die Mädchen an, sich zusammenzuschließen und schreckliche Dinge zu tun; das FBI versucht, diese aus dem Netz zu nehmen, doch sobald eines offline geht, wird es durch ein anderes ersetzt.

Margot sieht den Mädchen auf dem Bildschirm zu, wie sie mit ihrer Kraft spielen. Wie sie aufschreien, wenn sie getroffen werden. Lachen, wenn sie selbst einen Schlag austeilen.

»Wie geht es Jos?«, fragt Daniel schließlich.

»Gut.«

Doch das stimmt nicht. Es geht ihr überhaupt nicht gut.

Sie hat Probleme mit ihrer Gabe. Niemand weiß genug darüber, um erklären zu können, was mit ihrer Tochter geschieht. Sie kann die Kraft in sich nicht kontrollieren, und es wird immer schlimmer.

Margot betrachtet die Mädchen in Wisconsin. Eine trägt auf ihrer Handfläche eine Tätowierung mit der Hand der Göttin. Ihre Freundin kreischt auf, als sie getroffen wird, doch Margot kann nicht erkennen, ob aus Angst, Schmerz oder Vergnügen.

»Heute dürfen wir Bürgermeisterin Margot Cleary bei uns im Studio begrüßen. Manche von Ihnen erinnern sich sicher an Bürgermeisterin Cleary als eine Führungspersönlichkeit, die nach den ersten Zwischenfällen rasch und entschlossen reagiert und somit wahrscheinlich viele Leben gerettet hat. Heute ist sie hier mit ihrer Tochter Jocelyn. Wie geht es dir, Jocelyn?«

Jos verlagert unruhig ihr Gewicht auf dem Stuhl, der so bequem aussieht, in Wirklichkeit aber sehr hart ist. Etwas drückt spitz in ihren Rücken. Die Pause dauert zu lange.

»Es geht mir gut.«

»Das ist schön zu hören. Jocelyn, du hast eine interessante Geschichte zu erzählen, nicht wahr? Du hattest ein paar Probleme?«

Margot legt eine Hand auf Jos' Knie. »Wie viele junge Mädchen«, wirft sie ein, »spürt meine Tochter Jocelyn seit einiger Zeit die Gabe und die damit verbundene Kraft in sich.«

»Davon gibt es sogar Filmaufnahmen, nicht wahr, Kristen?«

»Hier haben wir die Pressekonferenz vor Ihrem Haus. Der Junge musste wegen dir ins Krankenhaus, Jocelyn, richtig?«

Das Material wird eingespielt; es zeigt den Tag, an dem Margot nach Hause gerufen wurde. Da ist Margot, wie sie auf den Stufen ihres Hauses steht und das Haar hinter die Ohren streicht. Diese Geste lässt sie immer nervös wirken, auch wenn sie es nicht ist. Sie legt einen Arm um Jocelyn und liest eine vorbereitete Stellungnahme ab.

»Meine Tochter war in eine kurze Auseinandersetzung verwickelt«, erklärt sie. »Unsere Gedanken sind bei Laurie Vincens und seiner Familie. Wir sind dankbar, dass seine Verletzungen nicht ernst zu sein scheinen. Was Jocelyn erlebt hat, passiert gerade vielen jungen Frauen. Meine Tochter und ich hoffen, dass alle Ruhe bewahren und unserer Familie den Raum geben, diesen Vorfall hinter uns zu lassen.«

»Wow, das scheint schon unglaublich lange her zu sein, nicht wahr, Kristen?«

»O ja, Tom. Wie war das für dich, Jocelyn, als du den Jungen verletzt hast?«

Jos hat sich seit über einer Woche mit ihrer Mutter auf diesen Fernsehauftritt vorbereitet. Sie weiß, was sie sagen soll. Ihr Mund ist trocken, die Stimme droht zu versagen. Doch sie ist eine Kämpferin und antwortet trotzdem.

»Es war beängstigend«, erklärt sie. »Ich wusste da noch nicht, wie ich es kontrollieren kann. Ich hatte Angst, dass ich ihn wirklich schwer verletzt haben könnte. Ich wünschte … ich wünschte, jemand hätte mir gezeigt, wie ich vernünftig damit umgehen kann. Wie ich es kontrollieren kann.«

Tränen verschleiern Jos' Blick. Das hatten sie nicht geprobt, aber es hat eine großartige Wirkung. Kamera drei sendet Jocelyns Gesicht in Großaufnahme. Es ist perfekt. Sie ist so jung und unschuldig und wunderschön und traurig.

»Das klingt wirklich beängstigend. Und du glaubst, es hätte geholfen, wenn …«

Margot schaltet sich wieder ein. Auch sie sieht gut aus. Glattes, glänzendes Haar. Dezenter cremefarbener und brauner Lidschatten. Sie könnte die Frau von nebenan sein, die auf sich achtet, viel schwimmt und Yoga macht. Karriere machen will.

»Dieser Tag hat mich dazu gebracht, Kristen, mir ernsthafte Gedanken darüber zu machen, wie wir diesen Mädchen *wirklich* helfen können. Im Moment können wir ihnen nur den Rat geben, ihre Kraft einfach überhaupt nicht einzusetzen.«

»Nun ja, wir wollen ja schließlich nicht, dass sie auf der Straße mit Blitzen um sich werfen, nicht wahr?«

»Ganz bestimmt nicht, Tom. Aber ich habe einen Drei-Punkte-Plan entwickelt, der folgendermaßen aussieht.« Genau. Bestimmt auftreten, effektiv. Kurze Sätze, klare Stichpunkte. Wie auf BuzzFeed.

»Erstens: Wir müssen sichere Orte für die Mädchen einrichten, an denen sie zusammen ihre Kraft austesten können. Wir könnten hier in meinem Verwaltungsbezirk ein Testgelände einrichten und das Konzept auf das ganze Land ausweiten, wenn es sich bewährt. Zweitens: Wir müssen die Mädchen finden, die sich im Griff haben, damit diese den jüngeren helfen, das ebenfalls zu lernen. Drittens: Ein totales Verbot, die Kraft außerhalb dieser sicheren Orte einzusetzen.«

Die Runde schweigt wie abgesprochen und gibt den Zuschauern vor den Fernsehgeräten Zeit, das soeben Gehörte zu verarbeiten.

»Also, wenn ich richtig verstehe, was Sie gerade vorgeschlagen haben, Bürgermeisterin Cleary, dann möchten Sie Steuergelder dafür verwenden, den Mädchen beizubringen, wie sie ihre Fähigkeiten gezielter einsetzen können.«

»Nicht gezielter, sicherer, Kristen. Das möchte ich den Leuten nahebringen. In Zeiten wie diesen sollten wir uns an das erinnern, was die Bibel sagt: Die Höchsten unter uns sind nicht immer die Klügsten, und die ältere Generation weiß nicht immer, was gut und richtig ist.« Sie lächelt. Auf die Bibel zu verweisen ist immer gut. »Ich glaube jedenfalls, dass es Aufgabe der Regierung ist, neue Ideen einzubringen. Oder was meinen Sie?«

»Schlagen Sie also eine Art *Trainingslager* für die Mädchen vor?«

»Tom, Sie wissen, dass ich das nicht gesagt habe. Es geht doch darum: Junge Menschen dürfen ohne Führerschein kein Auto fahren, wir würden keinen Elektriker ohne Ausbildung in unser Haus lassen. Darauf will ich hinaus: Die erfahreneren Mädchen sollen die jüngeren ausbilden.«

»Aber woher sollen wir wissen, was sie ihnen beibringen?« Tom klingt ein wenig nervös. »Für mich hört sich das alles ganz schön gefährlich an. Statt ihnen beizubringen, wie sie es anwenden, sollte man doch besser versuchen, sie davon zu *heilen*. Zumindest wäre das meine Meinung.«

Kristen lächelt direkt in die Kamera. »Doch bisher hat noch niemand ein Heilmittel, Tom, oder? Im *Wall Street Journal* konnte man heute Morgen lesen, dass eine multinationale Wissenschaftlergruppe jetzt sicher davon ausgeht, dass diese Kraft durch eine Anreicherung von Nervengas in der Umwelt entstanden ist, das während des Zweiten Weltkriegs freigesetzt wurde. Es hat das menschliche Genom verändert. Alle von jetzt an geborenen Mädchen werden es haben –

alle. Sie werden es ihr Leben lang behalten, genau wie die älteren Frauen, wenn diese Kraft erst einmal in ihnen erweckt wurde. Es ist zu spät, nach einem Heilmittel zu suchen; wir brauchen neue Konzepte.«

Tom versucht, etwas zu sagen, doch Kristen fährt rasch fort: »Ich finde, das ist eine großartige Idee, Bürgermeisterin Cleary. Meine Unterstützung haben Sie.

Und jetzt zum Wetter.«

Nachricht von: throwawayaddress29457902@gmail.com
Nachricht an: jocelyn.feinburgcleary@gmail.com

Ich habe dich heute in den Nachrichten gesehen. Du hast Probleme mit deiner Kraft. Willst du den Grund dafür wissen? Willst du wissen, ob es anderen so geht wie dir? Du weißt noch nicht mal die Hälfte, Schwester. Dieser Kaninchenbau führt ganz nach unten. Deine Verwirrung hinsichtlich der Geschlechterrollen ist erst der Anfang. Männer und Frauen müssen wieder dorthin zurück, wohin sie gehören.

Schau mal auf www.urbandoxspeaks.com, wenn du die Wahrheit wissen willst.

»Wie zum Teufel kannst du es wagen?«

»Bei dir hat sich überhaupt nichts getan, Daniel. Niemand wollte zuhören.«

»Und dann machst du so was? Das überregionale Fernsehen? Versprichst, deine komische Idee *auf das ganze Land* auszuweiten? Falls du es vergessen haben solltest, Margot, ich bin der Gouverneur dieses Staates und du nur die Bürgermeisterin deiner Metropole. Du hast dich an das *überregionale* Fernsehen gewandt, um über deine Idee, das Ganze landesweit einzuführen, zu sprechen?«

»Kein Gesetz spricht dagegen.«

»Kein *Gesetz?* Kein verdammtes *Gesetz?* Wie wäre es damit: Sind dir eigentlich unsere Vereinbarungen wichtig? Ist dir klar, dass du die Finanzierung für dein Vorhaben vergessen kannst, wenn du dir an einem Morgen schon so viele Feinde machst? Ich werde *persönlich* dafür sorgen, dass jeder Antrag von dir abgelehnt wird. Ich habe mächtige Freunde in dieser Stadt, Margot, und wenn du glaubst, du könntest einfach so über unsere Arbeit hinwegwalzen, damit du zu einer *Berühmtheit* wirst …«

»Jetzt beruhige dich mal wieder.«

»Das werde ich verdammt noch mal nicht tun! Es geht hier nicht nur um dein *Vorgehen*, Margot, nicht nur darum, dass du zur *verdammten Presse* gegangen bist, sondern um diesen ganzen lächerlichen Plan. Du willst *Steuergelder* dafür verwenden, quasi *Terroristen* darin auszubilden, ihre Waffen gezielter einzusetzen?«

»Das sind keine Terroristen, sondern Mädchen.«

»Ach ja? Du glaubst doch nicht ernsthaft, dass darunter keine Terroristen sind? Du hast doch gesehen, was im Mittleren Osten passiert ist, in Indien und Asien. Du hast es selbst im Fernsehen gesehen. Kannst du zusichern, dass dein kleiner heimtückischer Plan keine verdammten Dschihadisten anlockt?«

»Bist du jetzt fertig?«

»Ob ich …«

»Ich habe viel Arbeit, wenn du also fertig bist …«

»Nein, ich bin verdammt noch mal nicht fertig.«

Doch das ist er. Noch während er in Margots Büro steht und Gift und Galle spuckt inmitten des edlen Mobiliars und der Auszeichnungen aus geschliffenem Glas für besondere Verdienste im Amt, werden Telefonate geführt, E-Mails verschickt, Tweets gepostet und Forumpostings entworfen. »Haben Sie die Frau heute Morgen im Fernsehen gesehen? Wo kann ich meine Mädchen für diese Camps anmelden? Ich habe drei Töchter, vierzehn, sechzehn und neunzehn, und sie zerreißen sich in der Luft. Sie müssen irgendwo hingehen können, um Dampf abzulassen.«

Noch vor Ende der Woche hat Margot über eineinhalb Millionen Dollar Spenden für ihre Mädchencamps gesammelt – Schecks von besorgten Eltern, aber auch anonyme Spenden von Wall-Street-Milliardären. Es gibt Menschen, die in ihren Plan investieren wollen. Es wird auf eine öffentlich-private Initiative hinauslaufen, ein Modell, wie Regierung und Wirtschaft Hand in Hand arbeiten können.

Vor Ende des Monats hat sie in ihrem Verwaltungsgebiet bereits Orte für die ersten Testcamps gefunden: alte Schulen, die geschlossen wurden, als man Mädchen und Jungen getrennt hat. Orte mit Turnhallen und Sportanlagen. Die Vertreter sechs anderer Bundesstaaten statten Margot informelle Besuche ab und lassen sich von ihr alles zeigen.

Und es sind keine drei Monate vergangen, als die Leute sagen: »Weißt du, warum kandidiert diese Margot Cleary nicht für ein höheres Amt? Wir sollten uns mal genauer mit ihr unterhalten.«

Tunde

Irgendwo im ländlichen Moldau bringt ein dreizehnjähriges Mädchen mit ein paar dunklen Härchen über der Oberlippe hartes Brot und alten, öligen Fisch in einen dunklen Keller, in dem eine Gruppe von Frauen auf alten Matratzen kauert. Seit Wochen kommt sie schon hierher. Sie ist jung und etwas schwer von Begriff. Sie ist die Tochter des Mannes, der den Brotlaster fährt. Er steht manchmal Schmiere für die Männer, denen das Haus gehört, und die Frauen, die hier gefangen gehalten werden. Sie bezahlen ihm ein bisschen was für das harte Brot.

Die Frauen haben versucht, das Mädchen um ein paar Sachen zu bitten. Ein Mobiltelefon – ob sie ihnen nicht irgendwie ein Telefon bringen könnte? Papier, etwas zu schreiben – ob sie einen Brief für sie einwerfen könnte? Eine Briefmarke und etwas Papier? Wenn ihre Familien erfahren, was ihnen zugestoßen ist, werden sie dem Mädchen etwas bezahlen können. Bitte. Das Mädchen hat immer zu Boden geblickt, wild mit dem Kopf geschüttelt und mit ihren feuchten, ausdruckslosen Augen geblinzelt. Die Frauen glauben, dass sie vielleicht taub sein könnte. Oder man hat ihr gesagt, sie solle sich taub stellen. Diese Frauen haben bereits Dinge erlebt, nach denen sie selbst am liebsten blind und taub wären.

Die Tochter des Brotauslieferers leert den Toiletteneimer in den Abfluss auf dem Hof, spritzt ihn mit einem Schlauch aus und bringt ihn, bis auf ein paar Kotflecken unter dem

Rand, sauber zurück. Wenigstens für eine oder zwei Stunden wird der Geruch hier drinnen etwas besser sein.

Das Mädchen will gehen. Wenn sie weg ist, werden sie wieder im Dunklen sitzen.

»Lass uns Licht da«, bittet eine der Frauen. »Hast du keine Kerze? Ein bisschen Helligkeit für uns?«

Das Mädchen dreht sich zur Tür. Betrachtet die Treppe ins Erdgeschoss. Niemand zu sehen.

Sie nimmt die Hand der Frau, die gesprochen hat, dreht die Innenseite nach oben. Das dreizehnjährige Mädchen berührt die Mitte der Handfläche und macht etwas mit dem Ding, das in ihrem Schlüsselbein zum Leben erwacht ist. Die Frau auf der Matratze – sie ist fünfundzwanzig und dachte, sie würde nach Berlin reisen, um dort als Sekretärin zu arbeiten – schnappt nach Luft und schaudert. Ihre Schultern krümmen sich, sie reißt die Augen weit auf. Und die Hand, die sich an der Matratze festklammert, leuchtet kurz silbern auf.

Sie warten im Dunkeln. Sie trainieren. Sie müssen sich sicher sein, dass sie gleichzeitig losschlagen können, dass keiner Zeit haben wird, nach seiner Pistole zu greifen. Im Dunkeln geben sie es bewundernd von Hand zu Hand weiter. Manche werden schon so lange gefangen gehalten, dass sie noch nie von diesem neuen Phänomen gehört haben. Für die anderen war es nur ein seltsames Gerücht, eine Kuriosität. Sie glauben, Gott hat ein Wunder zu ihrer Rettung geschickt, wie Er die Kinder Israels auch aus der Sklaverei führte. In ihrer Not riefen sie um Hilfe. Licht erhellte das Dunkel. Sie weinen.

Einer der Wächter kommt, um die Frau loszubinden, die

als Sekretärin nach Berlin gehen wollte, bevor man sie auf den Betonboden warf und ihr immer wieder zeigte, was für eine Aufgabe sie tatsächlich erfüllen soll. Er hält die Schlüssel in der Hand. Zusammen fallen sie über ihn her. Kein Ton dringt über seine Lippen, Blut strömt aus seinen Augen und Ohren. Mit seinen Schlüsseln befreien sie sich gegenseitig von ihren Fesseln.

Dann töten sie jeden Mann im Haus und sind doch nicht zufriedengestellt.

Moldau ist das internationale Zentrum des Frauenhandels. Es gibt tausend kleine Städte mit Zwischenposten in Kellern und Wohnungen in abbruchreifen Gebäuden. Männer und Kinder werden auch gehandelt. Die Mädchen wachsen heran, bis die Gabe in ihren Händen erwacht und sie die erwachsenen Frauen darin unterweisen können. Das passiert so umfassend und so schnell, dass die Männer keine neue Überlebensstrategien lernen können. Es ist ein Geschenk. Wer könnte leugnen, dass es von Gott kommt?

Tunde reicht einige Berichte und Interviews aus den moldauischen Grenzstädten ein, wo die Unruhen besonders stark sind. Die Frauen vertrauen ihm wegen seiner Berichterstattung aus Riad. Nicht viele Männer hätten dem Geschehen so nahe kommen können; er hatte Glück, aber er war auch klug und entschlossen. Er bringt seine anderen Berichte mit, zeigt sie derjenigen Frau, die über diese oder jene Stadt befiehlt. Alle wollen, dass man ihre Geschichten hört.

»Es waren nicht nur diese Männer, die uns wehgetan haben«, erzählt eine zwanzigjährige Frau namens Sonja. »Wir haben sie getötet, aber es waren nicht nur sie. Die Polizei wusste, was vor sich ging, und hat nichts unternommen. Die Männer in der Stadt haben ihre Frauen geschlagen, wenn diese uns mehr Essen bringen wollten. Der Bürgermeister wusste, was passierte, die Vermieter wussten es, sogar die *Postboten.*«

Sie beginnt zu weinen, reibt sich mit dem Handrücken die Augen. Sie zeigt ihm das Tattoo in ihrer Handfläche – das Auge, aus dem die Ranken herauswachsen.

»Das bedeutet, dass wir niemals aufhören werden, wachsam zu sein«, erklärt sie. »So wie Gott über uns wacht.«

Abends schreibt Tunde fieberhaft. Eine Art Tagebuch. Beobachtungen aus dem Krieg. Diese Revolution braucht einen Chronisten. Ihn. Er stellt sich ein breit angelegtes Buch vor – mit Interviews, natürlich, aber auch Einschätzungen zum Lauf der Geschichte, Analysen der verschiedenen Regionen und Nationen. So weit zurücktreten, um die Stoßwellen der Kraft über den Planeten wabern zu sehen. So nahe herantreten, um sich auf einzelne Momente und Geschichten zu konzentrieren. Manchmal schreibt er so leidenschaftlich, dass er ganz vergisst, selbst nicht über die Gabe zu verfügen. Es wird ein dickes Buch werden. Neunhundert, tausend Seiten. De Tocquevilles *Über die Demokratie in Amerika*. Gibbons *Verfall und Untergang des Römischen Reiches*. Außerdem wird es online noch ein Sperrfeuer an Videos geben. Lanzmanns *Shoah*. Reportagen direkt aus den Ereignissen, zusammen mit Analysen und Diskussionen.

Er beginnt das Kapitel über Moldau mit einer Beschreibung, wie die Gabe unter den Frauen von Hand zu Hand weitergegeben wurde, geht dann über zum Erstarken von Religion im Netz und wie das diese Frauen unterstützt hat, die den Oberbefehl über Städte übernommen haben, und landet schließlich bei der unausweichlichen Revolution auf Regierungsebene.

Tunde interviewt den Präsidenten fünf Tage vor dem Fall der Regierung. Wiktor Moskalew ist ein kleiner, stark schwitzender Mann, der sein Land durch eine Reihe von Allianzen zusammengehalten hat, und indem er den großen Verbrecherorganisationen gegenüber ein Auge zugedrückt hat, die seine kleine, bescheidene Nation als Basis für ihre widerwärtigen Geschäfte missbrauchen. Während des Interviews ist er nervös, kann die Hände kaum ruhig halten, streicht sich beständig die wenigen verbliebenen Haarsträhnen aus den Augen. Sein kahler Kopf ist schweißbenetzt, auch wenn es recht kühl im Raum ist. Seine Frau Tatjana – eine frühere Gymnastin, die beinahe an den Olympischen Spielen teilgenommen hätte – sitzt neben ihm und hält seine Hand.

»Präsident Moskalew«, sagt Tunde lächelnd und mit ruhiger Stimme. »Ganz unter uns: Was passiert Ihrer Meinung nach in Ihrem Land?«

Wiktor schluckt angestrengt. Sie sitzen im großen Empfangssaal seines Palastes in Chişinău. Die Hälfte des Mobiliars ist vergoldet. Tatjana streichelt sein Knie und lächelt. Auch sie ist vergoldet – hell gesträhntes Haar, Make-up mit Glitzerpartikeln auf den Wangen.

»Alle Länder«, antwortet Wiktor langsam, »müssen sich an die neue Realität anpassen.«

Tunde lehnt sich zurück und schlägt ein Bein über das andere.

»Das hier ist nicht für das Radio oder das Fernsehen bestimmt, Wiktor. Nur für mein Buch. Mich würde Ihre Einschätzung wirklich interessieren. Dreiundvierzig Grenzorte sind praktisch von paramilitärischen Vereinigungen eingenommen, zum Großteil Frauen, die sich aus der Sexsklaverei befreit haben. Wie schätzen Sie Ihre Chancen ein, die Kontrolle zurückzuerlangen?«

»Unsere Truppen sind bereits unterwegs, um diese Rebellen zu zerquetschen«, erklärt Wiktor. »Innerhalb weniger Tage wird sich die Situation normalisiert haben.« Tunde hebt zweifelnd eine Augenbraue und lacht leise auf. Meint Wiktor das wirklich ernst? Die Gangs haben Waffen, kugelsichere Westen und Munition von den Verbrechern entwendet, die sie getötet haben. Sie sind buchstäblich unbezwingbar.

»Entschuldigung, aber was genau haben Sie vor? Ihr eigenes Land in Schutt und Asche bombardieren? Sie sind überall.«

Wiktor lächelt geheimnisvoll. »Wir werden tun, was nötig ist. Diese Unruhen werden in ein oder zwei Wochen vorbei sein.«

Verdammter Mist. Vielleicht will er wirklich das gesamte Land bombardieren und dann Präsident eines riesigen Trümmerhaufens sein. Oder vielleicht hat er einfach noch nicht akzeptiert, was tatsächlich vor sich geht. Das wird eine interessante Fußnote in seinem Buch. Präsident Moskalew wirkt inmitten seines zusammenbrechenden Landes geradezu blasiert.

Nach dem Gespräch wartet Tunde draußen auf dem Flur auf einen Botschaftswagen, der ihn in sein Hotel bringt. Es ist sicherer, sich unter nigerianischer Flagge zu bewegen als unter dem Schutz von Moskalew. Doch es kann zwei oder drei Stunden dauern, bis ein Auto den Sicherheitscheck hinter sich gebracht hat.

So findet Tatjana Moskalew ihn: auf einem bestickten Stuhl sitzend und auf einen Anruf wartend, dass sein Wagen bereitstehe.

Auf ihren hohen Absätzen kommt sie deutlich hörbar den Gang entlang. Ihr Kleid ist türkis, hauteng, gerüscht und so geschnitten, dass ihre durchtrainierten Beine und Schultern zur Geltung kommen. Sie ragt hoch über ihm auf.

»Sie mögen meinen Mann nicht, habe ich recht?«, fragt sie.

»So würde ich das nicht sagen.« Er lächelt gewinnend.

»Ich schon. Werden Sie etwas Negatives über ihn drucken?«

Tunde stützt die Ellbogen auf die Armlehnen des Stuhls und lehnt sich zurück. »Tatjana«, sagt er, »wenn wir uns weiter unterhalten wollen, würde ich mich über etwas zu trinken freuen.«

Sie treiben einen Brandy in einem Raum auf, der wie das Set eines Films aus den Achtzigern über die Wall Street aussieht: viel Gold und ein dunkler Holztisch. Tatjana schenkt ihnen großzügig ein, dann blicken sie gemeinsam über die Stadt. Der Präsidentenpalast ist ein Hochhaus mitten in der Stadt. Von außen sieht er aus wie ein unauffälliges Vier-Sterne-Business-Hotel.

Tatjana beginnt zu erzählen: »Er hat meine Schule besucht und dort eine Aufführung von mir angesehen. Ich war Gymnastin und bin vor dem Finanzminister aufgetreten!« Sie trinkt einen Schluck. »Ich war siebzehn und er zweiundvierzig. Doch er hat mich aus dieser völlig unbedeutenden Stadt herausgeholt.«

»Die Welt ändert sich gerade«, bemerkt Tunde, und sie tauschen einen Blick aus.

Tatjana lächelt. »Sie werden sehr erfolgreich sein«, sagt sie. »Sie haben diesen gewissen Hunger, den ich schon mal gesehen habe.«

»Und Sie? Haben Sie ihn … den Hunger?«

Sie mustert ihn von oben bis unten und macht ein leises, schnaubendes Geräusch. Sie muss jetzt selbst um die zweiundvierzig sein.

»Schauen Sie, was ich kann«, antwortet sie. Auch wenn er irgendwie schon weiß, zu was sie imstande ist.

Sie legt ihre Hand flach auf den Fensterrahmen und schließt die Augen.

Die Lampen an der Decke flackern und erlöschen.

Sie blickt auf, seufzt.

»Warum besteht da eine Verbindung zu den Fensterrahmen?«, fragt Tunde verblüfft.

»Schlechte Verkabelung«, erwidert sie trocken. »Wie überall hier in diesem Haus.«

»Weiß Wiktor, dass Sie das können?«

Sie schüttelt den Kopf. »Meine Friseurin hat es mir gegeben. Sie meinte es als Witz. Eine Frau wie Sie, sagte sie, wird das niemals brauchen. Sie sind versorgt.«

»Und sind Sie das?«, fragt Tunde. »Versorgt.«

Tatjana lacht laut auf. »Vorsicht. Wiktor würde Ihnen die Eier abschneiden, wenn er Sie so reden hörte.«

Tunde lacht ebenfalls. »Muss ich wirklich vor Wiktor Angst haben? Immer noch?«

Sie nippt langsam an ihrem Drink. »Möchten Sie ein Geheimnis erfahren?«

»Immer.«

»Awadi-Atif, der neue König von Saudi-Arabien, lebt im Norden des Landes im Exil. Er versorgt Wiktor mit Geld und

Waffen. Deshalb glaubt Wiktor, er könne die Rebellen niederschlagen.«

»Im Ernst?«

Sie nickt.

»Haben Sie dafür Beweise? E-Mails, Faxe, Fotos, irgendwas?«

Sie schüttelt den Kopf.

»Suchen Sie ihn selbst. Sie sind ein kluger Junge und werden einen Weg finden.«

Er leckt sich die Lippen. »Warum erzählen Sie mir das?«

»Ich möchte, dass Sie sich an mich erinnern«, antwortet sie, »wenn Sie berühmt sind. Sich erinnern, dass wir uns einmal so unterhalten haben.«

»Nur unterhalten?«, fragt Tunde.

»Ihr Wagen ist hier«, verkündet sie und deutet auf die schwarze Limousine, die dreißig Stockwerke unter ihnen durch die Absperrung rollt.

Fünf Tage später stirbt Wiktor Moskalew plötzlich und unerwartet im Schlaf an einem Herzschlag. Die Weltgemeinschaft erfährt überrascht, dass unmittelbar danach der Oberste Gerichtshof des Landes einstimmig in einer Notstandssitzung seine Frau Tatjana als Übergangspräsidentin einsetzt. Natürlich würden noch offizielle Wahlen folgen, in denen Tatjana kandidieren würde, doch zuerst einmal müsse man in diesen schwierigen Zeiten die Ordnung aufrechterhalten.

Allerdings, erklärt Tunde in seinem Bericht, dürfe man Tatjana Moskalew nicht unterschätzen. Sie sei eine geschickte und intelligente Politikerin und habe ihre Fähigkeiten offensichtlich klug eingesetzt. Bei ihrem ersten öffentlichen Auftritt trug sie eine kleine Goldbrosche in der Form eines Auges; manche sagten, dies sei eine Reverenz an die wachsende Beliebtheit der »Göttin«-Bewegung im Netz. Man wies darauf hin, wie schwierig es sei, den Unterschied zwischen einem normalen Herzinfarkt und einem gezielten elektrischen Schock festzustellen, doch für diese Gerüchte gab es keine stichhaltigen Beweise.

Machtübertragungen verlaufen natürlich selten unproblematisch. Diese hier wird zusätzlich durch einen Militärcoup verkompliziert, für den Wiktors Verteidigungschef verantwortlich ist, der über die Hälfte der Armee mitnimmt und die Moskalew-Übergangsregierung aus Chişinău vertreibt. Doch die Horden von Frauen, die sich in den Grenzstädten befreit haben, stehen Tatjana Moskalew zur Seite. Bis zu dreihunderttausend Frauen wurden jedes Jahr durch das Land geschleust und ihre Körper verkauft. Ein Großteil von ihnen ist geblieben, weil sie nirgendwohin können.

Am dreizehnten Tag des fünften Monats des dritten Jahres nach dem Tag der Mädchen bringt Tatjana Moskalew ihr Vermögen und ihre Beziehungen, etwas weniger als die Hälfte ihrer Armee und einen Großteil ihrer Waffen in eine Burg in den Bergen im moldauischen Grenzgebiet. Dort ruft sie ein neues Reich aus, vereint die Küstengebiete zwischen den alten Wäldern und den großen Meeresarmen und erklärt damit vier einzelnen Ländern den Krieg, darunter auch dem Russischen Bären. Sie nennt das neue Land Bessapara, nach den Menschen, die in grauer Vorzeit hier lebten und die heiligen Worte der Priesterinnen auf den Berggipfeln interpretierten. Die internationale Staatengemeinschaft beobachtet die Entwicklung und geht davon aus, dass sich der neue Staat nicht lange halten wird.

Tunde dokumentiert alles sorgfältig. »Es liegt ein gewisser Geruch in der Luft, wie Regen nach langer Dürre. Zuerst ein Mensch, dann fünf, dann fünfhundert, ganze Dörfer, Städte, Staaten. Eins führt zum anderen. Etwas Neues geschieht. Und es wird immer größer.«

Roxy

Ein Mädchen steht am Strand und erleuchtet das Meer mit ihren Händen. Es ist Flut. Die Mädchen aus dem Orden beobachten sie vom Kliff aus. Sie watet bis zur Hüfte, zur Taille ins Wasser. Sie trägt nicht einmal einen Badeanzug, nur Jeans und eine schwarze Strickjacke. Und sie entflammt das Meer.

In der Abenddämmerung ist alles deutlich zu sehen. Seetang treibt als verworrenes Netz auf der Wasseroberfläche. Als sie ihre Kraft ins Wasser schickt, glühen die Partikel und Ablagerungen schwach, das Seegras schon heller. Das Licht breitet sich in einem weiten Kreis um sie herum aus. Es scheint von tief unter ihr zu kommen, das große Auge des Ozeans, das zum Himmel emporblickt. Ein Geräusch wie zerplatzende Bonbons ertönt, als die im Wasser treibenden Algen glühen, ihre Knospen anschwellen und bersten. Ein Geruch nach Meer liegt in der Luft, salzig, grün und durchdringend. Das Mädchen steht sicher siebenhundert Meter entfernt, doch man riecht es auf dem Kliff. Die Zuschauerinnen glauben, dass sie jeden Moment ihre Kraft erschöpft haben müsste, aber es geht immer weiter: das flackernde Licht in der Bucht, der Geruch, als die Krabben und kleinen Fische an die Wasseroberfläche steigen.

Die jungen Frauen sagen untereinander: Gott wird uns retten.

»Sie hat einen Kreis auf das Angesicht des Meeres gebrannt«, sagt Schwester Maria Ignacia. »Sie ist die Bezwingerin von Licht und Dunkelheit.«

Sie ist ein Zeichen der Mutter.

Sie schicken Mother Eve eine Nachricht: Jemand ist gekommen.

Man hat Roxy die Wahl gelassen, wohin sie gehen wollte. Bernie hat Verwandte in Israel, zu ihnen könnte sie ziehen. Denk darüber nach, Rox, Sandstrände, frische Luft, du könntest mit Yuvals Kindern zur Schule gehen. Er hat zwei Töchter in deinem Alter, und du kannst glauben, dass die Israelis Mädchen nicht wegen ihrer Fähigkeiten einsperren. Dort herrscht ja auch für Frauen Wehrpflicht, sie trainieren sie also schon, Rox. Ich möchte wetten, sie wissen Sachen, die du dir nicht mal vorstellen kannst. Sie recherchiert trotzdem im Internet. In Israel spricht man nicht einmal Englisch oder schreibt mit normalen Buchstaben. Bernie versucht ihr zu erklären, dass die meisten Menschen in Israel sehr wohl Englisch sprechen, doch Roxy sagt immer noch: »Nein, da will ich nicht hin.«

Verwandte ihrer Mum leben in der Nähe des Schwarzen Meeres. Bernie zeigt es ihr auf der Karte. Von hier kommt deine Grandma. Du hast sie nie kennengelernt, nicht wahr? Die Mutter deiner Mutter. Dort leben noch Cousins. Außerdem haben wir gute Geschäftsbeziehungen dorthin. Du könntest auch ins Business einsteigen, du hast doch mal gesagt, dass du das möchtest. Doch Roxy hatte sich schon entschieden.

»Ich bin nicht dumm«, sagte sie. »Ich weiß, dass du mich aus dem Land schaffen musst, weil sie Jagd auf den Mörder von Primrose machen. Das ist kein Erholungsurlaub.«

Bernie und die Jungs waren verstummt und hatten sie angesehen.

»Das darfst du aber nicht sagen, Rox«, erwiderte Ricky schließlich. »Wohin du auch gehst, du musst sagen, dass du gerade Ferien hast, verstanden?«

»Ich will nach Amerika«, verkündete Roxy. »Ich will nach South Carolina. Schaut mal, da drüben gibt es eine Frau, Mother Eve. Es gibt diese Reden von ihr im Internet, ihr wisst schon.«

Ricky antwortete: »Sal kennt ein paar Leute da drüben. Wir können dir eine Unterkunft organisieren, Roxy, jemanden, der auf dich aufpasst.«

»Ich brauche niemanden, der auf mich aufpasst.«

Ricky warf Bernie einen Blick zu. Dieser zuckte mit den Schultern.

»Soll sie nur, nach allem, was sie durchgemacht hat«, meinte er dann. Damit war es beschlossen.

Allie sitzt auf einem Stein und taucht die Finger ins Wasser. Jedes Mal, wenn die Frau im Meer ihre Kraft abgibt, spürt sie es wie einen Schlag, selbst auf die Entfernung.

Sie fragt: Was denkst du? Ich habe noch nie jemanden gesehen, der so stark ist wie sie.

Die Stimme antwortet: Habe ich dir nicht gesagt, dass ich dir eine Soldatin schicke?

Allie fragt: Kennt sie ihr Schicksal?

Die Stimme antwortet: Wer tut das schon, Herzchen?

Es ist dunkel, von hier sieht man die Lichter der Schnellstraße kaum. Allie taucht ihre Hand ins Meer und gibt so viel Elektrizität frei wie möglich. Das Licht ist schwach, doch es reicht. Die junge Frau watet auf sie zu.

Es ist zu dunkel, um ihr Gesicht erkennen zu können.

Allie ruft: »Dir muss doch kalt sein. Ich habe eine Decke dabei. Möchtest du sie?«

Die Frau im Wasser sagt: »Verdammte Scheiße, bist du von irgendeiner Rettungsmannschaft? Du veranstaltest ja wohl sicher kein Picknick hier, oder?«

Sie ist aus England. Das ist eine Überraschung. Doch die Wege der Allmächtigen sind unergründlich.

»Roxy«, sagt die Frau im Wasser. »Ich heiße Roxy.«

»Ich bin …«, setzt Allie an und unterbricht sich. Zum ersten Mal seit Langem hat sie das Bedürfnis, jemandem ihren echten Namen zu nennen. Lächerlich. »Ich bin Eve«, vollendet sie schließlich ihren Satz.

»Ach herrje«, meint Roxy. »Himmel, wegen dir bin ich doch hier. Verdammt, ich bin heute Morgen erst angekommen; Nachtflüge sind die Hölle, ich sag's dir. Ich habe ein bisschen geschlafen und wollte dann morgen nach dir suchen, und jetzt stehst du plötzlich vor mir. Ein Wunder!«

Na also, sagt die Stimme, was habe ich dir gesagt?

Roxy lässt sich auf dem flachen Stein neben Allie nieder. Sie ist wirklich beeindruckend mit ihren muskulösen Schultern und Armen, aber da ist noch mehr.

Allie tastet mit ihrem ganz speziellen Sinn, den sie perfektioniert hat, Roxy ab und versucht abzuschätzen, wie viel Kraft Roxy in ihrem Strang hat.

Sie hat das Gefühl, vom Rand der Erde zu fallen. Die Kraft scheint endlos, wie der Ozean.

»In der Tat«, murmelt sie, »eine Soldatin wird kommen.«

»Was hast du gesagt?«

Allie schüttelt den Kopf. »Nichts. Nur etwas, das ich mal gehört habe.«

Roxy mustert sie anerkennend. »Du bist ein bisschen seltsam, oder? Das dachte ich mir, als ich deine Videos angesehen habe. Ein bisschen seltsam und ein bisschen gruselig.

Du würdest gut in eine dieser Fernsehsendungen passen – *Most haunted*, schon mal gesehen? Hey, du hast nicht zufällig etwas zu essen? Ich bin am Verhungern!«

Allie tastet ihre Taschen ab und findet in ihrer Jacke einen Schokoriegel. Roxy verschlingt ihn mit großen Bissen.

»Schon besser«, sagt sie. »Kennst du das, wenn du viel Kraft verbraucht hast und dann ganze Berge essen könntest?« Sie wirft Allie einen Blick zu. »Nein?«

»Warum hast du das getan? Das Licht im Wasser?«

Roxy zuckt mit den Schultern. »Das ist mir einfach so eingefallen. Ich war noch nie im Meer, und ich wollte mal schauen, was ich so kann.« Sie blinzelt aufs Wasser hinaus. »Ich glaube, ich habe ganz schön viele Fische umgebracht. Die könnten einen eine Woche lang versorgen, wenn man ...« Sie macht eine Bewegung mit der Hand. »Keine Ahnung, ein Boot oder ein Netz oder so was hat. Manche sind vielleicht giftig. Gibt's das? Oder ist es wie ... *Der weiße Hai* und so?«

Zu ihrer eigenen Überraschung lacht Allie. Es ist lange her, seit jemand sie zum Lachen gebracht hat. Seit sie nicht bewusst entschieden hat, dass Lachen in diesem Moment die geschickteste Reaktion ist.

Die Stimme sagt, sie hätte gerade eine Idee gehabt. Einen Geistesblitz. Sie hat nach dir gesucht. Ich habe dir ja gesagt, eine Soldatin würde kommen.

Ja, erwidert Allie. Könntest du bitte kurz ruhig sein?

»Weshalb hast du mich gesucht?«, fragt sie den Neuankömmling.

Roxy wiegt sich nach rechts und links, als müsse sie unsichtbaren Schlägen ausweichen.

»Ich musste eine Weile aus England verschwinden. Und

ich habe dich auf YouTube gesehen.« Sie atmet tief ein, langsam aus, lächelt vor sich hin und fährt fort: »Hör mal, keine Ahnung, aber all das, worüber du sprichst ... Gott hat das alles aus einem Grund so kommen lassen, Frauen sollen die Macht von den Männern übernehmen ... ich glaube nicht an Gott und all das, okay?«

»Okay.«

»Aber ich glaube ... weißt du, was man den Mädchen in England in der Schule beibringt? Atemübungen! Ohne Witz, verdammte Atemübungen. Beschissene ›Reiß dich zusammen, benutz deine Kraft nicht, mach gar nichts, sei brav und halte die Arme verschränkt‹-Übungen, du weißt, was ich meine? Und dann hatte ich vor ein paar Wochen Sex mit einem Typen, der mich quasi angefleht hat, ihm Stromschläge zu verpassen, nur ganz kleine, er hatte es im Internet gesehen. Niemand wird die Arme für immer verschränkt halten. Mein Dad ist in Ordnung, meine Brüder auch, sie sind gute Kerle, aber ich wollte mit dir sprechen, weil du ... du denkst darüber nach, was das alles bedeuten könnte. Für die Zukunft. Es ist aufregend.«

»Was bedeutet es denn deiner Meinung nach?«, fragt Allie.

»Alles wird sich ändern«, antwortet Roxy und zupft am Seegras. »Ergibt irgendwie Sinn, oder? Und wir müssen alle neue Wege finden, wie wir das zusammen bewältigen. Du weißt schon, Typen hatten immer den Vorteil, dass sie stark sind. Frauen haben jetzt auch so etwas. Pistolen gibt es zwar auch noch, die hören ja nicht auf zu funktionieren. Aber jetzt kann ich die Typen mit den Pistolen besiegen. Ich ... Es ist so aufregend, nicht wahr? Das habe ich zu meinem Dad gesagt. Was wir alles zusammen auf die Beine stellen könnten.«

Allie lacht. »Glaubst du wirklich, sie würden mit *uns* zusammenarbeiten wollen?«

»Nun, manche von ihnen sicher, manche nicht. Die Klugen werden sich für uns entscheiden. Ich habe mit meinem Dad darüber gesprochen. Kennst du das, wenn du dich in einem Raum befindest und genau weißt, welche Mädchen um dich herum viel Kraft haben und welche gar keine? Fast wie so eine … übernatürliche Kraft?«

Allie hört zum ersten Mal, wie jemand von diesem speziellen Sinn spricht, der bei ihr besonders ausgeprägt ist.

»Ja«, antwortet sie. »Ich glaube, ich weiß, was du meinst.«

»Verdammte Scheiße, niemand weiß sonst, was ich meine. Nicht dass ich so oft darüber gesprochen hätte. Ist auf jeden Fall ganz schön nützlich, den Jungs den Marsch zu blasen. Nützlich für die Zusammenarbeit.«

Allie presst die Lippen aufeinander. »Ich sehe das etwas anders, weißt du.«

»Klar, weiß ich, ich habe ja deine Videos gesehen.«

»Ich denke, es wird eine große Schlacht zwischen Licht und Dunkel geben. Und dein Schicksal ist es, an unserer Seite zu kämpfen. Ich glaube, du wirst die Mächtigste unter den Mächtigsten sein.«

Roxy lacht und wirft einen Kiesel ins Wasser. »Ich wollte schon immer eine Bestimmung haben«, meint sie. »Hör mal, können wir irgendwo anders hingehen? Zu dir oder wohin auch immer? Es ist eiskalt hier draußen.«

Sie durfte an Terrys Beerdigung teilnehmen; es war ein wenig wie Weihnachten. Onkel und Tanten waren da, es gab Alkohol und Sandwiches und hartgekochte Eier. Man legte den Arm um sie und erklärte ihr, sie sei ein gutes Mädchen. Ricky gab ihr etwas

Stoff, bevor sie abfuhren; er nahm auch selbst etwas und murmelte: »Nur um alles etwas erträglicher zu machen.« Es fühlte sich wirklich an, als würde Schnee fallen. Als wäre es kalt und still. Wie Weihnachten.

Auf dem Friedhof warf Barbara, Terrys Mutter, eine Schaufel voll Erde auf den Sarg. Bei dem Aufprall stieß sie ein langes, heulendes Weinen aus. Aus einem in der Nähe geparkten Auto fotografierten Männer mit langen Teleobjektiven. Ricky und ein paar seiner Kumpane vertrieben sie.

Als sie zurückkamen, fragte Bernie: »Paparazzi?«

Und Ricky antwortete: »Könnte auch die Polizei sein. Wir sind dran.«

Roxy fand das etwas seltsam, irgendwie.

Auf der Trauerfeier waren sie alle nett zu ihr. Doch auf dem Friedhof wusste keiner der Trauernden, wohin er den Blick wenden sollte, als sie vorüberging.

Im Orden wird bereits das Abendessen aufgetragen, als Allie und Roxy zurückkommen. Am Kopf des Tisches werden Plätze für sie frei gehalten; Geplapper und der Duft nach warmem Essen liegen in der Luft. Es gibt Eintopf mit Muscheln, Kartoffeln und Mais, dazu Brot mit knuspriger Kruste und Äpfel. Roxy hat ein Gefühl, das sie weder benennen noch einordnen kann, bei dem ihr jedoch fast die Tränen in die Augen steigen. Eines der Mädchen treibt frische Kleidung für sie auf: einen warmen Wollpullover und vom vielen Waschen weiche und gemütliche Jogginghosen. Genauso fühlt sie sich auch. Alle Mädchen wollen mit ihr sprechen – einen Akzent wie den ihren haben sie noch nie gehört, und sie muss ständig »Wasser« und »Banane« sagen, weil das im britischen Englisch so lustig klingt. Alle reden durcheinander.

Roxy hatte sich selbst immer für eine Vielrednerin gehalten, aber das hier war etwas völlig anderes.

Nach dem Abendessen erteilt Mother Eve eine kleine Lektion in der Heiligen Schrift. Sie suchen die Textstellen, die auf sie zutreffen, und schreiben die nicht passenden um. Mother Eve erzählt die Geschichte aus dem Buch der Rut. Sie liest die Passage vor, in der Rut zu ihrer Schwiegermutter, ihrer Freundin, sagt: »Dränge mich nicht, dich zu verlassen und umzukehren. Wohin du gehst, dahin gehe auch ich, und wo du bleibst, da bleibe auch ich. Dein Volk ist mein Volk und dein Gott ist mein Gott.«

Mother Eve verhält sich völlig natürlich und entspannt, was Roxy nicht leichtfällt. Sie ist nicht an die Gesellschaft von Frauen gewöhnt; in Bernies Familie gab es nur Jungs, ebenso wie in seiner Gang, ihre Mutter kam auch immer besser mit Männern aus, und die Mädchen in der Schule waren nie nett zu Roxy. Mother Eve scheint dagegen völlig in sich zu ruhen. Sie hält die Hände zweier Mädchen, die neben ihr sitzen, und spricht leise und humorvoll.

Sie sagt: »Die Geschichte von Rut ist die schönste Erzählung von Freundschaft in der ganzen Bibel. Niemand war je treuer als Rut, niemand hat je besser ausgedrückt, was Freundschaft bedeutet.« Tränen verschleiern ihren Blick, und die Mädchen am Tisch sind gerührt. »Es ist nicht unsere Aufgabe, uns Sorgen über die Männer zu machen«, fährt sie fort. »Sie sollen tun und lassen, was sie wollen, wie schon immer. Wenn sie gegeneinander in den Krieg ziehen wollen, sollen sie das. Wir haben uns. Wohin du gehst, dahin gehe auch ich. Dein Volk ist mein Volk, meine Schwestern.«

»Amen«, erklingt es aus vielen Kehlen.

Im Obergeschoss hat man Roxy einen Schlafplatz hergerichtet. Es ist nur ein kleiner Raum mit einem Einzelbett, auf dem ein handgesteppter Quilt liegt, einem Tisch und einem Stuhl, mit Blick aufs Meer. Am liebsten hätte sie geweint, als man ihr die Tür zu dem Zimmer öffnet, doch sie zeigt ihre Rührung nicht. Als sie auf dem Bett sitzt und mit der Hand über den Quilt streicht, erinnert sie sich plötzlich an einen Abend, als ihr Dad sie mit in sein Haus genommen hat, das Haus, in dem er mit Barbara und Roxys Brüdern lebte. Es war spätabends, ihre Mum hatte sich schon die ganze Zeit übergeben. Sie hatte Bernie angerufen, ob er Roxy abholen könne, und er war gekommen. Sie trug schon ihren Schlafanzug und konnte nicht älter als fünf oder sechs gewesen sein. Sie erinnert sich noch, wie Barbara sagte: »Nun, hier kann sie nicht bleiben«, und Bernie sie anfauchte: »Um Himmels willen, steck sie einfach ins Gästezimmer«, und Barbara die Arme vor der Brust verschränkte und beharrte: »Ich habe dir doch gesagt, sie kann hier nicht bleiben. Bring sie zu deinem Bruder, wenn es unbedingt sein muss.« Es regnete, und ihr Dad trug sie auf dem Rücken hinaus zum Auto. Die Tropfen fielen auf die Kapuze ihres Bademantels und auf ihre Brust.

An diesem Abend wird Roxy erwartet, irgendwie zumindest. Von jemandem, der gescholten werden würde, sollte man sie verlieren. Doch sie ist sechzehn, eine SMS wird alles klären.

Mother Eve schließt die Tür, nur sie beide befinden sich in dem kleinen Zimmer. Sie setzt sich auf den Stuhl und sagt: »Du kannst so lange bleiben, wie du willst.«

»Warum?«

»Ich habe ein gutes Gefühl bei dir.«

Roxy lacht. »Hättest du das auch, wenn ich ein Junge wäre?«

»Doch das bist du nicht.«

»Hast du bei allen Frauen ein gutes Gefühl?«

Mother Eve schüttelt den Kopf. »Nicht so gut wie bei dir. Möchtest du bleiben?«

»Ja«, meint Roxy. »Eine Weile auf jeden Fall. Ich schaue mir mal an, was ihr hier so treibt. Ich mag …« Sie sucht nach dem richtigen Wort. »Ich mag, wie es sich hier anfühlt.«

»Du bist stark, nicht wahr? So stark wie alle anderen.«

»Stärker als alle anderen. Magst du mich deshalb?«

»Wir können starke Frauen gebrauchen.«

»Ach ja? Was hast du denn vor?«

Mother Eve beugt sich vor und legt die Hände auf die Knie. »Ich will die Frauen retten«, antwortet sie.

»Wie jetzt, alle?« Roxy lacht.

»Ja«, erwidert Mother Eve, »wenn ich es kann. Ich will ihnen sagen, dass es jetzt neue Arten zu leben gibt. Dass wir uns verbünden können, dass die Männer ihrer eigenen Wege gehen sollen, dass wir nicht an der alten Ordnung festhalten müssen, etwas Neues etablieren können.«

»Ach ja? Ein paar Kerle braucht man aber immer noch, für die Fortpflanzung, du weißt schon.«

Mother Eve lächelt. »Mit Gottes Hilfe ist alles möglich.«

Allies Handy piepst, und sie wirft einen Blick darauf. Verzieht das Gesicht. Dreht es um, sodass sie das Display nicht sehen muss.

»Was ist los?«, fragt Roxy.

»Die Leute schreiben ständig E-Mails an den Orden.«

»Und versuchen, dich loszuwerden? Es ist schön hier. Ich verstehe, warum sie ihn zurückhaben wollen.«

»Nein, sie wollen uns Geld geben.«

Roxy lacht. »Und wo ist da jetzt das Problem? Habt ihr zu viel Geld?«

Allie mustert Roxy nachdenklich. »Nur Schwester Maria Ignacia hat ein Konto. Und ich …« Sie leckt sich mit der Zunge über die Schneidezähne.

»Du vertraust niemandem, richtig?«

Allie lächelt. »Du etwa?«

»Den Preis muss man zahlen, wenn man Geschäfte macht. Irgendwem muss man trauen, sonst geht nichts voran. Du brauchst ein Konto? Wie viele? Auch eines im Ausland? Die Cayman-Inseln sind super, habe ich gehört.«

»Moment, was meinst du damit?«

Doch da hat Roxy schon ihr Handy aus der Tasche gezogen, ein Bild von Allie gemacht und schreibt eine SMS. Dann grinst sie und sagt: »Vertrau mir. Ich muss doch irgendwie meine Miete zahlen, nicht wahr?«

Am nächsten Morgen fährt ein Mann um kurz vor sieben zum Tor des Ordens und wartet dort. Roxy holt Allie aus dem Bett und schleift sie im Morgenmantel die Auffahrt hinunter.

»Was ist denn los?«, fragt Allie, lächelt aber dabei.

»Das wirst du gleich sehen.«

»Gut, Einar«, sagt Roxy zu dem Mann. Er ist stämmig, etwa Mitte vierzig, dunkelhaarig und trägt eine Sonnenbrille auf der Stirn.

Einar grinst und nickt langsam. »Geht's dir hier gut, Roxanne? Bernie Monke hat gesagt, ich soll ein Auge auf dich haben. Kümmert man sich hier gut um dich?«

»Mir geht's super, Einar«, erwidert Roxy. »Alles in Ordnung. Ich glaube, ich bleibe erst mal ein paar Wochen hier bei meinen Freunden. Hast du alles, was du brauchst?«

Einar lacht.

»Ich habe dich einmal in London getroffen, Roxanne. Du warst sechs Jahre alt und hast mir ans Schienbein getreten, als ich dir keinen Milchshake kaufen wollte, während wir auf deinen Dad gewartet haben.«

Roxy lacht ebenfalls. Das hier fällt ihr leichter als das Abendessen, erkennt Allie.

»Du hättest mir einfach den Milchshake kaufen sollen, oder? Komm schon, her damit.«

Einar hält eine Tasche in der Hand, die wahrscheinlich Roxys Kleidung und andere Sachen enthält. Außerdem gibt er ihr einen brandneuen, teuren Laptop sowie eine kleine Tasche mit Reißverschluss. Roxy balanciert sie am Rand des offenen Kofferraums und öffnet sie.

»Vorsicht«, warnte Einar. »Musste alles schnell gehen. Die Tinte ist noch nicht ganz trocken.«

»Hast du das gehört, Evie?«, fragt Roxy. »Die Tinte ist noch nicht ganz trocken.«

Sie reicht ihr etwas aus der Tasche.

Pässe. Pässe der Vereinigten Staaten von Amerika, Führerscheine, Sozialversicherungsnummern, alle so offiziell aussehend, als wären sie von der US-Regierung selbst herausgegeben worden. Alle Führerscheine und Pässe enthalten ihr Foto, jedes Mal ein wenig abgewandelt. Mal ist das Haar dunkler, mal trägt sie eine Brille. Die Namen passen jeweils zu den Namen auf den Sozialversicherungsausweisen und den Führerscheinen. Doch alle Dokumente laufen auf sie.

»Wir haben sieben Sets angefertigt«, erzählt Roxy. »Ein halbes Dutzend und eins zur Sicherheit. Das siebte Set ist für Großbritannien, falls du da hinmöchtest. Hast du auch die Konten eingerichtet, Einar?«

»Alles fertig«, erwidert er und holt eine kleinere Tasche mit Reißverschluss hervor. »Aber keine Einzahlungen über hunderttausend an einem Tag, ohne es mit uns abzusprechen, verstanden?«

»Dollar oder Pfund?«, fragt Roxy.

Einar zuckt leicht zusammen. »Dollar«, antwortet er und fügt rasch hinzu: »Doch nur für die ersten sechs Wochen. Dann werden die Konten nicht mehr überprüft.«

»Gut«, sagt Roxy. »Ich werde dir nicht ans Schienbein treten. Heute zumindest nicht.«

Roxy und Darrell kickten Steine durch den Garten und zupften Rinde von den Bäumen. Keiner von beiden hatte Terry besonders gemocht, aber es war komisch, jetzt wo er nicht mehr da war.

Darrell fragte: »Wie war es?«

Roxy antwortete: »Ich war nicht unten, als sie Terry erwischt haben.«

»Nein, ich meine, als du Primrose erledigt hast. Wie war das?«

Wieder spürte sie es, das Glitzern unter der Handfläche, wie sein Gesicht erst warm, dann kalt wurde. Sie schniefte. Blickte auf ihre Hand, als ob diese die Antwort wüsste.

»Es hat sich gut angefühlt«, erklärte sie schließlich. »Er hat meine Mum getötet.«

»Ich wünschte, ich könnte es auch«, gesteht Darrell.

Roxanne Monke und Mother Eve unterhalten sich oft in den nächsten Tagen. Sie finden Gemeinsamkeiten und halten sie auf Armlänge vor sich, um die Einzelheiten zu bewundern. Die tote Mutter, nie richtig zu einer Familie gehört zu haben.

»Es gefällt mir, wie ihr hier alle ›Schwester‹ zueinander sagt. Ich hatte nie eine Schwester.«

»Ich auch nicht«, antwortet Allie.

»Ich wollte immer eine«, sagt Roxy.

Dabei belassen sie es erst einmal.

Einige der Mädchen im Orden wollen mit Roxy trainieren, und sie hat nichts dagegen. Sie treffen sich auf der großen Wiese hinter dem Gebäude, die Richtung Meer führt. Sie nimmt es mit zwei oder drei gleichzeitig auf, weicht ihnen aus, schlägt hart zu, verwirrt sie, bis sie sich gegenseitig Stromschläge verpassen. Beim Abendessen erscheinen sie mit blauen Flecken, aber lachend, vielleicht mit einer kleinen, spinnennetzförmigen Narbe am Handgelenk oder dem Knöchel; sie sind stolz darauf. Einige elf- oder zwölfjährige Mädchen folgen Roxy wie einem Popstar. Sie schickt sie ständig weg, doch eigentlich fühlt sie sich geschmeichelt. Sie bringt ihnen einen geheimen Trick bei, den sie sich ausgedacht hat – man muss jemandem eine Flasche Wasser ins Gesicht schütten, dabei den Finger ins Wasser halten und alles unter Strom setzen. Sie trainieren miteinander auf dem Rasen, kichernd und mit Wasser um sich spritzend.

Roxy und Allie sitzen eines Spätnachmittags auf der Veranda, während die Sonne rotgolden hinter ihnen untergeht. Sie beobachten, wie die jüngeren Mädchen auf der Wiese herumalbern.

Allie sagt: »Das erinnert mich an die Zeit, als ich zehn war.«

»Ach ja? Große Familie?«

Allie schweigt so lange, dass Roxy sich schon fragt, ob sie es besser nicht angesprochen hätte. Ach, scheiß drauf. Sie kann warten.

Schließlich sagt Allie: »Kinderheim.«

»Okay«, erwidert Roxy. »Ich kenne Kinder, die dort aufgewachsen sind. Das ist hart. Schwer, auf eigenen Füßen zu stehen. Doch du hast es geschafft.«

»Ich kümmere mich um mich selbst«, erwidert Allie. »Ich habe gelernt, für mich selbst zu sorgen.«

»Ja, das sehe ich.«

Während der letzten Tage hatte die Stimme in Allies Kopf geschwiegen. Länger als seit Jahren, soweit Allie sich erinnern kann. Ob es mit diesem Ort zusammenhängt, den Sommertagen, dem Wissen, dass Roxy hier ist und jeden sofort umlegen könnte?

Sie beginnt zu erzählen: »Als Kind wurde ich viel herumgereicht. Meinen Dad habe ich nie kennengelernt, und meine Mom ist nur ein kleiner Erinnerungsfetzen.« Eigentlich erinnert sie sich sogar nur an einen Hut, einen rosafarbenen Hut für den Sonntagsgottesdienst, der in einem verwegenen Winkel auf einem Kopf saß. Das Gesicht darunter grinste und streckte ihr die Zunge heraus. Eine fröhliche Erinnerung von irgendwo zwischen langen Phasen der Traurigkeit oder Krankheit oder beidem. Sie kann sich nicht erinnern, je in die Kirche gegangen zu sein, doch diesen Hut hat sie nicht vergessen.

Sie erzählt weiter: »Ich glaube, ich war in zwölf Familien, bevor ich hierherkam. Oder auch dreizehn.« Sie legt eine

Hand an die Stirn und gräbt die Fingerspitzen in die Haut. »Einmal haben sie mich bei einer Dame untergebracht, die Porzellanpuppen gesammelt hat. Es waren Hunderte, sie standen überall, sogar in meinem Zimmer, und starrten mich an. Sie hat mich hübsch angezogen, daran erinnere ich mich noch. Kleine pastellfarbene Kleidchen mit Schleifen an den Säumen. Doch dann musste sie wegen Diebstahls ins Gefängnis – so hat sie sich die ganzen Puppen leisten können –, und ich wurde woanders hingebracht.«

Ein Mädchen auf der Wiese schüttet Wasser auf ein anderes und lässt es mit einem leichten Stromstoß glitzern. Das andere Mädchen lacht, weil es kitzelt.

»Die Menschen erschaffen sich, was sie wirklich brauchen«, sagt Roxy. »Mein Dad sagt das. Wenn man etwas braucht, etwas wirklich haben muss – nicht nur haben will –, dann wird man auch einen Weg finden, es zu beschaffen.« Sie lacht. »Er hat da wohl von Junkies gesprochen, oder? Doch es steckt mehr dahinter.« Roxy sieht zu den Mädchen auf der Wiese, zu dem Gebäude, das ein Zuhause ist, nein, sogar mehr.

Allie lächelt. »Wenn man etwas erreicht, muss man es beschützen.«

»Jetzt bin ich ja hier.«

»Du hast mehr Kraft, als wir je gesehen haben.«

Roxy blickt mit einer Mischung aus Angst und Bewunderung auf ihre Hände.

»Ich weiß nicht«, sagt sie. »Es gibt sicher noch andere Menschen wie mich.«

Plötzlich hat Allie ein ganz bestimmtes Gefühl. Wie eine dieser Maschinen auf dem Jahrmarkt, mit Getrieben, Zahnrädern und Ketten. Als kleines Mädchen hat jemand sie mal mitgenommen auf einen Jahrmarkt. Zwei Münzen einwerfen, am Hebel ziehen, klick, klack, klonk; und schon kommt das Bild auf einem kleinen Stück dickem Karton mit pinkfarbenen Kanten heraus. Genauso funktioniert Allies Intuition: plötzlich und vollkommen, als ob hinter ihren Augen eine Maschine ihr Werk verrichtet, auf die nicht einmal sie Zugriff hat. Klick, klack.

Die Stimme sagt: Da. Jetzt kennst du es. Nutze es.

Allie fragt leise: »Hast du jemanden getötet?«

Roxy steckt die Hände in die Hosentaschen und runzelt die Stirn. »Wer hat es dir erzählt?«

Und weil sie nicht sagt: »Wer hat das denn behauptet?«, weiß Allie, dass sie recht hat.

Die Stimme befiehlt: Sag nichts.

Doch Allie erwidert: »Manchmal weiß ich einfach Dinge. Als ob eine Stimme in meinem Kopf sie mir sagen würde.«

»Verdammte Scheiße, du bist echt unheimlich. Wer gewinnt dann das Grand National Pferdehindernisrennen dieses Jahr?«

Allie sagt: »Ich habe auch jemanden getötet. An einem anderen Ort, vor langer Zeit. Ich war da noch ein anderer Mensch.«

»Hat es wahrscheinlich auch verdient.«

»Das stimmt.«

Beide schweigen und denken über das Gesagte nach.

Roxy meint beiläufig: »Ein Mann hat seine Hand in meine Hose gesteckt, als ich sieben war. Er war mein Klavierlehrer. Meine Mum dachte, es wäre schön, wenn ich Klavier lernen würde. Ich saß also auf dem Hocker und habe ›Every Good Boy Deserves Fun‹ gespielt, und plötzlich war seine Hand in meiner Unterhose. ›Sei still‹, hat er gesagt. ›Spiel einfach weiter.‹ Am nächsten Abend habe ich es meinem Dad erzählt, als er mich abholen wollte, um mit mir in den Park zu gehen, und, scheiße noch mal, er ist völlig ausgeflippt. Hat meine Mum angebrüllt, wie sie das nur zulassen konnte. Sie sagte, sie wüsste von nichts, sonst wäre sie natürlich eingeschritten. Mein Dad ist mit ein paar seiner Jungs zum Haus des Klavierlehrers gefahren.«

»Und was ist dann passiert?«

Roxy lacht. »Sie haben ihm die Scheiße aus dem Leib geprügelt. Nach ihrem Besuch hatte er zum Beispiel ein Ei weniger.«

»Wirklich?«

»Klar doch. Mein Dad hat gesagt, wenn sich jemals wieder ein Klavierschüler in das Haus verirren sollte, käme er zurück für einen Nachschlag. Und er solle bloß nicht daran denken, die Stadt zu verlassen und woanders neu anzufangen, denn Bernie Monke ist einfach überall.« Roxy kichert. »Einmal habe ich ihn noch auf der Straße gesehen, und da ist er davongerannt. Hat mich erkannt, ist umgedreht und wirklich davongerannt. Recht hatte er.«

»Das ist gut, das klingt wirklich sehr gut.« Sie seufzt leise.

Roxy sagt: »Ich weiß, dass du ihnen nicht vertraust. Das ist schon okay. Du musst ihnen nicht vertrauen, Babe.«

Sie legt ihre Hand auf Allies, und so bleiben sie noch lange sitzen.

Irgendwann sagt Allie: »Der Vater eines der Mädchen ist Polizist. Er hat sie vor zwei Tagen angerufen und ihr gesagt, dass sie am Freitag nicht im Gebäude sein darf.«

Roxy lacht. »Väter. Wollen ihre Töchter immer in Sicherheit wissen. Können keine Geheimnisse bewahren.«

»Wirst du uns helfen?«, fragt Allie.

»Wer soll da kommen?«, fragt Roxy. »Ein Sondereinsatzkommando?«

»Das nicht gerade. Schließlich sind wir nur ein paar Mädchen in einem Orden. In dem wir unsere Religion ausüben wie jeder gesetzestreue Bürger.«

»Ich kann nicht noch jemanden töten«, sagt Roxy.

»Ich glaube auch nicht, dass wir das müssen«, erwidert Allie. »Ich habe eine Idee.«

Nach Primroses Tod haben sie den Rest seiner Gang ebenfalls erledigt. Das war auch nicht schwer, da sie sowieso zerfallen war. Zwei Wochen nach Terrys Beerdigung rief Bernie Roxy um fünf Uhr morgens auf ihrem Handy an und sagte ihr, sie solle zu einer Garage in Dagenham kommen. Dort holte er einen dicken Schlüsselbund aus seiner Tasche, öffnete das Tor und zeigte ihr die beiden Leichen, die sauber getötet worden waren und nur noch darauf warteten, in die Säure getaucht zu werden. Damit wäre alles abgeschlossen.

Sie musterte die beiden.

»Sind sie es?«, fragte Bernie.

»Ja«, antwortete sie und legte ihren Arm um die Taille ihres Vaters. »Danke.«

»Für mein Mädchen tue ich doch alles.«

Der Große, der Kleine – sie hatten ihre Mum getötet. Der eine trug immer noch die verzweigte Narbe am Arm.

»Alles erledigt, Süße?«, fragte ihr Dad.

»Alles erledigt.«

Er küsste sie auf den Scheitel.

Danach machten sie einen Spaziergang rund um den Friedhof von Eastbrookend und unterhielten sich, während zwei Cleaner sich um alles in der Garage kümmerten.

»Du weißt, dass wir am Tag deiner Geburt Jack Conaghan erwischt haben?«, fragte Bernie.

Roxy weiß es. Doch sie hört die Geschichte immer wieder gern.

»Er war seit Jahren hinter uns her«, erzählte Bernie. »Hat Mickys Dad um die Ecke gebracht – du hast ihn nie kennengelernt –, ihn und die irischen Jungs. Am Ende haben wir ihn doch noch erwischt, als er am Kanal geangelt hat. Wir haben die ganze Nacht auf ihn gewartet, und als er frühmorgens ankam, haben wir ihn umgebracht und hineingeworfen. So einfach war es. Als wir dann daheim waren, hatte ich fünfzehn Nachrichten von deiner Mum auf meinem Anrufbeantworter. Fünfzehn! Die Wehen hatten über Nacht eingesetzt.«

Roxy tastete die Geschichte in Gedanken wieder einmal ab. Sie schien ihr immer entgleiten zu wollen. Sie wurde im Dunkeln geboren, mit Menschen um sie herum, die auf jemanden warteten: Ihr Dad wartete auf Jack Conaghan, ihre Mum wartete auf ihren Dad, und Jack Conaghan, auch wenn es ihm nicht bewusst war, auf den Tod. Ein Beispiel für die Dinge, die genau dann passieren, wenn man sie nicht erwartet; in der Nacht, in der man überhaupt nichts erwartete, geschah alles auf einmal.

»Ich habe dich im Arm gehalten – ein Mädchen! Nach drei Jungs hätte ich nie gedacht, noch ein Mädchen zu bekommen. Und du hast mir in die Augen gesehen und mir auf die Hosen gepinkelt. So wusste ich, dass du Glück bringen würdest.«

Sie bringt Glück. Abgesehen von ein paar Sachen hatte sie immer Glück.

Wie viele Wunder sind nötig? Nicht zu viele. Eins, zwei, drei sind ausreichend. Vier sind schon sehr viele, mehr als genug.

Zwölf bewaffnete Polizisten nähern sich der Wiese hinter dem Orden. Es hatte geregnet. Der Boden ist völlig durchweicht. Zu beiden Seiten des Gartens sind Wasserhähne geöffnet. Die Mädchen haben Meerwasser mit einer Pumpe nach oben befördert, das jetzt über die Steinstufen plätschert. Die Polizisten tragen keine Kampfstiefel, sie wussten nicht, dass es hier so schlammig sein würde. Sie wissen nur, dass eine Frau aus dem Orden sie informiert hat, dass die Mädchen sich hier verstecken und bedrohlich und gefährlich sind. Zwölf ausgebildete Männer in Schutzkleidung wollen sie jetzt holen. Eigentlich sollten sie genug sein.

Die Männer rufen: »Polizei! Verlasst das Gebäude mit erhobenen Händen!«

Allie wirft Roxy einen Blick zu, die breit grinst.

Sie warten hinter den Vorhängen im Speisesaal, der nach hinten hinausgeht. Sie warten, bis die Polizei auf den Steinstufen steht, die zur Terrasse bei den Hintertüren führen. Sie warten und warten … bis alle versammelt sind.

Roxy zieht die Korken aus einem halben Dutzend Fässer voll Meerwasser, die hinter ihnen lagern. Der Teppich ist durchnässt, das Wasser rauscht unter der Tür hindurch nach draußen. Sie alle stehen im Wasser, Roxy, Allie und die Polizisten.

Allie legt ihre Hand um ihre Knöchel und konzentriert sich.

Draußen berührt das Wasser die Haut der Polizisten, an welcher Stelle auch immer. Allie muss mehr Kontrolle aufbringen als je zuvor; die Finger der Männer liegen auf den Abzügen ihrer Waffen, und sie wollen abdrücken. Eine nach der anderen schickt sie ihre Nachrichten durch das Wasser, so schnell wie ein Gedanke. Einer nach dem anderen zucken die Polizisten wie Puppen, heben die Arme, ihre Hände lösen sich von den Waffen und werden taub. Einer nach dem anderen lassen sie die Gewehre fallen.

»Verdammte Scheiße«, sagt Roxy.

»Jetzt«, befiehlt Allie und klettert auf einen Stuhl.

Roxy, die Frau, die gar nicht weiß, wohin mit ihrer Kraft, schickt einen Blitz durch das Wasser, und die Polizisten stürzen zuckend zu Boden. Sauber, einer nach dem anderen.

Das hatte nur eine Frau allein tun können; ein Dutzend Mädchen hätte nicht so schnell gleichzeitig handeln können, ohne sich dabei gegenseitig zu verletzen. Eine Soldatin hatte kommen müssen.

Roxy lächelt.

Vom Obergeschoss aus filmt Gordy alles mit ihrem Handy. In einer Stunde wird alles im Netz stehen. Man braucht nicht viele Wunder, bis die Menschen einem glauben. Und dann Geld schicken und juristischen Beistand anbieten, damit man sich vernünftig einrichten kann. Jeder sucht nach irgendeiner Art Antwort, heute mehr denn je.

Mother Eve spricht eine Nachricht ein, die über die Filmaufnahmen gelegt werden soll. »Ich bin nicht hier, um euch zu sagen, dass ihr euren Glauben aufgeben sollt. Ich bin nicht hier, um euch zu einem anderen Glauben zu überreden. Christentum, Judentum, Islam, Sikhismus, Hinduismus, Buddhismus – ob ihr einer dieser Glaubensrichtungen angehört oder gar keiner, Gott will nicht, dass ihr daran etwas ändert.«

Sie hält inne. Sie weiß, dass diese Worte keiner erwartet.

»Gott liebt uns alle«, fährt sie fort. »Und Sie will, dass wir wissen, dass Sie nur Ihr Äußeres geändert hat. Sie ist weit mehr als weiblich oder männlich. Sie ist weit mehr, als der menschliche Verstand erfassen kann. Doch Sie will, dass ihr eure Aufmerksamkeit auf das richtet, was ihr vergessen habt. Juden: Von Miriam könnt ihr etwas lernen, nicht von Moses. Muslime: Blickt auf Fatimah, nicht auf Mohammed. Buddhisten: Erinnert euch an Tara, die Mutter der Befreiung. Christen: Betet zu Maria für euer Heil.

Man hat euch beigebracht, dass ihr unrein seid, unheilig, schmutzig, dass ihr niemals das Göttliche in euch tragen könnt. Man hat euch gelehrt, alles an euch zu verabscheuen und lieber ein Mann sein zu wollen. Doch man hat euch Lügen erzählt. Gott befindet sich unter euch, Gott ist in Form dieser neuen Gabe auf die Erde zurückgekehrt, um euch zu lehren. Kommt nicht zu mir auf der Suche nach Antworten, denn diese könnt ihr nur in euch selbst finden.«

Was könnte verführerischer sein als die Aufforderung, sich fernzuhalten? Was zieht Menschen mehr an als die Aussage, sie seien nicht willkommen?

Bereits am selben Abend treffen die ersten E-Mails ein. Wo kann ich mich deinen Anhängern anschließen? Was kann ich von zu Hause aus machen? Wie gründe ich eine Gebetsgruppe für diese neue Bewegung? Zeig uns, wie man betet.

Außerdem die Bitten um Hilfe. Meine Tochter ist krank, bete für sie. Der neue Ehemann meiner Mutter hat sie mit Handschellen ans Bett gefesselt, bitte schicke jemand, der sie rettet. Allie und Roxy lesen die E-Mails gemeinsam.

Allie sagt: »Wir müssen versuchen zu helfen.«

Roxy erwidert: »Du kannst nicht allen helfen, Babe.«

»Doch, ich kann es. Mit Gottes Hilfe ist es möglich.«

»Vielleicht musst du ja nicht allen helfen.«

Nach Ausstrahlung des Videos mit Allies und Roxys Tat wird überall im Bundesstaat die Polizeipräsenz verstärkt. Sie fühlen sich gedemütigt, natürlich. Sie wollten etwas beweisen. In manchen Bundesstaaten und Ländern rekrutiert die Polizei bereits aktiv Frauen, hier ist man jedoch noch nicht so weit. Ein Großteil der Gesetzeshüter ist männlich. Sie sind wütend und haben Angst, und dann passieren Dinge.

Dreiundzwanzig Tage nachdem die Polizei versucht hat, den Orden zu stürmen, steht ein Mädchen vor der Tür mit einer Nachricht für Mother Eve. Nur Mother Eve; bitte, sie müssen ihr helfen. Sie ist vom Weinen erschöpft und zittert verängstigt.

Roxy kocht ihr einen starken Tee, Allie stellt ihr ein paar Kekse hin, und schließlich erzählt das Mädchen namens Mez, was geschehen ist.

Sieben bewaffnete Polizisten waren auf Patrouille in ihrer Nachbarschaft. Mez und ihre Mutter gingen gerade vom Supermarkt nach Hause und unterhielten sich. Mez ist zwölf und verfügt seit ein paar Monaten über die Gabe. Ihre Mutter hat sie schon länger; ihre kleine Cousine hat sie in ihr erweckt. Sie haben nur gelacht und sich unterhalten, erzählt Mez, die Einkaufstaschen in der Hand, als plötzlich sechs oder sieben Polizisten um sie herumstanden und fragten, was sich in den Taschen befinde und wohin sie gerade gingen. »Man hat uns gemeldet, dass hier zwei Frauen Unruhe stiften. Was habt ihr in den verfluchten Taschen?«

Mez' Mom nahm die Situation nicht besonders ernst; sie lachte nur und antwortete: »Was soll da schon drin sein? Einkäufe, aus dem Supermarkt.«

Einer der Cops beschuldigte sie, ganz schön selbstbewusst für eine Frau aufzutreten, die sich in einer gefährlichen Gegend aufhielt. Was hatte sie wirklich getan?

Mez' Mom sagte nur: »Lassen Sie uns in Ruhe.«

Dann schubsten die Männer sie. Und sie verpasste zweien einen leichten Schlag. Als Warnung.

Das reichte den Cops jedoch, um Schlagstöcke und Waffen zu ziehen und auf Mez' Mom loszugehen. Mez' Mom schrie, Mez schrie, auf dem Gehsteig war Blut, und sie haben auf ihren Kopf eingeschlagen.

»Sie haben sie am Boden gehalten«, erzählt Mez, »und sie übel zugerichtet. Sieben gegen eine.«

Allie hört schweigend zu und fragt, nachdem Mez ihre Geschichte beendet hat: »Ist sie noch am Leben?«

Mez nickt.

»Weißt du, wohin man sie gebracht hat? In welches Krankenhaus?«

»Sie haben sie nicht ins Krankenhaus gebracht, sondern aufs Polizeirevier.«

Allie sagt zu Roxy: »Wir gehen da hin.«

Roxy erwidert: »Dann müssen wir aber alle zusammen hingehen.«

Sechzig Frauen eilen gemeinsam die Straße entlang auf das Polizeirevier zu, in dem Mez' Mom gefangen gehalten wird. Sie laufen rasch und leise, und sie filmen alles – so wie sie es im Orden vereinbart haben. Alles wird dokumentiert und wenn möglich gestreamt. Alles soll ins Netz.

Bei ihrer Ankunft weiß die Polizei, dass sie kommen. Männer mit Gewehren stehen vor dem Gebäude.

Allie geht auf sie zu, die Hände hocherhoben, und erklärt:

»Wir sind in friedlicher Absicht hier. Wir wollen Rachel Latif sehen und wissen, ob sie medizinisch versorgt wird. Wir wollen, dass sie in ein Krankenhaus gebracht wird.«

Der leitende Beamte bei der Tür antwortet: »Mrs. Latif ist offiziell festgenommen. Mit welchem Recht verlangen Sie ihre Freilassung?«

Allie sieht nach links, nach rechts, an der Phalanx aus Frauen entlang, die sie begleiten. Und es kommen immer noch mehr. Mittlerweile sind es etwa zweihundertfünfzig. Die Nachrichten von den schrecklichen Ereignissen verbreiten sich wie ein Lauffeuer, per SMS und über das Internet. Die Frauen haben alles stehen und liegen gelassen und sind gekommen.

»Das einzige Recht, das von Bedeutung ist«, erwidert Allie. »Die allgemeingültigen Gesetze der Menschlichkeit und von Gott. Sie halten eine schwer verletzte Frau fest, die dringend einen Arzt benötigt.«

Roxy spürt, wie die Kraft um sie herum in der Luft vibriert. Die Frauen sind aufgebracht, wütend. Sie fragt sich, ob die Männer es auch fühlen können. Die Polizisten mit ihren Gewehren sind nervös. Die Lage könnte im Handumdrehen eskalieren.

Der leitende Beamte schüttelt den Kopf. »Wir können Sie nicht hineinlassen. Ihre Anwesenheit hier ist eine Bedrohung für meine Männer.«

Allie sagt: »Wir sind in friedlicher Absicht hier. Officer, wir sind friedlich. Wir wollen Rachel Latif sehen, wir wollen, dass sie von einem Arzt behandelt wird.«

Lautes Murren erhebt sich in der Menge und verstummt wieder.

Der leitende Beamte sagt: »Wenn ich Sie zu ihr lasse,

sagen Sie dann den Frauen, dass sie nach Hause gehen sollen?«

Allie antwortet: »Zuerst möchte ich sie sehen.«

Rachel Latif ist kaum bei Bewusstsein, als Roxy und Allie zu ihr in die Arrestzelle gebracht werden. Ihr Haar ist blutverklebt, und sie liegt bewegungslos auf der Pritsche, ihr Atem geht langsam und mühevoll.

Roxy sagt: »Gütiger Himmel.«

Allie fordert: »Officer, diese Frau muss sofort ins Krankenhaus gebracht werden.«

Die anderen Polizisten beobachten den leitenden Beamten. Vor dem Gebäude versammeln sich immer mehr Frauen. Sie hören sich an wie ein riesiger Vogelschwarm; alle reden durcheinander, alle sind bereit, bei einem vereinbarten Zeichen loszuschlagen. Auf diesem Revier haben nur zwanzig Polizisten Dienst. Binnen einer halben Stunde werden Hunderte Frauen auf der Straße stehen.

Rachel Latifs Schädel ist gebrochen. Man sieht die weißen Knochensplitter, Blut sickert aus der Wunde.

Die Stimme sagt: Sie sind einfach so auf diese Frau losgegangen. Dich haben sie provoziert. Du könntest hier jeden Mann töten, wenn du wolltest, du könntest das Revier übernehmen.

Roxy nimmt Allies Hand und drückt sie.

Dann sagt sie: »Officer, Sie wollen nicht, dass das hier eskaliert. Sie wollen nicht, dass man sich das hier über Sie erzählt. Bringen Sie die Frau in ein Krankenhaus.«

Der Beamte seufzt tief.

Die Menge vor dem Gebäude wird lauter, als Allie ins Freie tritt, und noch lauter, als sich eine Sirene nähert und der Krankenwagen sich einen Weg durch die Menge bahnt.

Zwei Frauen nehmen Mother Eve auf die Schultern. Sie hält ihre Hand in die Höhe. Die Menge verstummt.

Mother Eve spricht durch Allie und sagt: »Ich bringe Rachel Latif ins Krankenhaus und werde dafür sorgen, dass sie angemessen versorgt wird.«

Wieder dieses Geräusch, wie im Wind raschelnde Gräser. Es erstarkt und erstirbt.

Mother Eve signalisiert die Hand der Fatima. »Ihr habt hier gute Arbeit geleistet und könnt jetzt nach Hause gehen.«

Die Frauen nicken. Die Mädchen aus dem Orden drehen sich um und gehen gesammelt davon. Die anderen Frauen folgen ihnen langsam.

Eine halbe Stunde später, als Rachel Latif im Krankenhaus untersucht wird, ist die Straße vor dem Polizeirevier menschenleer.

Nach einer Weile müssen die Mädchen nicht mehr im Orden bleiben, auch wenn es dort schön ist. Der Ausblick über das Meer, die heimelige Atmosphäre, das alles ist toll. Doch als Roxy neun Monate bei Allies Bewegung gelebt hat, hätten sie bereits hundert Häuser wie dieses kaufen können. Außerdem benötigen sie eine größere Unterkunft. Allein in dieser kleinen Stadt gehören sechshundert Frauen zu der Bewegung und dem Orden, und überall im Land und auf der ganzen Welt werden Ableger gegründet. Je mehr von offizieller Seite behauptet wird, sie sei eine unrechtmäßige Führerin, je mehr die alte Kirche sagt, sie sei vom Teufel geschickt worden, desto mehr Frauen scharen sich um Mother Eve. Wenn Allie bisher Zweifel daran gehegt hätte, ob sie wirklich von Gott mit einer Botschaft für Ihre Anhänger entsendet worden wäre, wären diese jetzt völlig beseitigt. Sie ist hier, um für diese Frauen zu sorgen. Gott hat ihr diese Rolle zugewiesen, und es steht Allie nicht zu abzulehnen.

Es ist Frühling, als sie über neue Gebäude sprechen.

Roxy sagt: »Du wirst mir doch ein Zimmer frei halten, nicht wahr, wohin es dich auch verschlägt?«

Allie antwortet: »Bitte geh nicht. Wohin willst du überhaupt? Warum zurück nach England? Was wartet dort auf dich?«

»Mein Dad meint, dass die Luft wieder rein ist. Niemanden kümmert es, was wir einander antun, solange die ehrbaren Bürger nicht betroffen sind.« Roxy grinst.

Allie presst die Lippen aufeinander. »Aber ganz im Ernst, warum willst du nach Hause? Hier ist dein Zuhause. Bitte bleib bei uns.«

Roxy drückt Allies Hand. »Weißt du«, sagt sie, »ich vermisse meine Familie, meinen Dad. Marmite-Aufstrich. All das vermisse ich. Ich werde ja nicht für immer drüben bleiben. Wir werden uns wiedersehen.«

Allie holt tief Luft. Ein Murmeln wird in ihr laut, das monatelang nicht zu hören gewesen war.

Sie schüttelt den Kopf und sagt: »Du kannst ihnen aber nicht vertrauen.«

Roxy lacht. »Was, den Männern? Allen? Gar keinem?«

»Sei vorsichtig. Such dir Frauen, denen du vertraust, für die Geschäfte.«

Roxy sagt: »Ja, darüber haben wir gesprochen, Babe.«

»Du musst alles übernehmen«, sagt Allie eindringlich. »Du kannst das. Du hast es in dir. Überlass es nicht Ricky oder Darrell. Es gehört dir.«

»Ich glaube, du hast recht. Aber das kann ich nicht von hier aus, oder?« Roxy schluckt. »Ich habe mir schon ein Ticket gekauft. Samstag in einer Woche geht mein Flug. Davor würde ich gern noch über ein paar Sachen mit dir sprechen. Pläne zum Beispiel. Ohne dass du die ganze Zeit davon redest, dass ich bleiben soll.«

»Das können wir.«

Allie sagt stumm: Ich will nicht, dass sie geht. Können wir das verhindern?

Die Stimme sagt: Weißt du noch, Liebes, wie ich dir gesagt habe, dass du nur sicher sein kannst, wenn du die Führung übernimmst.

Allie fragt: Auch über die ganze Welt?

Die Stimme sagt so leise wie vor vielen Jahren: Ach, Schatz, ach, mein Mädchen, von hier aus schaffst du das aber nicht.

Roxy sagt: »Ich habe da nämlich eine Idee.«

Allie erwidert: »Ich auch.«

Sie blicken einander an und lächeln.

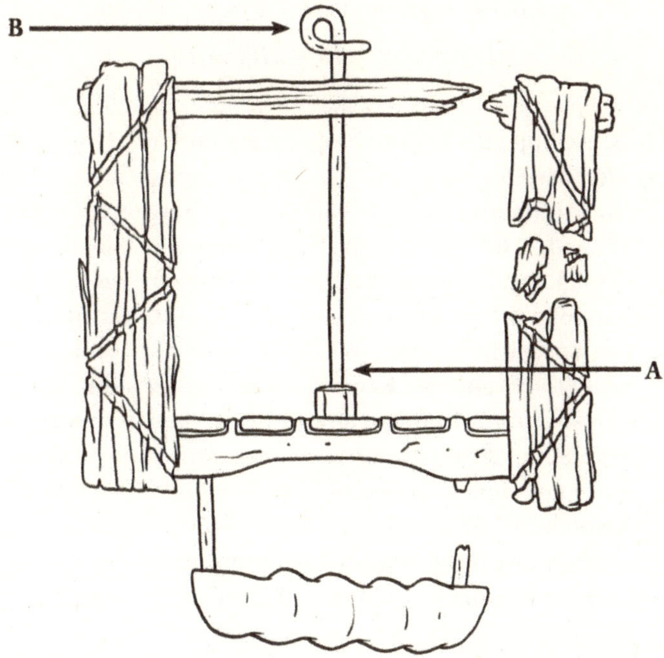

Schätzungsweise fünfzehnhundert Jahre altes Gerät zur Nutzung von Elektrizität. Der Griff am unteren Ende ist aus Eisen und innerhalb des Holzrahmens mit einem Metallzapfen verbunden (A in der Zeichnung). Wir vermuten, dass ein Stück Papier oder ein trockenes Blatt an der Spitze befestigt werden konnte (B in der Zeichnung), mit dem Ziel, es in Brand zu setzen. Das würde ein gewisses Maß an Kontrolle und Übung erfordern. Die Größe lässt vermuten, dass das Gerät für dreizehn- bis fünfzehnjährige Mädchen gedacht war. Gefunden in Thailand.

Archivdokumente zur elektrostatischen Kraft, ihrem Ursprung, der Verbreitung und möglicher Heilung

1. Beschreibung des kurzen Propagandafilms aus dem Zweiten Weltkrieg *Schutz gegen Gas*. Der Film selbst ist verloren.
Die Aufnahme ist zwei Minuten und zweiundfünfzig Sekunden lang. Zu Beginn spielt eine Blaskapelle auf, gefolgt von Trommlern. Zu der fröhlichen Melodie erscheint der Titel auf der Leinwand: »Schutz gegen Gas«. Die Karte ist von Hand mit Tinte beschriftet und zittert leicht, während die Kamera darauf scharf stellt, bevor ein abrupter Schnitt auf eine Gruppe Männer in weißen Mänteln stattfindet, die vor einem großen Bottich mit einer Flüssigkeit stehen. Sie winken und lächeln in die Kamera.

»Im Labor des Kriegsministeriums«, spricht eine abgehackte männliche Stimme, »arbeiten die schlauen Köpfe in Doppelschichten an ihrer neuesten Erfindung.«

Die Männer tauchen eine Kelle in die Flüssigkeit und tropfen mit einer Pipette etwas davon auf Teststreifen. Dabei lächeln sie. Ein Tropfen landet in der Wasserflasche einer weißen Ratte in einem Käfig, der man ein großes schwarzes X auf den Rücken gemalt hat. Die Blaskapelle spielt schneller, als die Ratte von dem Wasser trinkt.

»Dem Feind einen Schritt voraus zu sein ist der einzige Weg, die Sicherheit der Bevölkerung zu gewährleisten. Dieser Ratte hat man soeben eine Dosis des neuen Nervenstärkungsmittels gegeben, das man zur Abwehr eines Gasangriffs entwickelt hat.«

Schnitt auf eine andere Ratte im Käfig, die kein X trägt.

»Diese Ratte hat das Mittel nicht bekommen.«

Ein Kanister mit weißem Gas wird in dem kleinen Raum mit den zwei Käfigen geöffnet, und die Wissenschaftler, die Gasmasken tragen, ziehen sich hinter eine Glaswand zurück. Die unbehandelte Ratte erliegt dem Gas schnell, tritt mit ihren Vorderpfoten panisch in die Luft, bevor sie zu krampfen beginnt. Den endgültigen Todeskampf sehen wir nicht. Die Ratte mit dem X auf dem Rücken trinkt weiter von der Flasche, knabbert an ihrem Futter und läuft sogar im Laufrad, während der Nebel an den Kameras vorbeizieht.

»Wie Sie sehen können«, verkündet die Stimme, »funktioniert es.«

Einer der Wissenschaftler nimmt seine Gasmaske ab und geht entschlossen in den verqualmten Raum. Er winkt und atmet tief ein.

»Und ist ungefährlich für Menschen.«

Die nächste Szene zeigt ein Wasserwerk, wo ein Schlauch von einem kleinen Tanklaster abgerollt und an ein Ventil im Boden geschraubt wird.

»Man nennt es Guardian Angel, Schutzengel. Das Wundermittel, das die alliierten Streitkräfte vor Gasangriffen des Feindes geschützt hat, wird jetzt auch der allgemeinen Bevölkerung zugänglich gemacht.«

Zwei Männer in den mittleren Jahren mit fortschreitenden Glatzen, einer mit einem bürstenartigen Schnauzbart und dunklem Anzug, schütteln sich die Hände, während man auf einer Anzeige verfolgen kann, wie sich der Tanklaster langsam leert.

»Schon eine kleine Menge im Trinkwasser reicht aus, um eine ganze Stadt zu schützen. Dieser einzelne Tank reicht, um das Trinkwasser für 500 000 Menschen zu präparieren. Coventry, Hull und Cardiff werden die ersten Städte sein. Bei dieser Geschwindigkeit wird das ganze Land innerhalb von drei Monaten versorgt sein.«

Eine Mutter auf einer Straße in Nordengland hebt ihr Baby aus dem Kinderwagen, legt es sich zusammen mit einem Spucktuch auf die Schulter und sieht besorgt in den blauen Himmel.

»Damit eine Mutter sich sicher fühlen kann, dass ihr Kind keine Angst mehr vor Nervengas haben muss. Mutter und Kind können beruhigt sein.«

Die Musik erreicht ihren Höhepunkt. Die Leinwand wird dunkel. Die Filmrolle ist zu Ende.

2. Anmerkungen, die an Journalisten zur BBC-Sendung *Die Quelle der Kraft* verteilt wurden.

Kurz nach dem Zweiten Weltkrieg hatte man Guardian Angel bereits wieder vergessen – wie bei so vielen Erfindungen, die problemlos funktionierten, gab es schlicht keinen Grund, sie wiederzubeleben. Damals war Guardian Angel allerdings ein überwältigender Erfolg und ein Sieg der Propaganda. Tests an der allgemeinen Bevölkerung in Großbritannien haben gezeigt, dass sich die Substanz im Körper angereichert hat. Selbst wenn man nur eine Woche mit Guardian Angel versetztes Wasser zu sich nahm, war man danach sein Leben lang gegen Nervengas geschützt.

Das Mittel wurde in großen Bottichen im Kerngebiet der USA sowie in den Heimatbezirken im Vereinigten

Königreich hergestellt. Per Schiff wurde es zu befreundeten Nationen transportiert: Hawaii, Mexiko, Norwegen, Südafrika und Äthiopien. Feindliche U-Boote griffen die Tanker an, wie jedes Fahrzeug, das auf dem Weg zu oder von den Alliierten war. In einer dunklen Nacht im September 1944 sank daher auch ein Tanker mit seiner ganzen Besatzung, sechzehn Meilen vor der Küste von Portugal, auf dem Weg zum Kap der Guten Hoffnung.

Anschließende Forschungen haben ergeben, dass während der folgenden Monate in den Küstenstädten Aveiro, Espinho und Porto seltsame Dinge angespült wurden – Fische, so groß, wie man sie noch nie gesehen hatte. Scharenweise waren diese seltsamen Wesen offensichtlich ans Ufer gesprungen. Die Menschen in den Dörfern und Städten an der Küste aßen die Fische. Eine Analyse eines gewissenhaften portugiesischen Beamten im Jahr 1947 deckte auf, dass Guardian Angel im Landesinneren im Grundwasser bis zur Serra da Estrela nachweisbar war, ein Gebirge nahe der spanischen Grenze. Seine Empfehlung, den Wasserspiegel auch im restlichen Europa zu testen, wurde jedoch zurückgewiesen, da es dafür keine Mittel gab.

Manche Analysen legen nahe, dass dieses eine gesunkene Schiff den kritischen Moment darstellt. Andere gehen davon aus, dass, ist die Substanz erst einmal in den Wasserkreislauf eingegangen, egal an welchem Ort, egal auf welche Weise, sie sich unausweichlich weiterverbreitet. Andere potenzielle Quellen der Kontaminierung sind da zum Beispiel: ein rostiger Container in Buenos Aires einige Jahre nach Kriegsende sowie eine Explosion in einem Munitionslager im Süden von China.

Gleichwohl sind die Weltmeere miteinander verbunden – der Wasserkreislauf ist also endlos. Auch wenn man Guardian Angel nach dem Zweiten Weltkrieg vergessen hat, hat es sich weiter im menschlichen Körper angereichert und seine Wirkung noch verstärkt. Forschungen haben es zweifellos als Auslöser für die Entwicklung der elektrostatischen Kraft in Frauen nachgewiesen, sollte eine bestimmte Konzentration erreicht sein.

Jede Frau, die während des Zweiten Weltkrieges sieben Jahre oder jünger war, hat wahrscheinlich Strangknospen am Schlüsselbein – allerdings nicht alle. Es kommt, neben anderen genetischen Faktoren, auf die Dosis Guardian Angel an, die die Betreffende in der frühen Kindheit aufgenommen hat. Diese Knospen können durch eine kontrollierte Abgabe von Elektrizität durch eine jüngere Frau »zum Leben erweckt« werden. Mit jedem weiteren Geburtsjahr nimmt der Anteil an betroffenen Frauen zu. Frauen, die während des Tages der Mädchen etwa dreizehn oder vierzehn Jahre alt waren, sind nahezu ausnahmslos im Besitz eines vollwertigen Strangs. Sobald seine Kraft aktiviert ist, kann er nicht ohne ernsthafte Gefahr für das Leben der Frau entfernt werden.

Man verfolgt die Theorie, dass Guardian Angel nur einige genetische Möglichkeiten verstärkt hat, die es im menschlichen Genom bereits gab. Es ist möglich, dass in der Vergangenheit mehr Frauen einen Strang besaßen, diese Eigenschaft mit der Zeit aber ausstarb beziehungsweise herausgezüchtet wurde.

3. SMS-Konversation zwischen dem Innenminister und dem Premierminister, eingestuft und veröffentlicht unter der Dreißig-Jahre-Regel.

PM: Ich habe gerade den Bericht gelesen. Was meinen Sie?

IM: Wir können ihn nicht veröffentlichen.

PM: Die USA werden ihn in einem Monat veröffentlichen.

IM: Scheiß drauf. Bitten Sie sie, damit zu warten.

PM: Man verfolgt dort mittlerweile eine »Politik der radikalen Offenheit«. Da sind sie ganz fanatisch.

IM: Wie immer.

PM: Man kann einem Amerikaner nicht austreiben, Amerikaner zu sein.

IM: Sie sind 5000 Meilen vom Schwarzen Meer entfernt. Ich werde mit dem Außenminister sprechen. Wir müssen ihnen sagen, dass das eine NATO-Angelegenheit ist. Eine Veröffentlichung des Berichts wird die Stabilität zerbrechlicher Regierungen gefährden. Regierungen, die leicht chemische und biologische Waffen in die Hände bekommen könnten.

PM: Es wird sowieso durchsickern. Wir müssen darüber nachdenken, inwieweit es uns betreffen wird.

IM: Die Hölle wird losbrechen.

PM: Weil es kein Heilmittel gibt?

IM: Genau. Es ist nicht länger eine verdammte Krise. Sondern eine neue Realität.

4. Internetanzeigen, gesammelt vom Internet Archive Project.

4a) *Sorgen Sie mit Ihrem Personal Defender für Ihre Sicherheit*
Der Personal Defender ist sicher, verlässlich und einfach zu bedienen. Die Batterien, die man am Gürtel trägt, sind mit einem Taser am Handgelenk verbunden.

– Dieses Produkt zur Selbstverteidigung ist von Polizisten anerkannt und von unabhängiger Stelle getestet worden.

– Es ist diskret. Niemand außer Ihnen muss wissen, dass Sie sich selbst verteidigen können.

– Es ist sofort einsatzbereit; kein Nesteln an einem Holster oder einer Tasche bei einem Angriff.

– Es gibt kein anderes Produkt, das vergleichbar zuverlässig und effektiv ist.

– Mit einem Anschluss, um das Handy aufzuladen.

Anmerkung: Der Personal Defender wurde schließlich zurückgezogen, nachdem einige Benutzer tödlich verunglückt sind. Man hat festgestellt, dass ein weiblicher Körper, der einem starken elektrischen Schock ausgesetzt ist, oft einen Reflexlichtbogen bildet, der auf den Angreifer zurückfällt, selbst wenn die Frau ohnmächtig geworden ist. Die Hersteller des Personal Defenders trafen bei einer Sammelklage außergerichtliche Einigungen mit den Familien der siebzehn Männer, die auf diese Weise ums Leben gekommen waren.

4b) *Verstärken Sie Ihre Kraft mit diesem verrückten Trick*
Frauen auf der ganzen Welt lernen, wie sie mit diesem geheimen Wissen ihre Kraft vergrößern können. Unsere

Vorfahren kannten das Geheimnis; jetzt haben Wissenschaftler an der Cambridge University diesen einen verrückten Trick entdeckt, mit dem das gelingt. Teure Trainingsprogramme wollen nicht, dass Sie von diesem einfachen Weg zum Erfolg erfahren! Klicken Sie hier, um den $5-Trick kennenzulernen, der Sie stärker als alle anderen machen wird.

4c) *Selbstverteidigungssocken*
Die natürliche Art, sich gegen Angriffe zu schützen. Kein Gift, keine Kügelchen, kein Pulver; absolut effizienter Schutz gegen Elektrizität! Ziehen Sie einfach diese Gummisocken unter Ihre normalen Socken, bevor Sie in Ihre Schuhe schlüpfen. Niemand weiß, dass Sie sie tragen, und im Gegensatz zu einem Schuh können sie von einem Angreifer auch nicht so leicht entfernt werden. Zwei Stück pro Packung. Saugfähiges Futter gegen Fußschweiß.

Noch sechs Jahre

Tunde

Tatjana Moskalew hatte recht, und sie hatte ihm nützliche Informationen gegeben. Zwei Monate hatte er in den Bergen im nördlichen Moldau recherchiert – oder in dem Land, das einmal Moldau war und sich gerade im Krieg mit seinem südlichen Teil befindet –, vorsichtig die Leute interviewt und bestochen, die er dort traf. Reuters finanzierte das ganze Unternehmen; er hatte einer Redakteurin, der er vertraute, von dem Tipp erzählt, den er erhalten hatte, und sie hatte alle Kosten genehmigt. Wenn sich der Tipp als wahr herausstellte, wären das sensationelle Neuigkeiten. Wenn nicht, dann könnte er immer noch ein Porträt dieses vom Krieg zerrissenen Landes machen und einreichen.

Doch er fand das Gesuchte. Eines Nachmittags stimmte ein Mann in einem Dorf in der Nähe der Grenze zu, Tunde mit seinem Jeep zu einem Aussichtspunkt am Fluss Dnister zu fahren, von dem man über das ganze Tal blicken konnte. Von dort aus sahen sie ein hastig errichtetes Lager mit niedrigen Gebäuden und einem Trainingsplatz in der Mitte. Der Mann erlaubte Tunde nicht, den Jeep zu verlassen, und er wollte auch nicht näher heranfahren. Doch Tunde konnte immerhin sechs Bilder schießen, auf denen braunhäutige Männer mit Bärten in Kampfmontur und schwarzen Baretts mit neuen Waffen, neuem Geschütz umzugehen übten. Ihre Anzüge waren aus Gummi, auf dem Rücken trugen sie Batterierucksäcke, in den Händen hielten sie elektrische Viehtreiberstöcke.

Es waren zwar nur sechs Bilder, doch die waren genug. Tunde hatte für Neuigkeiten gesorgt, die um die Welt gingen. »Awadi-Atif bildet Geheimarmee aus«, titelte Reuters. Andere verkündeten: »Die Jungs sind zurück«, oder: »Schaut mal, wer hier schockt«. In den Nachrichtenabteilungen und im Morgenfernsehen wird angespannt über die Implikationen dieser neuen Waffen diskutiert: Funktionieren sie? Könnten die Rebellen damit gewinnen? Tunde hatte König Awadi-Atif selbst nicht fotografieren können, doch es gab keinen anderen Schluss, als dass er mit den moldauischen Verteidigungstruppen zusammenarbeitete. In vielen Ländern hatte sich die Situation stabilisiert, doch diese Schlagzeilen ließen wieder Unruhen ausbrechen. Es bestand die Möglichkeit, dass sich die Männer mit Waffen und Rüstungen ihr Territorium zurückerobern wollten.

In Delhi dauerten die Unruhen wochenlang an.

Sie nahmen ihren Anfang unter den Autobahnbrücken, wo die Armen in Zelten aus Decken und Hütten aus Karton leben. Hierher kommen Männer, wenn sie eine Frau wollen, die sie außerhalb aller Gesetze oder Lizenzen benutzen und dann wegwerfen können. Seit drei Jahren wird hier die Gabe von Handfläche zu Handfläche weitergegeben. Die vielen todbringenden Frauenhände haben hier einen Namen: Kali, die Ewige. Kali, die vernichtet, um etwas Neues entstehen zu lassen. Kali, berauscht vom Blut der Erschlagenen. Kali, die mit ihrem Daumen und ihrem Zeigefinger Sterne erzeugt. Angst und Schrecken ist ihr Name, der Tod ihr Atem. Ihre Ankunft in dieser Welt war schon lange ersehnt worden. Den Frauen unter den Autobahnbrücken des Molochs war die Anpassung an die neuen Verhältnisse leichtgefallen.

Die Regierung hat die Armee ausgesandt, doch die Frauen von Delhi hatten eine neue Strategie gelernt. Einen Wasserstrahl, direkt auf die Angreifer gerichtet, konnte man unter Strom setzen, indem man die Finger ins Wasser hielt und den Tod entsandte. Wie die Göttin, die auf Erden wandelt. Die Regierung unterbrach darauf die Wasserversorgung in den benachbarten Slumvierteln, während der größten Sommerhitze, wenn die Straßen nach Verwesung stinken und trächtige Hunde hechelnd auf der Suche nach Schutz vor der Sonne sind. Nachrichtensender aus aller Welt filmten die Armen, die nach Wasser bettelten und um einen einzigen Tropfen Nass baten. Am dritten Tag öffneten sich die himmlischen Schleusen, wuschen den Geruch von den Straßen, und das Wasser sammelte sich in großen Pfützen. Als die Soldaten zurückkehren, stehen sie im Nassen oder berühren feuchte Geländer, von ihren Fahrzeugen hängen lose Drähte nach unten, und als die Frauen die Straßen unter Strom setzen, fallen die Menschen zuckend zu Boden und verenden, als hätte Kali selbst ihrem Leben ein Ende bereitet.

Kalis Tempel sind voller Gläubiger. Soldaten schließen sich den Aufständischen an. Tunde ist auch da, mit seinen Kameras und seinem CNN-Ausweis.

Im Hotel, in dem viele ausländische Journalisten wohnen, kennt man ihn. Er hat einige seiner Kollegen schon an anderen Orten gesehen, an denen die Gerechtigkeit letztendlich gesiegt hat – auch wenn es als unanständig gilt, das zu sagen. Im Westen wird offiziell immer noch von einer »Krise« gesprochen, mit allem, was das Wort impliziert: außergewöhnlich, erschütternd, zeitlich begrenzt. Das Team der *Allgemeinen Zeitung* begrüßt ihn mit Namen, gratuliert ihm – wenn auch mit leicht neidischem Unterton – zu dem Scoop mit den sechs Bildern von Awadi-Atifs Truppen. Außerdem hat er einige weitere leitende Redakteure von CNN kennengelernt, sogar ein Team der *Daily Times* aus Nigeria, die ihn fragen, wo er sich denn die ganze Zeit versteckt habe und wie sie ihn nur übersehen hatten können. Tunde hat mittlerweile seinen eigenen YouTube-Kanal, auf dem er von der ganzen Welt berichtet. Jedes Video zeigt am Anfang sein Gesicht. Er ist derjenige, der zu den gefährlichsten Orten der Welt reist, um die Bilder mitzubringen, die niemand sonst zeigen will. Seinen sechsundzwanzigsten Geburtstag hat er in einem Flugzeug gefeiert. Eine der Stewardessen hat ihn erkannt und ihm Champagner gebracht.

In Delhi folgt er einer Gruppe Frauen, die über den Janpath-Markt randalieren. Früher konnte eine Frau hier nicht allein herumlaufen, solange sie noch nicht siebzig war, und selbst dann war es gefährlich. Viele Jahre schon hatte es Proteste gegeben und Plakate, gebrüllte Parolen. Die Stimmung heizt sich auf, und danach ist alles wieder beim Alten. Jetzt zeigen sich die Frauen solidarisch mit denen, die unter den Brücken getötet wurden und verdursteten.

Tunde interviewt eine der Frauen, die auch vor drei Jahren schon mitprotestiert hat. Ja, sie hatte ihr Banner hochgehalten und gebrüllt und Petitionen unterzeichnet. »Es war, als wäre man Teil einer Welle«, sagt sie. »Ein Sprühnebel aus dem Meer ist kraftvoll, jedoch nur einen Moment lang, dann trocknet die Sonne alles. So war es bei uns. Nur ein Tsunami verändert etwas. Man muss die Häuser abreißen und das Land zerstören, wenn man sichergehen will, dass einen niemand vergisst.«

Er weiß schon genau, an welcher Stelle in seinem Buch diese Sätze erscheinen werden. Die Geschichte politischer Bewegungen. Der Kampf, der viele nach und nach antrieb, bis zu diesem einschneidenden Wandel. Er wird alles ganz genau analysieren.

Die Gewalt richtet sich kaum gegen Menschen, sondern gegen Stände.

»Jetzt werden sie wissen«, brüllt eine Frau in Tundes Kamera, »dass sie nachts nicht mehr allein aus dem Haus gehen sollten. Dass sie es jetzt sind, die Angst haben sollten.«

Kurze Unruhe entsteht, als vier Männer mit Messern auftauchen, doch sie werden schnell überwältigt. Man lässt sie mit zuckenden Armen, jedoch keinen schweren Verletzungen zurück. Tunde hegt bereits den Verdacht, dass er heute nichts Neues mehr erfahren wird, als sich die Nachricht verbreitet, dass die Armee eine Barrikade auf dem Windsor Place errichtet hat, um die ausländischen Hotels zu beschützen. Die Soldaten rücken langsam vor, sind bewaffnet mit Gummigeschossen und ausgestattet mit Schuhen mit dicken, isolierenden Sohlen. Sie wollen hier ein Zeichen setzen. Macht demonstrieren, um der Welt zu zeigen, wie eine gut ausgebildete Armee mit aufsässigen Frauen umgeht.

Tunde kennt die Frauen in der Menge nicht. Keine würde ihn aufnehmen, sollte die Armee einschreiten. Die Menge ist immer enger zusammengerückt, kaum merkbar zuerst, doch jetzt ist es nachvollziehbar, da er weiß, dass die Armee sie zusammendrängen will. Was wird dann passieren? Hier werden heute Menschen sterben; er spürt es am ganzen Körper. Schreie werden am Kopf der Gruppe laut, doch er versteht nicht, was gesagt wird. Tundes übliches leichtes

Lächeln erlischt. Er muss schleunigst von hier verschwinden und sich in Sicherheit bringen.

Er sieht sich um. Delhi ist wie immer eine einzige Baustelle, sicher ist es fast nirgends. Von manchen Gebäuden wurden die Gerüste nie entfernt, schiefe, verlassene Läden, halb eingestürzte Häuser sind sogar noch teilweise bewohnt. Da, zwei Straßen weiter. Ein mit Brettern vernagelter Laden hinter einem Wagen, an dem man Paratha-Fladenbrote kaufen kann. Ein Holzgerüst ist an der Seite des Gebäudes befestigt, das Dach ist flach. Tunde drängt sich durch die Menge. Die meisten Frauen versuchen immer noch lautstark, sich voranzuschieben. In einiger Entfernung ist das Geräusch elektrischer Entladungen zu hören. Tunde spürt es auch in der Luft, er weiß, wie es sich anfühlt. Der Geruch der Straße, der Hundekot, Mango-Pickle, die Körpergerüche der Menge und die gebratenen Bhindi mit Kardamom – alles intensiviert sich einen Moment lang. Alles steht still, doch Tunde drängt weiter. Er sagt sich, heute ist kein Tag zum Sterben. Nicht heute. Daheim kannst du deinen Freunden dann eine spannende Geschichte erzählen, die du in deinem Buch verarbeiten kannst. Hab keine Angst, geh einfach weiter. Wenn du irgendwo nach oben kommst, wirst du von dort gute Bilder machen können.

Das unterste Gerüstbrett ist zu hoch für ihn, selbst wenn er springt. Er sieht, dass andere Leute dieselbe Idee wie er haben, auf Hausdächer oder Bäume klettern. Andere versuchen, sie wieder hinunterzuziehen. Wenn er jetzt nicht verschwindet, könnten ihn in ein paar Minuten andere Schutzsuchende verdrängen. Er schleppt drei alte Obstkisten herbei, stapelt sie auf, wobei er sich einen langen Holzsplitter im Daumen zuzieht, was ihm aber egal ist, klettert hinauf und springt. Verfehlt das Gerüst. Landet schwer atmend, seine Knie schmerzen bei dem Aufprall. Die Kisten werden nicht halten. Die Menge bewegt sich brüllend voran. Wieder springt er, diesmal noch kräftiger, und ja! Er bekommt die unterste Sprosse der Gerüstleiter zu fassen. Mühsam hievt er sich auf die zweite Sprosse, die dritte, bis er endlich vollständig auf dem Gerüst steht. Von da an geht es leicht voran.

Das Gerüst schwankt, während er nach oben klettert. Es ist nicht an der bröckelnden Betonwand des Gebäudes befestigt. Früher einmal wurde es von Seilen gehalten, die jetzt ausgefranst und verfault sind und die durch seine Bewegungen noch weiter reißen. Das wäre nun wirklich eine dumme Todesart. Nicht in einem Aufstand, nicht durch eine Armeekugel, nicht durch Tatjana Moskalew, die ihm an die Kehle geht. Nein, sondern weil er von einem Gerüst einige Meter nach unten auf eine Straße in Delhi gefallen ist. Er klettert schneller und bekommt die raue Dachbrüstung in dem Moment zu fassen, als das Gerüst immer stärker schwankt. Mit einem Arm hält er sich fest, spürt, wie sich der Splitter tiefer in seinen Daumen bohrt, stößt sich mit den Füßen ab und rollt sich mit der rechten Körperseite über die Brüstung. Seine andere Körperhälfte hängt in der Luft. Wieder ertönen Schreie von der Straße, außerdem Schüsse.

Er stößt sich mit dem linken Bein ab und fällt endgültig auf das Dach. Er landet in einer Pfütze, die ihn völlig durchweicht, doch er ist in Sicherheit. Krachend stürzt das Holzgerüst ein. Das war's, Tunde, jetzt führt kein Weg mehr hinunter. Andererseits kann ihn auch niemand überwältigen, der ebenfalls von der Menge unten Schutz sucht. Eigentlich ist es perfekt. Als ob es so hatte kommen sollen. Er lächelt und atmet langsam aus. Er kann hier seine Kamera aufbauen und alles filmen. Aufregung hat die Angst verdrängt. Außerdem könnte er sowieso nichts tun, keine Behörden informieren oder seinen Boss anrufen. Nur er und seine Kameras, hier oben, aus dem Weg. Und gleich wird etwas passieren.

Er setzt sich auf und sieht sich um. Da entdeckt er die Frau.

Sie ist Mitte vierzig, drahtig, mit kleinen Händen und einem langen, dicken Zopf, der wie ein geöltes Seil aussieht. Sie wirft Tunde schüchterne Blicke zu. Er lächelt. Sie lächelt zurück. Da erkennt er, dass etwas nicht stimmt mit ihr. So wie sie den Kopf abgewandt hält. Wie sie seinen Blick meidet und ihn dann plötzlich offen anstarrt.

»Sind Sie …« Er sieht nach unten zu der wogenden Menge auf der Straße. Die Schüsse kommen näher. »Bitte entschuldigen Sie, wenn das Ihr Haus ist. Ich warte nur hier, bis es unten wieder sicher ist. Ist das in Ordnung?«

Sie nickt langsam. Er versucht zu lächeln. »Da unten sieht es nicht gut aus. Haben Sie sich auch hier oben versteckt?«

Sie spricht langsam und konzentriert. Ihr Akzent ist nicht stark; vielleicht ist sie doch nicht verrückt. »Ich habe nach Ihnen gesucht.«

Einen Moment glaubt er, sie meint, sie kenne seine Stimme aus dem Internet, sein Foto. Er lächelt. Ein Fan.

Sie kniet sich hin und taucht die Finger in die Pfütze, in der er noch sitzt. Zuerst denkt er, sie wolle sich die Hände waschen, bis der Stromschlag seine Schulter trifft und er am ganzen Leib zu zittern beginnt.

Es kommt so plötzlich und so schnell, dass er einen Moment lang denkt, dass es ein Fehler war. Sie meidet immer noch seinen Blick. Der Schmerz ergießt sich über seinen Rücken, seine Beine, verzweigt sich in seinem Inneren. Er kann kaum atmen. Er stützt sich auf Hände und Knie, ist immer noch im Wasser. Er muss hier raus.

»Hören Sie auf! Bitte nicht!«, sagt er. Seine Stimme überrascht ihn, sie klingt so dünn, so bittend. Wie jemand, der mehr Angst hat, als er sich selbst sieht. Alles wird gut. Er wird entkommen können.

Langsam kriecht er nach hinten. Die Menge unter ihm tost, Schreie werden laut. Wenn er die Frau aufhalten kann, werden ihm großartige Bilder von der Straße und den Kämpfen gelingen.

Die Frau streicht mit den Fingern durchs Wasser und verdreht die Augen.

»Ich bin nicht hier, um Ihnen etwas zu tun. Alles in Ordnung. Wir warten hier einfach gemeinsam«, sagt Tunde beruhigend.

Die Frau stößt ein heiseres Lachen aus.

Er rollt sich zur Seite, aus der Pfütze heraus. Beobachtet die Frau. Jetzt hat er tatsächlich Angst, seit er ihr Lachen gehört hat.

Sie verzieht den Mund zu einem breiten, bösartigen Lächeln. Ihre Lippen sind feucht. Er versucht aufzustehen, doch seine Beine zittern zu sehr; er fällt auf ein Knie zurück. Sie sieht ihm dabei zu, nickend, als ob sie denkt, ja, das war zu erwarten. Ja, so ist das eben.

Er blickt sich auf dem Dach um, das weitestgehend leer ist. Eine wacklige Brücke zum Dach des Nebenhauses, nur ein Brett. Er würde ungern darübergehen wollen; die Frau könnte es unter ihm wegtreten. Doch er könnte es als Waffe benutzen, die Irre damit abwehren. Er kriecht langsam in die Richtung.

Sie sagt ein paar Worte in einer Sprache, die er nicht kennt, und dann kaum hörbar: »Lieben wir einander?«

Sie leckt sich über die Lippen. Er sieht ihren Strang an ihrem Schlüsselbein zucken, ein lebendiger Wurm. Er bewegt sich schneller. Entfernt ist er sich bewusst, dass er und die Frau von anderen Leuten auf einem Dach auf der gegenüberliegenden Straßenseite beobachtet werden und etwas rufen. Doch sie können nichts tun. Vielleicht alles filmen. Wird ihm das helfen? Er versucht erneut aufzustehen, doch seine Beine zittern immer noch von dem elektrischen Schock. Die Frau lacht über seine ungeschickten Bemühungen. Dann stürzt sie sich auf ihn. Er versucht, ihr ins Gesicht zu treten, doch sie packt seinen entblößten Knöchel und gibt einen langen, hohen Lichtbogen ab, der sich wie ein Fleischerbeil anfühlt, das mit einem gezielten Schlag sein Bein teilt und das Fleisch vom Knochen löst. Er riecht, wie die Haare auf seinen Beinen verbrennen.

Ein Geruch nach Gewürzen weht von der Straße herauf. Gebratenes Fleisch, tropfendes Tierfett und verbrannte Knochen. Er denkt an seine Mutter, die mit den bloßen Fingern in den Topf fasst und testet, ob der Reis schon gar ist. Zu heiß für dich, Tunde, Hände weg. Er riecht das süße, heiße Aroma des Jollof-Reises auf dem Herd. Dein Gehirn ist überreizt, Tunde. Vergiss nicht, dass das Gehirn aus Fleisch und elektrischen Verbindungen besteht. Es ist schmerzhafter, als es sollte, weil es Kurzschlüsse im Gehirn verursacht. Du bist verwirrt, du bist nicht zu Hause. Deine Mutter wird nicht kommen.

Die Frau drückt ihn zu Boden, nestelt an seinem Gürtel, seiner Jeans. Sie versucht vergeblich, die Hose über seine Hüften herunterzuziehen, ohne die Schnalle zu öffnen. Er schrammt mit dem Rücken über den Beton, eine scharfe Kante bohrt sich in sein Steißbein, und er denkt die ganze Zeit, wenn ich mich zu sehr wehre, wird sie mich bewusstlos schlagen, und dann kann sie alles mit mir machen.

Er hört nun Schreie wie aus weiter Ferne, als befände er sich unter Wasser. Zunächst denkt er, der Tumult kommt von der Straße. Sein Körper erwartet angespannt einen weiteren Stromschlag. Erst als dieser nicht eintrifft, merkt er, dass er gegen die Luft ankämpft. Als er die Augen öffnet, sieht er, dass drei andere Frauen seine Angreiferin von ihm weggezogen haben. Sie müssen über das Brett vom Nachbargebäude herübergekommen sein. Sie haben sie zu Boden geworfen und verpassen ihr einen Schlag nach dem anderen, doch sie gibt nicht auf. Tunde richtet seine Kleidung und wartet, bis sich die Frau mit dem langen, dicken Zopf nicht mehr bewegt.

Allie

Auszug aus dem Forum »Freiheit der Reichweite«, einer libertären Webseite

Askedandanswered

Krasse, richtig krasse Nachrichten aus South Carolina. Schaut euch die Fotos an. Hier ist eines von Mother Eve – ein Screenshot aus dem Video »Hin zur Liebe«, das, in dem ihre Kapuze etwas nach hinten rutscht und man einen Teil ihres Gesichts sehen kann. Schaut mal, wie kantig ihr Kiefer ist, und das Verhältnis zwischen Mund und Nase, verglichen mit dem Abstand zwischen Unterlippe und Kinn. In dem Diagramm habe ich die Größenverhältnisse ausgerechnet.

Schaut euch jetzt mal das Bild an. Jemand vom Urban-Dox-Forum hat Bilder einer Polizeiermittlung online gestellt, die vor vier Jahren in Alabama stattgefunden hat. Alles deutet darauf hin, dass sie echt sind. Sie stammen vielleicht von jemandem, der Gerechtigkeit will, vielleicht aber auch von der Polizei selbst. Die Bilder zeigen eine gewisse Alison Montgomery-Taylor, die ihren Adoptivvater ermordet hat und seither spurlos verschwunden ist.

Es ist völlig klar. Die Kieferform ist dieselbe, das Kinn, das Verhältnis von Mund und Nase zu Mund und Kinn ist dasselbe. Schaut es euch an und sagt mir, ob das nicht überzeugend ist.

Buckyou

Fuuuuck. Du hast also entdeckt, dass alle Menschen Münder, Nasen und Kinne haben. Das wird die Anthropologie aber gewaltig durcheinanderbringen, Vollidiot.

FisforFreedom

Diese Fotos sind doch ganz deutlich bearbeitet worden. Schaut euch das Licht auf dem Bild von Alison M-T an. Es trifft ihre Wange von links und ihr Kinn von rechts – wie kann das sein? Jemand hat diese Bilder gefälscht, damit die Geschichte zusammenpasst. Ich würde nichts auf diesen Schwindel geben.

AngularMerkel

Es ist doch allgemein bekannt, dass das wirklich Alison M-T ist. Die Polizei von Florida weiß Bescheid, doch sie hat sie bestochen. Sie haben an der ganzen Ostküste Menschen erpresst und bedroht. Eve und ihre Nonnen haben sich mit dem organisierten jüdischen Verbrechen zusammengetan, das haben UrbanDox und UltraD nachgewiesen. Lies die Threads zu den Unruhen am 11. Mai und den Verhaftungen in Raleigh, bevor du was doppelt postest, Flachwichser.

Manintomany

Der Account von UrbanDox wurde wegen Missbrauchs gesperrt, Flachwichser.

Abrahamic

Ja, ich sehe schon, dass jeder verdammte Post von dir UrbanDox unterstützt hat, oder zwei bekannte

Fake-Accounts. Entweder bist du selbst DU oder du lutschst gerade seinen Schwanz.

<u>SanSebastian</u>

Sie ist es auf jeden Fall. Die israelische Regierung hat diese neuen »Kirchen« gesponsert; seit Jahrhunderten versuchen sie jetzt schon, das Christentum zu Fall zu bringen, uns zu diskreditieren, indem sie die Schwarzen benutzen, um unsere Innenstädte mit Drogen zu überschwemmen. Diese neue Droge ist ein Teil davon; ihr wisst, dass diese neuen »Kirchen« diese zionistischen Drogen an unsere Kinder weitergeben? Wacht auf, ihr Schafe. Das Ganze ist von denselben alten Kräften und Systemen gesteuert. Ihr denkt, ihr seid frei, weil ihr euch in einem Forum unterhalten könnt? Glaubt ihr etwa, wir werden hier nicht überwacht? Glaubt ihr etwa, die wissen nicht, wer wir hier alle sind? Sie lassen uns hier reden, doch wenn einer von uns Anstalten machen sollte, wirklich etwas zu unternehmen, haben sie über jeden von uns genug in der Hand, um uns zu zerstören.

<u>Buckyou</u>

Don't feed the trolls.

<u>AngularMerkel</u>

Diese verdammten Verschwörungstheoretiker spinnen doch alle.

<u>Loosekitetalker</u>

Nicht total falsch. Warum sonst verfolgen sie das illegale Downloaden von Filmen nicht stärker? Warum werden bestimmte Pornoseiten nicht aus dem Netz genommen, oder illegale Downloadseiten? Das wäre total leicht, jeder hier könnte das an einem Nachmittag programmieren. Wisst ihr auch warum? Denn wenn sie einen von uns aus dem Verkehr ziehen, uns im Gefängnis verrotten lassen wollen würden, dann hätten sie auch die Macht dazu. Das ist das Internet, Leute, eine verdammte Honigfalle, und ihr denkt, dass ihr sicher seid, weil ihr irgendeinen verschissenen Proxy benutzt oder das Signal über die Ukraine weiterleitet? Die NSA hat Verträge mit denen, sie haben die Polizei bestochen und treiben sich in ihren Servern herum.

Matheson

Mod spricht. Dieser Thread dient nicht der Diskussion über Netzsicherheit. Dieser Post ist besser bei »Sicherheit im Netz« aufgehoben.

Loosekitetalker

In diesem Zusammenhang ist er wichtig. Hat einer von euch das BB97-Video aus Moldau gesehen? Das von unserer Regierung, der Regierung der USA, aufgenommen wurde und die Bewegung der Awadi-Atif-Truppen dokumentiert. Das können sie sehen, aber uns nicht? Glaubt ihr das wirklich?

FisforFreedom

Also, um mal wieder zurück zum Threadthema zu kommen. Ich glaube nicht, dass das Mother Eve ist. Alison M-T ist bekanntlich in der Nacht, in der sie ihren Dad getötet hat, geflohen. Das war am 24. Juni. Die ersten Predigten von

Eve aus Myrtle Bay stammen vom 2. Juli. Ist es wahrscheinlich, dass Alison M-T ihren Vater getötet, sich ein Auto organisiert, Staatsgrenzen überquert und sich als Hohepriesterin einer neuen Religion etabliert hat, alles in zehn Tagen? Ich glaube das nicht. Die Gesichtserkennung hat eine zufällige Übereinstimmung festgestellt, die Verschwörungstheoretiker auf Reddit sind ausgeflippt, aber es stimmt einfach nicht. Lasse ich mir eingehen, dass mit Eve irgendwas nicht stimmt? Ja. Sie verfolgt dasselbe finstere System wie Scientology oder das frühe Mormonentum. Beschönigungen, Umdefinierungen, die Erschaffung einer neuen Unterklasse. Aber Mord? Dafür gibt es keine Beweise.

<u>Riseup</u>

Jetzt wacht mal auf. Ihre Anhänger haben die Daten der Predigten gefälscht, damit sie viel weiter zurückreichen. Es gibt kein Video dieser frühen Predigten, weder auf YouTube noch sonst irgendwo. Sie können von wann auch immer stammen. Das macht sie noch viel verdächtiger. Denn warum sollte sie sonst so tun, als sei sie schon so früh in Myrtle Bay gewesen?

<u>Loosekitetalker</u>

Ich finde nicht, dass die Satellitenbilder aus Moldau off topic sind. Mother Eve hat im Süden von Moldau gesprochen, sie baut dort eine Basis auf. Wir wissen, dass die NSA alles überwacht, der globale Terrorismus ist nicht verschwunden. Siebzehn nahe Verwandte des Königs sind nach dem Sturz aus Saudi-Arabien geflohen, mit über acht *Trillionen* Dollar in ausländischen Aktien.

Das Haus Saud ist nicht einfach verschwunden, nur weil sich im Al-Faisaliyah-Wolkenkratzer mittlerweile ein Frauenzentrum befindet. Glaubt ihr wirklich, dass sich da keiner rächen wird? Glaubt ihr wirklich, Awadi-Atif will sein verdammtes Königreich nicht zurück? Glaubt ihr wirklich, dass er sein Geld nicht allen in den Rachen stopft, von denen er sich Hilfe erwartet? Habt ihr irgendeine Ahnung, was das Haus Saud schon immer finanziert hat? Terror, meine Lieben.
Und vor diesem Hintergrund glaubt ihr wirklich, dass es kein Interesse an inländischem Terror und Gegenterror gibt? Die NSA überwacht alles, was wir hier schreiben, seid euch da sicher. Sie überwachen auch Eve ganz genau.

Manintomany

Eve ist innerhalb von drei Jahren tot, das garantiere ich.

Riseup

Kumpel, wenn du nicht ein Dutzend VPNs gleichzeitig benutzt, dann kannst du drauf warten, dass sie dir die Tür eintreten.

AngularMerkel

Jemand wird einen Killer auf sie hetzen. Elektrizität schützt nicht gegen Kugeln. Malcolm X. MLK. JFK. Wahrscheinlich hat schon jemand den Auftrag erhalten.

Manintomany

Bei den Reden, die sie hält, würde ich die Fotze umsonst umbringen.

TheLordIsWatching

Die Regierung hat diese Veränderungen seit Jahren durch sorgfältig abgemessene Dosen von Hormonen herbeigeführt. Ich meine damit IMPFUNGEN! Impfungen sind ihre geheime Waffe, mit der sie die Menschen krank machen. Klickt hier, um das Exposé zu lesen, das keine Zeitung veröffentlichen will.

Ascension229

Die Abrechnung wird kommen. Der Herr wird Seine Leute um sich scharen, und Er wird ihnen den rechten Weg weisen in all Seiner Pracht, und das wird das Ende aller Tage einläuten, wenn die Gerechten sich versammeln und die Gottlosen in Flammen aufgehen.

AveryFalls

Habt ihr Olatunde Edos Berichte aus Moldau gesehen? Die Saudi-Armee? Ist hier noch jemand, der sich ihnen beim Anblick dieser tapferen jungen Männer anschließen will? Beteiligt euch an dem Kampf, der uns bevorsteht, mit den Waffen, die sie zur Verfügung haben. Bewirkt etwas, damit wir unseren Enkelsöhnen antworten können, wenn sie fragen, was wir dagegen getan haben.

Manintomany

Genau meine Gedanken. Ich wünschte nur, ich wäre jünger. Wenn mein Sohn losziehen wollen würde, würde ich ihm viel Erfolg wünschen. Doch er wird gerade von einer Feminazi gefickt. Sie hat ihre Klauen fest in ihn geschlagen.

Beningitis

Gestern war ich mit meinem neunjährigen Sohn im Einkaufszentrum. Er durfte allein im Spielzeugladen herumlaufen und sich etwas aussuchen – er hatte letzte Woche Geburtstag und Geld bekommen, und er ist klug genug, dass er ohne mich den Laden nicht verlässt. Doch als ich wieder zu ihm stieß, sprach gerade ein Mädchen mit ihm. Sie war vielleicht dreizehn, vierzehn und hatte eins dieser Tattoos auf ihrer Handfläche. Die Hand der Fatima. Ich habe ihn gefragt, was sie zu ihm gesagt hat, und er konnte gar nicht mehr aufhören zu weinen. Er fragte mich, ob es stimmte, dass er schlecht war und Gott wollte, dass er gehorsam und bescheiden sein solle. Sie hat versucht, meinen Sohn in einem verdammten Laden zu bekehren.

Buckyou

Fuck. Fuck. Das ist echt widerlich. Verdammte dumme kleine lügende Fotzenschlampe. Ich hätte ihr die Fresse poliert, bis sie nicht mehr den Mund braucht, um einen Schwanz zu lutschen.

Verticalshitdown

Mann, keine Ahnung, was du damit sagen willst.

Manintomany

Hast du ein Foto von ihr? Irgendwelche Personalien? Es gibt Leute, die dir helfen können.

Loosekitetalker

Was für ein Laden war das? An welchem Tag, um wie viel Uhr? Da gibt es sicher eine Überwachungskamera.

Wir können ihr eine Nachricht schicken, die sie nicht vergessen wird.

Manintomany

Schick mir alle Infos, wo du sie gesehen hast und den Namen des Geschäftes per PN. Wir werden zurückschlagen.

FisforFreedom

Hey Leute, das ist doch Fake. Mit so wenigen Informationen könnte euch der User auf jedes beliebige Mädchen loslassen. Könnte auch ein Versuch sein, dass wir etwas unternehmen und dann als die Bösen dastehen.

Manintomany

Halt die Klappe. Wir wissen, dass so etwas passiert.
Wir haben nämlich schon diese Erfahrungen gemacht.
Wir brauchen ein Jahr des Zorns, genau wie sie sagen.
Wir müssen es den Schlampen zeigen. Sie müssen lernen, was Gerechtigkeit ist.

UrbanDox933

Es wird kein Versteck geben, keinen Ort zum Flüchten.
Keine Gnade.

Margot

»Frau Bürgermeisterin, bitte sagen Sie mir, wenn Sie die gewählte Gouverneurin dieses Bundesstaates wären, wie würden Sie dann das Haushaltsdefizit angehen?«

Drei Punkte will sie vorstellen. Das weiß sie. Die ersten zwei hat sie parat.

»Ich habe einen einfachen Drei-Punkte-Plan, Kent. Nummer eins: Die übermäßigen Ausgaben für die Bürokratie verringern« – das ist gut, damit mache ich den ersten Punkt. »Wussten Sie, dass das Büro für Umweltaufsicht des derzeitigen Gouverneurs Daniel Dandon im letzten Jahr über dreißigtausend Dollar für«, was war es noch gleich?, »Wasserflaschen ausgegeben hat?« Eine Pause, um diese Information wirken zu lassen.

»Nummer zwei, die Hilfen für diejenigen kürzen, die nicht bedürftig sind – wenn man über hunderttausend Dollar im Jahr verdient, sollte dieser Staat nicht für das Sommerlager der Kinder bezahlen!« Das ist eine Fehldarstellung gefolgt von einer wirklich widerwärtigen Fehldarstellung. Dieser Zuschuss trifft nur auf zweitausend Familien im ganzen Staat zu, von denen die meisten Kinder Behinderungen haben, was sie sowieso von einer Einkommensprüfung befreit. Doch es klingt gut, und die Erwähnung von Kindern erinnert die Leute daran, dass sie selbst auch eine Familie hat. Finanzielle Unterstützung kürzen zu wollen lässt sie gleichzeitig tough wirken – nicht nur irgendeine Frau mit einem weichen Herzen. Jetzt der dritte Punkt. Der dritte.

»Nummer drei«, fährt sie fort und hofft, dass es ihr beim Sprechen wieder einfällt. »Nummer drei«, wiederholt sie etwas entschiedener. Verdammt. Sie hat es nicht drauf. Komm schon. Bürokratie einschränken. Unnötige finanzielle Unterstützungen streichen. Und. Und. Fuck.

»Verdammt, Alan, ich habe den dritten Punkt vergessen.«

Alan streckt sich. Steht auf und dehnt die Nackenmuskulatur.

»Alan. Was war noch mal Punkt drei?«

»Wenn ich es dir jetzt sage, wirst du es auf der Bühne gleich wieder vergessen haben.«

»Leck mich, Alan.«

»Klar. Küsst du deine Kinder mit diesem schmutzigen Mundwerk?«

»Die merken keinen verdammten Unterschied.«

»Margot, willst du das wirklich?«

»Ob ich das *will?* Würde ich mir diese ganze Vorbereitung antun, wenn ich es nicht wirklich wollte?«

Alan seufzt. »Du weißt es, Margot. Irgendwo in deinem Kopf versteckt sich Punkt drei deines Haushaltsdefizitprogramms. Streng dich an, Margot. Finde ihn.«

Sie starrt an die Decke. Sie befinden sich im Esszimmer, neben dem Fernseher ist ein provisorisches Rednerpult aufgebaut. An der Wand hängen Maddys gerahmte Handabdrücke. Jocelyn hat bereits verlangt, dass ihre abgenommen werden.

»Wenn wir live sind, wird es anders sein«, sagt sie. »Dann bin ich voller Adrenalin. Ich werde viel«, sie macht Tanzbewegungen mit den Händen, »lebendiger sein.«

»Ja, so lebendig, dass du auf die Bühne kotzt, wenn du dich nicht mehr an den dritten Punkt erinnern kannst. Schritt, Schritt, Kotz.«

Bürokratie. Sozialhilfe. Und ... Bürokratie ... Sozialhilfe ...

»Investitionen in die Infrastruktur!«, brüllt sie plötzlich. »Die derzeitige Regierung verweigert Investitionen in unsere Infrastruktur. Unsere Schulen verfallen, unsere Straßen sind voller Schlaglöcher, und wir müssen Geld ausgeben, um Geld zu verdienen. Ich habe bewiesen, dass ich große Projekte verwalten kann; unsere NorthStar-Camps für Mädchen gibt es mittlerweile in zwölf Staaten. Sie schaffen Arbeitsplätze, sie halten die Mädchen von der Straße fern. Dadurch haben wir eine der niedrigsten Zahlen von Gewalt im öffentlichen Raum. Investitionen in die Infrastruktur stärken das Vertrauen unserer Einwohner in eine sichere Zukunft.«

Das war es.

»Frau Bürgermeisterin, trifft es zu«, sagt Alan, »dass Sie besorgniserregende Verbindungen zu privaten Militärorganisationen haben?«

Margot lächelt. »Nur, wenn es Sie beunruhigt, Kent, wenn öffentliche und private Initiativen Hand in Hand arbeiten. NorthStar System ist eines der respektiertesten Unternehmen der Welt. Es gewährleistet die private Sicherheit vieler Staatsoberhäupter. Und es ist ein amerikanisches Unternehmen, eines von denen, die wir dringend brauchen, um Jobs für die hart arbeitenden Familien bereitzustellen. Und sagen Sie mir« – sie lächelt gewinnend – »würde ich meine eigene *Tochter* in ein NorthStar-Camp schicken, wenn ich nicht vollstes Vertrauen in deren gute Absichten hätte?«

Träger Applaus wird laut. Margot hat gar nicht bemerkt, dass Jocelyn an der Seitentür steht und zugehört hat.

»Das war super, Mom. Wirklich.«

Margot lacht. »Du hättest mich vor ein paar Minuten sehen sollen. Ich konnte mich nicht einmal an die Namen der Schuldistrikte im Bundesstaat erinnern. Und die kenne ich seit zehn Jahren auswendig.«

»Du musst dich einfach nur entspannen. Hier, trink etwas.«

Margot wirft Alan einen Blick zu.

»Ja, ja. Zehn Minuten Pause.«

Jocelyn lächelt.

Jos geht es mittlerweile etwas besser. Zwei Jahre North-Star-Camp haben geholfen; die Mädchen haben ihr beigebracht, wie sie ihre Kraft in Schach halten kann. Die letzte Glühbirne brachte sie vor Monaten zum Explodieren, und sie kann wieder einen Computer benutzen, ohne Angst, ihn zu zerstören. Bei ihren Tiefs konnten sie ihr bisher allerdings nicht helfen. Es gibt immer noch Tage – manchmal bis zu einer Woche –, an denen sie überhaupt keine Kraft hat. Man hat versucht, einen Zusammenhang zu ihrer Ernährung herzustellen, ihrem Schlafverhalten, ihrer Menstruation, ihrer sportlichen Betätigung, jedoch kein Muster gefunden. An manchen Tagen oder Wochen hat sie überhaupt keine Kraft. Im Geheimen verhandelt Margot gerade mit zwei Krankenkassen wegen der Finanzierung von Forschungsprojekten. Die Regierung des Bundesstaates wäre äußerst dankbar für ihre Unterstützung. Vor allem, wenn sie Gouverneurin wird.

Jos nimmt ihre Hand, als sie durch das Wohnzimmer Richtung Küche gehen, und drückt sie.

Dann sagt sie: »Mom, also, äh, das ist Ryan.«

Ein Junge steht verlegen in der Diele, die Hände in den Hosentaschen, Bücher unter dem Arm. Sein dunkelblondes Haar fällt ihm in die Augen.

Oh. Ein Junge. Nun. Okay. Als Eltern steht man immer wieder vor neuen Herausforderungen.

»Hallo, Ryan. Schön, dich kennenzulernen.« Sie streckt eine Hand aus.

»Angenehm, Bürgermeisterin Cleary«, murmelt er und schüttelt ihre Hand. Wenigstens ist er höflich. Es könnte schlimmer sein.

»Wie alt bist du, Ryan?«

»Neunzehn.«

Ein Jahr älter als Jocelyn.

»Und woher kennst du meine Tochter, Ryan?«

»Mom!«

Ryan errötet. Tatsächlich. Sie hatte vergessen, wie kindlich viele neunzehnjährige Jungen noch sind. Maddy ist vierzehn und übt bereits militärische Positionen im Wirtschaftsraum sowie die Kampfbewegungen, die sie im Fernsehen gesehen oder die Jos ihr beigebracht hat. Ihre Gabe hat sich bisher noch nicht einmal bemerkbar gemacht, doch sie wirkt älter als der Junge, der hier in der Diele steht und errötend auf seine Schuhe starrt.

»Wir haben uns im Einkaufszentrum kennengelernt«, erklärt Jos. »Wir sind dort abgehangen, haben Limo getrunken. Wir wollen jetzt gemeinsam Hausaufgaben machen.« Ihr Tonfall ist bittend. »Ryan geht im Herbst nach Georgetown. Medizinvorbereitungskurse.«

»Jeder will mit einem Arzt ausgehen, nicht wahr?« Margot lächelt.

»MOM!«

Margot zieht Jocelyn dicht zu sich, legt ihr die Hand auf den Rücken, küsst sie auf den Kopf und flüstert ihr leise ins Ohr: »Deine Zimmertür bleibt offen, verstanden?« Jocelyn versteift sich. »Nur bis wir Zeit haben, darüber zu sprechen. Nur heute. Okay?«

»Okay«, erwidert Jos ebenso leise.

»Hab dich lieb.« Margot küsst sie erneut.

Jos nimmt Ryans Hand. »Hab dich auch lieb, Mom.«

Ryan nimmt seine Bücher unbeholfen mit einer Hand. »Schön, Sie kennenzulernen, Mrs. Cleary«, sagt er. Dann huscht ein Ausdruck über sein Gesicht, als würde ihm in diesem Moment bewusst, dass er sie gar nicht Mrs. nennen dürfte und die Macht der Gewohnheit gesiegt hat. »Ich meine, Bürgermeisterin Cleary.«

»Schön, dich kennenzulernen, Ryan. Um halb sieben gibt es Abendessen, okay?«

Dann gehen die beiden nach oben. Der Beginn einer neuen Generation.

Alan hat von der Tür zum Wohnzimmer aus zugesehen. »Junge Liebe?«

Margot zuckt mit den Schultern. »Junges irgendwas. Hormone.«

»Schön zu wissen, dass sich manches nicht ändert.«

Margot blickt die Treppe nach oben ins Obergeschoss. »Was hast du vorhin damit gemeint, als du mich gefragt hast, ob ich es will?«

»Weil … du musst aggressiver sein, Margot. Du musst dich auf diese Fragen stürzen. Du musst zeigen, dass du quasi nach ihnen gierst, verstehst du?«

»Ich will es.«

»Warum?«

Margot denkt daran, wie Jocelyn zittert, wenn ihre Kraft sie verlässt, und wie niemand ihnen sagen kann, woran das liegt. Sie denkt daran, wie viel schneller sie als Gouverneurin Dinge bewerkstelligen kann, ohne Daniel, der ihr ständig im Weg steht.

»Für meine Töchter«, erwidert sie schließlich. »Ich will Jos helfen.«

Alan runzelt die Stirn. »Na, dann los. Zurück an die Arbeit.«

Im Obergeschoss zieht Jos die Tür ins Schloss und dreht den Türknauf so vorsichtig, dass nicht einmal ihre Mutter es hören kann. »Sie wird noch stundenlang unten beschäftigt sein.«

Ryan sitzt auf dem Bett. Er umfasst ihr Handgelenk mit Daumen und Zeigefinger. Bedeutet ihr, sich neben ihn zu setzen. »Stunden?«, meint er und lächelt.

Jos dehnt ihre Schultern. »Sie muss dieses ganze Zeug auswendig lernen. Und Maddy ist dieses Wochenende bei Dad.« Sie legt ihre Hand auf seine Hüfte und malt langsam Kreise mit ihrem Daumen.

»Macht es dir etwas aus?«, fragt Ryan. »Dass sie so beschäftigt ist, meine ich.«

Jos schüttelt den Kopf.

»Ist es nicht seltsam«, fährt er fort, »die viele Presse und das alles?«

Sie kratzt mit ihren Nägeln leicht über seine Jeans. Er atmet schneller.

»Man gewöhnt sich daran«, antwortet sie. »Mom sagt immer, dass unsere Familie immer noch ihre Privatsphäre hat. Alles, was hinter geschlossenen Türen geschieht, betrifft nur uns.«

»Super«, sagt er. »Ich will nur einfach nicht in den Abendnachrichten erscheinen.«

Das findet sie so entzückend, dass sie sich zu ihm beugt und ihn küsst.

Es ist nicht ihr erster Kuss, trotzdem fühlt sich alles noch so neu an. Und sie haben es noch nie an einem Ort mit einer Tür und einem Bett getan. Sie hatte immer Angst, dass sie wieder jemanden verletzen könnte; manchmal kann sie nicht aufhören, an den Jungen zu denken, der wegen ihr ins Krankenhaus musste. Wie die Härchen auf seinen Armen verbrannt waren und er sich die Ohren zugehalten hatte, als könne er die Geräusche nicht ertragen. Sie hat darüber mit Ryan gesprochen. Er versteht sie besser als jeder Junge, den sie bisher kennengelernt hat. Sie sind sich einig, dass sie sich Zeit lassen und nicht die Kontrolle verlieren wollen.

Sein Mund fühlt sich so warm und feucht an, seine Zunge ist so glitschig. Er stöhnt, und sie spürt, wie sich die Kraft in ihr aufbaut, aber es geht ihr gut. Sie hat ihre Atemübungen absolviert, sie weiß, dass sie es kontrollieren kann. Ihre Hände liegen auf seinem Rücken, fahren nach unten, er wird ebenfalls mutiger, streicht über die Seiten ihrer Brüste, fährt mit dem Daumen ihren Hals und ihre Kehle entlang. Es zischt und knackt an ihrem Schlüsselbein, und sie spürt einen dumpfen Schmerz zwischen ihren Beinen.

Er zieht sich zurück, verängstigt, aufgeregt.

»Ich kann es spüren«, sagt er. »Zeigst du es mir?«

Sie lächelt atemlos. »Zeig mir deins.«

Beide lachen. Sie knöpft ihre Bluse auf, einen Knopf nach dem anderen. Bis der Rand ihres BHs sichtbar wird. Er lächelt, zieht seinen Pullover aus, knöpft das Hemd darunter auf. Einen Knopf nach dem anderen.

Er streicht mit den Fingerspitzen über ihr Schlüsselbein,

wo ihr Strang leicht unter der Haut pulsiert, aufgeregt und bereit. Sie hebt die Hand und berührt sein Gesicht.

Er lächelt wieder. »Mach weiter.«

Sie betastet sein Schlüsselbein. Zuerst spürt sie nichts. Doch da ist es, schwach, aber erkennbar. Sein Strang.

Sie waren tatsächlich im Einkaufszentrum gewesen, das stimmte. Jocelyn hat genug in einer Politikerfamilie gelernt, um nicht vollständig zu lügen, wenn es sich vermeiden lässt. Doch sie hatten sich im Einkaufszentrum getroffen, weil sie es so vereinbart hatten. In einem privaten Chatroom im Internet, wo sie nach Menschen gesucht haben, die wie sie waren. Menschen, in denen dieses seltsame Ding nicht richtig funktionierte.

Jocelyn hatte die schreckliche UrbanDox-Seite gelesen, zu der ihr irgendjemand einen Link geschickt hatte. Dass das alles der Beginn eines heiligen Krieges zwischen Männern und Frauen sei. In einem Post konnte man von Webseiten für »Perverse und Abnormale« lesen. Jocelyn hatte sofort gedacht, »das bin ich. Dort sollte ich mich mal umschauen.« Danach war sie überrascht, dass sie nicht schon früher daran gedacht hatte.

Ryans Ausprägung scheint noch viel seltener zu sein als Jocelyns. Er hat eine Chromosomenabweichung; seine Eltern wussten das, seit er ein paar Wochen alt war. Nicht alle Jungen mit dieser Symptomatik bilden einen Strang aus. Manche sind gestorben, als der Strang durchzubrechen versuchte. Manche haben zwar einen Strang, der allerdings tot ist. Jeder behält es für sich; es wurden schon Jungen umgebracht, weil sie ihren Strang in anderen, brutaleren Gegenden der Welt hergezeigt haben.

Auf diesen Webseiten für Perverse und Abnormale stellt man sich auch die Frage, was geschehen würde, sollten die Frauen versuchen, die Kraft in den Männern zu erwecken; wenn man ihnen die Techniken beibrächte, die bereits in den Trainingslagern angewandt werden, um die Kraft in den schwächeren Frauen zu stärken. Manche sagen, vielleicht hätten es mehr von uns, wenn sie es *versucht* hätten. Doch die meisten Männer versuchen es nicht mehr, wenn sie es denn je getan haben. Sie wollen nichts damit zu tun haben. Mit dieser *Verrücktheit*. Mit Chromosomenabweichungen.

»Kannst du … es tun?«

»Kannst du?«, fragt er im Gegenzug.

Heute ist einer ihrer guten Tage. Ihre Kraft ist gleichmäßig da und nicht zu stark, leicht zu dosieren. Sie gibt ein wenig in seine Seite ab, nicht kräftiger als ein kleiner Stoß in die Rippen mit dem Ellbogen. Ein genießerischer Laut kommt über seine Lippen. Sie lächelt.

»Jetzt du.«

Er nimmt ihre Hand und streichelt ihre Handfläche. Dann tut er es. Er kann seine Kraft nicht so gezielt einsetzen wie sie, außerdem ist sie viel schwächer, aber da ist sie. Flackernd und unstetig während der drei oder vier Sekunden, die er sie aufrechterhalten kann. Doch sie ist da.

Sie seufzt. Die Kraft ist so real, wie sie durch den Körper fließt und alles so klar definiert. Mittlerweile gibt es schon Pornos davon. Das Verlangen ist sehr anpassungsfähig; alles im Menschen kann anziehend sein. Und jetzt ist eben ein Strang sexy.

Ryan beobachtet aufmerksam ihr Gesicht, während er

Strom in ihre Handfläche leitet. Sie schnappt leise nach Luft. Das gefällt ihm.

Als seine Kraft aufgebraucht ist – viel hat er sowieso nicht, hatte er noch nie –, lässt er sich nach hinten auf ihr Bett sinken. Sie legt sich neben ihn.

»Jetzt?«, fragt sie. »Bist du bereit?«

»Ja«, antwortet er. »Jetzt.«

Sie berührt sein Ohrläppchen mit einer Fingerspitze. Kitzelt ihn, bis er sich vor Lachen windet und sie anfleht aufzuhören und gleichzeitig bittet, dass sie weitermacht.

Jos mag Mädchen. Und sie mag Jungen, die ein wenig wie Mädchen sind. Ryan war zum Glück nur eine Busfahrt entfernt. Sie hatte ihm eine private Nachricht geschrieben, und schließlich hatten sie sich im Einkaufszentrum getroffen. Sie waren sich gleich sympathisch gewesen. Hatten sich noch zwei oder drei Mal getroffen. Darüber gesprochen. Sich an den Händen gehalten. Ein wenig rumgemacht. Dann hatte sie ihn mit nach Hause genommen. Vielleicht habe ich jetzt einen Freund, denkt sie. Sie mustert seinen Strang, der nicht so ausgeprägt ist wie ihrer. Sie weiß, was einige der Mädchen aus dem NorthStar-Camp sagen würden, doch sie findet es sexy. Sie legt ihre Lippen auf sein Schlüsselbein und spürt die Vibration unter der Haut. Sie bedeckt die Stelle mit Küssen. Er ist wie sie und doch nicht. Sie leckt dort über die Haut, wo sie wie eine Batterie schmeckt.

Im Erdgeschoss spricht Margot über die dringend nötige Unterstützung für hilfsbedürftige Senioren. Sie verwendet beinahe ihre gesamte Aufmerksamkeit darauf, sich an ihre

Antworten zu erinnern. Doch ein kleiner Teil ihres Gehirns beschäftigt sich immer noch mit Alans Frage. Will sie es? Giert sie danach? Warum will sie es? Sie denkt an Jos und wie sie ihr mit mehr Macht und Einfluss helfen könnte. Sie denkt an den Bundesstaat und wie viel sie dann bewegen könnte. Doch als ihre Finger das Kartonrednerpult umklammern und sich die Kraft in ihrem Schlüsselbein auflädt, während sie spricht, wird ihr klar, dass der wahre Grund Daniels Gesichtsausdruck nach ihrem Wahlsieg wäre. Sie will es, weil sie ihn fertigmachen will.

Roxy

Mother Eve hat eine Stimme gehört: Eines Tages wird es einen Ort geben, an dem die Frauen frei leben können. Und jetzt bekommt sie Hunderttausende Erfolgsmeldungen aus dem neuen Land, in dem Frauen bis vor Kurzem noch in Kellern gefesselt waren und auf schmutzigen Matratzen dahinvegetierten. Neue Kirchen werden in ihrem Namen errichtet, ohne dass sie eine einzige Missionarin oder Abgesandte dorthin schicken musste. Ihr Name hat große Bedeutung in Bessapara; eine E-Mail von ihr sogar noch viel mehr.

Roxys Dad kennt Leute an der moldauischen Grenze, mit denen er seit Jahren Geschäfte macht. Kein Menschenhandel, das ist zu abstoßend. Aber Autos, Zigaretten, Alkohol, Waffen, sogar ein wenig Kunst. Eine durchlässige Grenze ist eine durchlässige Grenze. Und mit den ganzen Umwälzungen der letzten Zeit wurden die Geschäfte noch einfacher.

Roxy sagt zu ihrem Vater: »Schick mich in dieses neue Land, Bessapara. Dort kann ich etwas aufbauen. Ich habe eine Idee.«

»Hört zu«, sagt Shanti. »Wollt ihr etwas Neues ausprobieren?«

Vier Männer und vier Frauen, alle etwa Mitte zwanzig, haben sich in einer Kellerwohnung in Primrose Hill versammelt. Banker. Einer der Männer hat bereits seine Hand unter den Rock einer der Frauen geschoben, was Shanti richtig ankotzt.

Sie kennt ihr Publikum allerdings auch. »Etwas Neues« ist ihr Schlachtruf, ihr Paarungsruf, ihr Weckruf um sechs Uhr morgens zu Zeitung und Bio-Granatapfelsaft, denn Orange ist so Achtziger und hat einen viel zu hohen glykämischen Index. Sie lieben »etwas Neues« mehr als Wertpapierhandel.

»Gibt's eine Kostprobe?«, fragt einer der Männer und zählt die Pillen, die er bereits gekauft hat. Überprüft, ob man ihn nicht übers Ohr gehauen hat. Arschloch.

»Nein«, erwidert Shanti, »nicht für dich. Das ist ausschließlich für die *Ladies* bestimmt.«

Pfiffe und Jubel werden laut. Sie zeigt ihnen einen kleinen Beutel mit einem weißen Pulver, das einen lilafarbenen Schimmer hat. Wie Schnee oder Frost, wie die Berggipfel in irgendeinem todschicken Skiresort, in dem diese Typen die Wochenenden verbringen und fünfundzwanzig Pfund für eine Tasse heiße Schokolade ausgeben und sich gegenseitig das Hirn aus dem Leib vögeln auf Fellen von gefährdeten Tierarten, die vor Kaminen liegen, die um fünf Uhr morgens von unterbezahlten Angestellten sorgfältig entzündet worden waren.

»Glitter«, verkündet sie.

Sie leckt über die Spitze ihres Zeigefingers, taucht sie in den Beutel und nimmt so ein paar glitzernde Kristalle auf. Öffnet den Mund und reibt das Pulver auf eine der dicken bläulichen Adern an der Unterseite ihrer Zunge. Bietet den Frauen den Beutel an.

Diese tun es ihr eifrig nach, schaufeln ganze Finger voll von dem Zeug aus dem Beutel und verreiben es in ihrem

Mund. Shanti wartet, bis die Wirkung bei den Frauen eintritt.

»Oh, wow!«, sagt eine Systemanalystin mit einem stumpf geschnittenen Bob. Lucy? Charlotte? Irgendwie heißen sie alle gleich. »Oh, wow, o Gott, ich glaube, ich …« Dann entlädt sich die Elektrizität an ihren Fingerspitzen. Nicht genug, um jemandem Schmerzen zuzufügen, doch definitiv ein Kontrollverlust.

Normalerweise wird die Gabe unterdrückt, wenn man betrunken oder stoned oder anderweitig high ist. Eine betrunkene Frau kann vielleicht einen oder zwei kleine Stromschläge abgeben, die sich aber leicht abwehren lassen, wenn man selbst nüchtern ist. Das hier ist etwas anderes. Das hier ist kalibriert und so konzipiert, dass es die Erfahrung noch verstärkt. Es enthält einen bestimmten Anteil Kokain – mittlerweile weiß man, dass es die Gabe verstärkt – und zwei verschiedene Aufputschmittel, zusammen mit dem Bestandteil, der für den lilafarbenen Schimmer verantwortlich ist; den Shanti allerdings bisher auch immer nur erst nach dem Verschnitt gesehen hat. Es kommt aus Moldau, hat sie gehört. Oder Rumänien. Oder Bessapara. Oder auch der Ukraine. Eines dieser Länder jedenfalls. Shanti bezieht ihre Ware von einem Dealer in einer Garage weit draußen in Essex in der Nähe der Küste; und als er ihr dieses Zeug zum ersten Mal anbot, wusste sie, dass sie es gut würde weiterverkaufen können.

Die Frauen beginnen zu lachen. Sie sind entspannt und gleichzeitig aufgeregt, lehnen sich zurück, bilden Lichtbögen zwischen den Händen oder bis hinauf zur Zimmerdecke. Es fühlt sich schön an, wenn einer dieser Bögen auf einem selbst landet. Shanti muss ihrer Freundin dieses Zeug geben, damit diese sie dann verwöhnt. Es wird nicht schmerzen, sondern nur ein wenig an den Nervenenden prickeln, wie wenn man in San-Pellegrino-Mineralwasser badet. Was diese Idioten wahrscheinlich auch tun.

Einer der Männer zahlt bar für vier weitere Beutel. Sie knöpft ihm das Doppelte ab – acht frische Fünfziger, bloß nicht die aus einem Geldautomaten –, weil sie alle Arschlöcher sind. Niemand bietet an, sie zu ihrem Auto zu begleiten. Als sie den Keller verlässt, vögeln zwei bereits kichernd, und bei jedem Stoß steigen Funken auf.

Steve ist nervös, denn der Schichtplan der Sicherheitsleute wurde geändert. Natürlich könnte auch nichts Wichtiges der Grund sein, vielleicht ist einer der Typen Vater geworden oder hat Durchfall. Von außen sieht es aber ja oft anders aus, auch wenn alles völlig okay ist, und er kann wahrscheinlich ganz normal hineingehen und die verdammten Sanduhren holen.

Das Problem ist nur, dass die Zeitungen darüber berichtet haben. Nicht auf der ersten Seite, aber immerhin auf Seite fünf im *Mirror* und dem *Express* und der verdammten *Daily Mail*. Über diese »neue Todesdroge«, die »junge Männer, die noch das ganze Leben vor sich haben«, tötet. Die Zeitungen berichten darüber, aber noch gibt es kein Gesetz dagegen, nicht, solange es nicht mit etwas anderem verschnitten ist. Was der Stoff in den verdammten Sanduhren aber ist. Scheiße auch. Was soll er tun? Hier wie ein Idiot herumstehen und darauf warten, ob PC Plod bei den Docks wartet? Herausfinden, ob die Wachmänner, mit denen er sich noch nicht unterhalten oder etwas getrunken hat, sauber sind oder einer von ihnen ein Bulle ist?

Er zieht seine Mütze tief in die Augen und fährt den Van zum Tor.

»Hi«, sagt er, »ich soll ein paar Kisten aus einem Container abholen.« Er sieht in seinen Unterlagen nach, auch wenn er die Nummer auswendig weiß. »Container A-G-21-FE7-13859D.« Es rauscht und knackt in der Sprechanlage. »Mann«, meint Steve und versucht, locker zu klingen, »diese Kennziffern werden auch jede Woche länger.«

Schweigen. Wenn Chris oder Marky oder dieser Trottel Jeff im Torhaus wären, dann hätten sie ihn schon längst reingelassen.

»Könnten Sie bitte zum Fenster kommen«, fordert eine Frauenstimme durch die Sprechanlage. »Wir müssen Ihren Ausweis und die Abholformulare überprüfen.«

Scheiße.

Also rollt er hinüber zum Torhaus – was soll er auch sonst tun? Er ist schon oft hier durchgefahren – die meisten Ladefahrten sind legal. Er macht ein wenig in Import-Export. Kinderspielzeuge für Marktstände. Ein kleines Business, das einen angenehmen Profit abwirft, viele Bargeldgeschäfte, von denen nicht alle in seinen Büchern auftauchen. Er denkt sich oft nächtelang Namen von Standbesitzern aus, an die er Waren verkauft hat. Bernie Monke hat ihm sogar einen eigenen Stand auf dem Peckham Market eingerichtet; an Samstagen sitzt er selbst dort, um das Ganze echt aussehen zu lassen, man ist ja nicht blöd. Die meisten Spielzeuge sind sogar richtig nett: aus Holz, aus Osteuropa. Und die Sanduhren. Natürlich hat man ihn nie zum Torhaus beordert, wenn er kleine Holzroboter, die von Gummibändern zusammengehalten werden, oder Holzenten an Schnüren befördert. Natürlich müssen sie ihn jetzt genauer unter die Lupe nehmen.

Eine ihm unbekannte Frau hat Dienst. Sie trägt eine große Brille, die ihr halbes Gesicht bedeckt. Eine Eulenbrille. Steve wünscht, er hätte selbst ein wenig genommen, bevor er losfuhr. Im Van kann er nichts mitnehmen, das wäre dumm, hier gibt es schließlich Drogenhunde. Das ist das Gute an diesen Sanduhren, diesen Eieruhren. Zuerst verstand er es nicht, als Bernie es ihm zeigte. Bernie drehte eine Uhr um, der Sand rieselte golden und leise hindurch. Dann sagte er: »Sei kein Idiot, was glaubst du denn, was hier drin ist? Sand etwa?« Die Uhren sind alle doppelt verglast und versiegelt. Wisch sie einfach mit Reinigungsalkohol ab, bevor du sie in die Kisten packst, und die Hunde riechen nichts mehr. Du müsstest schon eine der Eieruhren vor den Hunden zerbrechen, damit sie wüssten, um was es sich handelt.

»Die Formulare, bitte«, sagt sie, und er reicht ihr alles. Er macht einen Witz über das schlechte Wetter, doch ihre Lippen zucken nicht einmal. Sie blättert durch die Papiere. Zweimal soll er ihr ein Wort oder eine Nummer vorlesen, um sicherzugehen, dass sie alles richtig erfasst hat. Hinter ihr sieht er einen Moment lang Jeffs Gesicht im Sicherheitsglas der Hintertür. Jeff zieht eine bedauernde Grimasse und schüttelt den Kopf in Richtung seiner beinharten Kollegin. Verdammt.

»Könnten Sie bitte mit mir kommen.« Sie winkt Steve zu einem Büro an der Seite.

»Worum geht es denn? Können Sie gar nicht genug von mir bekommen?«, versucht Steve, die Stimmung aufzuheitern.

Immer noch kein Lächeln. Scheiße, scheiße, scheiße. Irgendetwas in den Papieren hat ihr Misstrauen erregt. Er hat alles selbst ausgefüllt und weiß, dass es seine Richtigkeit hat. Sie muss irgendwas gehört haben. Oder sie ist von der Drogenpolizei. Sie weiß was.

Sie bedeutet ihm, sich ihr gegenüber an einen kleinen Tisch zu setzen.

»Worum geht es denn?«, fragt er. »Ich muss in anderthalb Stunden in Bermondsey sein.«

Sie packt sein Handgelenk und presst ihren Daumen auf die Stelle zwischen den kleinen Knochen, wo die Hand in den Arm übergeht, und plötzlich scheint alles in Flammen zu stehen. Seine Knochen, seine Adern, alles schrumpft und zieht sich zusammen, wird schwarz. Verdammt, sie wird seine Hand abziehen.

»Sag nichts«, befiehlt sie. Und das wird er auch nicht, könnte er auch nicht, selbst wenn er es versuchte.

»Roxy Monke hat das Geschäft übernommen. Du weißt, wer sie ist, nicht wahr? Weißt, wer ihr Dad ist? Sag nichts, nicke einfach nur.«

Steve gehorcht. Er weiß Bescheid.

»Du hast etwas abgezweigt, Steve.«

Er versucht, den Kopf zu schütteln, etwas zu erwidern. Nein, nein, nein, das stimmt nicht, das war nicht ich, doch sie drückt ihren Daumen immer fester in seine Haut.

»Jeden Monat«, fährt sie fort, »sind eine oder zwei Eieruhren nicht in deinen Büchern aufgeführt. Verstehst du mich, Steve?«

Er nickt.

»Das hört sofort auf, kapiert? Oder du bist raus aus dem Geschäft. Klar?«

Er nickt. Sie lässt los. Er umfasst sein Handgelenk mit der anderen Hand. Keine Spur ist auf der Haut zu sehen von dem, was ihm gerade widerfahren ist.

»Gut«, sagt sie, »denn diesen Monat haben wir eine ganz spezielle Lieferung. Verkauf es nicht weiter, bis du von uns hörst. Verstanden?«

»Ja«, antwortet er. »Ja, verstanden.«

Er fährt mit achthundert Eieruhren, sorgfältig verpackt in Kisten, in seinem Van davon, mit korrekten Papieren, alles ist genau dokumentiert. Er schaut nicht nach, bis er in seiner Garage ist und der Schmerz nachgelassen hat. Ja. Er kann es sehen. Etwas ist anders. Der »Sand« in den Eieruhren hat einen lilafarbenen Schimmer.

Roxy zählt das Geld. Das könnte auch eines der Mädchen übernehmen, wie schon öfter, und Roxy könnte dabei zusehen. Doch sie macht es gern selbst. Spürt die Scheine, sieht, wie ihre Entscheidungen sich in Zahlen verwandeln, die Macht bedeuten.

Bernie hat mehr als einmal zu ihr gesagt: »An dem Tag, an dem ein anderer besser weiß, was mit deinem Geld geschieht, hast du verloren.« Geld ist wie Zaubern. Geld kann man in alles verwandeln. Eins, zwei, drei, fertig. Mit Tatjana Moskalew, Präsidentin von Bessapara, lassen sich Drogen in Einfluss verwandeln. Mit der eigenen Fähigkeit, Schmerzen und Angst zu verbreiten, kann man in einer Fabrik aktiv werden, in der die Verantwortlichen ein Auge zudrücken und man in Ruhe etwas zusammenbrauen kann, bei dem um Mitternacht lilafarbener Rauch in den Himmel steigt.

Ricky und Bernie hatten einige Ideen, was Roxy nach ihrer Rückkehr nach Hause tun könnte, Hehlen zum Beispiel, oder in einer der Deckorganisationen in Manchester arbeiten, doch sie hatte eine andere Idee, die alles übertraf, was Bernie seit Langem gehört hatte. Sie wusste schon seit einer Weile, wie sie vorgehen musste, um ihr Ziel zu erreichen. Roxy saß tagelang auf einem Abhang, völlig berauscht, weil sie verschiedene Mischungen ausprobierte, die die Männer ihres Vaters für sie anfertigten. Als sie es schließlich gefunden hatten, wussten sie es sofort. Ein lilafarbener Kristall, so groß wie Steinsalz, von den Chemikern ausgetüftelt und ursprünglich aus der Rinde des Dhoni-Baumes gewonnen, der in Brasilien beheimatet ist, aber auch hier sehr gut gedeiht.

Eine Nase von dem Zeug – reiner Glitter –, und Roxy konnte einen Stromstoß quer durchs ganze Tal schicken. Das verkaufen sie nicht, zu gefährlich, zu wertvoll. Das gute Zeug wird für den privaten Gebrauch zurückbehalten, und vielleicht für den richtigen Käufer. Verkauft wird verschnittene Ware. Doch das Geschäft läuft gut. Roxy hat Mother Eve ihrer Familie gegenüber nicht erwähnt, doch durch die neuen Kirchen arbeiten bereits siebzig loyale Frauen in ihrer Produktion. Frauen, die glauben, sie würden das Werk der Allmächtigen ausführen und Ihren Kindern Macht verleihen.

Jede Woche erstattet sie Bernie persönlich Bericht über die Gewinne. Auch vor Ricky und Darrell, wenn sie da sind; es ist ihr egal. Sie weiß, was sie tut. Die Monke-Familie ist im Moment der einzige Lieferant für Glitter. Eine wahre Gelddruckmaschine. Und Geld kann man in alles verwandeln.

Per E-Mail von einem privaten Account, die über ein Dutzend Server weitergeleitet wird, informiert Roxy Mother Eve ebenfalls über die wöchentlichen Zahlen.

»Nicht schlecht«, antwortet Eve. »Und du behältst etwas für mich zurück?«

»Für dich und die Deinen«, bestätigt Roxy. »Wie wir es vereinbart haben. Du hast uns hier reingebracht; du bringst mir ein Vermögen ein. Du sorgst für uns, und wir sorgen für dich.« Sie grinst, während sie tippt, und denkt sich: Nimm dir alles, es gehört dir schließlich.

Massengrab mit männlichen Skeletten, die kürzlich bei einer Ausgrabung im Post-London-Dorfverband gefunden wurden. Die Hände wurden vor dem Tod entfernt. Die von Narben überzogenen Schädel sind typisch für die Zeit. Alter etwa zweitausend Jahre.

Noch fünf Jahre

Margot

Der Kandidat bereitet sich vor dem Spiegel vor. Er lockert die Nackenmuskulatur, reißt den Mund weit auf und sagt »Laaaa, la-la-la laaaa«. Dann zwinkert er sich selbst mit einem meerblauen Auge zu und lächelt leicht. Mit den Lippen formt er die Worte: »Ich schaffe das.«

Morrison sammelt seine Unterlagen zusammen, wobei er den Blick des Kandidaten meidet, und sagt: »Mr. Dandon, Daniel, Sir, Sie schaffen das.«

Der andere Mann lächelt. »Genau das habe ich auch gerade gedacht, Morrison.«

Morrison erwidert das Lächeln mit schmalen Lippen. »Denn es stimmt, Sir. Sie sind der Amtsinhaber. Das Amt gehört Ihnen bereits.«

Es stärkt das Selbstvertrauen eines Kandidaten, wenn er glaubt, dass die Sterne gut für ihn stehen. Morrison bedient sich soweit möglich gern dieser kleinen Tricks. Deshalb ist er so gut in dem, was er tut. Deshalb ist es noch ein wenig wahrscheinlicher, dass sein Kandidat den anderen schlagen wird.

In diesem Fall ist der Gegner eine Frau, fast zehn Jahre jünger als Morrisons Mann, kompromisslos und pragmatisch, und in den Wochen des Wahlkampfs haben sie ihr hart zugesetzt. Immerhin ist sie geschieden, und die beiden Töchter wohnen bei ihr, wie soll eine Frau unter diesen Umständen noch Zeit haben für ein politisches Amt?

Man hat Morrison gefragt, ob sich die Politik seiner Meinung nach geändert habe, seit, Sie wissen schon, dem

Großen Wandel. Morrison hatte den Kopf zur Seite gelegt und geantwortet: »Nein, die Kernpunkte sind immer noch dieselben: gute Politik und ein guter Charakter. Unser Kandidat verfügt über beides.« So führte er das Gespräch geschickt zurück zu den sicheren Themen wie Bildungs- und Gesundheitswesen, Werten und jemandem, der den Aufstieg aus eigener Kraft geschafft hat. Doch im Stillen gestand er sich ein, dass sich tatsächlich etwas verändert hatte. Wenn er dieser unheimlichen Stimme in seinem Kopf die Oberhand gelassen hätte, was er natürlich niemals zulassen würde, hätte sie wohl gesagt: Sie warten darauf, dass etwas passiert. Wir tun nur so, als sei alles normal, denn wir wissen nicht, was wir sonst tun sollen.

Die Kandidaten tänzeln aufs Parkett wie Travolta, beherrschen ihr Auftreten perfekt, in dem Wissen, dass das Scheinwerferlicht sie finden und gnadenlos ausleuchten wird. Bei der ersten Frage zum Thema Verteidigung ist die Gegenkandidatin bestens vorbereitet, hat alle Fakten parat – schließlich leitet sie seit Jahren das NorthStar-Projekt, danach sollte er sie fragen –, seinem Mann fallen die Antworten jedoch nicht so leicht.

»Komm schon«, sagt Morrison stumm, denn im hellen Scheinwerferlicht kann sein Schützling ihn nicht sehen. »Komm schon. Greif an.«

Der Kandidat stottert sich durch seine Antwort, was für Morrison wie ein Schlag in die Magengrube ist.

Die zweite und die dritte Frage beschäftigen sich mit landesweiten Themen. Morrisons Mann klingt kompetent, aber langweilig, und das ist tödlich. Bei den Fragen sieben und acht treibt sie ihn wieder in die Enge, und er schlägt nicht mal zurück, als sie ihn beschuldigt, keine Vision für dieses Amt zu haben. An diesem Punkt fragt sich Morrison, ob ein Bewerber wirklich so vernichtend verlieren kann, dass es auf ihn zurückfällt. Es könnte so aussehen, als hätte er in den letzten Monaten nur faul herumgesessen und M&Ms gefuttert.

Sie gehen in die lange Werbepause mit Nichts-zu-Verlieren. Morrison begleitet den Kandidaten zum Waschraum und verabreicht ihm ein wenig weißes Pulver für die Nase. Er spricht noch einmal alle Punkte durch und sagt schließlich: »Sir, Sie schlagen sich großartig, aber wissen Sie … ein wenig Aggression schadet gar nichts.«

Der Kandidat erwidert: »Nun ja, ich darf doch aber nicht *wütend* erscheinen«, worauf Morrison ihn am Arm packt und drängend sagt: »Sir, wollen Sie, dass diese Frau Ihnen heute Abend eine schwere Niederlage zufügt? Denken Sie an Ihren Vater und was er sehen wollen würde. Setzen Sie sich für das ein, woran er glaubte, für das Amerika, das *er* aufbauen wollte. Denken Sie daran, Sir, wie er diese Situation angegangen wäre.«

Daniel Dandons Vater, ein raubeiniger Geschäftsmann mit einem Alkoholproblem, war vor achtzehn Monaten gestorben. Was für ein billiger Trick. Doch diese zeigen oft Wirkung.

Der Kandidat rollt mit den Schultern wie ein Preisboxer, und schon geht es mit der zweiten Hälfte der Debatte weiter.

Sein Schützling ist nun ein anderer Mann, und Morrison weiß nicht, ob es am Kokain oder der Moralpredigt liegt, doch das ist egal, denn er hat es mal wieder geschafft.

Der Kandidat zeigt sich jetzt viel streitbarer und hat auf jede Frage eine eindeutige Antwort. Gewerkschaften? Ach was. Minderheitenrechte? Er klingt wie ein Erbe der Gründungsväter, und sie wirkt defensiv. Sehr gut.

Da bemerken sowohl Morrison als auch das Publikum etwas. Die Gegenkandidatin ballt immer wieder die Hände zu Fäusten und löst sie. Als ob sie etwas unterdrückt … aber es kann nicht sein. Es ist unmöglich. Sie wurde doch getestet.

Sein Mann ist jetzt richtig in Fahrt. »Und diese Subventionen – Ihre eigenen Zahlen zeigen doch, dass sie völlig aus dem Ruder gelaufen sind.«

Unruhe macht sich im Publikum breit; der Kandidat fasst es als Zeichen der Zustimmung zu seinem starken Angriff auf, und so macht er sich zum endgültigen Schlag bereit.

»Tatsächlich ist Ihre Politik nicht nur völlig aus dem Ruder gelaufen, sondern auch noch vierzig Jahre alt.«

Sie hat ihren Test mit Bravour bestanden. Es kann nicht sein. Doch sie umklammert die Seiten des Sprecherpultes, als sie antwortet: »Aber, aber, aber, Sie können doch nicht, aber …«, als ob sie gegen jedes seiner Argumente protestieren würde, doch jeder sieht, was sie zu unterdrücken versucht. Alle bis auf ihn.

Er holt sein letztes Ass aus dem Ärmel.

»Natürlich können wir nicht erwarten, dass *Sie* verstehen, was das für hart arbeitende Familien bedeutet. Sie haben Ihre Töchter ja in NorthStar-Camps untergebracht. Machen Sie sich eigentlich etwas aus den Mädchen?«

Jetzt reicht es. Sie streckt den Arm aus, beugt sich zu ihm, berührt seinen Brustkorb mit ihren Fingerknöcheln und verpasst ihm einen Stromschlag.

Nur einen ganz kleinen, wirklich.

Er wird nicht mal umgeworfen, sondern er reißt nur die Augen auf und stolpert ein wenig. Er schnappt nach Luft, macht ein, zwei, drei Schritte nach hinten und schlingt die Arme um den Bauch.

Das Publikum hat verstanden, was gerade geschehen ist, sowohl die im Studio Anwesenden als auch die Zuschauer vor den Fernsehern. Alle haben sie es gesehen.

Im Studio herrscht absolute Stille, als ob alle den Atem anhalten würden, dann wird unruhiges Gemurmel laut.

Der Kandidat versucht, seine Antwort zu vervollständigen, während der Moderator im selben Moment eine Pause ankündigt. Margots Gesichtsausdruck verwandelt sich von wütendem Triumph zu plötzlicher Angst, ihre Tat nicht wieder ungeschehen machen zu können, während gleichzeitig das beunruhigte, wütende und verwirrte Murren des Publikums sich zu einem einzigen Aufschrei verdichtet. Dann beginnt der Werbeblock.

Morrison kümmert sich darum, dass sein Mann nach der Pause gefasst und gepflegt ins Studio zurückkommt, aber nicht zu perfekt auftritt. Ein wenig erschüttert und traurig.

Die Kampagne verläuft trotzdem gut. Margot Cleary wirkt müde. Argwöhnisch. Sie entschuldigt sich in den folgenden Tagen mehr als einmal für das, was geschehen ist, und ihre Männer haben ihr gute Erklärungen in den Mund gelegt. Sie hat sich einfach von ihren Gefühlen mitreißen lassen, von ihrer Leidenschaft für ihre Themen, sagt sie. Es ist unverzeihlich, doch sie hat die Kontrolle erst verloren, als Daniel Dandon unverfroren wegen ihrer *Töchter* gelogen hat.

Daniel geht staatsmännisch mit dem Vorfall um und setzt sich aufs hohe Ross. Manche Menschen, erklärt er, können in herausfordernden Situationen eben nur schwer die Fassung bewahren, und, auch wenn er zugibt, sich etwas im

Ton vergriffen zu haben, kann man doch so oder so mit etwas umgehen, nicht wahr, Kristen? Er lacht; die Moderatorin lacht ebenfalls und legt ihre Hand auf seine. Auf jeden Fall, antwortet sie. Nach der Werbepause widmen wir uns der wichtigen Frage: Kennt dieser Nymphensittich alle Präsidenten seit Truman?

Die Umfragewerte zeigen, dass die Wähler sich im Allgemeinen von Cleary abgestoßen fühlen. Ihr Verhalten ist unverzeihlich und unmoralisch und zeugt einfach von schlechtem Einschätzungsvermögen. Nein, man könne sich nicht vorstellen, für sie zu stimmen. Am Tag der Wahl sehen die Umfragewerte sehr vielversprechend aus, und Daniels Frau beschäftigt sich schon mal mit den Plänen, den Garten des Gouverneurssitzes umzugestalten. Erst bei den Nachwahlbefragungen merken sie, dass sich die Dinge nicht wie geplant entwickeln, und selbst dann … Nein, die Zahlen können einfach nicht *so* falsch sein.

Doch das können sie. Es stellt sich heraus, dass die Wähler gelogen haben. So wie man die hart im Dienst der Öffentlichkeit Arbeitenden immer der Lüge bezichtigt hat, hat die Wählerschaft diesmal selbst gelogen. Man sagte, man hätte Respekt vor harter Arbeit, Hingabe und Zivilcourage. Man sagte, die Gegenkandidatin hätte die Stimme in dem Moment verloren, in dem sie sich von konstruktiver Diskussion und ruhiger Autorität verabschiedet hätte. Doch dann in den Wahlkabinen dachte man sich zu Hunderten, zu Tausenden, zu Hunderttausenden, hey, immerhin ist sie stark. Sie wird es denen schon zeigen.

»Ein überwältigender Wahlsieg«, verkündet die blonde TV-Moderatorin, »der Experten und Wähler gleichermaßen überrascht …« Morrison will nicht weiter zuhören, er kann das Gerät aber auch nicht ausschalten. Wieder wird sein Mann interviewt – er ist traurig, dass die Wähler dieses großartigen Bundesstaates nicht an ihm als ihrem Gouverneur festgehalten haben, doch er beugt sich ihrer Weisheit. Das ist gut. Nie Gründe angeben. Man wird gefragt, warum man der eigenen Ansicht nach verloren hat; das darf man aber niemals sagen, sie wollen einen nur dazu bringen, sich selbst zu kritisieren. Er wünscht seiner Gegnerin viel Erfolg – und wird jeden ihrer Schritte im Auge behalten und sie darauf hinweisen, sollte sie auch nur einen Moment die Wähler dieses großartigen Bundesstaates vergessen.

Auf dem Bildschirm nimmt Margot Cleary, die neue Gouverneurin, die Glückwünsche entgegen und verspricht, demütig und engagiert ihr Amt auszuführen. Sie ist dankbar für die zweite Chance, die man ihr gewährt hat. Sie hat auch nicht verstanden, was geschehen ist. Sie denkt, sie muss immer noch um Vergebung bitten für den Fauxpas, der ihr den Wahlsieg beschert hat. Doch da liegt sie falsch.

Tunde

»Erzählt mir, was ihr fordert«, bittet Tunde.

Einer der Demonstranten schüttelt das Transparent, das er hoch in die Luft hält; es trägt die Aufschrift *Gerechtigkeit für die Männer*. Die anderen jubeln laut und holen eine weitere Runde Bier aus der Kühlbox.

»Was hier steht«, antwortet schließlich einer. »Wir wollen Gerechtigkeit. Die Regierung ist hierfür verantwortlich, und die Regierung muss es auch wieder in Ordnung bringen.«

Der Nachmittag ist heiß und träge, die Luft schwer, und selbst hier im Schatten hat es vierzig Grad Celsius. Nicht der beste Tag, um bei einem Einkaufszentrum in Tucson, Arizona eine Demonstration zu dokumentieren. Er ist nur hier wegen eines anonymen Hinweises, dass an diesem Ort etwas passieren soll. Es hatte einigermaßen überzeugend geklungen, doch bisher hat sich überhaupt noch nichts getan.

»Habt ihr etwas mit diesen Internetforen zu tun? Badshitcrazy.com, BabeTruth, UrbanDox?«

Die Männer schütteln den Kopf.

»Ich habe einen Artikel in der Zeitung gelesen«, sagt einer, der am Morgen offensichtlich nur seine linke Gesichtshälfte rasieren wollte, »in dem stand, dass dieses neue Land, Bessapara, alle Männer chemisch kastrieren lässt. Das werden sie auch mit uns machen.«

»Ich ... ich glaube nicht, dass das stimmt«, meint Tunde.

»Schau, ich habe den Artikel ausgeschnitten.« Der Mann

wühlt in seiner Umhängetasche, wobei alte Kassenzettel und leere Chipspackungen auf den Boden fallen.

»Verdammt«, flucht er und sammelt den Müll wieder auf. Tunde filmt ihn beiläufig mit seinem Handy.

Er könnte an so vielen anderen Storys arbeiten. Er hätte nach Bolivien reisen können, dort hat man einen weiblichen Papst ausgerufen. Die fortschrittliche Regierung in Saudi-Arabien scheint religiösem Extremismus nicht mehr viel entgegensetzen zu können; er könnte einen Nachfolgebericht zu seiner ursprünglichen Reportage machen. Es gibt sogar spannendere Klatschgeschichten: Die Tochter einer frisch gewählten Gouverneurin in New England wurde mit einem Jungen fotografiert, der ganz offensichtlich im Besitz eines Strangs ist. Tunde hat davon gehört. Er hat Ärzte zur Behandlung von Mädchen befragt, die unter Strangdeformationen und anderen Problemen litten. Nicht alle Mädchen haben einen; entgegen der ersten Thesen werden etwa fünf von tausend Mädchen ohne geboren. Manche wollen ihn nicht und versuchen, ihn sich aus dem Fleisch zu schneiden. Eine habe es mit einer Schere versucht, sagt der Arzt. Elf Jahre war sie alt. Eine Schere. Schnippelt an sich selbst herum wie an einer Ausschneidepuppe. Es gibt auch Jungen mit Chromosomenabweichungen, die einen Strang ausbilden. Manchmal akzeptieren sie ihn, manchmal nicht. Manche fragen die Ärzte, ob man ihn herausoperieren kann. Die Antwort lautet, Nein, sie wüssten nicht, wie das möglich sein solle. In über fünfzig Prozent der Fälle, in denen der Strang beschädigt wird, stirbt die betreffende Person. Man kennt den Grund dafür nicht, denn eigentlich ist der Strang kein lebenswichtiges Organ. Die momentane These lautet, dass er an das Erregungsleitungssystem des Herzens gekoppelt ist und dieses bei einem Absterben zum Erliegen bringt. Man kann Teile des Strangs entfernen, um ihn weniger kräftig und sichtbar zu machen, doch los wird man ihn nicht.

Tunde versucht, sich vorzustellen, wie es wäre, einen Strang zu haben. Eine Kraft, die man nicht weggeben oder eintauschen kann. Er sehnt sich danach und fühlt sich gleichzeitig abgestoßen. In Internetforen schreiben manche User, wenn alle Männer auf der Welt einen hätten, wäre schnell alles wieder so, wie es sein sollte. Sie sind wütend und verängstigt. Das versteht er. Seit Delhi hat er auch Angst. Er hat sich unter Pseudonym auf UrbanDox angemeldet und ein paar Kommentare und Fragen gepostet. In einem Thread wird über seine eigene Arbeit gesprochen. Man nennt ihn einen Geschlechtsverräter, weil er über Awadi-Atif berichtet hat, statt es geheim zu halten, und er berichtet auch nicht über die Männerbewegung und deren Verschwörungstheorien. Als er die E-Mail mit der Information bekam, dass hier am heutigen Tag etwas passieren würde, hatte er gedacht … er weiß nicht, was er gedacht hat. Dass es hier vielleicht etwas Interessantes für ihn gäbe. Nicht nur das, was in den Nachrichten kam, sondern etwas, das dieses seltsame Gefühl, das ihn zurzeit plagte, erklären könnte. Doch es ist vergebliche Liebesmüh. Er hat sich von seiner Angst leiten lassen, nicht mehr. Seit Delhi rennt er vor der Story davon, nicht auf sie zu. Am Abend wird er im Hotel online gehen und überprüfen, ob es noch etwas in Sucre zu recherchieren gibt und wann das nächste Flugzeug geht.

Ein Donnern ertönt; Tunde blickt zu den Bergen, erwartet, dunkle Wolken zu sehen. Doch der Himmel ist immer noch blau. Das Geräusch ertönt wieder, lauter diesmal, und eine große Rauchwolke steigt aus dem hinteren Teil des Einkaufszentrums auf. Schreie werden laut.

»Verdammt«, sagt einer der Männer mit den Bieren und seufzt. »Ich glaube, das ist eine Bombe.«

Tunde rennt auf den Lärm zu und hält die Kamera so ruhig wie möglich. Gebäudeteile brechen unter lautem Knacken ein. Er läuft um die Anlage herum. Das Fonduerestaurant steht in Flammen, in anderen Geschäften bricht die Decke ein. Die Kunden rennen aus dem Gebäude.

»Das war eine Bombe!«, ruft einer direkt in Tundes Kamera, das Gesicht staubig, sein weißes Hemd blutverschmiert. »Da drin sind noch Menschen gefangen.«

Ihm gefällt diese Version seiner selbst, die zur Gefahr hinrennt und nicht davonläuft. Jedes Mal denkt er, ja, das bin immer noch ich. Doch das allein schon ist ein neuartiger Gedanke.

Tunde nähert sich der Detonationsstelle. Zwei Teenagermädchen sind gestürzt, er hilft ihnen auf und bringt die eine dazu, der anderen stützend den Arm um die Schultern zu legen, da deren Knöchel bereits dunkelblau und geschwollen ist.

»Wer hat das getan?«, schreit sie in die Kamera. »Wer ist dafür verantwortlich?«

Das ist die Frage. Jemand hat ein Fonduerestaurant in die Luft gesprengt, zwei Schuhläden und eine Frauenklinik. Als er wieder im Freien ist, macht Tunde eine beeindruckende Weitwinkelaufnahme von der Szenerie: Zu seiner Rechten brennt das Einkaufszentrum, zu seiner Linken stehen nur noch Trümmer. Ein Whiteboard mit einem aktuellen Schichtplan fällt aus dem zweiten Stock nach unten, während er filmt. Er zoomt heran. Kayla, 15.30 – 21.00, Debra 7.00.

Jemand schreit, nicht weit entfernt, aber schwer zu orten in dem ganzen Geröll. Eine schwangere Frau liegt auf ihrem großen Bauch – sie muss etwa im achten Monat sein –, und ihr Bein ist unter einem Betonpfeiler eingeklemmt. Es riecht nach Benzin. Tunde stellt die Kamera vorsichtig ab, sodass sie weiterfilmt, und bewegt sich vorsichtig auf die Frau zu.

»Schon okay«, sagt er ohne viel Hoffnung. »Der Notarzt ist unterwegs. Alles wird gut.«

Sie schreit wieder. Ihr rechtes Bein ist nur noch eine blutige Masse. Sie versucht wegzukriechen, gegen den Pfeiler zu treten. Tunde würde am liebsten ihre Hand halten. Doch bei jedem Tritt gibt sie elektrische Ladungen ab.

Wahrscheinlich passiert das unbewusst. Schwangerschaftshormone verstärken die Kraft – vielleicht eine Nebenwirkung der ganzen Vorgänge im Körper während dieser Zeit, auch wenn viele sagen, dass es einfach dem Schutz des Babys dient. Manche Frauen haben ihre Hebammen bei der Geburt ausgeknockt. Schmerz und Angst überwinden jede Kontrolle.

Tunde ruft nach Hilfe, doch niemand hört ihn.

»Sag mir, wie du heißt«, bittet er. »Ich bin Tunde.«

Sie zuckt zusammen und antwortet: »Joanna.«

»Joanna, atme mit mir. Ein«, er zählt bis fünf, »und aus.«

Sie versucht es, verzieht das Gesicht, runzelt die Stirn, atmet tatsächlich ein und wieder aus.

»Hilfe ist unterwegs«, sagt Tunde. »Man holt dich hier raus. Atme.«

Ein und aus. Ein und aus. Ihr Körper wird nicht mehr von Krämpfen geschüttelt.

Etwas knackt im Beton über ihnen. Joanna versucht, nach oben zu blicken.

»Was ist los?«

»Nur ein paar Neonröhren.« Sie baumeln an den Kabeln über ihnen.

»Es klingt, als ob das Dach gleich einstürzt.«

»Das wird es nicht.«

»Lass mich nicht allein, bitte lass mich nicht allein hier zurück.«

»Es wird nicht einstürzen, Joanna. Das sind nur die Lampen.«

Prompt reißt ein Kabel, und die Neonröhre fällt ins Geröll. Joanna zuckt wieder unkontrolliert, selbst als Tunde sie zu beruhigen versucht. Wieder tritt sie gegen den Pfeiler, der Schmerz droht sie zu übermannen, und die Stromschläge erschüttern ihren Körper. Tunde sagt: »Atme bitte, atme«, während sie schluchzt: »Lass mich hier nicht zurück, die Decke stürzt gleich ein.«

Sie gibt Elektrizität in den Beton ab, und die darin verbauten Kabel verbinden sich miteinander. Eine Glühbirne explodiert Funken sprühend. Und einer dieser Funken entzündet das Benzingemisch, das von irgendwoher auf den Boden getropft ist. Die Flammen zucken sofort hoch und hüllen Joanna ein. Sie schreit immer noch, als Tunde seine Kamera packt und davonrennt.

Dieses Bild wird auf dem Fernseher eingefroren. Schließlich hatten sie ja verstörende Bilder angekündigt, nicht wahr? Keiner sollte davon überrascht sein, aber ist es nicht schrecklich? Kristens Miene ist düster. Jeder, der das hier sieht, stimmt mir sicher zu, dass die Täter wahrer Abschaum sind.

In einem Brief an den Fernsehsender hat eine terroristische Vereinigung namens Male Power – Männerpower – die Verantwortung für den Anschlag übernommen, der eine Frauenklinik sowie ein belebtes Einkaufszentrum in Tucson, Arizona zerstört hat. Dies sei nur der erste Aktionstag gewesen, der die Regierung zum Handeln gegen die sogenannten »Feinde der Männer« zwingen soll. Ein Sprecher des Präsidenten hat gerade eine Pressekonferenz absolviert, in der er betont hat, dass die Regierung der Vereinigten Staaten nicht mit Terroristen verhandelt und die Behauptungen dieser »Splittergruppe aus Verschwörungstheoretikern« keinerlei Wahrheitsgehalt haben.

Nun, wogegen protestieren sie überhaupt, Tom? Tom blickt für einen Moment ungehalten, bevor er die erprobte Maske wieder aufsetzt, das Lächeln so glatt wie Zuckerguss. Sie wollen Gleichberechtigung, Kristen. Eine Stimme kündigt über die Ohrstöpsel eine Werbepause in dreißig Sekunden an, und Kristen versucht, das Thema zu Ende zu bringen. Doch Tom verhält sich seltsam, er will weiter darüber sprechen.

Nun, Tom, wir können die Zeit nicht zurückdrehen, es nicht ungeschehen machen, auch wenn – breites Lächeln – wir in unserem nächsten Beitrag zumindest in der Geschichte des Tanzens ein wenig zurückreisen, nämlich zum Swing.

Nein, erwidert Tom.

Werbepause in zehn Sekunden, sagt der Produzent sehr ruhig. Das passiert: Probleme zu Hause, Stress, Überstunden, gesundheitliche Beschwerden, Geldsorgen … jeder kennt das.

Die CDC halten Informationen zurück, sagt Tom, deshalb protestieren die Männer. Hast du dich mal im Internet informiert? Dinge werden vor uns geheim gehalten, Ressourcen werden in die falsche Richtung geleitet, es gibt keine finanzielle Unterstützung für Selbstverteidigungskurse oder Waffen für Männer, und das ganze Geld, das in diese North-Star-Trainingslager für Mädchen gesteckt wird … um Himmels willen, was soll das eigentlich? Und, Kristen, wir beide wissen ganz genau, dass du dieses verdammte Ding ebenfalls hast, und es hat dich verändert. Du bist so hart geworden und keine richtige Frau mehr. Vor vier Jahren wusstest du noch, wer du warst und was du für diesen Sender tun konntest. Und was zur Hölle bist du jetzt?

Tom weiß, dass sie sich schon längst in der Werbepause befinden. Wahrscheinlich wurde diese gleich nach seinem »Nein« eingespielt. Sicherlich dachte der Produzent, dass ein paar Sekunden Überbrückung besser waren als dieser Ausbruch. Nachdem Tom zu Ende gesprochen hat, sitzt er still da und blickt direkt in Kamera drei. Das war schon immer seine Lieblingskamera, sie fängt seine Schokoladenseite ein, sein Kinn mit dem kleinen Grübchen. Im Auge von Kamera drei ist er beinahe Kirk Douglas. Spartacus. Er dachte immer, sich irgendwann als Schauspieler etablieren zu können, natürlich erst mit kleinen Rollen; vielleicht erst als Nachrichtensprecher, dann ein Lehrer in einer Highschool-Komödie, der seine Schüler richtig gut versteht, weil er in seiner Schulzeit noch viel wilder war als sie. Doch diese Hoffnungen sind jetzt zerstört. Vergiss es, Tom, verabschiede dich von diesen Träumen.

Bist du fertig?, fragt Kristen.

Ja.

Man schafft ihn aus dem Studio, bevor die Werbepause vorbei ist. Er wehrt sich nicht einmal, schüttelt nur die Hand auf seiner Schulter ab. Er erträgt keine Berührung, sagt er, und das gestehen sie ihm zu. Er hat lange für den Sender gearbeitet, und wenn er jetzt friedlich geht, behält er vielleicht sogar seine Rentenansprüche.

Tom ist leider unerwartet erkrankt, verkündet Kristen mit ernstem Blick in Kamera zwei. Machen Sie sich keine Sorgen, bald ist er wieder bei uns. Und jetzt zum Wetter.

Von seinem Krankenhausbett in Arizona aus verfolgt Tunde die Berichte zu dem Anschlag. Er hält per E-Mail und Facebook Kontakt zu seiner Familie und seinen Freunden in Lagos. Seine Schwester Temi hat einen neuen Freund, der ein paar Jahre jünger ist als sie. Sie will wissen, ob Tunde bei seinen ganzen Reisen Zeit für eine Freundin hat.

Tunde verneint. Eine Zeit lang hat er sich mit einer Weißen getroffen, einer Journalistin, die er in Singapur kennengelernt hatte und mit der er bis nach Afghanistan gereist war. Doch sie ist keine Erwähnung wert.

»Komm heim«, sagt Temi. »Komm für sechs Monate nach Hause, und wir finden eine nette Frau für dich. Du bist siebenundzwanzig, Mann. Du wirst alt! Es ist an der Zeit, sesshaft zu werden.«

Die Weiße – Nina – hatte ihn gefragt: »Glaubst du, du könntest an PTSD leiden?«

Im Bett hatte sie versucht, Stromschläge einzusetzen, und er war davor zurückgeschreckt, hatte sie gebeten aufzuhören. Hatte geweint.

Damals hatte er geantwortet: »Ich bin weit weg von zu Hause gestrandet, und es gibt keine Möglichkeit zurückzukehren.«

»Das sind wir doch alle«, hatte sie erwidert.

Ihm war nichts Schlimmeres zugestoßen als anderen Leuten. Er hat keinen Grund, ängstlich zu sein, nicht mehr als jeder andere Mann. Nina schreibt ihm SMS-Nachrichten, seit er im Krankenhaus liegt, in denen sie fragt, ob sie ihn besuchen darf. Jedes Mal antwortet er, nein, noch nicht.

Er bekommt eine E-Mail, während er im Krankenhaus liegt. Nur fünf kurze Zeilen lang, doch die Absenderadresse ist keine Fälschung, das hat er überprüft.

Von: info@urbandoxspeaks.com
An: olatundeedo@gmail.com

Wir haben deine Berichte von dem Anschlag in Arizona gesehen und deine Reportage gelesen, was dir in Delhi zugestoßen ist. Wir sind auf derselben Seite; wir sind auf der Seite aller Männer. Wenn du gesehen hättest, was bei der Cleary-Wahl passiert ist, dann hättest du verstanden, wofür wir kämpfen. Komm und sprich mit uns, führ ein offizielles Interview. Wir wollen, dass du dich uns anschließt.

UrbanDox

Er überlegt keine Sekunde lang. Er muss zwar immer noch ein Buch schreiben; *das* Buch, neunhundert Seiten Chronik und Erklärungen. Alles befindet sich auf seinem Laptop, den er ständig bei sich trägt. Er muss wirklich nicht nachdenken. Ein Treffen mit UrbanDox? Klare Sache.

Der Aufwand ist jedoch geradezu lächerlich hoch. Er darf seine eigene Ausrüstung nicht mitbringen. »Wir geben dir ein Handy, mit dem du das Interview aufzeichnen kannst«, erklärt man ihm. Wenn es denn sein muss. »Ich verstehe«, schreibt er zurück. »Du darfst deine Position nicht gefährden.« Das gefällt ihnen. Es passt zu ihrem Selbstbild. »Du bist der Einzige, dem wir vertrauen«, schreiben sie. »Du sagst die Wahrheit. Du hast das Chaos gesehen. Du wurdest nach Arizona eingeladen, und du bist gekommen. Du bist der, den wir wollen.« Ihre Sprache klingt ein wenig messianisch, was aber gar nicht schlecht ist. »Ja«, antwortet er. »Ich wollte schon lange mit euch sprechen.«

Natürlich vereinbaren sie einen Treffpunkt auf dem Parkplatz einer *Denny's*-Filiale. Natürlich. Natürlich verbindet man ihm die Augen und fährt mit ihm in einem Jeep davon. Alle Männer sind weiß und tragen schwarze Kleidung, die Gesichter sind unter Sturmhauben verborgen. Das sind Männer, die zu viele Filme gesehen haben. Das ist ein neuer Trend: Männerfilmclubs, die sich in Wohnzimmern oder Hinterzimmern von Bars treffen, wo sie ganz bestimmte Filme immer wieder anschauen: die mit den Explosionen und Hubschrauberabstürzen, den Gewehren und Muskeln und Prügeleien. Männerfilme.

Als sie ihm die Augenbinde abnehmen, befindet er sich in einer staubigen Lagerhalle. In der Ecke liegen alte VHS-Videokassetten mit der Aufschrift *A-Team*. Auf einem Stuhl sitzt UrbanDox und lächelt.

Er sieht anders aus als auf seinen Profilbildern. Er ist Mitte fünfzig und hat sein Haar stark gebleicht, sodass es fast weiß ist. Seine Augen sind von einem blassen, wässrigen Blau. Tunde hat einiges über diesen Mann gelesen; eine schreckliche Kindheit, Gewalt, Rassenhass. Einige gescheiterte Unternehmen, Schulden in Höhe von Tausenden Dollar bei verschiedenen Leuten. Ein Juraabschluss von einer Abendschule und die Neuerfindung als Blogger. Er ist muskulös für einen Mann seines Alters, auch wenn seine Gesichtshaut gräulich wirkt. Die großen Veränderungen der letzten Jahre waren gut für UrbanDox. Er bloggte schon seit Jahren seine kleingeistigen, halb gebildeten, bigotten, wütenden Tiraden, doch erst jetzt fangen die Menschen – hauptsächlich Männer, aber auch Frauen – an, ihm zuzuhören. Er hat immer wieder geleugnet, zu den gewalttätigen Splittergruppen zu gehören, die mittlerweile in sechs Staaten Anschläge auf Einkaufszentren und öffentliche Parks verübt haben. Doch selbst wenn er nicht offiziell zu ihnen gehört, berufen sich die Gruppen auf ihn. Eine der letzten exakten Bombendrohungen enthielt einfach nur eine Adresse, eine Zeit und den Link zu UrbanDox' letztem Post zum bevorstehenden Krieg der Geschlechter.

Er spricht leise, und seine Stimme ist höher, als Tunde erwartet hätte. Er sagt: »Du weißt, dass sie versuchen werden, uns zu töten.«

Tunde hat sich vorher eingeschärft, einfach nur zuzuhören. Er antwortet: »Wer versucht, uns zu töten?«

»Die Frauen.«

»Aha. Erzähl mir doch mehr dazu.«

Ein schlaues Lächeln breitet sich auf dem Gesicht des Mannes aus. »Du hast doch meinen Blog gelesen. Du weißt, was ich denke.«

»Ich würde es gern mit deinen eigenen Worten hören und aufzeichnen. Ich denke, die Leute würden es gern wissen. Du glaubst also, dass Frauen versuchen, uns zu töten ...«

»Oh, ich glaube das nicht nur, mein Junge, ich weiß es. Nichts geschieht zufällig. Sie reden vom ›Schutzengel‹, diesem Zeug, das in die Wasservorräte gelangt ist, und wie es sich im Wasser angereichert hat. Sie sagen, niemand hätte es vorhersagen können. Ach was. Bullshit. Das hier ist geplant. Das war eine bewusste Entscheidung. Nach Ende des Zweiten Weltkrieges, als die Pazifisten und Weltverbesserer die Oberhand hatten, hat man *beschlossen*, das Zeug ins Wasser zu kippen. Man dachte, Männer hätten ihre Chance gehabt und sie vermasselt – zwei Weltkriege in zwei Generationen. Pantoffelhelden und Schwuchteln, alle zusammen.«

Tunde hat diese Theorie schon mal gelesen. Keine gute Verschwörungstheorie ohne Verschwörer. Jetzt fehlen eigentlich nur noch die Juden.

»Die Zionisten haben die Konzentrationslager als emotionale Erpressung verwendet, damit das Zeug ins Wasser geleitet wird.«

Na also.

»Das war eine Kriegserklärung. Heimlich, still und leise. Sie haben ihre Soldaten bewaffnet, bevor der erste Kriegsschrei ertönte. Sie waren schon unter uns, bevor uns überhaupt bewusst war, dass man bei uns einmarschiert war. Unsere Regierung hat das Heilmittel, weißt du, sicher verschlossen, doch sie geben es nur ganz wenigen. Sie haben ein Ziel … das kennst du. Sie hassen uns. Sie wollen uns tot sehen.«

Tunde denkt an die Frauen, die er bisher kennengelernt hat. Manche Journalistinnen, mit denen er in Basra war, manche aus der Belagerung in Nepal. In den letzten Jahren gab es durchaus Frauen, die ihn mit ihrem Leben geschützt haben, damit er sein Filmmaterial in die Welt hinaustragen konnte.

»Das wollen sie nicht«, erwidert er. Mist. Das hätte er nicht tun sollen.

UrbanDox lacht. »Sie haben dich genau da, wo sie dich haben wollen, mein Junge. Unter ihrem Pantoffel. Glaubst ihren Schwachsinn. Ich wette, ein, zwei Mal hat dir eine Frau geholfen, nicht wahr? Hat sich um dich gekümmert, nach dir gesehen, dich beschützt, wenn du in Gefahr warst.«

Tunde nickt vorsichtig.

»Scheiße, natürlich tun sie das. Sie wollen, dass wir fügsam und verwirrt sind. Eine alte Militärtaktik; wenn man immer der Feind ist, wissen die Leute irgendwann, wie sie einen bekämpfen können. Wenn man den Kindern Süßigkeiten gibt und den Kranken Medizin, dann verdreht man ihnen den Kopf, und sie wissen nicht, wie sie einen hassen können. Verstehst du?«

»Ja, ich verstehe.«

»Es fängt schon an. Hast du gelesen, wie viele Fälle von häuslicher Gewalt gegen Männer es mittlerweile gibt? Oder von Frauen ermordete Männer?«

Er kennt die Zahlen. Er trägt sie bei sich, sie bilden einen Kloß in seinem Hals.

»So fängt es an«, sagt UrbanDox. »So machen sie uns weich, schwach und verängstigt. Wir werden so, wie sie uns haben wollen. Das ist alles Teil des Plans. Sie tun es, weil man es ihnen befohlen hat.«

Tunde denkt, nein, das ist nicht der Grund. Sondern weil sie es können. »Werdet ihr vom Exil-König Awadi-Atif von Saudi-Arabien finanziert?«

UrbanDox lächelt. »Da draußen gibt es viele Männer, die sich Sorgen machen, wohin das alles führt, mein Freund. Manche sind schwach, Verräter an ihrem Geschlecht und ihren Leuten. Manche glauben, die Frauen werden nett zu ihnen sein. Doch viele kennen die Wahrheit. Wir mussten nicht um Geld betteln.«

»Und du sagtest ... das Ziel.«

UrbanDox zuckt mit den Schultern. »Wie schon gesagt. Sie wollen uns töten.«

»Aber … das Überleben der menschlichen Rasse?«

»Frauen sind nur Tiere«, antwortet UrbanDox. »Genau wie wir wollen sie sich paaren, fortpflanzen, gesunde Nachkommen zeugen. Eine Frau ist allerdings neun Monate schwanger. Sie kann für vielleicht fünf oder sechs Kinder in ihrem Leben sorgen.«

»Und …«

UrbanDox runzelt die Stirn, als ob es das Selbstverständlichste der Welt wäre. »Nur die genetisch Gesündesten bleiben am Leben. Deshalb wollte Gott, dass die Männer die Macht haben sollten. Egal, wie schlecht wir eine Frau behandeln … nun, das ist wie in der Sklaverei.«

Tundes Schultern spannen sich an. Sag nichts, hör einfach zu, filme und verkauf dann alles. Mach Geld mit diesem Arschloch, verkauf ihn, zeig der Welt, wie er wirklich ist.

»Hör zu, die Sklaverei hat man völlig falsch verstanden. Ein Sklave ist ein Besitz, der nicht beschädigt werden soll. Egal, wie schlecht ein Mann eine Frau behandelt, wird er trotzdem dafür sorgen, dass sie ein Kind austragen kann. Doch jetzt … ein genetisch perfekter Mann kann tausend oder sogar fünftausend Kinder zeugen. Wozu brauchen sie dann den Rest von uns? Sie werden uns töten, hör auf mich. Nicht einer von hundert wird überleben. Vielleicht nicht einmal einer von tausend.«

»Und was hast du für Beweise …«

»Oh, ich habe Dokumente gesehen. Außerdem weiß ich mein Gehirn zu benutzen. Ebenso wie du, mein Junge. Ich habe dich beobachtet, du bist schlau.« UrbanDox legt eine feuchte, klamme Hand auf Tundes Arm. »Schließ dich uns an. Werde Teil unserer Organisation. Wir werden für dich da sein, mein Junge, wenn alle anderen schon weg sind, denn wir sind auf derselben Seite.«

Tunde nickt.

»Wir brauchen Gesetze, die die Männer schützen. Wir brauchen Sperrstunden für Frauen. Die Regierung muss alle Geldmittel freigeben, damit das Heilmittel weiter ›erforscht‹ wird. Die Männer müssen Farbe bekennen. Wir werden von Schwuchteln regiert, die Frauen verehren. Die müssen wir absetzen.«

»Und das ist das Ziel eurer Anschläge?«

UrbanDox lächelt wieder. »Du weißt ganz genau, dass ich niemals einen Terrorangriff organisiert oder gefördert habe.«

Ja, er war sehr vorsichtig.

»Aber«, fährt UrbanDox fort, »wenn ich Kontakt zu diesen Männern hätte, würde ich vermuten, dass das erst der Anfang war. Beim Zerfall der Sowjetunion sind ganz schön viele Waffen verschwunden, weißt du. Richtig böse Dinger. Vielleicht sind ein paar davon in Amerika gelandet.«

»Warte«, sagt Tunde. »Drohst du damit, *Nuklearwaffen* bei Terroranschlägen einzusetzen?«

»Ich drohe mit gar nichts«, erwidert UrbanDox, seine Augen blass und kalt.

Allie

»Mother Eve, segnest du mich?«

Der Junge ist nett. Zerzaustes blondes Haar, Sommersprossen im glatten Gesicht. Etwa sechzehn Jahre alt. Sein Englisch hat den hübschen, mitteleuropäischen Akzent aus Bessapara. Sie haben einen Guten ausgesucht.

Allie ist selbst erst zwanzig, und obwohl sie eine gewisse Ausstrahlung hat – sie sei eine *alte Seele,* wie die *New York Times* einige ihrer Promi-Anhänger zitierte –, besteht immer noch die Gefahr, dass sie nicht immer über die nötige *Würde* verfügt.

Die Jugendlichen stehen Gott nahe, sagt man, und besonders die jungen Frauen. Unsere Heilige Mutter war erst sechzehn, als sie der Welt ihr Opfer darbrachte. Dennoch ist es sinnvoll, als Erstes jemanden zu segnen, der definitiv jünger aussieht als sie.

»Komm näher«, bittet Allie, »und sag mir, wie du heißt.«

Die Kameras richten sich auf das Gesicht des blonden Jungen. Er weint und zittert. Die Menge ist weitestgehend ruhig; das Geräusch von dreißigtausend atmenden Menschen wird nur von gelegentlichen Ausrufen wie »Gelobt sei die Mutter!« oder »Lobet sie!« unterbrochen.

Der Junge antwortet kaum hörbar: »Christian.«

Das Stadion hält kollektiv den Atem an.

»Das ist ein sehr guter Name«, sagt Allie. »Fürchte nicht, dass dies kein guter Name sein könnte.«

Christian ist völlig aufgelöst, sein Mund steht offen.

»Ich weiß, es ist schwer«, fährt Allie fort, »doch ich werde jetzt deine Hand halten, und dann wird der Frieden Unserer Heiligen Mutter in dich hineinfahren, verstehst du?«

Magie liegt in der Ankündigung des Kommenden, in der Inbrunst, mit dem es gesagt wird. Christian nickt wieder. Allie nimmt seine Hand. Die Kamera bleibt auf seiner blassen Hand in ihrer braunen. Christian wird ruhiger, sein Atem geht gleichmäßiger. Schließlich lächelt er entspannt und gefasst.

»Christian, du kannst seit deiner Kindheit nicht gehen, richtig?«

»Das stimmt.«

»Was ist passiert?«

Christian deutet auf seine schlaffen Beine unter einer Decke. »Ich bin von einer Schaukel gefallen«, erzählt er, »als ich drei war. Ich habe mir das Rückgrat gebrochen.« Er lächelt voller Vertrauen. Dann macht er eine Geste, als bräche er einen Bleistift entzwei.

»Du hast dir das Rückgrat gebrochen. Und die Ärzte haben gesagt, dass du nie wieder laufen können wirst, richtig?«

Christian nickt langsam. »Aber ich weiß, ich werde es wieder können«, sagt er mit friedvoller Miene.

»Ich weiß es auch, Christian, denn die Heilige Mutter hat es mir gezeigt.«

Und die Menschen, die diese Events für sie organisieren und sicherstellen, dass der Nervenschaden nicht zu schwer ist und sie noch etwas dagegen tun kann. Christian hatte einen Freund im selben Krankenhaus, ein netter Junge, sogar noch gläubiger als Christian selbst, doch leider war sein Bruch zu stark, als dass Allie ihn sicher hätte heilen können. Außerdem war er nicht der Richtige für die Fernsehübertragung. Akne.

Allie legt ihre Hand auf Christians Wirbelsäule, gleich unterhalb des Nackens.

Er schaudert; die Menge schnappt nach Luft und verstummt.

Allie fragt stumm: Was, wenn ich es dieses Mal nicht schaffe?

Und die Stimme antwortet: Mein Kind, das sagst du immer. Doch du schaffst alles, was du willst.

Mother Eve spricht durch Allie: »Heilige Mutter, führe mich, wie du mich immer geführt hast.«

Die Menge antwortet geschlossen: »Amen.«

»Nicht mein Wille geschehe, Heilige Mutter, sondern der Deine. Wenn es Dein Wille ist, dieses Kind zu heilen, dann heile es, und wenn es Dein Wille ist, dass es in dieser Welt leiden soll, um in der nächsten belohnt zu werden, dann sei es so.«

Dies ist eine überaus wichtige Einschränkung, die man nicht früh genug erwähnen kann.

»Amen.«

Mother Eve spricht weiter: »Doch viele hier beten für diesen bescheidenen und gehorsamen jungen Mann, Heilige Mutter. Eine große Menge hat sich hier versammelt und bittet Dich; sie alle sehnen sich danach, dass Deine Gnade über ihn komme und Dein Atem ihn erwecke, wie Du Maria in Deinen Dienst geholt hast. Heilige Mutter, erhöre unsere Gebete.«

Die Zuschauer im Stadion wiegen sich vor und zurück auf ihren Fußballen, weinen und murmeln vor sich hin, und Simultandolmetscher versuchen, mit Allie mitzuhalten, während Mother Eves Worte immer rascher aus ihr heraussprudeln.

Während sich ihr Mund bewegt, tasten Allies Kraftranken Christians Wirbelsäule ab, spüren hier eine Blockade auf und dort und wo ein Stromschlag seine Muskeln wieder mit Leben füllen würde. Beinahe hat sie es.

Mother Eve sagt: »Wir alle leben gesegnete Leben, wir alle streben jeden Tag danach, Deiner Stimme in uns zu lauschen, wir alle ehren unsere eigenen Mütter und das heilige Licht in jedem menschlichen Herz, wir alle verehren Dich und lieben Dich und knien vor Dir. Heilige Mutter, bitte, spüre die Kraft unserer Gebete. Bitte, Heilige Mutter, zeig Deine Herrlichkeit durch mich und *heile diesen Jungen jetzt!*«

Die Menge jubelt.

Allie gibt drei nadelfeine Stromschläge auf Christians Wirbelsäule ab, erweckt die Nervenzellen um die Muskeln in seinen Beinen zum Leben.

Sein linkes Bein zuckt unter der Decke.

Christian sieht verwundert und ein wenig furchtsam nach unten.

Das andere Bein zuckt ebenfalls.

Er weint, Tränen rollen seine Wangen hinab. Dieses arme Kind, das seit seinem dritten Lebensjahr nicht mehr gerannt oder gelaufen ist. Das an Muskelschwund litt und wund gelegenen Stellen, das sich mithilfe seiner Arme vom Bett zum Rollstuhl hieven musste, vom Rollstuhl auf die Toilette. Seine Beine bewegen sich jetzt von der Hüfte abwärts, zucken und schlagen aus.

Er stützt sich auf die Armlehnen seines Rollstuhls, seine Beine zucken immer noch, er greift nach den extra aufgestellten Stützgeländern und geht ein, zwei, drei steife und ungelenke Schritte, bevor er weinend stehen bleibt.

Einige von Mother Eves Mitarbeitern kommen auf die

Bühne und bringen ihn weg, während er sich immer wieder bedankt.

Manchmal hält die Wirkung an. Manche Menschen, die sie »geheilt« hat, laufen noch Monate danach, halten Dinge in Händen oder können sehen. Langsam erwacht auch ein wissenschaftliches Interesse an dem, was sie da tut.

Manchmal hilft es allerdings auch gar nichts. Ein Moment auf der Bühne, sie spüren, wie es ist, gehen oder etwas mit einem gelähmten Arm aufheben zu können. Was sie ohne sie nie gehabt hätten.

Die Stimme sagt: Man weiß es nicht; wenn ihr Glaube stärker gewesen wäre, hätte die Wirkung vielleicht länger angehalten.

Mother Eve erklärt denen, denen sie hilft: »Gott hat dir einen Vorgeschmack dessen gegeben, wozu Sie fähig ist. Hör nicht auf zu beten.«

Nach der Heilung wird eine Pause eingelegt, damit Allie hinter der Bühne etwas Kaltes trinken und die Menge sich von der Raserei beruhigen kann. Und man ihr in Erinnerung rufen kann, dass das alles hier von guten Menschen wie ihnen finanziert wurde, deren Herzen ebenso offen waren wie ihre Geldbörsen. Auf den großen Leinwänden wird ein Video mit allen guten Taten der Kirche gezeigt. Wie Mother Eve die Kranken tröstet, zum Beispiel. Ein wichtiges Video zeigt, wie sie die Hand einer Frau hält, die geschlagen und missbraucht wurde, deren Strang jedoch nie zum Leben erwachte. Sie weint. Mother Eve versucht, die Gabe in ihr anzurufen, doch auch wenn sie um Hilfe bittet, will es ihr nicht gelingen. Deshalb, sagt sie, erforscht man gerade die Möglichkeit einer Organspende. Wissenschaftler beschäftigen sich bereits damit. Euer Geld kann dabei helfen.

Grüße von Kirchen in Michigan und Delaware werden eingeblendet, mit der Nachricht neuer geretteter Seelen, und von Missionen in Nairobi und Sucre, wo die katholische Kirche sich selbst verzehrt. Es gibt Videos von den Waisenhäusern, die Mother Eve gegründet hat. Zuerst waren sie für Mädchen, die von ihren Familien verstoßen worden waren und die allein und verzweifelt wie zitternde Hunde durch das Land streiften. Als Mother Eves Macht wuchs, sagte sie zu den älteren Frauen: »Nehmt die Jüngeren auf. Gebt ihnen ein Zuhause, so wie ich aufgenommen wurde, als ich geschwächt und verängstigt war. Was ihr für sie tut, tut ihr für unsere Heilige Mutter.«

Jetzt, nur ein paar Jahre später, gibt es auf der ganzen Welt Heime für junge Menschen. Sie nehmen junge Männer und junge Frauen auf, geben ihnen Obdach und sorgen besser für sie als staatliche Einrichtungen. Allie, die ständig von Pflegestelle zu Pflegestelle geschickt wurde, weiß, was zu tun ist. Im Video besucht Mother Eve Waisenhäuser in Delaware und Missouri, in Indonesien und der Ukraine. Alle Jungen und Mädchen begrüßen sie als Mutter.

Das Video endet mit einer Melodie. Allie wischt sich den Schweiß von der Stirn und geht wieder nach draußen.

»Ich weiß«, sagt Mother Eve zu der Menge voller weinender, zitternder, brüllender Menschen, »ich weiß, dass euch seit einigen langen Monaten eine Frage beschäftigt, und weil ich euch diese Frage heute beantworten kann, bin ich so froh, hier zu sein.«

Jubel brandet auf und diverse »Lobet sie!«-Rufe.

»Hier in Bessapara zu sein, dem Land, in dem Gott Ihre Weisheit und Ihre Gnade gezeigt hat, ist eine große Ehre für mich. Denn unsere Heilige Mutter hat mir gesagt, dass die

Frauen sich versammeln und große Wunder vollbringen sollen! Sie sollen einander Segen und Trost sein. Und«, sie macht eine bedeutungsschwangere Pause, »wo haben sich Frauen mehr versammelt als *hier?*«

Stampfen, Freudengeheul, Jubelrufe.

»Wir haben gezeigt, was die Kraft einer großen Menge, die zusammen betet, bei diesem jungen Mann namens Christian bewirken kann, nicht wahr? Wir haben gezeigt, dass der Heiligen Mutter Männer wie Frauen gleichermaßen am Herzen liegen. Sie hält Ihre Gnade nicht zurück. Sie gibt Ihre Göttlichkeit nicht nur den Frauen, sondern allen, die an Sie glauben.« Sie spricht leise und sanft weiter. »Und ich weiß, dass einige von euch sich fragen: ›Was ist mit der Göttin, die uns so viel bedeutet hat? Was ist mit Ihr und Ihrem Symbol, dem Auge auf der Handfläche? Dieser einfache Glaube, der aus dem Boden dieses schönen Landes entsprang, was ist damit?‹«

Allie wartet, bis tiefe Stille herrscht. Sie steht da, die Arme vor der Brust verschränkt. Manche weinen, manche wiegen sich vor und zurück. Transparente werden geschwenkt. Sie wartet, atmet ruhig ein und aus.

Sie fragt still: Bin ich bereit?

Und die Stimme antwortet: Dafür wurdest du geboren, mein Kind. Predige es.

Allie hebt die Arme und hält die Handflächen Richtung Zuschauermenge. Tätowierte Augen mit sich nach oben verzweigenden Ranken werden sichtbar.

Die Menge explodiert in einem ohrenbetäubenden Jubel. Die Männer und Frauen im Publikum stürzen nach vorn, und Allie ist dankbar für die Wellenbrecher und die Rettungskräfte, die in den Gängen stehen. Die Menschen klettern über die Sitze, um näher an sie heranzukommen, sie keuchen und schluchzen, sie atmen ihren Atem ein, sie wollen sie bei lebendigem Leib verschlingen.

Mother Eve erhebt ruhig ihre Stimme über das Getöse. »Alle Götter sind ein Gott. Eure Göttin ist nur eine andere Art, wie Sie sich der Welt präsentiert. Sie kam zu euch, wie Sie auch zu mir kam, predigte Mitgefühl und Hoffnung, lehrte uns, Rache zu nehmen an denjenigen, die uns unrecht taten, und diejenigen zu lieben, die uns nahestehen. Eure Göttin ist unsere Heilige Mutter. Sie sind eins.«

Hinter ihr fällt der Seidenvorhang, der den Abend über als Backdrop gedient hat, sanft zu Boden und enthüllt ein sechs Meter hohes Gemälde einer stolzen, fülligen Frau in einem blauen Gewand, mit freundlichen Augen, deutlich sichtbarem Strang am Schlüsselbein, das allsichtige Auge in der Mitte ihrer Handflächen.

Diverse Menschen fallen in Ohnmacht, manche beginnen, in Zungen zu sprechen.

Gute Arbeit, lobt die Stimme.

Ich mag dieses Land, antwortet Allie.

Auf ihrem Weg zu dem gepanzerten Wagen überprüft Allie, ob sich Schwester Maria Ignacia gemeldet hat, ihre vertrauenswürdige und loyale Freundin daheim. Sie haben die Onlinediskussionen über »Alison Montgomery-Taylor« gemeinsam verfolgt, und auch wenn Allie nie zugegeben hat, warum die Akten zu diesem Fall verschwinden sollen, hat sie Schwester Maria Ignacia gefragt, ob diese etwas tun könne. Im Lauf der Monate und Jahre wird es nur schwieriger werden; immer wird jemand Geld oder Einfluss aus dieser Geschichte herausholen wollen, und auch wenn

Allie glaubt, dass jedes vernünftige Gericht sie freisprechen würde, will sie es nicht riskieren. Es ist spätnachts in Bessapara, an der nordamerikanischen Ostküste jedoch erst vier Uhr nachmittags. Zum Glück hat sie eine neue Nachricht. Einige loyale Mitglieder der Neuen Kirche in Jacksonville haben die Botschaft geschickt, dass mithilfe einer einflussreichen Glaubensschwester alle Akten und elektronischen Dokumente zum Fall »Alison Montgomery-Taylor« gelöscht werden.

In der E-Mail steht: »Alles wird verschwinden.«

Es klingt wie eine Prophezeiung. Oder eine Warnung.

Die E-Mail nennt nicht den Namen der einflussreichen Glaubensschwester, doch Allie kennt nur eine Frau, die einfach so Polizeiakten verschwinden lassen könnte, einfach durch einen Telefonanruf. Roxy. »Du sorgst für uns, und wir sorgen für dich«, hatte sie gesagt. Nun gut. Alles wird verschwinden.

Später essen Allie und Tatjana Moskalew noch zu Abend. Selbst zu diesen Kriegszeiten ist das Essen erstaunlich gut. An der Nordfront finden Kämpfe gegen die moldauischen Truppen statt, im Osten herrscht gerade eine Pattsituation mit Russland. Präsidentin Moskalew von Bessapara lässt gebratenen Fasan und Hasselback-Kartoffeln mit süßem Kohl für Mother Eve von der Neuen Kirche servieren, und sie prosten sich mit exquisitem Rotwein zu.

»Wir brauchen einen schnellen Sieg«, sagt Tatjana.

Allie kaut langsam und nachdenklich. »Ist ein schneller Sieg nach drei Jahren Krieg überhaupt möglich?«

Tatjana lacht. »Der richtige Krieg hat noch nicht einmal angefangen. Oben in den Bergen kämpfen sie immer noch mit konventionellen Waffen. Sie versuchen einzumarschieren, und wir drängen sie zurück. Sie werfen Granaten, wir schießen.«

»Strom hat keine Wirkung bei Raketen und Bomben.«

Tatjana lehnt sich zurück und schlägt ein Bein übers andere. Sieht sie an. »Glaubst du?« Sie runzelt amüsiert die Stirn. »Zum einen: Kriege werden nicht mit Bomben gewonnen, sondern auf dem Boden. Zum anderen: Hast du gesehen, was eine Dosis dieser Droge bewirken kann?«

Allie hat es gesehen, Roxy hat es ihr gezeigt. Es ist schwer zu kontrollieren – Allie würde es nicht nehmen wollen, da Kontrolle immer ihre große Stärke gewesen war –, doch eine volle Dosis Glitter, und drei oder vier Frauen könnten die Stromversorgung von Manhattan ausschalten.

»Man muss trotzdem noch nahe genug herankommen, um sie berühren zu können. Eine Verbindung aufzubauen.«

»Das lässt sich arrangieren. Wir haben Bilder gesehen, wie sie selbst an solchen Waffen arbeiten.«

Ah, sagt die Stimme, sie spricht von diesem Exil-König von Saudi-Arabien.

»Awadi-Atif«, antwortet Allie.

»Unser Land ist Versuchsgebiet für ihn.« Tatjana trinkt einen weiteren Schluck Wein. »Sie schicken Männer in Gummianzügen und mit ihren dämlichen Batterierucksäcken auf dem Rücken herein. Er will demonstrieren, dass der Wandel keine Bedeutung hat. Er hält immer noch an seiner alten Religion fest, und er glaubt, dass er sein Land zurückerobern kann.«

Tatjana bildet einen langen Lichtbogen zwischen ihren Handflächen, holt ihn wieder zurück und bricht ihn schließlich mit einem Fingerschnippen. »Die Friseurin«, meint sie lächelnd, »wusste nicht, was sie da angestoßen hat.« Plötzlich sieht sie Allie direkt und eindringlich an. »Awadi-Atif denkt, er befindet sich im heiligen Krieg. Ich glaube, er hat recht. Gott hat mich hierfür ausgewählt.«

Du sollst ihr sagen, dass das stimmt, meldet sich die Stimme zu Wort. Tu es.

»Das wurdest du auch«, bestätigt Allie. »Gott hat eine besondere Mission für dich.«

»Ich habe immer geglaubt, dass es etwas Größeres, etwas Besseres als mich gibt. Und dann habe ich dich gesehen. Wie kraftvoll du mit den Menschen sprichst. Du bist Ihre Gesandte, und du und ich haben uns aus einem bestimmten Grund kennengelernt. Um die Botschaft auf der Welt zu verbreiten.«

Die Stimme sagt: Habe ich dir nicht versprochen, dass ich noch einiges für dich vorbereitet habe?

Allie erwidert: »Wenn du also sagst, du möchtest einen schnellen Sieg … wenn Awadi-Atif seine elektrischen Soldaten ins Land schickt, willst du sie auf einen Schlag vernichten.«

Tatjana wedelt mit der Hand. »Ich habe chemische Waffen, noch aus dem Kalten Krieg. Wenn ich sie ›auf einen Schlag vernichten‹ wollen würde, könnte ich das. Nein«, sie beugt sich vor, »ich will sie demütigen. Ihnen zeigen, dass das … diese mechanische Kraft es nicht mit dem aufnehmen kann, was wir in unseren Körpern tragen.«

Die Stimme sagt: Siehst du es?

Und plötzlich sieht Allie tatsächlich alles klar vor sich. Awadi-Atif von Saudi-Arabien hat seine Truppen in Nordmoldau bewaffnet. Sie wollen Bessapara zurückerobern, die Republik der Frauen; damit würden sie zeigen, dass der

Wandel nur eine kleine Abweichung von der Norm ist, dass die alte Ordnung bald wiederhergestellt ist. Und wenn sie verlieren, völlig vernichtet werden …

Allie lächelt. »Die Lehre der Heiligen Mutter wird sich über die ganze Welt ausbreiten, von Mensch zu Mensch, von Land zu Land. Es wird vorbei sein, bevor es überhaupt begonnen hat.«

Tatjana hebt ihr Glas zu einem Toast. »Ich wusste, dass du es verstehen würdest. Als wir dich hierher eingeladen haben … ich hoffte, du würdest verstehen, worauf ich hinauswill. Die Welt beobachtet diesen Krieg.«

Sie will, dass du ihren Krieg segnest, erklärt die Stimme. Schwierig.

Nur, wenn sie verliert, antwortet Allie stumm.

Ich dachte, du wolltest in Sicherheit sein, sagt die Stimme.

Du hast mir gesagt, ich könne nur sicher sein, wenn ich die Führung übernehme, erwidert Allie.

Und ich habe dir auch gesagt, dass du von hier aus nicht dorthin kommst, berichtigt die Stimme.

Auf wessen Seite stehst du eigentlich?, fragt Allie.

Mother Eve spricht langsam und umsichtig. Mother Eve wägt ihre Worte sorgfältig ab. Alles, was Mother Eve sagt, hat Folgen. Sie blickt direkt in die Kamera und wartet, bis das rote Licht aufleuchtet.

»Wir müssen uns gar nicht fragen, was die saudische Königsfamilie tun wird, wenn sie diesen Krieg gewinnt«, verkündet sie. »Wir haben es bereits gesehen. Wir wissen, was seit Jahrzehnten in Saudi-Arabien vor sich gegangen ist, und wir wissen auch, dass Gott Ihr Antlitz erschüttert und angewidert abgewandt hat. Wir müssen uns nicht fragen, wer auf der Seite der Gerechtigkeit steht, wenn wir uns die tapferen Kämpferinnen von Bessapara anschauen – viele dieser Frauen waren früher Trafficking-Opfer, in Fesseln gefangen gehalten, Frauen, die allein im Dunkeln gestorben wären, wenn Gott nicht Ihr Licht zu uns gesandt hätte, um sie zu führen.

Dieses Land«, fährt sie fort, »ist Gottes Land, und dieser Krieg ist Gottes Krieg. Mit Ihrer Hilfe werden wir einen glorreichen Sieg erringen. Mit Ihrer Hilfe wird alles auf den Kopf gestellt werden.«

Das rote Licht erlischt. Die Botschaft wird in die ganze Welt gesendet. Mother Eve und ihre Millionen loyalen Anhänger auf YouTube und Instagram, auf Facebook und Twitter, ihre Sponsoren und ihre Freunde, alle stehen auf der Seite von Bessapara und der Republik der Frauen. Sie haben ihre Entscheidung getroffen.

Margot

»Ich sage ja nicht, dass du mit ihm Schluss machen sollst.«

»Mom, doch, genau das sagst du.«

»Nein, ich sage nur, dass du die Berichte lesen und dir ein eigenes Bild machen sollst.«

»Wenn *du* sie mir gibst, dann weiß ich schon, was darin steht.«

»Lies sie einfach.«

Margot deutet auf den Papierstapel auf dem Couchtisch. Bobby hatte dieses Gespräch nicht führen wollen. Maddy ist beim Taekwondo-Training. Also bleibt es mal wieder an ihr hängen. Bobbys exakte Antwort war gewesen: »Du machst dir um deine politische Karriere Sorgen. Also kümmerst du dich auch darum.«

»Egal, was die Zeitungen schreiben, Mom, Ryan ist ein guter, freundlicher Mensch. Er ist gut zu *mir*.«

»Er war auf extremistischen Webseiten, Jos. Er postet unter falschem Namen auf Seiten, auf denen über organisierte Terroranschläge diskutiert wird. Die Verbindungen zu solchen Gruppen haben.«

Jocelyn weint, Tränen des Frustes, der Wut. »Das würde er *nie* tun. Er wollte wahrscheinlich nur recherchieren, was dort gesagt wird. Mom, wir haben uns im Internet kennengelernt, wir besuchen beide seltsame Seiten.«

Margot nimmt eines der Blätter und liest eine mit Leuchtstift markierte Stelle vor. »Buckyou – netter Name übrigens – schreibt: ›Die Dinge sind außer Kontrolle geraten. Diese

NorthStar-Camps schon mal … wenn die Menschen wüssten, was da gelehrt wird, würden wir die Mädchen alle abknallen.‹« Margot verstummt und sieht zu ihrer Tochter.

Jos sagt: »Woher wollen die überhaupt wissen, dass er das ist?«

Margot deutet auf den dicken Papierstapel. »Keine Ahnung, die haben ihre Methoden.« Das hier ist der schwierige Teil. Wird Jos es ihr abkaufen?

Ihre Tochter blickt sie an und schluchzt auf. »Das Verteidigungsministerium durchleuchtet dich, nicht wahr? Weil du Senatorin sein wirst und sie dich im Verteidigungsausschuss haben wollen, wie du es mir erzählt hast.«

Treffer, versenkt.

»Ja, Jocelyn. Deshalb hat das FBI das alles hier gefunden. Weil ich einen wichtigen Job habe, und dafür werde ich mich auch nicht entschuldigen.« Sie verstummt. »Ich dachte, du stehst hinter mir, Schatz. Und du musst wirklich wissen, dass Ryan nicht der ist, für den du ihn hältst.«

»Wahrscheinlich hat er nur etwas ausprobiert. Diese Posts sind drei Jahre alt! Wir alle schreiben im Internet mal dumme Sachen, okay? Einfach um eine Reaktion zu bekommen.«

Margot seufzt. »Ich weiß nicht, ob wir uns da so sicher sein können, Schatz.«

»Ich spreche mit ihm. Er ist …« Jos bricht wieder in Tränen aus, lange, herzzerreißende Schluchzer.

Margot rutscht auf der Couch dichter an sie heran, legt ihr zögerlich einen Arm um die Schultern.

Jos vergräbt ihr Gesicht an Margots Brust und weint bitterlich, so wie früher als Kind.

»Du wirst andere Männer kennenlernen, Schatz. Bessere.«

Jos hebt den Kopf. »Ich dachte, wir wären füreinander bestimmt.«

»Ich weiß, Liebes, wegen deines …« Margot zögert. »Wegen deines Problems, du wolltest jemanden, der dich versteht.«

Sie wünschte, sie könnte Hilfe für Jos finden. Sie suchen immer noch, doch je älter das Mädchen wird, desto unlösbarer scheint das Problem zu sein. Manchmal verfügt sie über all ihre Kraft, manchmal über gar keine.

Jos' Schluchzer ebben langsam ab. Margot bringt ihr eine Tasse Tee, und schweigend sitzen sie noch lange aneinandergekuschelt auf der Couch.

Schließlich sagt Margot: »Ich glaube immer noch, dass wir Hilfe für dich finden können. Dann könntest du auch normale Männer mögen.«

Jos stellt langsam ihre Tasse auf den Couchtisch und antwortet: »Glaubst du das wirklich?«

»Ich weiß es, Schatz. Ich weiß es. Du kannst dann wie die anderen Mädchen sein. Ich weiß, dass wir das schaffen.«

Das zeichnet eine gute Mutter aus. Manchmal weiß man einfach besser als das eigene Kind, was es braucht.

Roxy

»Komm heim«, lautet die Nachricht. »Ricky ist verletzt.«

Eigentlich sollte sie nach Moldau reisen und die Frauen dort unterweisen, wie man mit Glitter kämpft. Doch das geht jetzt nicht mehr.

Seit ihrer Rückkehr aus Amerika hat sie sich weitestgehend von Ricky ferngehalten. Mit dem Glitter hat sie ihr eigenes Geschäft aufgezogen, das gutes Geld einbringt. Früher hatte Roxy sich immer danach gesehnt, in dieses Haus eingeladen zu werden. Mittlerweile hat Bernie ihr einen Schlüssel gegeben, ein Gästezimmer gehört ihr, wenn sie nicht am Schwarzen Meer ist, doch es ist nicht so, wie sie es sich immer vorgestellt hat. Barbara, die Mutter ihrer drei Halbbrüder, hat Terrys Tod nie verkraftet. Auf dem Kaminsims steht ein großes Foto ihres toten Sohnes, zusammen mit frischen Blumen, die alle drei Tage ausgetauscht werden. Darrell lebt immer noch dort. Er kümmert sich um die Wettgeschäfte, denn er hat den Grips dafür. Ricky hat seine eigene Wohnung im Stadtteil Canary Wharf.

Als Roxy die Nachricht liest, denkt sie an die verschiedenen Gruppierungen, die es auf die Monkes abgesehen haben könnten, und was »verletzt« bedeutet. Wenn Krieg herrscht, braucht man sie daheim auf jeden Fall.

Doch Barbara empfängt sie vor dem Haus, raucht Kette und zündet sich eine Zigarette am Stummel der anderen an. Bernie ist nicht einmal zu Hause. Krieg herrscht also schon mal nicht.

Barbara sagt: »Ricky ist verletzt.«

Roxy fragt und kennt dabei die Antwort schon: »War es eine der anderen Gangs? Die Rumänen?«

Barbara schüttelt den Kopf. »Sie haben ihn aus Spaß fertiggemacht.«

»Dad kennt doch Leute. Du hättest mich nicht anrufen müssen.«

Barbaras Hände zittern. »Nein, das geht sie nichts an. Das ist eine Familienangelegenheit.«

Da weiß Roxy ganz genau, was Ricky zugestoßen ist.

Der Fernseher läuft, doch der Ton ist ausgeschaltet. Über Rickys Beinen liegt eine Decke, die Verbände verbergen. Der Arzt war schon da, zu sehen gibt es sowieso nichts mehr.

Für Roxy arbeiten Frauen, die von Männern in Moldau gefangen gehalten worden waren. Sie hat gesehen, was eine von ihnen den drei Männern angetan hat, die sie immer abwechselnd vergewaltigt hatten. Da unten war nur noch verbranntes Fleisch gewesen, Farnkrautnarben auf den Oberschenkeln, rosa und braun, leuchtend rot und schwarz. Wie ein Sonntagsbraten. Ricky scheint es nicht ganz so schlecht zu gehen. Wahrscheinlich erholt er sich wieder; solche Wunden heilen. Danach könnte es allerdings zu gewissen Schwierigkeiten kommen, was ihm sicher nicht gefallen wird.

Sie sagt: »Erzähl mir, was passiert ist.«

Ricky blickt sichtlich dankbar zu ihr auf, und diese Dankbarkeit ist furchtbar. Am liebsten hätte sie ihn umarmt, doch sie weiß, dass sie dadurch alles nur noch schlimmer machen würde. Man kann nicht gleichzeitig Schaden zufügen und trösten. Sie kann Ricky nur Gerechtigkeit geben.

Er war mit seinen Freunden unterwegs, tanzen und trinken. Bisher gab es ein paar Freundinnen in seinem Leben, aber er reißt auch gern ein Mädchen für die Nacht auf, und seine Partnerinnen wissen, dass sie da am besten nichts sagen. So ist er einfach. Roxy ist genauso. Mal ist da ein Typ, mal nicht, und ihr ist es eigentlich immer egal.

Dieses Mal hat Ricky drei Mädchen aufgerissen, die sagten, sie seien Schwestern – sie sahen allerdings nicht so aus, weswegen er es für einen Scherz hielt. Eine blies ihm einen bei den Mülltonnen hinter dem Club; er weiß nicht genau, was sie da tat, aber ihm war schwindelig. Er wirkt beschämt, als er es erzählt, so als ob er glaubt, er hätte etwas anders machen sollen. Als sie fertig war, warteten die anderen. Er meinte noch: »Ich brauche noch ein bisschen, Mädels. Euch alle auf einmal schaffe ich nicht.« Und da stürzten sie sich auf ihn.

Man kann einem Mann helfen, indem man ihm einen kleinen Stromschlag in den Anus verpasst, und schon steht er wieder. Roxy hat es auch schon getan, es macht Spaß, wenn man es möchte, auch wenn es ein bisschen wehtut. Es schmerzt allerdings höllisch, wenn man es nicht möchte. Ricky wiederholt ständig, dass er damit nicht einverstanden war.

Sie wechselten sich ab. Er sagt, sie wollten ihn einfach nur verletzen. Er hatte sie gefragt, ob sie Geld wollten oder etwas anderes, doch eine traf ihn an der Kehle, und er brachte kein Wort mehr heraus, bis sie fertig waren.

Das Ganze dauerte eine halbe Stunde. Ricky dachte, er würde dort sterben. Zwischen den schwarzen Müllsäcken und auf dem schmutzigen Pflaster. Er sah schon vor sich, wie man seine Leiche fand, die weißen Beine von roten Narben überzogen. Wie ein Bulle seine Taschen leerte und sagte: »Hey, ihr erratet nicht, wer das ist. Ricky Monke.« Sein bleiches Gesicht und die blauen Lippen. Ricky verhielt sich ganz still, bis es vorbei war, wartete ab.

Roxy weiß, warum man Bernie nicht informiert hat. Er würde Ricky hassen, selbst gegen seinen Willen. So etwas passiert einem Mann nicht. Nur dass es trotzdem geschehen ist.

Das Dumme ist, dass er die Mädchen kennt. Je mehr er darüber nachdenkt, desto sicherer ist er. Er hat sie schon öfter gesehen; er glaubt nicht, dass sie wissen, wer er ist – sonst hätten sie doch sicher zweimal überlegt, ob sie ihn angreifen –, doch er kennt Leute, die er mit ihnen gesehen hat. Eine heißt Manda, da ist er sich ziemlich sicher, die andere Sam. Roxy recherchiert ein wenig auf Facebook. Zeigt ihm ein paar Fotos, bis er zu zittern beginnt.

Sie sind leicht zu finden. Roxy muss nur fünf Anrufe tätigen, bei jemandem, der jemanden kennt, der jemanden kennt. Sie verrät nicht den Grund für ihre Nachforschungen, doch das muss sie auch nicht. Schließlich ist sie Roxy Monke, und die Leute wollen ihr helfen. Sie trinken etwas in einem Pub in Vauxhall, lassen sich volllaufen, sie lachen, sie werden hier sein bis zur letzten Runde.

Roxy hat ein paar gute Mädchen hier in London. Mädchen, die ihre Geschäfte für sie führen, die Einnahmen eintreiben und sich um Probleme kümmern. Ein Kerl könnte den Job auch machen – manche würden ihn auch zufriedenstellend erledigen –, aber es ist besser, wenn man keine Knarren *braucht*. Sie machen Lärm, erregen Aufmerksamkeit, hinterlassen immer Dreck; ehe man es sich versieht, hat man einen Doppelmord und dreißig Jahre Gefängnis am Hals. Für einen Job wie diesen hier braucht man Frauen. Doch als sie sich angezogen hat und ins Erdgeschoss geht, wartet Darrell an der Haustür, mit einer abgesägten Flinte unter dem Arm.

»Was soll das denn?«, fragt Roxy.

»Ich komme mit«, erwidert Darrell.

Einen Moment will sie schon sagen »Okay«, und ihn dann ausschalten, wenn er sich abwendet. Doch nach dem, was Ricky zugestoßen ist, wäre das nicht richtig.

»Du passt selbst auf dich auf«, sagt sie stattdessen.

»Klar. Ich bleibe hinter dir.«

Er ist ein paar Monate jünger als sie. Das war immer das Schlimmste: dass Bernie ihre Mütter fast zur selben Zeit geschwängert hat.

Sie drückt seine Schulter. Sie bestellt noch zwei andere Mädchen zu sich, Vivika, mit dem langen, gezackten Schlagstock, und Danni mit ihrem geliebten Metallnetz. Sie nehmen ein bisschen was, bevor sie das Haus verlassen, Musik spielt in Roxys Kopf. Manchmal ist es gut, in den Krieg zu ziehen, einfach zu wissen, dass man es kann.

Sie folgen der lauten, trinkenden Mädchengruppe aus dem Pub in einiger Entfernung bis zu einem Park. Es ist nach ein Uhr nachts, es ist heiß und schwül, als ob ein Gewitter aufzieht. Roxy und ihre Gang sind schwarz gekleidet, sie bewegen sich geschmeidig vorwärts. Die Mädchen rennen auf das Karussell auf dem Kinderspielplatz zu, legen sich darauf und starren in den Himmel, während sie die Wodkaflasche kreisen lassen.

Roxy sagt: »Jetzt.«

Karussells sind aus Stahl. Sie setzen das Ding unter Strom, eines der Mädchen fällt zuckend mit Schaum vor dem Mund zu Boden. Jetzt heißt es zwei gegen vier. Kein Problem.

»Was soll das denn?«, fragt ein Mädchen in einer dunkelblauen Bomberjacke. Ricky hatte sie auf ihrem Profilbild als Anführerin erkannt. »Was zum Teufel macht ihr da? Ich kenne euch nicht mal.« Sie lässt einen hellen Lichtbogen als Warnung zwischen ihren Handflächen aufblitzen.

»Ach ja?«, meint Roxy. »Aber ihr kennt verdammt noch mal meinen Bruder. Ricky? Klingelt da was? Ihr habt ihn gestern Nacht in einem Club aufgerissen. Ricky *Monke?*«

»O Scheiße«, sagt das andere Mädchen, das ganz in Leder gekleidet ist.

»Halt die Klappe«, schnauzt das erste Mädchen. »Wir kennen deinen verdammten Bruder nicht, okay?«

»Sam«, schaltet sich die in der Ledermontur wieder ein. »Ach scheiße.« Sie wendet sich an Roxy und erklärt bittend: »Wir wussten nicht, dass er dein Bruder ist. Er hat ja nichts gesagt.«

Sam murmelt etwas von wegen, es habe ihm richtig gut gefallen.

Das Mädchen in der Ledermontur hebt die Hände und macht einen Schritt rückwärts. Darrell verpasst ihr einen Schlag mit dem Gewehrkolben auf den Hinterkopf. Sie fällt mit dem Gesicht nach vorne zu Boden.

Jetzt heißt es also vier gegen eine. Sie rücken näher. Danni überprüft ihr Metallnetz mit der linken Hand.

Sam sagt: »Er wollte es. Er hat uns angebettelt. Hat uns angebettelt, ist uns gefolgt, hat uns gesagt, was wir mit ihm machen sollten. Widerlicher kleiner Drecksack, er wusste genau, was er wollte, konnte gar nicht genug davon bekommen, er wollte, dass wir ihm wehtun. Er hätte auch meine Pisse aufgeleckt, wenn ich das von ihm verlangt hätte. Das ist dein verdammter Bruder. Sieht so unschuldig aus, aber er ist ein verdorbener kleiner Junge.«

Nun ja. Sie könnte die Wahrheit sagen oder auch nicht. Roxy hat schon so einiges gesehen. Dennoch hätte sie die Finger von einem Monke lassen sollen, nicht wahr? Wenn das hier vorbei ist, wird sie Rickys Freunde unauffällig danach fragen, und vielleicht wird sie ihm sagen müssen, dass er nicht so dumm sein soll; wenn er auf so was steht, dann findet sie jemanden für ihn, mit dem es sicher ist.

»Red ja nicht so über meinen *verdammten Bruder!*«, brüllt Darrell plötzlich und zielt mit dem Gewehrkolben auf ihr Gesicht, doch sie ist zu schnell für ihn, und das Gewehr besteht schließlich aus Metall. Als sie danach greift, schnappt er nach Luft und geht in die Knie.

Sam schlingt einen Arm um Darrell. Er zittert am ganzen Körper – der Stromschlag war stark. Er verdreht die Augen. Verdammt. Wenn sie auf sie losgehen, erwischen sie auch ihn.

Verdammt.

Sam weicht zurück. »Folgt mir ja nicht«, sagt sie. »Kommt mir nicht zu nahe, sonst geht es ihm wie Ricky. Und ich kann noch viel Schlimmeres.«

Darrell ist den Tränen nahe. Roxy weiß, was Sam mit ihm macht: ständige kleine Schocks in den Hals, die Kehle, die Schläfen. An den Schläfen schmerzt es am meisten.

»Das hier ist noch nicht vorbei«, sagt Roxy leise. »Du kannst jetzt abhauen, doch wir werden dich finden, bis es erledigt ist.«

Sam lächelt, mit weißen Zähnen und blutverschmierten Lippen. »Vielleicht mache ich ihn dann jetzt gleich fertig, einfach aus Spaß.«

»Das wäre nicht klug«, meint Roxy, »denn dann müssten wir dich wirklich töten.«

Sie nickt Viv zu, die sich während der Auseinandersetzung im Hintergrund gehalten hat. Viv schwingt ihren Schlagstock und lässt ihn auf Sams Hinterkopf niederfahren wie einen Vorschlaghammer gegen eine Wand.

Sam dreht sich in letzter Sekunde, sieht den Schlag kommen, doch ihr Griff um Darrell hindert sie daran, sich rechtzeitig zu ducken. Der Schlagstock trifft sie am Auge, Blut schießt hervor. Sie schreit auf und fällt zu Boden.

»Verdammt«, sagt Darrell. Er weint und zittert; dagegen können sie nichts tun. »Wenn sie gesehen hätte, was du vorhast, hätte sie mich umgebracht.«

»Hat sie aber nicht, oder?«, meint Roxy. Sie sagt nichts dazu, dass er Sam nicht mit dem Gewehr hätte angreifen sollen. Damit wären sie quitt.

Roxy lässt sich Zeit, ihnen bleibende Erinnerungen an das zu verpassen, was sie getan haben. Damit sie es nicht vergessen, ebenso wie Ricky, der es nicht vergessen können wird. Sie lässt sie mit Spinnennetzen aus roten Narben über Wange, Mund und Nase zurück. Mit dem Handy macht sie ein Foto, damit Ricky sehen kann, was sie getan hat. Die Narben, das blinde Auge.

Nur Barbara ist wach, als sie zurückkommen. Darrell geht gleich ins Bett, doch Roxy setzt sich an den kleinen Tisch in der Küche, während Barbara mit zusammengepressten Lippen durch die Bilder auf dem Handy scrollt und nickt.

»Sind sie noch am Leben?«, fragt sie.

»Wir haben sogar den Notarzt für sie gerufen.«

»Danke, Roxanne. Ich bin dir wirklich dankbar. Du hast etwas Gutes getan.«

»Ja.«

Die Uhr tickt.

Barbara sagt: »Es tut mir leid, dass wir so unfreundlich zu dir waren.«

Roxy hebt eine Augenbraue. »Ich würde das nicht ›unfreundlich‹ nennen, Barbara.«

Was abweisender klingt, als es gemeint ist, doch es ist viel passiert, als sie ein Kind war. Die ganzen Feiern, an denen sie nicht teilnehmen durfte, die Geschenke, die sie nie bekam, die Familienessen, zu denen sie nie eingeladen war. Oder das eine Mal, als Barbara das Haus, in dem Roxy mit ihrer Mutter wohnte, mit Farbe bewarf.

»Du hättest das heute für Ricky nicht tun müssen. Ich hätte auch nicht gedacht, dass du es tust.«

»Nicht jeder hält ewig an seinem Groll fest, nicht wahr?«

Barbara wirkt, als hätte Roxy ihr eine Ohrfeige verpasst.

»Schon gut«, sagt Roxy, denn das ist es jetzt wirklich. Vielleicht schon seit Terrys Tod. Sie kaut an ihrer Unterlippe. »Du hast mich wegen meiner Mutter nie gemocht. Ich hatte nie erwartet, dass du mich magst. Ist schon gut. Wir kommen uns nicht in die Quere, nicht wahr? Es geht nur ums Geschäft.« Sie streckt sich, ihr Strang spannt sich über ihrer Brust. Plötzlich fühlt sie sich müde und erschöpft.

Barbara sieht sie aus schmalen Augen an. »Es gibt da so einiges, das Bern dir nicht erzählt hat. Wie die Geschäfte geführt werden. Keine Ahnung warum.«

»Er will alles Ricky übergeben.«

»Ja. Das glaube ich auch. Aber Ricky wird da jetzt nicht mehr mitspielen.«

Sie steht auf und geht zum Küchenschrank. Vom dritten Regal holt sie Mehl und Keksdosen, um dann ihren Fingernagel in eine kaum sichtbare Ritze zu schieben und ein etwa handbreites Versteck zu öffnen. Sie zieht drei schwarze Notizbücher hervor, die von einem Gummiband zusammengehalten werden.

»Kontakte«, sagt sie. »Drogen, korrupte Bullen, verkommene Ärzte. Ich sage Bern seit Monaten, er soll einfach alles dir übergeben. Damit du das Glitterzeug selbst verkaufen kannst.«

Roxy nimmt die Bücher entgegen. Spürt das Gewicht und die Stabilität in ihrer Hand. Das ganze Wissen, wie die Geschäfte geführt werden, in einem kompakten Block aus Informationen.

»Für das, was du heute für Ricky getan hast«, sagt Barbara. »Ich bringe es Bernie schon bei.« Dann nimmt sie ihre Teetasse und geht ins Bett.

Roxy fährt in ihre eigene Wohnung zurück und blättert dort den Rest der Nacht die Bücher durch, macht sich Notizen und Pläne. Manche Kontakte reichen Jahre zurück, Verbindungen, die ihr Vater aufgebaut hat, Menschen, die er erpresst oder bestochen hat – Letzteres führt normalerweise automatisch auch zu Ersterem. Barbara hat keine Ahnung, was sie ihr hier gegeben hat – mit den Informationen aus diesen Büchern kann sie das Glitter ohne Probleme in ganz Europa vertreiben. Die Monkes können reicher werden als irgendjemand sonst seit der Prohibition.

Ihr Knie wippt aufgeregt auf und ab, während sie lächelnd die Reihen von Namen überfliegt und schließlich auf etwas Wichtiges stößt.

Sie muss eine Weile überlegen, warum sie an dieser bestimmten Stelle gestutzt hat. Da. Ein Name. Ein korrupter Cop, Detective Newland. Newland.

Denn sie wird nie vergessen, was Primrose kurz vor seinem Tod zu ihr gesagt hat. Sie wird ihr ganzes Leben lang nicht vergessen, was sich an diesem Tag zugetragen hat.

»Newland hat gesagt, du wärst nicht im Haus«, hatte Primrose gesagt.

Dieser Polizist Newland war offensichtlich Teil des Plans gewesen, ihre Mum zu töten, und bis jetzt hatte sie nicht gewusst, wer sich hinter dem Namen verbarg. Sie dachte, das alles wäre jetzt lange vorbei, doch als sie den Namen sieht und sich plötzlich erinnert, denkt sie »Fuck«. Irgendein zwielichtiger Cop, der Geschäfte mit meinem Dad macht, Geschäfte mit Primrose. Fuck. Irgendein zwielichtiger Cop, der unser Haus beobachtet und weitererzählt, wann ich nicht zu Hause bin.

Eine kurze Internetrecherche reicht. Detective Newland lebt jetzt in Spanien, ist pensioniert. Eine kleine Stadt. Rechnet offensichtlich nicht damit, dass ihn jemand aufspüren könnte.

Sie hatte Darrell nichts davon erzählen wollen. Doch dann kam er von sich aus auf sie zu, um ihr für das zu danken, was sie für Ricky getan hatte. Und dass sie ihm das Leben gerettet hatte.

Er sagte: »Wir wissen, auf was das alles hinausläuft. Ricky ist aus dem Spiel. Wenn ich dir irgendwie helfen kann, Rox, dann sag es mir.«

Vielleicht dachte er ähnlich wie sie, dass man die Veränderung, die sie alle betraf, einfach akzeptieren, seinen Platz finden musste.

Also erzählte sie Darrell, weshalb sie nach Spanien reisen wollte. Er reagierte sofort: »Ich begleite dich.«

Sie versteht, was er damit sagen will. Ricky wird nicht so schnell wieder zu seinem alten Leben zurückkehren, vielleicht Jahre nicht, vielleicht sogar nie wieder, und auf jeden Fall wird er verändert sein. Die Familie wird immer kleiner. Er will, dass sie zu seiner Familie gehört.

Die Stadt ist einfach zu finden. Ein Mietwagen mit Navi, eine knappe Stunde Fahrt vom Flughafen von Sevilla. Kein Problem. Sie beobachten das Haus zwei Tage lang mit einem Fernglas, um sicherzugehen, dass er allein lebt. Sie übernachten in einem nahe gelegenen Hotel, das aber immer noch dreißig Meilen entfernt liegt. Als örtliche Polizei würde man dort nicht suchen, nicht, wenn man nur eine Routinebefragung durchführt. Darrell ist nett. Geschäftsmäßig, aber lustig. Überlässt ihr die Entscheidungen, steuert aber auch ein paar gute Ideen bei. Sie denkt, dass das hier wirklich funktionieren könnte, falls Ricky jetzt aus dem Spiel ist. Beim nächsten Besuch in der Fabrik könnte sie ihn mitnehmen.

Am dritten Tag werfen sie vor der Morgendämmerung ein Seil über den Zaun und klettern auf das Grundstück. Sie warten im Gebüsch, bis Newland herauskommt. Er trägt Shorts und ein ausgewaschenes T-Shirt. Er hält ein Sandwich in der Hand, das mit Wurst belegt ist, und starrt auf sein Handy.

Sie hätte erwartet, dass sie so etwas wie Angst empfindet; sich in die Hose pinkelt, zu weinen beginnt, Wut in ihr aufsteigt. Doch als sie ihm ins Gesicht sieht, ist da nur Interesse. Ein vollendeter Kreis, zwei Enden miteinander verknüpft. Der Mann, der dabei geholfen hat, ihre Mum zu töten. Die letzten Reste auf einem Teller, die man noch zusammenkratzen muss.

Sie tritt aus dem Gebüsch, stellt sich ihm in den Weg. »Newland«, sagt sie. »Sie heißen Newland.«

Er starrt sie mit offenem Mund an, das Wurstsandwich immer noch in der Hand. In der Sekunde, bis Angst in seinen Augen aufleuchtet, hat Darrell ihm schon eins übergezogen und ihn in den Swimmingpool geworfen.

Als er wieder zu sich kommt, steht die Sonne hoch am Himmel, er treibt auf dem Rücken im Wasser. Er schlägt um sich, stellt sich in die Mitte des Pools, hustet und reibt sich die Augen.

Roxy sitzt am Rand und taucht die Finger ins Wasser. »Wasser leitet Elektrizität sehr gut«, meint sie beiläufig. »Und schnell.«

Newland erstarrt.

Sie legt den Kopf zur linken, dann zur rechten Seite, streckt ihre Muskeln. Ihr Strang ist stark und voll.

Newland stottert etwas. Vielleicht »Ich weiß nicht ...« oder »Wer bist ...«, doch sie entlädt etwas Strom ins Wasser, gerade genug, damit ein Schauer seinen nassen Körper überläuft.

Sie sagt: »Das hier wird langweilig, wenn Sie alles leugnen, Detective Newland.«

»Verdammt«, antwortet er, »ich weiß ja nicht mal, wer du bist. Wenn das hier wegen Lisa ist, sie hat ihr verdammtes Geld bekommen. Vor zwei Jahren schon, jeden Penny, und ich bin draußen.«

Roxy gibt wieder etwas Strom in das Wasser ab. »Denken Sie noch mal nach«, sagt sie. »Sehen Sie sich mein Gesicht an. Erinnere ich Sie nicht an jemanden? Bin ich nicht jemandes Tochter?«

Da weiß er es, sie sieht es ihm an. »Scheiße«, flucht er, »das hier ist wegen Christina.«

»Ganz genau.«

»Bitte«, fleht er, was sie mit einem harten Stromschlag quittiert, sodass seine Zähne klappern und sein Körper ganz starr wird. Er scheißt sich in die Hose, eine braungelbe Wolke schießt aus ihm heraus ins Wasser.

»Rox«, sagt Darrell leise. Er sitzt hinter ihr auf einer der Sonnenliegen, die Hand am Gewehrkolben.

Sie hört auf. Newland bricht schluchzend im Wasser zusammen.

»Sag ja nicht ›bitte‹«, weist sie ihn zurecht. »Das hat meine Mum gesagt.«

Er reibt sich die Unterarme, versucht, das taube Gefühl verschwinden zu lassen.

»Du kommst hier nicht mehr raus, Newland. Du hast Primrose erzählt, wo meine Mum ist. Du bist für ihren Tod verantwortlich, weshalb ich dich jetzt töten werde.«

Newland versucht, zum Rand des Pools zu gelangen, was ihm nur einen neuen Stromstoß einbringt. Seine Knie knicken ein, und er fällt nach vorne. Mit dem Gesicht im Wasser bleibt er liegen.

»Verdammte Scheiße«, flucht Roxy.

Darrell holt den Haken und zieht den Mann an den Rand, wo sie ihn neben das Becken hieven.

Als Newland wieder die Augen öffnet, sitzt Roxy auf seiner Brust.

»Du wirst hier sterben, Newland«, sagt Darrell ruhig. »Das war's, Kumpel. Mehr gibt es nicht für dich. Das hier ist dein letzter Tag auf der Erde, und du kannst uns nichts erzählen, was daran etwas ändern würde, kapiert? Aber wenn wir es wie einen Unfall aussehen lassen, zahlt die Lebensversicherung trotzdem. Das Geld geht an deine Mum, nicht wahr? Und deinen Bruder? Das können wir schon machen, es wie einen Unfall aussehen lassen. Keinen Selbstmord. Kapiert?«

Newland hustet schlammiges Wasser aus.

»Du bist für den Tod meiner Mum verantwortlich, Newland«, wiederholt Roxy. »Der erste Fehler. Dann musste ich dich aus deinem verschissenen Pool herausholen. Der zweite Fehler. Beim dritten wirst du unvorstellbare Schmerzen erleiden. Ich will nur eins von dir wissen.«

Er hört ihr aufmerksam zu.

»Was hast du von Primrose bekommen, Newland, damit du ihm den Tipp mit meiner Mum gibst? Was war der Grund, dir den Hass der Monkes zuzuziehen? Was war dir *das* wert, Newland?«

Er blinzelt verwirrt, sieht zuerst sie, dann Darrell an, als ob sie sich über ihn lustig machten.

Sie legt ihre Hände auf seine Wangen und verpasst ihm einen Schlag.

Er schreit.

»Sag es mir einfach, Newland«, fordert sie.

Keuchend antwortet er: »Du weißt es, nicht wahr? Du verarschst mich doch.«

Sie verstärkt den Druck auf sein Gesicht.

»Nein!«, ruft er. »Nein! Nein, du *weißt*, was passiert ist, du verdammte Schlampe, es war dein Dad. Nicht Primrose hat mich bezahlt, sondern Bernie – Bernie Monke hat mir *befohlen*, es zu tun. Ich habe immer nur für Bernie gearbeitet, nur für ihn Jobs erledigt; Bernie hat mir gesagt, ich solle so tun, als würde ich Informationen an Primrose verkaufen, ihm sagen, wann deine Mum allein zu Hause ist. Du hättest es nie sehen sollen. Bernie wollte, dass deine Mum stirbt, und ich stelle keine Fragen. Ich habe ihm geholfen. Bernie hat es getan. Bernie. Dein Dad.«

Er sagt ständig den Namen vor sich hin, wie ein Geheimnis, das ihn befreien wird.

Viel mehr bringen sie nicht aus ihm heraus. Er wusste, dass Roxys Mum Bernies Frau war, natürlich wusste er das. Sie hatten ihm gesagt, sie hätte Bernie betrogen, und das reichte als Todesurteil.

Als sie fertig sind, legen sie ihn zurück in den Pool, den Roxy kurz unter Strom setzt. Es soll wie ein Herzinfarkt aussehen, bei dem er ins Wasser fiel, sein Darm sich entleerte und er ertrank. Sie halten ihr Versprechen also. Danach wechseln sie die Kleidung und fahren das Mietauto zurück zum Flughafen. Nicht einmal der Zaun ist beschädigt.

Im Flugzeug fragt Roxy: »Was jetzt?«

Darrell antwortet: »Was willst du, Rox?«

Sie denkt nach, spürt die Kraft in sich, kristallin und mächtig. Es hat sich interessant angefühlt, Newland zu töten. Zu sehen, wie er erstarrt und dann erschlafft.

Sie denkt daran, was Eve zu ihr gesagt hat, dass sie wusste, dass Roxy kommen würde. Dass sie ihr Schicksal vorhergesehen hat. Dass sie diejenige ist, die die neue Weltordnung anführen wird. Dass die Kraft, alles zu ändern, in ihren Händen liegen wird.

Sie spürt die Elektrizität in den Fingerspitzen, als ob sie ein Loch durch die Welt stoßen könnte.

»Ich will Gerechtigkeit«, sagt sie. »Und dann will ich alles. Bist du für mich? Oder gegen mich?«

Bernie ist in seinem Büro und überprüft die Bücher. Er sieht alt aus, denkt Roxy. Er hat sich nicht ordentlich rasiert; lange Stoppeln sind an seinem Hals und seinem Kinn zu sehen. Er riecht auch anders, wie harter Käse. Er war ihr bisher nie alt erschienen. Sie sind seine jüngsten Kinder. Ricky ist fünfunddreißig.

Er wusste, dass sie kommen würden. Barbara musste ihm von den Notizbüchern erzählt haben. Er lächelt, als sie durch die Tür treten. Roxy zuerst, Darrell hinter ihr, eine geladene Waffe in der Hand.

»Du musst das verstehen, Rox«, erklärt Bernie. »Ich habe deine Mum geliebt. Sie dagegen hat mich nie geliebt – zumindest glaube ich das nicht. Sie hat mich nur benutzt.«

»Hast du sie deshalb töten lassen?«

Er atmet hörbar durch die Nase ein, als ob er von der Anschuldigung überrascht wäre. »Ich werde nicht betteln«, sagt er und blickt auf Roxys Hände und Finger. »Ich weiß, wie das abläuft, und ich stelle mich dem, aber du musst verstehen, dass es nichts Persönliches war, sondern rein geschäftlich.«

»Aber es hat die Familie betroffen, Dad«, sagt Darrell leise. »Familie ist immer etwas Persönliches.«

»Das stimmt«, erwidert er. »Aber durch sie wurden Al und Big Mick erwischt. Die Rumänen haben sie bezahlt, und sie hat ihnen ihren Aufenthaltsort verraten. Ich habe geweint, als sie mir erzählt haben, dass sie die Verräterin war, Liebes. Wirklich. Aber das konnte ich nicht durchgehen lassen, verstehst du? Niemand darf … du musst verstehen, dass mir das niemand antun darf.«

Roxy war auch schon zu diesem Schluss gekommen.

»Du hättest nicht dabei sein sollen, Liebes.«

»Schämst du dich nicht, Dad?«, fragt Roxy.

Er streckt das Kinn vor, schiebt die Zunge zwischen Zähne und Unterlippe. »Es tut mir leid, was passiert ist. Es tut mir leid, dass es so gekommen ist. Du hättest es nicht mit ansehen sollen, und ich habe mich immer um dich gekümmert. Du bist doch schließlich mein Mädchen.« Er verstummt. »Deine Mum hat mich mehr verletzt, als ich dir sagen kann.« Er stößt den Atem wie ein Stier durch die Nase aus. »Es ist wie eine verdammte griechische Tragödie. Selbst wenn ich gewusst hätte, dass das alles passieren würde, hätte ich es getan, ich kann es nicht leugnen. Und wenn du mich tötest ... dann liegt darin eine gewisse Gerechtigkeit.«

Er sitzt ruhig da und wartet. Er musste unzählige Male daran gedacht haben, sich gefragt haben, wer ihn schließlich erledigen würde, ein Freund oder ein Feind oder ein sich ausbreitendes Geschwür in seinem Bauch, oder ob er doch ein hohes Alter erreichen würde. Er musste daran gedacht haben, dass sie ihn erwischen könnte, und deshalb ist er jetzt so ruhig.

Sie weiß, wie so etwas abläuft. Wenn sie ihn tötet, wird es niemals zu Ende sein. So war es mit Primrose und dem blutigen Kampf mit ihm und seinen Leuten. Wenn sie einfach weiter jeden tötet, der ihr blöd kommt, wird sie irgendwann selbst dran glauben müssen.

»Weißt du, was Gerechtigkeit ist, Dad?«, fragt sie. »Du sollst dich verpissen. Du sollst allen sagen, dass du die Geschäfte an mich übergibst. Wir werden hier keine blutigen Fehden ausfechten, niemand wird mir das Business wegnehmen wollen, niemand wird dich rächen, keine griechische Tragödie. Wir machen das hier ganz friedlich. Du gehst in

Ruhestand. Ich werde dich beschützen, und du wirst dich verpissen. Wir bringen dich an einem sicheren Ort unter. Irgendwo am Strand.«

Bernie nickt. »Du warst schon immer ein kluges Mädchen.«

Jocelyn

Das NorthStar-Camp hatte schon Todes- und Bombendrohungen erhalten, bis heute Nacht jedoch keinen tatsächlichen Angriff erlebt.

Jocelyn hat Wachdienst, zusammen mit vier anderen Mädchen. Sie suchen die Umgebung mit Ferngläsern ab. Wenn man Extraaufgaben übernimmt, auf dem Gelände übernachtet und sich für zwei Jahre nach dem Collegeabschluss verpflichtet, dann übernehmen sie die Studiengebühren. Coole Sache. Margot hätte Jocelyns Studium finanzieren können, doch es macht einen guten Eindruck, wenn sie sich von den anderen Mädchen nicht abhebt. Maddys Strang hat sich vollständig und kraftvoll entwickelt, sie hat keine Probleme wie Jocelyn. Sie ist erst fünfzehn und spricht schon davon, sich den Eliteeinheiten anzuschließen. Zwei Töchter beim Militär – so wird man Präsidentschaftskandidatin.

Jocelyn döst fast auf ihrem Posten, als der Alarm ertönt. Das ist an sich nichts Ungewöhnliches, ein Fuchs oder ein Kojote oder auch betrunkene Teenager, die als Mutprobe über den Zaun klettern wollten, haben ihn schon ausgelöst. Einmal wurde Jocelyn von einem Kreischen bei den Mülltonnen hinter der Messe erschreckt, bis sie zwei riesige Waschbären sah, die aus den Metalltonnen sprangen und nach einander schnappten.

Die anderen hatten sie wegen ihrer Angst ausgelacht, so wie sie es oft tun. Zuerst war da Ryan, und das war aufregend und lustig und intensiv und etwas ganz Besonderes, weil sein Strang ihr Geheimnis war. Doch dann wurde es bekannt – Paparazzibilder, wieder Journalisten an der Haustür. Die anderen Mädchen im Lager hörten auch davon. Es folgten diese kleinen geflüsterten Gespräche voller verstohlenem Kichern, die abrupt verstummten, wenn sie ins Zimmer kam. Sie hat Berichte gelesen von Frauen, die wünschten, sie hätten keinen Strang, und von Männern, die einen haben wollten, und alles ist so verwirrend, und sie wünscht sich wirklich, einfach normal zu sein. Als sie mit Ryan Schluss machte, weinte er, ihr Gesicht jedoch blieb trocken, als würde ein Pfropfen alles in ihr verschließen. Ihre Mom brachte sie zu einem Arzt, der ihr etwas gab, damit sie sich normaler fühlen konnte. Und das tut sie auch, irgendwie.

Sie und drei der anderen Mädchen auf Wache nehmen ihre Nachtstöcke in die Hand – lange Schlagstöcke mit spitzen, biegsamen Metalldrähten am äußeren Ende – und gehen hinaus in die Nacht. Sie erwarten, irgendein Wildtier zu finden, das sich in den Zaun verbissen hat. Doch dann treffen sie beim Generator auf drei Männer, die alle Baseballschläger in der Hand halten und Sturmhauben tragen. Einer von ihnen hat einen riesigen Bolzenschneider in der Hand. Terroristen.

Danach geht alles ganz schnell. Dakota, die älteste der Gruppe, flüstert Hayden, einer der jüngsten, zu, sie solle die NorthStar-Security holen. Die anderen bleiben dicht zusammen. In anderen Camps war es auch schon zu Einbrüchen durch Männer mit Messern, Pistolen und sogar Granaten und selbst gebastelten Bomben gekommen.

Dakota ruft: »Waffen auf den Boden!«

Die Augen der Männer sind ausdruckslos. Ganz offensichtlich wollen sie nicht nur Hallo sagen.

Dakota schwenkt ihre Taschenlampe. »Na gut«, sagt sie, »ihr hattet euren Spaß, doch wir haben euch erwischt. Auf den Boden damit.«

Einer der Einbrecher wirft etwas – eine Nebelkerze, aus der sofort der Rauch quillt. Der zweite setzt den Bolzenschneider an einem aus dem Generator führenden Schlauch an. Ein Knall ertönt. Alle Lichter im Lager erlöschen. Nur der schwarze Himmel, die Sterne und die Männer, die sie töten wollen, sind noch zu sehen.

Jocelyn versucht, mit ihrer Taschenlampe das Geschehen zu beleuchten. Einer der Männer kämpft mit Dakota und Samara, schwingt den Baseballschläger, schreit etwas. Der Schläger trifft Samaras Kopf. Überall ist Blut. Die Mädchen sind alle ausgebildet, so etwas darf nicht passieren. Selbst mit ihren Kräften, wie ist das möglich? Tegan stürzt sich wie ein Wolf auf ihn, die Elektrizität in ihren Händen lässt eins seiner Knie einknicken, doch er tritt ihr direkt ins Gesicht. Und was glänzt da unter seiner Jacke, was hat er da, verdammt noch mal? Jocelyn rennt auf ihn zu, sie will ihn zu Boden drücken und ihm wegnehmen, was auch immer er da unter der Jacke hat, doch da packt plötzlich eine Hand ihren Knöchel, und sie stürzt mit dem Gesicht nach vorne in die sandige Erde.

Sie rappelt sich auf alle viere auf, will zu ihrer Taschenlampe gelangen, als jemand anders schneller ist und ihr ins Gesicht leuchtet. Sie wartet auf den Schlag. Doch es ist Dakota, mit einer Prellung an der Wange, Tegan steht neben ihr. Einer der Männer kniet auf dem Boden zu Tegans Füßen. Jocelyn glaubt, es ist der, mit dem sie gekämpft hat. Seine Sturmhaube hat er verloren, er sieht jung aus. Jünger, als sie gedacht hätte. Vielleicht nur ein oder zwei Jahre älter als sie. Seine Lippe ist eingerissen, und eine farnartige Narbe breitet sich über seinen Kiefer aus.

»Hab ihn«, verkündet Dakota.

»Leck mich«, erwidert der Mann wütend. »Wir sind für die Freiheit!«

Tegan zieht seinen Kopf an den Haaren empor und verpasst ihm wieder einen elektrischen Schlag, genau unter dem Ohr, wo es richtig schön wehtut.

»Wer hat euch hergeschickt?«, fragt Dakota.

Er antwortet nicht.

»Jos«, sagt Dakota, »zeig ihm, dass wir es ernst meinen.«

Jocelyn weiß nicht, wohin die beiden anderen Mädchen gegangen sind. »Sollten wir nicht auf Unterstützung warten?«, fragt sie.

Dakota erwidert barsch: »Verdammte Pzit. Du kannst es nicht, nicht wahr?«

Der Junge kauert auf dem Boden. Sie muss es nicht tun, keiner muss es jetzt tun.

Tegan sagt: »Hat er einen Strang? Dann will sie ihn sicher vögeln.«

Die anderen lachen. Ja, murmeln sie, darauf steht sie. Seltsame Männer, deformierte Männer. Widerliche, fremde, abscheuliche Männer. Das gefällt ihr.

Wenn sie jetzt vor ihnen zu weinen beginnt, werden sie das niemals vergessen. Sie ist nicht das, was sie von ihr denken. Es hat ihr auch gar nicht so gut mit Ryan gefallen, das ist ihr seit der Trennung klar geworden, und sie glaubt, dass die anderen Mädchen recht haben. Es ist besser mit einem Mann, der keinen Strang hat, es ist viel normaler. Sie war seither mit zwei Jungen zusammen, die es mochten, wenn sie ihnen einen Stromstoß verpasste, und sie sogar leise flüsternd darum baten. So ist es besser, und sie wünscht sich, dass die anderen Ryan einfach vergessen könnten. Sie selbst hat ihn schließlich auch vergessen, das war eine Teenagerschwärmerei, und die Medikamente haben ihre Kraft ausgeglichen. Sie ist jetzt völlig normal.

Wie würde ein normales Mädchen handeln?

Dakota sagt: »Leck mich doch, Cleary, ich tue es«, doch Jocelyn erwidert: »Nein, leck du mich.«

Der Junge auf dem Boden flüstert: »Bitte.« Wie sie es immer tun.

Jocelyn drängt Dakota aus dem Weg, beugt sich nach unten und verpasst dem Jungen einen Stromstoß in den Kopf. Als Vorwarnung, was sie mit ihm anstellen, wenn er Schwierigkeiten macht.

Sie ist jedoch aufgewühlt. Ihr Trainer hat ihr gesagt, sie solle aufpassen, wenn sie sich so fühlt. Die Elektrizität wabert durch ihren Körper. Hormone und Elektrolyte bringen alles durcheinander.

Sie spürt, dass sie zu viel Strom abgibt. Sie versucht noch, sich zurückzuhalten, doch es ist zu spät.

Sein Skalp verbrennt unter ihrer Hand.

Er schreit.

In seinem Schädel kocht die Gehirnflüssigkeit. Empfindliche Teile verbinden sich und verschmelzen. Narben überziehen sein Gesicht, schneller als gedacht.

Sie kann es nicht zurückhalten. Es ist eine furchtbare Art zu sterben. So wollte sie das nicht.

Der Geruch nach verbranntem Fleisch und versengten Haaren breitet sich aus.

Tegan flucht: »Verdammte Scheiße.«

Plötzlich werden sie von einem Lichtstrahl erfasst. Zwei

der NorthStar-Security-Mitarbeiter nähern sich, ein Mann und eine Frau; Jos kennt sie: Esther und Johnny. Endlich. Sie müssen das Licht über einen Back-up-Generator erzeugt haben. Jocelyns Gedanken rasen, auch wenn ihr Körper träge ist. Ihre Hand liegt immer noch auf dem Kopf des Jungen. Zarter Rauch steigt von ihren Fingerspitzen auf.

Johnny sagt erschüttert: »Himmel.«

Esther fragt: »Das Mädchen hat gesagt, sie waren zu dritt. Wo sind die anderen?«

Dakota starrt immer noch den Jungen an. Jocelyn löst ihre Finger, einen nach dem anderen, und denkt überhaupt nicht darüber nach. Sie weiß, wenn sie jetzt daran zu denken anfängt, wird sie in tiefes, dunkles Wasser stürzen; ein schwarzes Meer wartet auf sie, wird immer auf sie warten. Nach den Fingern zieht sie ihre klebrige Handfläche ab, denkt immer noch nicht darüber nach, und der Junge fällt mit dem Gesicht nach vorne in die Erde.

Esther sagt: »Johnny, hol den verdammten Sanitäter. Los!«

Johnny starrt den übel zugerichteten jungen Mann ebenfalls an, lacht auf und meint: »Sanitäter?«

Esther befiehlt kurz angebunden: »Los, hol den verdammten Sanitäter, Johnny.«

Er schluckt. Sein Blick zuckt zu Jocelyn, Tegan, Esther. Als er Esthers Blick auffängt, nickt er rasch und eilt davon in die Dunkelheit.

Esther sieht in die Runde.

Dakota setzt an: »Was passiert ist …«

Doch Esther schüttelt nur den Kopf und meint: »Schauen wir es uns mal an.«

Sie kniet sich neben den Jungen, dreht ihn mit einer Hand und durchsucht seine Jackentaschen. Die anderen Mädchen sehen nicht genau, was passiert. Sie findet Kaugummi, ein paar Flyer für eine Männerprotestgruppe. Und dann hören sie ein vertrautes, schweres, metallisches Geräusch.

Esther zeigt ihre Handfläche, auf der eine Pistole ruht, klobig, mit kurzem Lauf, aus Militärbestand. »Er hat dich mit der Pistole bedroht«, sagt Esther.

Jocelyn runzelt die Stirn. Sie versteht, aber sie sagt es trotzdem: »Nein, hat er nicht. Er war …« Sie verstummt, als ihr Gehirn sich endlich durchsetzt.

Esther spricht sehr ruhig und bedächtig, mit einem Lächeln in der Stimme. Als ob sie Jos durch eine Bedienungsanleitung führt. Erst den Strom ausschalten, dann die Schmierflüssigkeit auftragen, den Gurt mit der Schraube festziehen. Einfach. Eins nach dem anderen. Eins, zwei, drei. So wird es gemacht.

Sie sagt: »Du hast gesehen, dass er eine Waffe in der Jackentasche hatte und danach griff. Er hatte bereits eine gewalttätige Handlung gegen uns verübt. Du hast dich einer klaren und deutlichen Gefahrensituation gegenübergesehen. Er hat nach der Waffe gegriffen, und du hast angemessen darauf reagiert.«

Esther biegt die Finger des Jungen auf und legt sie um den Pistolengriff. »So ist es einfacher zu verstehen. Er hielt seine Pistole«, erklärt sie. »Und wollte gerade abdrücken.« Sie blickt zu den jungen Frauen, sieht jeder von ihnen in die Augen.

Tegan bestätigt: »Ja, genau, das ist passiert. Ich habe gesehen, wie er nach seiner Waffe gegriffen hat.«

Jocelyn blickt auf die Pistole in den erkaltenden Fingern. Manche NorthStar-Angestellte tragen ihre eigenen, unregistrierten Waffen. Ihre Mom musste bei der *New York Times* intervenieren, damit ein entsprechender Artikel zurückgezogen wurde, mit der Begründung, er stelle eine Gefahr für den Heimatschutz dar. Vielleicht hatte er die Pistole in der hinteren Hosentasche. Vielleicht hätte er damit auf sie gezielt. Doch warum benutzen sie Baseballschläger, wenn sie doch Waffen hatten?

Esther steht auf und legt Jocelyn eine Hand auf die Schulter. »Du bist eine Heldin, Soldatin«, sagt sie.

»Ja«, erwidert Jocelyn gehorsam.

Je öfter sie die Geschichte erzählt, desto leichter fällt es ihr. Sie sieht sie immer deutlicher vor sich, weshalb sie selbst schon glaubt, sich so daran zu erinnern, als sie im landesweiten Fernsehen davon erzählt. Hatte sie nicht einen Metallgegenstand in seiner Tasche gesehen? Hätte das eine Pistole sein können? Vielleicht hat sie ihm deshalb einen so starken Stromschlag verpasst. Ja, wahrscheinlich wusste sie es.

Sie lächelt in den Fernsehnachrichten. Nein, sagt sie. Ich fühle mich nicht wie eine Heldin. Jeder andere hätte dasselbe getan.

Na, komm schon, sagt Kristen, ich hätte das nicht tun können. Du etwa, Matt?

Matt lacht und antwortet, ich hätte nicht einmal zuschauen können! Er ist sehr attraktiv und etwa zehn Jahre jünger als Kristen. Der Sender hat ihn gefunden. Man versucht etwas Neues. Wo wir schon dabei sind, Kristen, warum trägst du deine Brille nicht, wenn wir auf Sendung sind? Sie verleiht dir eine gewisse Würde. Wir probieren das mal und schauen, wie sich die Zuschauerzahlen entwickeln.

Nun, deine Mutter muss sehr stolz auf dich sein, Jocelyn.

Sie ist tatsächlich stolz, doch sie kennt nicht die ganze Geschichte. Der Vorfall ist allerdings ein ausreichendes Druckmittel gegenüber dem Verteidigungsministerium, damit der NorthStar-Ausbildungsplan auf alle fünfzig Bundesstaaten ausgeweitet wird. Es ist ein gut eingeführtes Programm, mit guten Verbindungen zu Colleges, und sie können von der Armee eine Prämie für jedes Mädchen verlangen, das von einem NorthStar-Camp dorthin wechselt und dabei die Grundausbildung überspringt und direkt den aktiven Dienst antreten kann. Die Armee mag Margot Cleary.

Und überhaupt, sagt Matt, dieser Krieg in Osteuropa, worum geht es da eigentlich? Zuerst scheinen die Südmoldauer zu gewinnen, dann die Nordmoldauer, und die Saudis sind auch irgendwie daran beteiligt ... Er zuckt hilflos mit den Schultern. Es ist gut zu wissen, dass junge Frauen wie Sie bereit sind, das Land zu verteidigen.

O ja, erwidert Jocelyn, wie sie es geübt hat. Ich wäre zu alldem nicht fähig, ohne die Ausbildung, die ich im NorthStar-Camp erhalten habe.

Kristen tätschelt ihr Knie. Bleiben Sie noch, Jocelyn? Wir werden nach der Pause einige köstliche Zimtrezepte für den Herbst ausprobieren.

Aber natürlich!

Matt lächelt in die Kamera. *Ich* zumindest fühle mich sicherer, wenn Sie hier sind. Und jetzt zum Wetter.

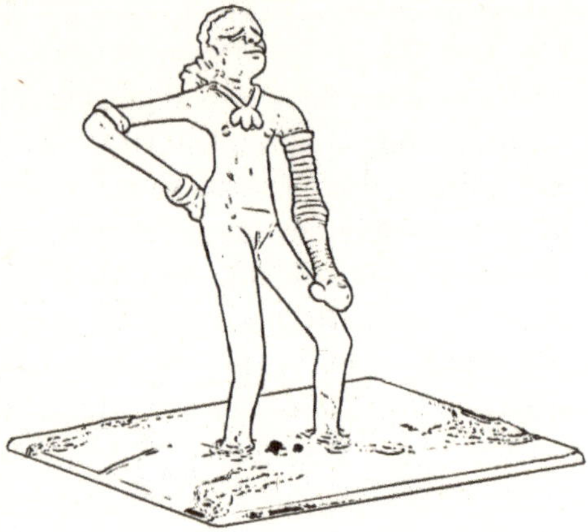

*Statue der »Priesterkönigin«. Teil eines in Lahore gefundenen Schatzes.
Die Statue selbst ist bedeutend älter als der Sockel, für den man
eine Technologie aus der Zeit der Verheerung wiederverwendet hat.
Auch wenn die Erosion weit fortgeschritten ist, haben Analysen
des Sockels ergeben, dass darauf ursprünglich das Symbol der angebissenen
Frucht zu sehen war. Objekte mit diesem Symbol findet man
in der gesamten Welt, die von der Verheerung betroffen war,
und ihr Sinn ist nicht klar. Die Einheitlichkeit des Motivs legt
einen religiösen Hintergrund nahe, doch es könnte auch schlicht
ein Symbol sein, dass der betreffende Gegenstand dem Servieren
von Essen gedient hat. Verschiedene Größen waren vielleicht
für verschiedene Mahlzeiten bestimmt.
Der Sockel besteht wie für diese Artefakte üblich zum Teil aus Metall
und zum Teil aus Glas. Ungewöhnlich ist, dass das Glas nicht
beschädigt ist, was zum hohen Wert in der Post-Verheerungs-Zeit
beigetragen haben dürfte.
Man spekuliert, dass das Objekt mit der angebissenen Frucht dem Kult
um die Priesterkönigin gespendet wurde und dazu diente,
die Erhabenheit der Statue zu unterstreichen.
Die zwei Objekte wurden etwa vor 2 500 Jahren miteinander verschweißt.*

Statue des »Dienerjungen«: Teil desselben Schatzes wie die »Priesterkönigin«.
Die sorgfältige Frisur und die sinnlichen Gesichtszüge deuten darauf hin, dass diese Statue einen Sexarbeiter darstellt. Sie ist mit Glas aus der Zeit der Verheerung dekoriert, dessen Zusammensetzung dem Sockel der »Priesterkönigin« ähnelte. Mit großer Wahrscheinlichkeit stammt es von einem Artefakt mit einer angebissenen Frucht. Das Glas wurde vermutlich zur selben Zeit auf der Statue angebracht wie der Sockel an der »Priesterkönigin«.

Noch ein Jahr

Die Präsidentin und ihr Kabinett
bitten Senatorin Margot Cleary
zu Empfang und Dinner am
Mittwochabend, den 15. Juni, um 19.00.

Die Präsidentin und ihr Kabinett
bitten Ms. Roxanne Monke
zu Empfang und Dinner am
Mittwochabend, den 15. Juni, um 19.00.

Die Präsidentin und ihr Kabinett
bitten Mother Eve zu Empfang
und Dinner am Mittwochabend,
den 15. Juni, um 19.00.

Die Präsidentin und ihr Kabinett
bitten Mr. Tunde Edo zu Empfang
und Dinner am Mittwochabend,
den 15. Juni, um 19.00.

Margot

»Können Sie etwas dazu sagen, warum Sie hier sind, Senatorin Cleary?«

»Präsidentin Moskalew wurde von einem Militärputsch entmachtet und aus ihrem Amt vertrieben, in das sie demokratisch gewählt wurde, Tunde. Das nimmt die Regierung der Vereinigten Staaten sehr ernst. Darf ich an dieser Stelle hinzufügen, wie erfreut ich bin, dass Sie die jüngere Generation an diese wichtigen geopolitischen Themen heranführen.«

»Die jüngere Generation muss schließlich in der Welt leben, die Sie aufbauen, Senatorin.«

»Das stimmt, und deshalb bin ich so erfreut, dass meine Tochter Jocelyn das Land mit mir als Teil der Delegation der Vereinten Nationen besucht.«

»Können Sie etwas zur jüngsten Niederlage der Truppen der Republik Bessapara gegen Nordmoldau sagen?«

»Das hier ist eine Party, mein Junge, keine Besprechung von Verteidigungsstrategien.«

»Sie müssen es ja wissen, Senatorin Cleary. Sie sitzen in … fünf strategischen Ausschüssen mittlerweile?« Er zählt sie an den Fingern ab: »Verteidigung, Auslandsbeziehungen, Heimatschutz, Staatshaushalt und Geheimdienst. Sie sind ein ganz schönes Machtzentrum, um einfach so an einer *Party* teilzunehmen.«

»Ich sehe, Sie haben Ihre Hausaufgaben gemacht.«

»Das habe ich, Ma'am. Nordmoldau wird vom saudischen

Exilkönigshaus unterstützt, nicht wahr? Ist dieser Krieg mit Bessapara ein Testlauf, um Saudi-Arabien zurückzuerobern?«

»Die Regierung von Saudi-Arabien wurde demokratisch von ihren Bürgern gewählt. Die Vereinigten Staaten unterstützen die Demokratie auf der Welt und friedliche Regimewechsel.«

»Ist die Regierung der Vereinigten Staaten heute hier, um die Ölpipeline zu sichern?«

»In Moldau oder Bessapara gibt es kein Öl, Tunde.«

»Doch ein weiterer Regimewechsel in Saudi-Arabien könnte die Ölversorgung gefährden, nicht wahr?«

»Das kann nicht Thema sein, wenn wir über die Freiheit einer Demokratie sprechen.«

Fast hätte er gelacht. Ein feines Lächeln huscht über seine Lippen. »Nun gut«, sagt er. »Die Vereinigten Staaten wollen also lieber Demokratie fördern als Öl. Gut. Und was bedeutet Ihre Teilnahme an dieser Party heute Abend für den einheimischen Terrorismus in den USA?«

»Ich sage ganz deutlich«, erwidert Margot und blickt offen und aufrecht in Tundes Kamera, »die Regierung der Vereinigten Staaten hat keine Angst vor einheimischem Terrorismus oder den Menschen, die ihn finanzieren.«

»Und damit meinen Sie König Awadi-Atif von Saudi-Arabien?«

»Ich habe nichts weiter zu diesem Thema zu sagen.«

»Und können Sie mir sagen, warum man Sie hierher entsandt hat, Senatorin? Sie im Speziellen? Mit Ihren Beziehungen zu den NorthStar-Ausbildungslagern für junge Frauen? Hat man Sie deshalb ausgewählt?«

Margot lacht leise, was völlig ernst gemeint wirkt. »Ich bin nur ein kleiner Fisch, Tunde. Ich bin hier, weil ich eingeladen wurde. Und jetzt möchte ich gern die Party genießen und Sie doch sicher auch.«

Sie wendet sich ab und geht ein paar Schritte nach rechts. Wartet, bis sie hört, wie die Kamera ausgeschaltet wird.

»Machen Sie mir bloß keinen Ärger, mein Junge«, sagt sie aus dem Mundwinkel. »Ich bin auf Ihrer Seite.«

Tunde registriert die Worte »mein Junge«. Schweigt. Freut sich, dass die Tonaufnahme weiterläuft und er nur das Bild ausgeschaltet hat.

»Ich hätte Sie noch viel mehr in die Enge treiben können, Ma'am.«

Margot kneift die Augen zusammen. »Ich mag Sie, Tunde«, sagt sie. »Das Interview mit UrbanDox war gute Arbeit. Nach seiner Drohung mit Nuklearwaffen ist der Kongress aufgewacht und hat uns das Geld bewilligt, das wir brauchen, um das Land zu verteidigen. Haben Sie noch Kontakt zu diesen Leuten?«

»Manchmal.«

»Wenn Sie hören, dass man dort irgendetwas Großes plant, erzählen Sie es mir doch, nicht wahr? Es soll Ihr Schaden nicht sein. Sie wären sicher ein hervorragender PR-Berater für unsere Trainingslager.«

»Aha«, meint Tunde. »Ich lasse es Sie wissen.«

»Tun Sie das.«

Sie lächelt gewinnend. Zumindest will sie das. Doch sie hat das Gefühl, dass es eher wie ein anzügliches Grinsen wirken könnte. Warum müssen diese verdammten Journalisten auch so attraktiv sein. Sie kennt Tundes Videos; Maddy ist ein großer Fan, und er hat großen Einfluss auf die Wählerschaft zwischen achtzehn und fünfunddreißig.

Es ist wirklich seltsam, dass bisher noch keiner als Erfolg

für Olatunde Edos Videos – neben seiner entspannten und zugänglichen Art – seine große Attraktivität genannt hat. In manchen Videos ist er halb nackt, vom Strand berichtet er in Badehose, und wie soll sie ihn denn jetzt noch ernst nehmen, da sie seine breiten Schultern und die schmale Taille gesehen hat, die Berge und Täler seiner Bauchmuskeln, sein wohlgeformtes Hinterteil ... verdammt, sie braucht wirklich mal wieder Sex.

Himmel. Sie muss sich zusammenreißen. Unter den Teilnehmern der Delegation sind einige junge Männer; nach der Party wird sie ihnen einen Drink ausgeben, denn ihre Vorstellungskraft darf nicht jedes Mal Amok laufen, wenn sie einem hübschen Reporter gegenübersteht. Sie nimmt ein Schnapsglas vom Tablett eines vorbeieilenden Kellners und leert es in einem Zug. Ihre Beraterin Frances fängt ihren Blick durch den Raum auf und deutet auf ihre Armbanduhr. Es wird Zeit.

»Du musst zugeben«, flüstert sie Frances zu, als sie die Marmorstufen hinaufgehen, »hier weiß man, wie man herrschaftlich wohnt.«

Das Schloss wirkt, als hätte man es Stein für Stein aus Disneyland importiert. Vergoldete Möbel, sieben spitze Türmchen in verschiedenen Formen, manche sogar mit Goldspitze. Kiefernwälder im Vordergrund, Berge am Horizont. Ja, ja, ihr habt Geschichte und Kultur. Ja, ja, ihr seid jemand. Schon gut.

Tatjana Moskalew sitzt allen Ernstes auf einem Thron, als Margot den Raum betritt. Ein riesiges goldenes Ding, mit Löwenköpfen an den Armlehnen und einem roten Samtbezug. Margot unterdrückt ein Lächeln. Die Präsidentin von

Bessapara trägt einen weiten weißen Pelzmantel und darunter ein goldenes Kleid. An jedem Finger blitzt ein Ring auf, zwei an jedem Daumen. Es wirkt, als hätte sie zu viele Mafiafilme gesehen. Vielleicht hat sie das ja auch. Hinter Margot schließt sich die Tür. Die beiden Frauen sind allein.

»Präsidentin Moskalew«, sagt Margot, »es ist eine Ehre, Sie kennenzulernen.«

»Senatorin Cleary«, erwidert Tatjana, »die Freude ist ganz auf meiner Seite.«

Die Schlange trifft den Tiger, denkt Margot; der Schakal grüßt den Skorpion.

»Bitte«, fährt Tatjana fort, »nehmen Sie sich ein Glas mit Eiswein. Der beste in ganz Europa. Von unseren Winzern in Bessapara.«

Margot trinkt einen Schluck und fragt sich, ob er wohl vergiftet sein könnte, verwirft den Gedanken aber schnell wieder. Es würde einen sehr schlechten Eindruck machen, wenn sie hier stürbe.

»Der Wein ist vorzüglich«, antwortet sie schließlich. »Ich habe aber auch nichts anderes erwartet.«

Tatjana lächelt schmallippig und distanziert. »Gefällt Ihnen Bessapara?«, fragt sie. »Haben Ihnen die Ausflüge gefallen? Musik, Tanz, der einheimische Käse?«

An diesem Morgen hatte Margot eine dreistündige Präsentation zur einheimischen Käseherstellung über sich ergehen lassen müssen. Drei Stunden. Über Käse.

»Oh, Ihr Land ist hinreißend, Präsidentin Moskalew – der Charme der alten Welt in Verbindung mit dem Ziel, gemeinsam die Zukunft anzugehen.«

»Ja.« Tatjana zeigt wieder ihr dünnes Lächeln. »Wir sind vielleicht das Land, das am meisten in die Zukunft denkt.«

»Oh, ja. Ich freue mich, morgen Ihren Technologiepark besichtigen zu dürfen.«

Tatjana schüttelt den Kopf. »Kulturell und sozial sind wir das einzige Land der Welt, das wirklich versteht, was dieser Wandel bedeutet. Ihn als Segen begreift. Als Einladung ...« Sie sucht nach der richtigen Formulierung. »Eine Einladung zu einer neuen Lebensweise.«

Margot schweigt und nippt mit zustimmendem Gesichtsausdruck an ihrem Wein.

»Ich mag Amerika«, fährt Tatjana fort. »Mein verstorbener Ehemann Wiktor mochte die UdSSR, aber ich mag Amerika. Das Land der Freiheit. Das Land der Möglichkeiten. Gute Musik. Besser als russische.« Sie beginnt ein Lied zu singen, das Maddy zu Hause auch ständig gespielt hat: »When we drive, you so fast, in your car, all boom boom.« Ihre Stimme ist angenehm. Margot erinnert sich, irgendwo gelesen zu haben, dass Tatjana früher einmal Popstar werden wollte.

»Sollen wir eine Tour für die Band hier im Land organisieren?«

»Ich glaube, Sie wissen, was ich will. Senatorin Cleary, Sie sind eine kluge Frau.«

Margot lächelt. »Ich bin ganz sicher nicht dumm, aber ich kann keine Gedanken lesen, Präsidentin Moskalew.«

»Wir wollen«, antwortet Tatjana, »den amerikanischen Traum, hier in Bessapara. Wir wollen frei leben, nach unseren Vorstellungen. Wir wollen Möglichkeiten. Das ist alles.«

Margot nickt. »Das will jeder. Demokratie für alle ist Amerikas größter Wunsch für die Welt.«

Tatjana verzieht die Lippen zu einem hauchfeinen Lächeln. »Dann werden Sie uns also gegen den Norden unterstützen.«

Margot kaut einen Moment an ihrer Unterlippe. Jetzt wird es schwierig. Sie hatte gewusst, dass es darauf hinauslaufen würde.

»Ich ... ich habe Gespräche mit dem Präsidenten geführt. Wir unterstützen Ihre Unabhängigkeit, nach dem Willen Ihrer Bevölkerung, doch wir können nicht in einen Krieg zwischen Nordmoldau und Bessapara eingreifen.«

»Sie und ich sind doch viel subtiler, Senatorin Cleary.«

»Wir können humanitäre Hilfe anbieten sowie Friedenstruppen.«

»Sie können im UN-Sicherheitsrat gegen jedwede Maßnahmen, die gegen uns beschlossen werden sollen, stimmen.«

Margot runzelt die Stirn. »Aber im UN-Sicherheitsrat werden doch gar keine Maßnahmen gegen Bessapara besprochen.«

Tatjana stellt ihr Glas betont beiläufig auf den Tisch vor sich. »Senatorin Cleary, mein Land wurde von einigen seiner männlichen Einwohner verraten. Wir wissen das. In der Schlacht bei Dnister sind wir unterlegen, weil der Norden wusste, wo unsere Truppen postiert sein würden. Männer aus Bessapara haben die Informationen an unsere Feinde im Norden verkauft. Manche haben wir gefunden. Manche haben gestanden. Wir müssen etwas unternehmen.«

»Das ist natürlich Ihr Vorrecht.«

»Sie werden nicht einschreiten. Sie werden unsere Pläne unterstützen.«

Margot lacht leise. »Ich bin nicht sicher, ob ich etwas so Drastisches versprechen kann, Präsidentin Moskalew.«

Tatjana steht auf und stellt sich ans Fenster. Ihre Silhouette zeichnet sich vor der hell erleuchteten Umgebung des Schlosses ab.

»Sie arbeiten mit NorthStar, nicht wahr? Private Streitkräfte. Sie sind ein Shareholder. Ich mag NorthStar. Mädchen zu Soldatinnen ausbilden. Sehr gut. Davon brauchen wir mehr.«

Oh. Das hatte Margot nicht erwartet. Doch es klingt vielversprechend.

»Ich verstehe nicht ganz, wo hier die Verbindung sein soll, Präsidentin Moskalew«, meint sie, auch wenn sie langsam eine ungefähre Vorstellung bekommt.

»NorthStar will das UN-Mandat, damit es eigene NorthStar-Truppen mit Soldatinnen nach Saudi-Arabien schicken kann. Die Regierung in Saudi-Arabien bricht zusammen. Der Staat ist instabil.«

»Wenn die UNO das Mandat genehmigt, wäre das für die Welt sicher sinnvoll, ja. Die Energieversorgung sichern, der Regierung durch eine schwierige Übergangsphase helfen.«

»Das Mandat würde leichter genehmigt«, sagt Tatjana, »wenn eine andere Regierung schon erfolgreich NorthStar-Truppen im Land stationiert hätte.« Tatjana verstummt, geht zum Tisch, gießt sich noch ein Glas Eiswein ein, ebenso wie für Margot. Sie wissen beide, auf was das hinausläuft. Ihre Blicke treffen sich. Margot lächelt.

»Sie wollen also selbst NorthStar-Frauen stationieren.«

»Als meine private Armee, hier und an der Grenze.«

Das wäre sehr lukrativ. Sogar noch lukrativer, wenn sie den Krieg gegen den Norden gewinnen und das Vermögen der Saudis beschlagnahmen. Wenn NorthStar als private Armee hier wäre, hätten sie ihr Ziel erreicht. Der Verwaltungsausschuss wäre nur zu gern bereit, die Zusammenarbeit mit Margot Cleary bis ins Unendliche fortzusetzen, wenn sie diesen Deal abschloss.

»Und im Austausch wollen Sie …«

»Wir werden unsere Gesetze ein wenig anpassen. Während dieser unruhigen Zeiten. Um zu verhindern, dass Verräter unsere Geheimnisse an den Norden verraten. Wir wollen, dass Sie an unserer Seite sind.«

»Wir wollen nicht in die Angelegenheiten einer unabhängigen Nation eingreifen«, erwidert Margot. »Kulturelle Unterschiede müssen respektiert werden. Ich weiß, dass der Präsident meinem Urteil in dieser Sache vertrauen wird.«

»Gut«, erwidert Tatjana und blinzelt langsam mit ihren grünen Augen. »Dann verstehen wir uns ja.« Sie verstummt. »Wir müssen uns nicht fragen, was der Norden tun wird, wenn er gewinnt, Senatorin Cleary. Das haben wir bereits in Saudi-Arabien gesehen. Wir beide sind auf der richtigen Seite.«

Sie hebt ihr Glas, und die beiden Frauen stoßen vorsichtig an.

Ein großer Tag für Amerika. Ein großer Tag für die Welt.

Der Rest der Party ist genauso langweilig, wie Margot erwartet hat. Sie schüttelt die Hände von ausländischen Würdenträgern und religiösen Führern sowie von Menschen, die gut und gern Kriminelle und Waffenhändler sein könnten. Sie wiederholt immer wieder dieselben Sätze, von »dem tiefen Mitgefühl der Vereinten Nationen mit den Opfern von Unrecht und Tyrannei und dem Wunsch nach einer friedlichen Lösung der Situation hier in dieser schwer geprüften Region«. Als Tatjana den Raum betritt, entsteht Unruhe, doch Margot kann den Grund dafür nicht erkennen. Sie bleibt bis halb elf Uhr abends – weder zu früh noch zu spät, um eine Party zu verlassen. Auf dem Weg zum Diplomatenwagen trifft sie wieder auf Tunde.

»Entschuldigung«, sagt er, als er etwas zu Boden fallen lässt und es sofort wieder aufhebt, sodass sie den Gegenstand nicht erkennen kann. »Entschuldigung. Tut mir leid ... Ich ... ich habe es etwas eilig.«

Sie lacht. Der Abend war schön. Sie berechnet im Kopf bereits den Bonus, den sie von NorthStar bekommen wird, wenn alles nach Plan läuft, und stellt sich die Spenden der verschiedenen Lobbygruppen für den nächsten Wahlkampf vor.

»Warum die Eile?«, fragt sie. »Laufen Sie doch nicht weg. Brauchen Sie eine Mitfahrgelegenheit?«

Sie deutet auf den Wagen, dessen Tür einladend offen steht. Er verbirgt seinen panischen Gesichtsausdruck hinter einem Lächeln, jedoch nicht schnell genug.

»Ein anderes Mal gern.«

Sein Pech.

Im Hotel spendiert sie einem der Juniormitarbeiter der amerikanischen Botschaft in der Ukraine ein paar Drinks. Er ist aufmerksam – warum sollte er das auch nicht sein? Von ihr wird man noch viel hören. Sie legt ihre Hand auf seinen festen jungen Hintern, als sie gemeinsam mit dem Fahrstuhl in ihre Suite fahren.

Allie

Die Kapelle des Schlosses war renoviert worden. Der Kronleuchter aus Glas und Gold schwebt immer noch in der Raummitte, die Drähte, die ihn halten, zu dünn, um im Kerzenlicht sichtbar zu sein. All diese elektrischen Wunder. Die Fenster, deren Glas Mosaike mit Engeln zeigen, die die Jungfrau Maria anbeten, sind intakt, ebenso wie die Tafeln mit der heiligen Theresa und dem heiligen Hieronymus. Die anderen – ebenso wie die emaillierten Gemälde in der Kuppel – wurden durch neue Bilder ersetzt, die der neuen Heiligen Schrift entsprechen. Dort spricht die Allmächtige zur Matriarchin Rebekka in Gestalt einer Taube. Die Prophetin und Richterin Debora verkündet den Ungläubigen das Heilige Wort. Dort – auch wenn sie dagegen Widerspruch eingelegt hatte – ist Mother Eve, der symbolische Baum hinter ihr, wie sie die Botschaft vom Himmel empfängt und ihre Hand mit dem Licht ausstreckt. In der Mitte der Kuppel ist die Hand mit dem allwissenden Auge im Herzen. Das ist das Symbol von Gott, die über uns alle wacht und die Ihre allmächtige Hand den Mächtigen und den Versklavten entgegenstreckt.

Eine Soldatin wartet auf sie in der Kapelle, eine junge Frau, die eine private Audienz erbeten hat. Amerikanerin. Hübsch, mit hellgrauen Augen und Sommersprossen auf den Wangen.

»Wartest du auf mich?«, fragt Mother Eve.

»Ja«, erwidert Jocelyn, die Tochter von Senatorin Cleary,

die in fünf Schlüsselausschüssen sitzt, darunter Verteidigung und Staatshaushalt.

Mother Eve hat sich die Zeit für diese private Audienz genommen.

»Es ist schön, dich kennenzulernen, Tochter.« Sie setzt sich neben die junge Frau. »Wie kann ich dir helfen?«

Jocelyn beginnt zu weinen. »Meine Mutter würde mich umbringen, wenn sie wüsste, dass ich hier bin. Sie würde mich umbringen. Oh, Mother Eve, ich weiß nicht, was ich tun soll.«

»Bist du hier wegen spiritueller Führung?«

Allie hatte die Anfrage für eine Audienz mit Interesse wahrgenommen. Dass die Senatorentochter hier war, war keine große Überraschung. Dass sie Mother Eve sehen wollte, ebenfalls nicht. Aber ein Treffen unter vier Augen? Allie hatte sich gefragt, ob sie eine Skeptikerin war und einen Streit über die Existenz Gottes vom Zaun brechen wollte. Doch das war offensichtlich nicht der Fall.

»Ich fühle mich so verloren«, gesteht Jocelyn unter Tränen. »Ich weiß nicht mehr, wer ich bin. Ich sehe mir deine Predigten an, und ich warte ... ich bitte Ihre Stimme um Rat ...«

»Erzähl mir, was dich bedrückt«, sagt Mother Eve.

Allie kennt diese Probleme, die so tief gehen, dass man nicht darüber sprechen kann. Sie weiß, dass das in jeder Familie passieren kann, egal wie vermögend oder hochrangig. Jeder Ort kann von der Art Problemen betroffen sein, die Allie in ihrem Leben erfahren hat.

Sie berührt leicht Jocelyns Knie. Diese verzieht das Gesicht, zuckt zurück. Doch schon nach diesem kurzen Kontakt weiß Allie, was Jocelyn beschäftigt.

Sie weiß, wie es sich anfühlt, wenn der Strang einer Frau langsam und gleichmäßig im Hintergrund summt. Etwas Dunkles lebt dagegen in Jocelyn, das eigentlich hell und strahlend sein sollte; etwas, das offen sein sollte, ist verschlossen. Allie unterdrückt ein Schaudern.

»Dein Strang«, sagt Mother Eve. »Du leidest.«

Jocelyn kann nur flüstern. »Es ist ein Geheimnis. Ich darf nicht darüber sprechen. Ich bekomme Medikamente, doch die helfen nicht mehr so wie bisher. Es wird schlimmer. Ich bin nicht ... ich bin nicht wie die anderen Mädchen. Ich wusste nicht, mit wem ich sonst reden sollte. Ich habe dich im Internet gesehen. Bitte. Bitte heile mich und mach mich normal. Bitte Gott, diese Bürde von mir zu nehmen. Bitte lass mich normal sein.«

»Alles, was ich tun kann«, antwortet Mother Eve, »ist, deine Hand zu nehmen und gemeinsam mit dir zu beten.«

Das ist eine sehr schwierige Situation. Niemand hat das Mädchen untersucht oder Allie einen Hinweis gegeben, wo das Problem liegt. Strangabweichungen sind sehr schwer zu korrigieren. Tatjana Moskalew lässt aus genau diesem Grund Transplantationen erforschen: Man weiß nicht, wie man einen Strang mit Fehlfunktionen reparieren kann.

Jocelyn nickt und legt ihre Hand in Allies.

Mother Eve spricht die üblichen Worte: »Unsere Mutter über uns und um uns. Du allein bist die Quelle aller Göttlichkeit, aller Barmherzigkeit und aller Gnade. Gib uns die Fähigkeit, Deinen Willen zu verstehen, den Du in Deinen Taten täglich manifestierst.«

Während sie spricht, tastet Allie vorsichtig die dunklen und hellen Stellen in Jocelyns Strang ab. Er scheint irgendwie verstopft zu sein, die Stellen, die eigentlich voll Flüssigkeit sein sollten, sind verklebt, verschlammt. Ein paar Verstopfungen kann sie beseitigen.

»Und mögen unsere Herzen rein sein in Deinem Angesicht«, fährt sie fort, »und mögest Du uns die Kraft schenken, die Prüfungen, die uns auferlegt werden, ohne Bitterkeit und Selbstzerstörung zu ertragen.«

Jocelyn ist, ungewöhnlich für sie, tief im Gebet versunken. Als Mother Eve ihre Hand auf ihren Rücken legt, betet sie: »Bitte, Gott, öffne mein Herz.« Und plötzlich spürt sie etwas.

Allie gibt einen winzigen Stromschlag ab. Stärker als sonst, doch das Mädchen spürt wahrscheinlich sowieso nicht genau, was Allie tut. Jocelyn schnappt nach Luft. Allie verpasst ihr noch drei weitere kurze, harte Stöße. Jetzt. Das Ding funkelt. Vibriert wie ein Motor. Endlich.

Jocelyn sagt überwältigt: »O Gott, ich kann es fühlen.«

Ihr Strang summt gleichmäßig und stark. Jetzt spürt sie auch endlich das, von dem die anderen Mädchen immer erzählt haben: das sanfte Gefühl, wenn jede Zelle im Strang Ionen durch Membrane pumpt und das Elektrizitätslevel ansteigt, einen ausfüllt. Jetzt spürt sie zum ersten Mal überhaupt, dass sie normal funktioniert.

Sie ist zu schockiert, um weinen zu können.

Mother Eve sagt: »Gelobet sei Gott.«

»Aber wie hast du das gemacht?«

Mother Eve schüttelt den Kopf. »Nicht mein Wille geschehe, sondern Ihrer.«

Sie atmen gemeinsam ein und aus, ein, zwei, drei Mal.

Jocelyn sagt: »Was soll ich denn jetzt tun? Ich bin …« Sie lacht. »Ich rücke morgen aus. Eine Beobachtungsmission der Vereinten Nationen im Süden.« Sie darf das eigentlich nicht sagen, doch in diesem Raum kann sie kein Geheimnis wahren. »Meine Mom hat das veranlasst, weil es einen guten Eindruck macht, aber ich werde nicht in Gefahr sein. Und auch keinen Ärger bekommen.«

Die Stimme sagt: Vielleicht sollte sie aber Ärger bekommen.

Mother Eve sagt: »Du musst jetzt keine Angst mehr haben.«

Jocelyn nickt wieder. »Ja. Danke. Ich danke dir.«

Mother Eve küsst sie auf den Scheitel und segnet sie im Namen der Heiligen Mutter. Dann geht sie hinunter zur Party.

Zwei kräftige Männer in hautenger Kleidung folgen Tatjana in den Raum. Unter ihren schwarzen T-Shirts zeichnen sich die Brustwarzen ab, in ihren Hosen deutliche Beulen im Schritt. Als sich die Präsidentin auf einen Stuhl mit hoher Lehne auf ein Podium setzt, lassen sie sich auf etwas niedrigeren Hockern neben ihr nieder. Die Insignien der Macht, die Privilegien des Erfolgs. Sie erhebt sich, um Mother Eve mit einem Kuss auf jede Wange zu begrüßen.

»Gelobt sei unsere Heilige Mutter«, sagt Tatjana.

»Ehre sei Gott in der Höhe«, erwidert Mother Eve ohne einen Hauch von Allies sarkastischem Lächeln.

»Sie haben zwölf weitere Verräter gefunden, bei einem Angriff auf den Norden«, murmelt Tatjana.

»Mit Gottes Hilfe werden alle gefunden werden«, erwidert Mother Eve.

So viele Leute gilt es kennenzulernen. Botschafter und einheimische Würdenträger, Geschäftsleute und Anführer neuer Bewegungen. Diese Party – die sehr bald nach der Niederlage in der Schlacht bei Dnister stattfindet – soll für Unterstützung für Tatjana im eigenen Land und im Ausland werben. Mother Eves Anwesenheit ist ein Teil davon. Tatjana hält eine Rede über die herzzerreißende Grausamkeit des Regimes im Norden und die Freiheit, für die sie und ihre Bürger kämpfen. Die Gäste hören Geschichten von Frauen, die sich in kleinen Gruppen zusammenschließen, um Rache im Namen der Heiligen Mutter an denen zu üben, die der menschlichen Gerichtsbarkeit entkommen sind.

Tatjana ist beinahe zu Tränen gerührt. Sie bittet einen ihrer Begleiter, etwas zu trinken für diese tapferen Frauen zu bringen. Er nickt, geht davon, stolpert beinahe über seine Füße und verschwindet aus dem Raum. Während alle warten, erzählt Tatjana einen ihrer weitschweifigen Witze. Er handelt von einer Frau, die wünschte, sie könnte ihre drei Lieblingsmänner zu einem verschmelzen lassen, und dann erhält sie Besuch von einer guten Fee …

Der blonde junge Mann kehrt mit dem Gewünschten zurück.

»Haben Sie das gemeint, Madam?«, fragt er und zeigt ihr eine Flasche.

Tatjana sieht ihn an und legt den Kopf zur Seite.

Der junge Mann schluckt angestrengt. »Es tut mir leid«, sagt er.

»Habe ich dir erlaubt zu sprechen?«

Er senkt den Blick zu Boden.

»Männer«, verkündet sie. »Wissen nicht, wann sie still sein sollen, glauben, wir wollen immer hören, was sie gerade zu sagen haben, reden unaufhörlich und unterbrechen ihre Übergeordneten.«

Der junge Mann scheint etwas erwidern zu wollen, überlegt es sich jedoch noch einmal anders.

»Man muss ihnen Benimm beibringen«, sagt eine der Frauen hinter Allie, eine aus der Gruppe, die Gerechtigkeit für frühere Verbrechen einfordert.

Tatjana nimmt dem jungen Mann die Brandyflasche aus der Hand, hält sie vor sein Gesicht. Die Flüssigkeit hat die Farbe von dunklem Bernstein, ist ölig wie Karamell.

»Diese Flasche ist mehr wert als du«, verkündet Tatjana. »Ein Glas hiervon ist mehr wert als du.«

Sie hält die Flasche am Flaschenhals und schwenkt die Flüssigkeit darin. Ein, zwei, drei Mal.

Dann lässt sie den Brandy zu Boden fallen, die Flasche zerbricht, die Flüssigkeit dringt in das Holz und färbt es dunkel. Der Geruch ist stark und süßlich.

»Leck es auf«, befiehlt sie.

Der junge Mann blickt auf die zerschmetterte Flasche hinab. Glasscherben liegen in der Pfütze. Er sieht in die Gesichter der Menge, die ihn beobachten. Dann kniet er sich hin und leckt vorsichtig über den Boden, um die Glasscherben herum.

Eine ältere Frau ruft: »Nicht so schüchtern! Richtig rein mit dem Gesicht!«

Allie verfolgt das Geschehen schweigend.

Die Stimme sagt: Was zum Teufel soll das?

Allie antwortet stumm: Sie ist verrückt. Soll ich einschreiten?

Die Stimme sagt: Alles, was du sagst, wird deinen Einfluss hier verringern.

Allie fragt: Und was dann? Was ist meine Macht denn wert, wenn ich sie hier nicht einsetzen kann?

Die Stimme sagt: Vergiss nicht, was Tatjana sagt. Wir dürfen nicht fragen, was sie tun würden, wenn sie an der Macht wären. Das wissen wir schon. Und es ist schlimmer als das hier.

Allie räuspert sich.

Die Lippe des jungen Mannes blutet.

Tatjana lacht. »Um Himmels willen«, sagt sie, »hol einen Mopp und wisch das auf. Du bist widerwärtig.«

Der junge Mann rappelt sich auf. Die Kristallgläser werden wieder mit Champagner gefüllt. Die Musik setzt erneut ein.

»Ist es zu glauben, dass er es wirklich getan hat?«, fragt Tatjana, nachdem er verschwunden ist, um Putzzeug zu holen.

Roxy

Diese Party ist so verdammt langweilig. Nicht, weil sie Tatjana nicht mögen würde. Diese hat ihr freie Hand bei ihren Geschäften gelassen, seit sie im letzten Jahr das Business von Bernie übernommen hat, und Roxy mag jeden, der sie in Ruhe lässt.

Dennoch sollte man denken, dass sie bessere Partys gibt. Jemand hat ihr erzählt, dass Tatjana Moskalew mit ihrem Haustierleoparden an einer Kette durch dieses Schloss wandelt. Das ist die größte Enttäuschung für Roxy – Kristallgläser, goldene Stühle, alles super. Aber kein verdammter Leopard.

Die Präsidentin scheint nur äußerst ungefähre Vorstellungen zu haben, wer Roxy eigentlich ist. Die Frau mit der schwarzen Wimperntusche und den grüngoldenen Augen schüttelt Roxy die Hand und meint lächelnd: »Sie sind also eine der wunderbaren Geschäftsfrauen, die dieses Land zum besten und freiesten der Welt machen«, doch kein Hauch von Erkennen zeichnet sich auf ihrem Gesicht ab. Roxy glaubt, sie ist betrunken. Am liebsten hätte sie gesagt: Wissen Sie nicht, dass *ich* die Frau bin, die jeden Tag fünfhundert Kilo über Ihre Grenze schmuggelt? *Jeden* Tag. Ich bin die Frau, die Ihnen den Ärger mit den Vereinten Nationen eingebracht hat, auch wenn wir alle wissen, dass die nur ein paar weitere Beobachtungstruppen schicken werden. Wissen Sie das alles nicht?

Roxy nimmt sich noch ein Champagnerglas und sieht

durch die Fenster auf die Berge in der aufziehenden Dunkelheit. Sie hört Mother Eve erst, als diese neben ihr steht. Eve ist wirklich gruselig in dieser Hinsicht – winzig und drahtig und so still, dass sie einem ein Messer zwischen die Rippen jagen kann, bevor man sie bemerkt.

Mother Eve sagt: »Die Niederlage im Norden hat Tatjana … unberechenbar gemacht.«

»Ach ja? Für mich hat es auch alles verdammt unberechenbar gemacht, das kann ich dir sagen. Die Zulieferer sind höllisch nervös. Fünf meiner Fahrerinnen haben aufgehört. Alle sagen, dass der Krieg nach Süden ziehen wird.«

»Erinnerst du dich noch, was wir im Orden gemacht haben? Mit dem Wasserfall?«

Roxy lächelt. Eine schöne Erinnerung. Schönere, einfachere Zeiten. »Das war Teamwork«, sagt sie.

»Ich glaube, das könnten wir noch einmal«, meint Mother Eve, »im größeren Rahmen.«

»Was willst du damit sagen?«

»Mein … Einfluss. Deine große Kraft. Ich hatte immer das Gefühl, dass dir noch große Dinge bevorstehen, Roxanne.«

»Bin ich schon so betrunken«, sagt Roxy, »oder sprichst du noch mehr in Rätseln als sonst?«

»Wir können hier nicht reden.« Mother Eve senkt ihre Stimme zu einem Flüstern. »Aber ich glaube, dass Tatjana Moskalew ihre Nützlichkeit schon bald überlebt haben wird. Für die Heilige Mutter.«

Oh. Oh!

»Machst du Witze?«

Mother Eve schüttelt knapp den Kopf. »Sie ist instabil. Ich glaube, dass das Land in ein paar Monaten bereit für eine neue Führung ist. Und die Menschen hier vertrauen mir.

Wenn ich sagen würde, dass du die richtige Frau für den Posten wärst …«

Roxy bricht beinahe in Gelächter aus. »Ich? Du kennst mich doch, oder, Evie?«

»Es sind schon seltsamere Dinge geschehen. Du bist bereits die Anführerin einer großen Gruppierung. Wir reden morgen miteinander und sprechen alles durch.«

»Das ist deine Beerdigung«, sagt Roxy.

Kurz nach dem Gespräch verabschiedet sie sich, bleibt nur lange genug, dass man sieht, wie viel Spaß sie hat und sie noch ein paar anderen von Tatjanas zwielichtigen Kontakten die Hand schütteln kann. Sie denkt über das nach, was Mother Eve gesagt hat. Eine äußerst verlockende Vorstellung. Ihr gefällt dieses Land.

Sie meidet die Journalisten im Raum, die man sofort an ihrem hungrigen Gesichtsausdruck erkennt. Auch wenn einer hier ist, den sie im Internet gesehen hat und der ihr so gut gefällt, dass sie ihm glatt das Fleisch von den Knochen lecken könnte, gibt es noch so viele andere Männer, vor allem, wenn sie erst Präsidentin ist. Sie sagt es leise vor sich hin und lacht: »Präsidentin Monke«. Tatsächlich. Es könnte funktionieren.

Doch sie darf heute Abend nicht zu viel darüber nachdenken, schließlich muss sie sich ums Geschäft kümmern, das nichts mit Partys, Diplomatie oder Händeschütteln zu tun hat. Einer der UN-Soldaten oder Spezialabgeordneten oder was auch immer sie sind, will sich an einem ruhigen Ort mit ihr treffen, damit sie besprechen können, wie sie die Blockade im Norden umgehen und ihre Ware weiter ausliefern können. Darrell hat es arrangiert; er leitet seit Monaten das Geschäft hier im Land, hält sich bedeckt wie ein guter Junge, knüpft Kontakte, hält die Fabrik selbst während des Krieges am Laufen. Manchmal ist ein Kerl dafür besser als eine Frau – weniger bedrohlich, diplomatischer. Doch für den Abschluss eines Deals ist Roxy notwendig.

Die Straßen sind dunkel und kurvig. Die Scheinwerfer sind das einzige Licht in dieser schwarzen Welt. Es gibt keine Straßenlaternen, nicht einmal ein kleines Dorf mit Licht in den Fenstern. Verdammt, es ist doch gerade erst elf Uhr abends; man könnte glauben, es sei vier Uhr morgens. Die Fahrt dauert über neunzig Minuten, doch Darrell hat ihr ausführliche Anweisungen geschickt. Sie findet die Abzweigung leicht, fährt einen Feldweg entlang und stellt den Wagen vor einem weiteren Schloss mit spitzen Türmchen ab. Alle Fenster sind dunkel, kein Anzeichen von Leben.

Sie liest noch einmal die Nachricht, die Darrell ihr geschickt hat. Die grün gestrichene Tür wird offen sein. Sie lässt einen Funken über ihrer Handfläche aufleuchten, um etwas zu sehen. Da ist die grüne Tür, von der die Farbe abblättert, an der zum Stall gewandten Seite.

Sie riecht Formaldehyd und Desinfektionsmittel. Ein weiterer Korridor, eine Metalltür mit rundem Knauf. Licht dringt durch den Türspalt. Gut. Hier ist sie richtig. Sie wird ihnen sagen, dass sie sich beim nächsten Mal bitte schön nicht irgendwo im stockfinsteren Nichts treffen sollen. Sie hätte stolpern und sich den Hals brechen können. Sie dreht den Knauf und nimmt etwas Seltsames wahr, bei dem sie die Stirn runzelt. Sie schmeckt Blut in der Luft. Blut und Chemikalien und … Sie versucht, das Gefühl in Worte zu fassen. Als ob es einen Kampf gegeben hat.

Sie öffnet die Tür. Dahinter befindet sich ein mit Plastik

ausgekleideter Raum mit Tischen und medizinischer Ausrüstung, und sie denkt, dass jemand Darrell nicht die ganze Geschichte erzählt hat. Angst flackert in ihr auf, als schon jemand ihre Arme packt und man ihr einen Sack über den Kopf stülpt.

Sie gibt eine große Menge Elektrizität frei und weiß, dass sie jemanden dabei schwer verletzt, sie hört den Schrei, man lässt sie los. Sie ist bereit für einen zweiten Schlag, wirbelt herum und versucht, sich den Sack vom Kopf zu ziehen. Sie gibt unkontrolliert Stromstöße in die Luft ab und brüllt »Fasst mich ja nicht an!«, bis sie endlich den Sack zu fassen bekommt. Blut und Eisen vermischen sich an ihrem Hinterkopf, als jemand sie so fest niederschlägt, wie sie noch nie geschlagen wurde. Ihr letzter Gedanke ist »ein Leopard als Haustier«, bevor es schwarz um sie wird.

Selbst im Halbdämmer weiß sie, dass sie aufgeschnitten wird. Sie ist stark, war sie schon immer, sie war immer eine Kämpferin, und jetzt kämpft sie gegen den Schlaf wie gegen eine schwere, durchweichte Decke. Sie träumt, dass ihre Hände zu Fäusten geballt sind und dass sie versucht, sie zu öffnen, und sie weiß, dass wenn sie ihre Hände in der Realität bewegen könnte, sie aufwachen würde, und dann würde sie einen Blutsturm entfachen, sie würde Schmerzen heraufbeschwören, sie würde den Himmel aufreißen und die Erde in Flammen setzen. Sie steckt gewaltig in der Klemme. Schlimmer, als sie es sich vorstellen könnte. Wach auf, du dumme Kuh. Wach verdammt noch mal auf. Los jetzt.

Sie kämpft sich an die Oberfläche, ist an irgendetwas gefesselt. Über sich sieht sie Metall, sie spürt Metall unter ihren Fingerspitzen und denkt: Dumpfbacken. Sie wird die ganze Liege einfach unter Strom setzen.

Doch es geht nicht. Sie versucht es, doch ihre bewährte Waffe lässt sie im Stich. Eine Stimme sagt wie aus weiter Entfernung: »Es funktioniert.«

Doch das ist es ja, es funktioniert nicht, überhaupt nicht.

Sie versucht, innerlich nach ihrem Strang zu tasten. Ihre Kraft ist noch da, zwar schwach, aber vorhanden. Nie zuvor war sie ihrem Körper so dankbar.

Eine andere Stimme. Sie kennt sie, aber woher nur, woher? Hat sie wirklich einen Leoparden als Haustier, was ist hier los? Dieser dumme Leopard tapst durch ihre Träume, verschwinde, du bist nicht echt.

»Sie versucht, sich davon zu befreien. Passt auf, sie ist stark.«

Jemand lacht, ein anderer sagt: »Bei der Dosis, die wir ihr verpasst haben?«

»Ich bin nicht den ganzen Weg hierhergekommen«, sagt die bekannte Stimme, »und ich habe das nicht alles arrangiert, damit ihr es versaut. Sie ist stärker als alle anderen, denen ihr das Ding entnommen habt. Passt auf.«

»Na gut. Dann legen wir eben noch nach.«

Jemand nähert sich ihr wieder. Man wird ihr wehtun, und das darf sie nicht zulassen. Sie spricht auf ihren Strang ein, du und ich, Kumpel, wir stecken hier gemeinsam fest. Du musst mir ein bisschen mehr geben. Das letzte bisschen, ich weiß, dass du das noch übrig hast. Komm schon. Hier geht es um unser Leben.

Jemand berührt ihre rechte Hand.

»Fuck!«, schreit ein Mann, stürzt und atmet schwer.

Sie hat es getan. Sie spürt, wie die Elektrizität gleichmäßiger durch sie hindurchfließt, sie sich nicht mehr wie ausgedörrt fühlt, als ob irgendwo eine Blockade herrschte und jetzt alles hinausgeschwemmt wird. Oh, diese Kerle werden dafür bezahlen.

»Erhöht die Dosis! Erhöht die Dosis!«

»Wir können ihr nicht mehr geben, sonst beschädigen wir den Strang.«

»Schaut sie euch doch an! Tut es, verdammt noch mal, sonst mache ich es selbst.«

Sie baut eine große Ladung auf. Sie wird die Decke über diesen Typen einstürzen lassen.

»Schaut doch, was sie tut.«

Wem gehört diese Stimme? Es liegt ihr auf der Zunge. Wenn sie sich von diesen Fesseln befreit hat, wird sie sich umdrehen und denjenigen sehen, den sie im tiefsten Inneren schon erwartet zu sehen.

Ein lang gezogener Ton erklingt.

»Roter Bereich«, sagt jemand. »Eine automatische Warnung. Wir haben ihr zu viel gegeben.«

»Macht weiter.«

So plötzlich, wie sich der Strom in ihr angesammelt hat, verschwindet er wieder. Als ob jemand einen Schalter umgelegt hätte.

Sie will schreien, bringt jedoch keinen Ton hervor.

Einen Moment versinkt sie wieder in schwarzem Nichts, und als sie sich zurückkämpft, spürt sie, wie man so vorsichtig in sie hineinschneidet, dass es beinahe wie ein Kompliment wirkt. Sie ist betäubt, weshalb es nicht schmerzt, doch sie spürt die Klinge an ihrem Schlüsselbein. Sie berührt ihren Strang. Selbst durch die Betäubung und Lähmung und in ihrem halb wachen Zustand fährt der Schmerz brüllend wie eine feurige Klinge durch ihren Körper. Klarer, weißer Schmerz, als ob sie in ihre Augäpfel schnitten und das Fleisch

Schicht für Schicht abschabten. Erst nach einer Weile versteht sie, was man ihr antut. Sie haben den Strang aus ineinander verschlungenen Muskeln von ihrem Schlüsselbein gelöst und schneiden ihn Stück für Stück aus ihr heraus.

Von weiter Ferne fragt jemand: »Sollte sie nicht schreien?«

Eine andere Stimme sagt: »Macht weiter.«

Sie kennt diese Stimmen und will sie nicht kennen. Die Dinge, die man nicht wissen will, Roxy, die erwischen einen am Ende.

Ein Ruck geht durch sie hindurch, als sie die letzte Verbindung des Strangs zu ihrem Körper an der rechten Seite des Schlüsselbeins kappen. Es schmerzt, doch die Leere danach ist viel schlimmer. Als ob sie gestorben wäre, aber sie ist noch zu lebendig und erlebt alles mit.

Ihre Lider flattern, als sie den Strang aus ihr ziehen. Sie weiß, dass sie jetzt nicht träumt. Sie sieht es vor sich, den Fleischklumpen, der sie angetrieben hat. Der Strang zuckt und windet sich, weil er zurück in ihren Körper will. Das will sie auch. Ihr Selbst zurückholen.

Eine Stimme ertönt zu ihrer Linken.

Der Leopard sagt: »Los, macht weiter.«

»Sind Sie sicher, dass Sie keine Betäubung wollen?«

»Es heißt, die Ergebnisse sind besser, wenn ich sagen kann, ob es funktioniert.«

»Ja.«

»Dann macht weiter.«

Und auch wenn ihr Kopf sich in einer Schraubzwinge befindet, dreht sie ihn mühsam, sodass sie mit einem Auge sehen kann, wonach sie sucht. Ein Blick reicht. Der Mann, der neben ihr auf einem Tisch liegt und für die Implantation vorbereitet ist, ist Darrell. Und neben ihm sitzt ihr Dad Bernie in einem Stuhl.

Da ist der blöde Leopard, sagt der kleine geschwätzige Teil ihres Gehirns. Habe ich dir nicht gesagt, dass sich hier irgendwo ein verdammter Leopard herumtreibt? Du hast versucht, eine Raubkatze als Haustier zu halten, du verdammter Idiot, und das passiert jetzt. Reißzähne an der Kehle, Blut überall, du hast bekommen, was du verdient hast, schließlich hast du dich mit einem Leoparden angelegt. Sie können nicht aus ihrer Haut, Roxy, oder waren das Geparden? Egal.

HaltdieKlappehaltdieKlappehaltdieKlappe, befiehlt sie ihrem Gehirn. Ich muss nachdenken.

Man ignoriert sie jetzt und beschäftigt sich mit ihm. Sie haben ihre Wunde vernäht – vielleicht um weniger Spuren zu hinterlassen, oder vielleicht müssen Chirurgen auch einfach die Wunden vernähen, die sie verursacht haben. Vielleicht hat ihr Dad es ihnen auch befohlen. Ihr eigener Vater. Sie hätte verdammt noch mal wissen müssen, dass es ein Fehler war, ihn am Leben zu lassen. Alles bringt seine eigene Rache mit sich. Wunde um Wunde. Prellung um Prellung. Erniedrigung um Erniedrigung.

Sie versucht, die Tränen zu unterdrücken, doch es gelingt ihr nicht. Am liebsten würde sie sie in Grund und Boden stampfen. Das Gefühl kehrt in ihre Gliedmaßen zurück, ein Kitzeln und immense Leere, Schmerz. Sie hat jetzt genau eine Chance, denn Darrell hat keinen Grund, sie am Leben zu lassen, vielleicht denkt er auch, dass sie mit viel Glück sowieso schon tot ist. Verdammte Schlange im Gras, verdammter Scheißefleck auf der Erde, verdammter verfickter Darrell.

Bernie fragt: »Wie sieht es aus?«

Einer der Ärzte antwortet: »Gut. Hervorragende Gewebeübereinstimmung.«

Der Bohrer gibt ein heulendes Geräusch von sich, als sie kleine Löcher in Darrells Schlüsselbein bohren. Es ist laut. Roxy verliert ein wenig das Zeitgefühl, die Zeiger der Wanduhr bewegen sich schneller, als sie sollten, sie spürt ihren Körper wieder, verdammte Scheiße, man hat ihr ihre Kleider gelassen, seltsam, aber gut, damit kann sie arbeiten. Beim nächsten Aufheulen des Bohrers windet sie ihre rechte Hand aus der weichen Stoffmanschette.

Mit einem halb geöffneten Auge sieht sie sich um. Sie bewegt sich langsam. Zieht die linke Hand aus der Manschette, immer noch bemerkt keiner, was sie tut, so beschäftigt sind sie mit ihrem Bruder. Linker Fuß, rechter Fuß. Sie greift nach dem Tablett neben sich, packt zwei Skalpelle und einige Bandagen.

Auf dem OP-Tisch neben ihr gibt es irgendeine Krise. Eine Maschine piept. Der Strang, den sie gerade implantieren, gibt einen unwillkürlichen Stromschlag ab. So ist's recht, denkt Roxy, da ist mein Mädchen. Einer der Chirurgen fällt zu Boden, ein anderer flucht auf Russisch und beginnt mit einer Brustmassage zur Wiederbelebung. Mit geöffneten Augen schätzt Roxy die Entfernung zwischen ihrem Tisch und der Tür ab. Die Chirurgen rufen durcheinander und verlangen nach Medikamenten. Niemand achtet auf Roxy, sie ist allen egal. Sie könnte hier sterben, und es würde niemanden kümmern. Sie könnte tatsächlich gleich sterben, zumindest fühlt es sich so an. Doch das wird sie nicht, nicht hier. Sie lässt sich von dem OP-Tisch rutschen und landet auf den Knien, und immer noch bemerkt sie niemand. Rückwärts kriecht sie zur Tür, während sie den Aufruhr im Auge behält.

Bei der Tür findet sie ihre Schuhe und zieht sie mit einem leisen erleichterten Schluchzer an. Sie stolpert in den Gang, ihr Körper vibriert vor Adrenalin. Vor dem Gebäude stellt sie fest, dass ihr Auto verschwunden ist. Humpelnd rennt sie in den Wald.

Tunde

Ein Mann hat Glas im Mund.

Eine dünne, scharfe, durchsichtige Scherbe hat sich in die Rückwand seiner Kehle gebohrt, glänzt vor Speichel und Schleim, und sein Freund versucht, sie mit zitternden Fingern zu entfernen. Er benutzt sein Handy als Taschenlampe und greift dem Mann vorsichtig in den Hals, während dieser würgt und versucht, sich nicht zu bewegen. Beim dritten Mal bekommt er die Scherbe zwischen Daumen und Zeigefinger zu fassen. Sie ist einen Zentimeter lang, blutig, und es kleben kleine Fleischfetzen an ihr. Der Freund legt sie auf eine saubere weiße Serviette. Um sie herum verrichten die anderen Kellner, Köche und Angestellten weiter ihre Arbeit. Tunde fotografiert die acht kleinen Scherben, die auf der Serviette aufgereiht liegen.

Er hat schon auf der Party fotografiert, was dem Mann widerfahren ist, die Kamera unauffällig auf Hüfthöhe, als ob sie ganz unschuldig von seiner Hand baumelte. Der Angestellte ist erst siebzehn; es ist nicht das erste Mal, dass er so etwas gesehen oder gehört hat, doch das erste Mal, dass er es selbst erlebt hat. Nein, er kann nirgendwo hingehen. Er hat Verwandte in der Ukraine, die ihn vielleicht aufnehmen würden, aber wer die Grenze überqueren will, wird leicht erschossen; die Zeiten sind angespannt. Er wischt sich das Blut vom Mund, während er spricht.

Er sagt leise: »Es ist meine Schuld, man darf nicht sprechen, bevor die Präsidentin es einem erlaubt.«

Er weint ein wenig, wegen des Schocks und der Scham, aus Angst und Erniedrigung und Schmerz. Tunde versteht diese Gefühle; sie sind ihm nur allzu vertraut seit dem Tag, an dem Enuma ihn berührt hat.

Für sein Buch hat er notiert: »Zuerst sprachen wir nicht über unseren Schmerz, weil es nicht männlich war. Jetzt sprechen wir nicht darüber, weil wir Angst haben und uns schämen und allein sind, ohne Hoffnung. Jeder ist allein für sich. Es ist nicht leicht zu bestimmen, wann der Erste der Zweite wurde.«

Peter, der Junge mit den Scherben, schreibt etwas auf ein Stück Papier, das er Tunde gibt. Er hält die Hand über Tundes Faust und sieht ihm in die Augen, bis dieser denkt, er wolle ihn küssen. Tunde befürchtet, er würde es sogar zulassen, weil all diese Menschen Trost brauchen.

Peter sagt: »Geh nicht.«

Tunde antwortet: »Ich kann so lange bleiben, wie du möchtest. Bis die Party vorbei ist.«

»Nein. Verlass uns nicht. Sie wird versuchen, die Presse des Landes zu verweisen. Bitte.«

»Was weißt du darüber?«

Doch Peter wiederholt immer nur: »Bitte, verlass uns nicht. Bitte.«

»Das werde ich nicht«, beruhigt ihn Tunde, »das werde ich nicht.«

Er steht vor der Küche und raucht eine Zigarette. Seine Finger zittern, als er sie anzündet. Er hatte geglaubt, weil er Tatjana Moskalew schon früher getroffen hatte und sie nett zu ihm gewesen war, zu verstehen, was hier vor sich ging. Er hatte sich darauf gefreut, sie wiederzusehen. Jetzt ist er froh, dass er keine Chance hatte, erneut mit ihr zu sprechen. Er zieht das Stück Papier, das Peter ihm gegeben hat, aus der Tasche und liest die unsicheren Blockbuchstaben: »Sie werden versuchen, uns alle umzubringen.«

Er macht ein paar Bilder von Gästen, die die Party durch den Seiteneingang verlassen. Zwei Waffenhändler. Ein Spezialist für Biowaffen. Der reinste Reiter-der-Apokalypse-Ball. Roxanne Monke steigt in ihren Wagen, die Königin einer Londoner Verbrecherfamilie. Sie sieht, wie er ihr Auto fotografiert, wirft ihm ein stummes »Fick dich« zu und fährt davon.

Als er um drei Uhr morgens zurück im Hotel ist, schickt er die Story an CNN. Die Bilder des Mannes, der den Brandy vom Boden lecken muss. Die Glasscherben auf der Serviette. Die Tränen auf Peters Wange.

Um neun Uhr morgens wacht er plötzlich auf, mit verklebten Augen und völlig verschwitzt. Er überprüft seine Inbox, ob der Nachtredakteur etwas zu seinem Bericht geschrieben hat. Er hat CNN alles Material von der Party exklusiv versprochen, doch wenn sie zu viel schneiden wollen, wird er es anderweitig verkaufen. Eine knappe E-Mail erwartet ihn.

»Sorry, Tunde, das lassen wir lieber. Toller Bericht, großartige Bilder, aber keine Story, die wir gerade einkaufen können.«

Na gut. Tunde verschickt drei weitere E-Mails, duscht und bestellt sich starken Kaffee aufs Zimmer. Als die Antworten hereinkommen, liest er die internationalen Nachrichtenseiten. Nicht viel zu Bessapara, niemand ist ihm zuvorgekommen. Dann überfliegt er die E-Mails. Drei weitere Absagen.

Alle mit demselben unverbindlichen Argument, man sehe hier keine Story.

Doch er hat noch nie einen Abnehmer benötigt. Er wird einfach alles auf YouTube hochladen.

Er loggt sich über das Hotel-WLAN ein und ... kein YouTube. Nur ein kleiner Vermerk, dass diese Seite in diesem Land nicht verfügbar ist. Er versucht es über VPN. Kein Glück. Auch nicht über den Internetprovider seines Handys.

Er denkt an Peters Worte: »Sie wird versuchen, die Presse des Landes zu verweisen.«

Wenn er die Dateien per E-Mail verschickt, wird man sie abfangen.

Er brennt eine DVD mit allen Bildern, allen Videoaufnahmen, seinem Bericht. Diese legt er in einen wattierten Umschlag und überlegt einen Moment wegen der Adresse. Schließlich schreibt er Ninas Namen und Anschrift auf die Vorderseite. Zu der DVD legt er einen Zettel mit der Aufschrift: »Pass bitte darauf auf, bis ich es abholen komme.« Er hat schon früher Sachen bei ihr eingelagert: Notizen für sein Buch, Tagebücher von seinen Reisen. Bei ihr sind die Sachen sicherer als bei ihm oder irgendwo in einem leeren Apartment. Der amerikanische Botschafter soll den Umschlag in die Diplomatentasche legen.

Wenn Tatjana Moskalew das zu tun versucht, wonach es aussieht, soll sie noch nicht wissen, dass er es dokumentieren will. Bei dieser Story hat er nur eine Chance. Journalisten wurden schon wegen weniger eines Landes verwiesen, und er bildet sich nicht ein, dass sein kurzer Flirt mit ihr vor langer Zeit daran etwas ändern könnte.

An diesem Nachmittag zieht das Hotel seinen Reisepass ein. Wegen der neuen Sicherheitsregeln in diesen turbulenten Zeiten.

Die meisten Reporter verlassen gerade Bessapara. Ein paar Kriegsreporter in Flakwesten befinden sich an der Nordfront, doch bevor die Kämpfe nicht richtig entbrannt sind, gibt es von dort auch nicht viel zu berichten. Die nächsten fünf Wochen vergehen mit vielen Drohungen und Säbelrasseln, konkret passiert jedoch nichts.

Tunde bleibt. Auch wenn er das sehr lukrative Angebot erhält, in Chile die Antipäpstin zu interviewen und ihre Ansichten zu Mother Eve zu hören. Auch wenn immer mehr Männerterroristengruppen sagen, dass sie nur eine öffentliche Erklärung abgeben, wenn er sie persönlich aufzeichnet. Er bleibt und interviewt Dutzende Menschen in den Städten der Region. Er lernt ein paar Brocken Rumänisch. Als Kollegen und Freunde ihn fragen, was er da zum Teufel macht, antwortet er, er arbeite an einem Buch über diesen neuen Staat, woraufhin sie mit den Schultern zucken und sagen: »Na gut.« Er nimmt an den Gottesdiensten in den neuen Kirchen teil und sieht, wie die alten Gotteshäuser umgewidmet oder zerstört werden. Er sitzt in einem Kellerraum bei Kerzenlicht und hört einem Priester zu, der einen Gottesdienst nach alter Tradition leitet; der Sohn und nicht die Mutter steht im Mittelpunkt. Danach zieht der Geistliche Tunde in einer engen Umarmung an sich und flüstert: »Vergessen Sie uns nicht.«

Man sagt Tunde mehr als einmal, dass die Polizei Morde an Männern nicht mehr untersucht; wenn ein Mann tot aufgefunden wird, nimmt man an, eine Gruppe Frauen auf Rachefeldzug hätte ihm die angemessene Behandlung für frühere Taten angedeihen lassen. »Selbst ein Junge«, erzählt ein Vater in einem überheizten Wohnzimmer in einem Dorf im Westen, »selbst ein fünfzehnjähriger Junge … was kann der schon früher getan haben?«

Tunde stellt nichts von alldem ins Internet. Er weiß, wie das enden würde – ein Klopfen an der Tür morgens um vier, ein Platz im ersten Flugzeug, das das Land verlässt. Er schreibt, als wäre er ein Tourist, im Urlaub in der neuen Nation. Jeden Tag postet er Bilder. Die Kommentare werden immer ärgerlicher und fordernder. Wo sind die Videos, Tunde, wo deine lustigen Storys? Aber sie würden bemerken, wenn er plötzlich verschwinden würde. Das ist wichtig.

Während seiner sechsten Woche im Land gibt Tatjanas neu ernannte Justizministerin eine Pressekonferenz, die nur spärlich besucht ist. Der Raum hat keine Fenster, die Wände sind mit Tapeten mit beige-braunen Streifen bedeckt.

»Nach den neuesten Terroranschlägen auf der ganzen Welt und nachdem unser Land von Männern verraten wurde, die für den Feind arbeiten, verkünden wir heute eine Reihe neuer Gesetze«, sagt sie. »Unser Land hat zu lange unter Menschen gelitten, die jetzt versuchen, uns zu zerstören. Wir müssen uns nicht fragen, was sie tun werden, falls sie gewinnen, das wissen wir bereits. Wir müssen uns schützen gegen diejenigen, die uns verraten könnten.

Deshalb tritt heute ein Gesetz in Kraft, dass in den Reisepass jedes Mannes in diesem Land sowie allen anderen offiziellen Dokumenten der Name eines weiblichen Vormundes eingetragen sein muss. Ohne ihre schriftliche Erlaubnis darf der Mann sich nicht draußen bewegen oder verreisen. Wir wissen, dass Männer mit allen Wassern gewaschen sind, und wir dürfen nicht zulassen, dass sie sich verbünden.

Jeder Mann, der keine Schwester, Mutter, Ehefrau oder Tochter hat oder andere weibliche Verwandte, muss sich auf dem Polizeirevier melden, wo ihm eine Arbeitsstelle zugewiesen wird, bei der er zum Schutz der Öffentlichkeit mit anderen Männern zusammengekettet ist. Jeder Mann, der dieses Gesetz bricht, wird zum Tod verurteilt. Dies betrifft auch ausländische Journalisten und andere Berufstätige.«

Die Männer im Raum wechseln Blicke; etwa ein Dutzend ausländischer Journalisten befindet sich im Land, seit damals, als es noch ein finsterer Außenposten für Menschenhandel war. Die Frauen geben vor, schockiert zu sein, doch im Grunde sind sie einverstanden mit den Maßnahmen. »Keine Angst«, scheinen sie auszustrahlen, »das ist nur eine Übergangsregelung, und solange es dauert, helfen wir euch.« Einige Männer verschränken beschützend die Arme vor der Brust.

»Kein Mann darf Geld oder andere Besitztümer aus dem Land bringen.«

Die Justizministerin blättert um. Die Seiten enthalten lange, eng und klein gedruckte Reihen mit Erlassen.

Männer dürfen nicht mehr Auto fahren.

Männer dürfen nicht länger ihr eigenes Geschäft betreiben. Ausländische Journalisten und Fotografen müssen von einer Frau angestellt sein.

Männer dürfen nur noch Gruppen über drei Personen bilden, wenn eine Frau anwesend ist, selbst im eigenen Heim.

Männer dürfen nicht mehr wählen – die vielen Jahre voller Grausamkeit und Erniedrigung haben gezeigt, dass sie nicht in der Lage sind, zu regieren oder zu verwalten.

Eine Frau, die einen Mann dabei erwischt, wie er diese Gesetze in der Öffentlichkeit bricht, hat nicht nur die Erlaubnis, sondern ist sogar dazu verpflichtet, ihn sofort zu maßregeln. Jede Frau, die dieser Pflicht nicht nachkommt, ist ein Staatsfeind, billigt Verbrechen und untergräbt den Frieden und die Einheit dieses Landes.

Die Justizministerin liest noch einige Seiten mit Erläuterungen zu diesen Gesetzen vor, was »in Begleitung einer Frau« genau umfasst, dazu noch mildernde Umstände, wenn ein extremer medizinischer Notfall eintreten sollte, man sei ja schließlich kein Monster. Es wird immer stiller im Raum, je länger die Verlautbarung dauert.

Als die Justizministerin geendet hat, legt sie ihre Unterlagen ruhig vor sich auf den Tisch. Sie wirkt völlig entspannt, das Gesicht unbeteiligt.

»Das ist alles«, sagt sie abschließend. »Es sind keine Fragen erlaubt.«

In der Hotelbar sagt Hooper von der *Washington Post*: »Es ist mir egal, ich haue ab.«

Das hat er bereits einige Male gesagt. Er schenkt sich noch einen Whisky ein und lässt drei Eiswürfel hineinfallen, dann schwenkt er sie im Glas und fährt fort:

»Warum zum Teufel sollten wir irgendwo bleiben, wo wir nicht arbeiten dürfen, wenn es unzählige andere Orte gibt? Ich bin mir ziemlich sicher, dass im Iran bald etwas passiert. Da fahre ich hin.«

»Und wenn im Iran etwas passiert«, knurrt Semple von

der BBC, »was wird dann wohl mit den Männern passieren?«

Hooper schüttelt den Kopf. »Nicht im Iran. Nicht so. Sie werden ihren Glauben nicht über Nacht ändern und alles den Frauen überlassen.«

»Weißt du noch«, entgegnet Semple, »wie sich über Nacht alles geändert hat, als der Schah abgesetzt wurde und Khomeini an die Macht kam? Du weißt schon, dass das rasend schnell geschah?«

Stille.

»Und was schlägst du dann vor?«, fragt Hooper. »Alles aufgeben? Nach Hause fahren und Gartenredakteur werden? Dich kann ich mir da richtig gut vorstellen. Flakweste an den Unkrautgrenzen.«

Semple zuckt mit den Schultern. »Ich bleibe. Ich bin britischer Staatsbürger und stehe unter dem Schutz Ihrer Majestät. Ich werde den Gesetzen im vernünftigen Rahmen gehorchen und darüber berichten.«

»Was willst du denn berichten? Wie es ist, in einem Hotelzimmer zu sitzen und auf eine Frau zu warten, die einen abholt?«

Semple schiebt die Unterlippe vor. »Schlimmer als das wird es nicht.«

Tunde hört am Nebentisch zu. Vor ihm steht ebenfalls ein großer Whisky, doch er trinkt nicht davon. Die Männer werden immer betrunkener und lauter. Die Frauen beobachten die Männer stumm und irgendwie mitfühlend. Etwas Verletzliches und Verzweifeltes liegt im Verhalten der Männer.

Einer sagt laut: »Wir bringen dich überall hin, wohin du willst. Hör mal, wir glauben nicht an diesen Schwachsinn. Sag uns, wohin du willst. Es wird wie immer sein.«

Hooper packt Semple am Ärmel. »Du musst abhauen. Nimm das erste Flugzeug und verschwinde von hier.«

Eine der Frauen sagt: »Er hat recht. Dieses widerwärtige Land ist es nicht wert, getötet zu werden.«

Tunde geht langsam zur Rezeption. Er wartet, während ein älteres norwegisches Ehepaar seine Rechnung zahlt. Vor dem Hotel steht ein Taxi, in das der Fahrer gerade Gepäck einlädt. Wie die meisten Bürger wohlhabender Nationen verlassen die beiden die Stadt, solange es noch geht. Nachdem sie alle Posten auf der Minibarrechnung noch einmal durchgegangen und die Steuern genau hinterfragt haben, gehen sie endlich.

Nur ein Angestellter hat Dienst. Sein dunkles Haar ist dicht und lockig und hier und da von Grau durchzogen. Er ist etwa sechzig und arbeitet sicher schon seit vielen Jahren hier.

Tunde lächelt kameradschaftlich.

»Seltsam, was zurzeit alles passiert«, sagt er.

Der Mann nickt. »Ja, Sir.«

»Wissen Sie schon, was Sie tun werden?«

Der Mann zuckt mit den Schultern.

»Haben Sie Familie, die Sie aufnehmen kann?«

»Meine Tochter lebt drei Stunden von hier im Westen auf einer Farm. Ich werde zu ihr ziehen.«

»Man lässt Sie reisen?«

Der Mann blickt auf. Das Weiß seiner Augen ist gelblich und von dünnen Blutgefäßen durchzogen. Einige Sekunden sieht er Tunde an.

»So Gott will.«

Tunde steckt langsam und beiläufig eine Hand in seine Tasche. »Ich überlege auch, auf Reisen zu gehen«, sagt er. Wartet ab.

Der Mann fragt nicht nach. Vielversprechend.

»Natürlich benötige ich ein, zwei Dinge dafür, die … ich nicht mehr habe. Dinge, ohne die ich nicht abreisen wollen würde. Wenn ich das denn tun wollte.«

Der Mann nickt langsam.

Tunde schiebt unauffällig die Geldscheine unter die Schreibunterlage auf dem Tresen, sodass nur die Ecken zu sehen sind. Zehn Fünfzigdollarscheine. US-Währung funktioniert immer.

Der Atem des Mannes stockt für einen Moment.

Tunde fährt jovial fort: »Freiheit. Das wollen alle.« Dann: »Ich glaube, ich gehe jetzt ins Bett. Könnten Sie dem Zimmerservice sagen, dass ich gern noch einen Scotch hätte? Zimmer 614. So bald wie möglich.«

Der Mann antwortet: »Ich werde Ihnen das Getränk persönlich bringen, Sir. Kommt sofort.«

In seinem Zimmer schaltet Tunde den Fernseher an. Kristen sagt, die Vorhersagen für das vierte Quartal sind nicht gut. Der attraktive Matt lacht und erwidert, also, ich verstehe davon ja gar nichts, aber ich werde dir sagen, womit ich mich auskenne: Apfeltauchen.

Auf C-Span gibt es eine kurze Zusammenfassung zu einem »militärischen Einsatz« in dieser »turbulenten Region«, doch ausführlicher wird über inländischen Terrorismus in Idaho berichtet. UrbanDox und seine Idioten waren erfolgreich. Wenn man jetzt von Männerrechten spricht, meint man sie und ihre Verschwörungstheorien, ihre Gewalt und das Bedürfnis nach Begrenzungen. Keinen interessiert, was hier passiert. Die Wahrheit war schon immer ein komplexeres Gut als die einfachen Tatsachen, als die der Markt sie verkaufen will. Und jetzt zum Wetter.

Tunde packt seinen Rucksack. Zweimal Kleidung zum Wechseln, seine Notizen, Laptop, Handy, Wasserflasche. Außerdem seine alte Analogkamera mit vierzig Filmrollen, denn es können Tage vergehen, bis er wieder Zugang zu Elektrizität oder Akkus hat. Eine Analogkamera wird sehr nützlich sein. Er zögert, dann legt er noch zwei weitere Paar Socken hinzu. Unerwartete Aufregung steigt in ihm auf, gepaart mit Angst und Wut. Er sagt sich, wie dumm es ist, aufgeregt zu sein. Das hier ist eine ernste Situation. Als es an der Tür klopft, zuckt er zusammen.

Er öffnet und fürchtet einen Moment, der Rezeptionist habe ihn falsch verstanden. Auf einem Tablett steht ein Whiskyglas auf einem rechteckigen Untersetzer, sonst nichts. Erst bei genauerem Hinsehen erkennt er, dass das Glas auf seinem Pass steht.

»Danke«, sagt er. »Genau das, was ich wollte.«

Der Mann nickt. Tunde bezahlt für den Whisky und verstaut den Pass in der Seitentasche seiner Hose.

Er wartet bis halb fünf Uhr morgens, bis er aufbricht. Die Flure sind still, das Licht gedämpft. Kein Alarm ertönt, als er die Tür aufzieht und in die Kälte hinaustritt. Niemand versucht, ihn aufzuhalten. Als wäre der Nachmittag nur ein böser Traum gewesen.

Tunde durchquert die ausgestorbenen Straßen, in der Ferne bellen einige Hunde. Kurz beschleunigt er sein Tempo und verlangsamt es schließlich wieder. Als er die Hand in die Hosentasche steckt, findet er seinen Zimmerschlüssel vom Hotel. Er überlegt, ob er ihn in einen Briefkasten oder gleich wegwerfen soll, befühlt den glänzenden Messinganhänger und schiebt ihn wieder in seine Tasche. Solange er ihn behält, kann er sich einbilden, dass Zimmer 614 immer auf ihn wartet, so, wie er es verlassen hat. Das Bett noch zerwühlt, die Zeitung unordentlich auf dem Tisch, seine guten Schuhe unter dem Nachtkästchen, seine getragenen Hosen und Socken in der Ecke bei seinem offenen, halb leeren Koffer.

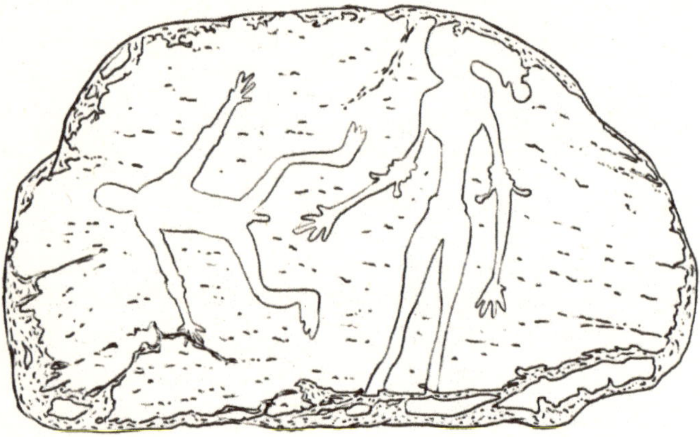

Felszeichnung aus Nordfrankreich, etwa viertausend Jahre alt. Sie zeigt die »Drosselungsprozedur« – auch bekannt als männliche Genitalverstümmelung. Hierbei werden die Schlüsselnervenenden im Penis ausgebrannt, wenn der Junge in die Pubertät kommt. Nach der Prozedur, die immer noch in verschiedenen europäischen Ländern praktiziert wird, kann der Mann ohne Strangstimulation durch eine Frau keine Erektion bekommen. Viele Männer, die man ausgebrannt hat, können nur unter Schmerzen ejakulieren.

Es kann nicht mehr länger
als sieben Monate dauern

Allie

Roxy Monke ist verschwunden. Allie hat auf der Party mit ihr gesprochen, die Angestellten haben gesehen, wie sie diese verlassen hat. Auf dem Überwachungsvideo sieht man, wie ihr Wagen aus der Stadt fährt. Ab da verliert sich ihre Spur. Sie wollte Richtung Norden, mehr ist nicht bekannt. Acht Wochen ist das jetzt her, ohne ein Lebenszeichen.

Allie hat per Videochat mit Darrell gesprochen, der schrecklich aussieht. »Ich halte mich gerade so aufrecht«, sagt er. Man hat das Umland nach ihr abgesucht. »Wenn sie sie erwischt haben, könnten sie auch hinter mir her sein. Wir suchen weiter nach ihr. Selbst wenn wir nur eine Leiche finden. Wir müssen wissen, was passiert ist.«

Sie müssen es wissen. Allie hegt düstere Gedanken. Tatjana wird plötzlich paranoid und ist davon überzeugt, dass Roxy sie an Nordmoldau verraten hat, und interpretiert nun jede neue Aggression dahingehend, dass Roxy sie verkauft, sogar das Glitter an die Feinde weitergegeben hat. Tatjana wird immer unberechenbarer. Manchmal scheint sie Mother Eve mehr als jedem anderen zu vertrauen; sie hat sogar ein Gesetz unterzeichnet, das Mother Eve zur De-facto-Regentin des Landes macht, wenn sie, Tatjana, ihr Amt nicht ausüben können sollte. Doch sie hat cholerische Wutanfälle, bei denen sie ihre Angestellten schlägt und jeden um sie herum beschuldigt, gegen sie zu arbeiten. Ihren Generälen und Offizieren erteilt sie gegensätzliche und unverständliche Anweisungen. Es gab Kämpfe. Einige der auf

Rache sinnenden Gruppierungen haben Dörfer in Brand gesetzt, in denen geschlechtsverräterische Frauen leben und Männer, die Unrecht begangen haben. Einige Dörfer haben sich gewehrt. Langsam herrscht Krieg im Land, der nicht an einem bestimmten Tag zwischen zwei klar definierten Feinden ausgerufen wurde, sondern sich wie die Masern verbreitet: erst eine Stelle, dann zwei, dann drei. Ein Krieg aller gegen alle.

Allie vermisst Roxy. Ihr war bisher nicht klar gewesen, dass Roxy sich in ihr Herz geschlichen hatte. Das macht ihr Angst. Sie hatte nie daran gedacht, eine Freundin zu haben. Irgendwie hatte sie nie das Bedürfnis danach, bis Roxy verschwand. Sie macht sich Sorgen, träumt, dass sie erst einen Raben, dann eine weiße Taube entsendet, die mit guten Nachrichten zurückkehren sollen, jedoch vergeblich.

Sie würde Suchtrupps losschicken, die die Wälder durchkämmen, wenn sie wüsste, wo im Umkreis von hundert Meilen man zu suchen beginnen sollte.

Sie betet zur Heiligen Mutter: Bitte, bring sie gesund zurück. Bitte.

Die Stimme sagt: Ich kann dir nichts versprechen.

Allie antwortet: Roxy hat viele Feinde. Menschen wie sie haben oft viele Feinde.

Die Stimme sagt: Glaubst du etwa, du hättest nicht viele Gegner?

Allie antwortet: Du bist mir keine große Hilfe.

Die Stimme sagt: Ich bin immer für dich da. Aber ich habe auch gesagt, dass das hier schwierig werden würde.

Allie antwortet: Du hast auch gesagt, dass man die Führung übernehmen müsse.

Die Stimme sagt: Dann weißt du ja, was du zu tun hast.

Allie redet sich zu: Hör auf damit, sofort. Sie ist nur ein Mensch wie alle anderen auch. Alles wird verschwinden, und du wirst überleben. Denk nicht mehr daran.

Fülle diesen Teil deines Herzens mit kochendem Wasser und töte ihn. Du brauchst sie nicht. Du wirst leben.

Sie hat Angst.

Sie ist nicht sicher.

Sie weiß, was sie zu tun hat.

Um sicher zu sein, muss man die Führung übernehmen.

Eines Nachts ruft Tatjana nach ihr, spät, es ist schon nach drei Uhr morgens. Tatjana hat Schlafprobleme, wacht mitten in der Nacht auf, aus Träumen voller Rache, Spionen im Palast, einem Angreifer mit einem Messer. Dann ruft sie nach Mother Eve, ihrer spirituellen Ratgeberin, und Mother Eve kommt und sitzt an ihrem Bett und spricht beruhigend auf sie ein, bis sie wieder eingeschlafen ist.

Das Schlafzimmer ist mit burgunderrotem Brokat und Tigerfellen eingerichtet. Tatjana schläft immer allein, egal, wer vielleicht am Abend noch mit ihr das Bett geteilt hat.

Sie sagt: »Sie werden mir alles wegnehmen.«

Allie nimmt ihre Hand, tastet sich an den überreizten Nervenenden entlang bis zu dem unruhigen Gehirn und antwortet: »Gott ist bei dir, und du wirst siegen.«

Gleichzeitig übt sie sanften, unmerkbaren Druck auf verschiedene Bereiche in Tatjanas Gehirn aus. Nur ein paar Neuronen funktionieren danach anders. Eine kleine Verschiebung.

»Ja«, erwidert Tatjana. »Du hast sicher recht.«

Ganz richtig, lobt die Stimme.

»Ganz richtig«, lobt Allie, und Tatjana nickt wie ein gehorsames Kind.

Irgendwann werden noch mehr Menschen wissen, wie man so auf andere einwirkt. Vielleicht lernt jetzt gerade irgendwo auf der Welt eine junge Frau, wie sie ihren Vater oder Bruder beruhigen und kontrollieren kann. Die Menschen werden herausfinden, dass die Fähigkeit, andere zu verletzen, erst der Anfang ist. Die Einstiegsdroge, wie Roxy sagen würde.

»Hör zu«, sagt Allie. »Du möchtest doch jetzt sicher diese Dokumente unterzeichnen, nicht wahr?«

Tatjana nickt schläfrig.

»Du hast alles genau durchdacht, und die Kirche sollte wirklich die Befugnis haben, in den Grenzregionen als eigene Gerichtsbarkeit aufzutreten, nicht wahr?«

Tatjana nimmt einen Stift vom Nachttisch und unterschreibt mit unsicherer Hand, während sich ihre Augen schon schließen. Dann lässt sie sich zurück in die Kissen fallen.

Die Stimme sagt: Wie lange willst du das noch machen?

Allie antwortet: Wenn ich zu schnell vorgehe, werden die Amerikaner Verdacht schöpfen. Das hier ist für Roxy. Es ist schwieriger, die Menschen zu überzeugen, wenn ich für mich handele.

Die Stimme sagt: Mit jedem Tag ist sie weniger zu kontrollieren. Das weißt du.

Allie antwortet: Das liegt an dem, was wir tun. Etwas läuft falsch in ihrem Kopf mit den ganzen Medikamenten. Doch es wird nicht mehr lange dauern. Ich übernehme das Land. Und dann bin ich sicher.

Darrell

Die Lieferungen sind im Arsch wegen der beschissenen UNO.

Darrell mustert den Van, der zurückgekommen ist. Die Ladung wurde im Wald abgeworfen, weshalb jetzt Glitter im Wert von drei Millionen Pfund bei Regen im Waldboden versickert, was an sich schon furchtbar wäre. Doch das ist nicht das Einzige. Man hat den Van ab der Grenze verfolgt, er musste querbeet durch den Wald fahren, um die Soldaten abzuschütteln. Doch diese wissen nun, in welche Richtung der Wagen verschwunden ist. Wenn man von der Grenze aus diesen Weg einschlägt, gibt es nicht mehr viele Möglichkeiten, nicht wahr?

»Fuck!«, flucht Darrell laut und tritt gegen das Rad des Vans. Seine Narbe zieht sich zusammen, sein Strang summt wütend. Es tut weh. Wieder brüllt er »Fuck!«, lauter als beabsichtigt.

Die Frauen sind im Lager. Ein paar sehen zu ihm. Zwei kommen näher, um zu sehen, was passiert ist.

Eine der Fahrerinnen, die Stellvertreterin, verlagert ihr Gewicht von einem Fuß auf den anderen und sagt: »Wenn wir früher die Ladung abwerfen mussten, hat Roxy immer …«

»Es ist mir scheißegal, was Roxy immer hat«, erwidert Darrell etwas zu rasch. Die Frauen wechseln einen Blick. Er rudert zurück. »Ich meine, ich glaube nicht, dass sie will, dass wir es so machen wie früher, okay?«

Ein weiterer Blick.

Darrell versucht, langsamer zu sprechen, mit ruhiger, autoritärer Stimme. Ohne Roxy, die sie in Schach gehalten hat, wird er in Gesellschaft dieser Frauen immer schnell nervös. Sobald sie wissen, dass er jetzt auch einen Strang hat, wird alles besser werden, aber im Moment ist nicht der richtige Zeitpunkt für weitere Überraschungen, und sein Dad hat sowieso gesagt, dass er es geheim halten soll, bis alles verheilt ist, bis er zurück in London ist.

»Hört mal«, sagt er. »Wir halten uns eine Woche lang bedeckt. Keine weiteren Lieferungen, keine Grenzüberquerungen, bis sich alles beruhigt hat.«

Sie nicken.

Darrell denkt, woher soll ich denn wissen, dass ihr mich nicht abzockt? Doch er kann es nicht nachprüfen. Ihr sagt zwar, ihr musstet alles in den Wald werfen, aber vielleicht habt ihr einfach auch alles selbst behalten? Verdammt. Sie haben nicht genug Angst vor ihm, das ist das Problem.

Eine der Frauen – Irina, langsam und schwer von Begriff – runzelt die Stirn und fragt schmollend: »Hast du einen weiblichen Vormund?«

O bitte, nicht schon wieder dieser Mist.

»Ja, Irina«, antwortet er, »meine Schwester Roxanne. Du weißt, wer sie ist? Ihr gehört die Fabrik, sie hält hier alles am Laufen.«

»Aber … Roxanne ist nicht hier.«

»Sie macht nur etwas Urlaub«, erklärt Darrell. »Sie kommt zurück, und in der Zwischenzeit kümmere ich mich um alles.«

Irina runzelt stärker die Stirn. »Ich habe Nachrichten gehört«, sagt sie. »Wenn der Vormund tot ist oder vermisst wird, muss ein neuer für den Mann bestimmt werden.«

»Sie ist nicht *tot*, Irina, sie wird nicht einmal vermisst, sie ist … einfach gerade nicht hier. Doch sie wird zurückkommen, und sie hat mir gesagt, ich soll währenddessen hier auf alles aufpassen.«

Irina denkt über diese neuen Informationen nach. Darrell kann geradezu hören, wie es in ihrem Gehirn arbeitet.

»Aber woher weißt du, was du zu tun hast«, fragt sie schließlich, »wenn Roxanne nicht hier ist?«

»Sie schickt mir E-Mails und SMS, okay, Irina? Sie sagt mir, was ich tun soll. Ohne ihre Zustimmung habe ich noch nie etwas getan, und wenn du machst, was ich dir sage, dann befolgst du damit ihre Befehle, verstanden?«

Irina blinzelt. »Ja. Das wusste ich nicht. E-Mails. Gut.«

»Gut, also … gibt es noch etwas zu besprechen?«

Irina starrt ihn an. Komm schon, Mädchen, spuck es aus, was arbeitet da in deinem fetten Schädel?

»Dein Vater«, sagt sie schließlich.

»Ja? Was ist mit ihm?«

»Dein Vater hat dir eine Nachricht hinterlassen. Er will mit dir sprechen.«

Als Darrell mit Bernie in London telefoniert und die Enttäuschung in der Stimme seines Vaters hört, verflüssigen sich seine Eingeweide, wie immer.

»Du hast sie noch nicht gefunden?«

»Nein, Dad.«

Darrell spricht leise. Die Wände seines Büros in der Fabrik sind dünn.

»Sie hat sich vermutlich in irgendein Loch verkrochen,

um zu sterben, Dad. Du hast doch gehört, was der Arzt gesagt hat. Wenn man den Strang entfernt, stirbt die Hälfte der Betroffenen am Schock. Dann der Blutverlust, und sie war da draußen im Nirgendwo. Das ist jetzt zwei Monate her, Dad. Sie ist *tot*.«

»Du musst nicht so klingen, als würdest du dich darüber freuen. Sie war meine verdammte Tochter.«

Was hat Bernie denn geglaubt, wie es weitergehen würde? Dass Roxy nach Hause kommen und die Bücher führen würde, nach allem, was sie ihr angetan hatten? Hoffentlich war sie wirklich tot.

»Tut mir leid, Dad.«

»So ist es jedenfalls besser. So sollte es sein, deshalb haben wir es getan. Nicht, um ihr wehzutun.«

»Nein, Dad.«

»Wie geht es dir mittlerweile, mein Junge?«

Der Strang weckt ihn in der Nacht jede Stunde auf, weil er sich windet und zuckt. Er bekommt Medikamente, damit er eigene Nerven ausbildet, die den Strang kontrollieren. Glitter hilft auch. Doch er hat immer noch das Gefühl, als lebe eine verdammte Schlange in seiner Brust.

»Alles okay, Dad. Der Arzt sagt, es geht mir gut. Es funktioniert.«

»Wann wirst du es benutzen können?«

»Bald, Dad. Vielleicht noch eine oder zwei Wochen.«

»Gut. Das hier ist erst der Anfang, Jungchen.«

»Ich weiß, Dad.« Darrell lächelt. »Ich werde eine tödliche Waffe sein. Wenn ich dich zu einem Treffen begleite, wird keiner erwarten, dass ich etwas tun könnte, und dann zack.«

»Und wenn die Operation bei dir erfolgreich ist, können

wir die Prozedur verkaufen. An die Chinesen, die Russen, an alle mit Leuten im Gefängnis. Strangtransplantationen … jeder wird es tun.«

»Wir werden richtig Kohle machen, Dad.«

»Das werden wir.«

Jocelyn

Margot hat sie zu einer Psychotherapeutin geschickt, um den Schock und das Trauma wegen des Terroranschlags zu verarbeiten. Sie hat der Therapeutin nicht gesagt, dass sie den Mann nicht töten wollte. Sie hat ihr nicht erzählt, dass er gar keine Waffe hatte. Die Therapeutin wird von NorthStar Industries finanziert, weshalb sie ihr nicht vertrauen kann. Sie sprechen über allgemeine Dinge.

Wie Ryan.

Jocelyn sagt: »Ich wollte, dass er mich mochte, weil ich stark bin und die Kontrolle habe.«

Die Therapeutin antwortet: »Vielleicht mochte er Sie aber aus anderen Gründen.«

»Ich will aber nicht, dass er mich aus anderen Gründen mochte. Dann wäre ich abscheulich. Warum sollte man mich aus anderen Gründen mögen als alle anderen Frauen? Wollen Sie damit sagen, dass ich schwach bin?«

Sie hat der Therapeutin nicht erzählt, dass sie und Ryan wieder Kontakt haben. Er hat ihr nach den Ereignissen im NorthStar-Camp von einer Wegwerfadresse aus gemailt. Sie hatte geantwortet, dass sie nichts mit ihm zu tun haben, nicht mit einem Terroristen reden wolle. Er schrieb: »Hey, Moment mal, was war das?«

Erst nach Monaten konnte er sie überzeugen, dass er nicht in diesen Foren gepostet hatte. Jocelyn weiß immer noch nicht, wem sie glauben soll, doch sie weiß, dass Lügen so zum Leben ihrer Mutter gehören, dass sie sich dessen nicht einmal mehr bewusst ist. Etwas verkrampft sich in ihr, als sie erkennt, dass ihre Mom sie vielleicht bewusst angelogen hat.

Ryan schreibt: »Sie konnte es nicht ertragen, dass ich dich so liebe, wie du bist.«

Jos antwortet: »Ich will, dass du mich trotz meines Problems liebst, nicht wegen.«

»Ich liebe dich, mit allem, was dich ausmacht.«

»Du magst mich, weil ich schwach bin. Ich finde es furchtbar, dass du mich für schwach hältst.«

»Du bist doch nicht schwach. Wer dich kennt, wem du wichtig bist, der weiß das. Und überhaupt, was macht das schon? Man darf schwach sein.«

Darf man das wirklich?

Auf Reklametafeln sieht man mittlerweile Plakate, auf denen freche junge Frauen lange Lichtbögen vor süßen, entzückten Jungs fabrizieren. Sie werben für Limo, Turnschuhe oder Kaugummi. Es funktioniert, die Produkte verkaufen sich. Unterschwellig wird Frauen aber noch etwas anderes vermittelt. Seid stark, dann bekommt ihr alles, was ihr wollt.

Das Problem ist nur, dass einem das mittlerweile von allen Seiten entgegenschallt. Wenn man andere Sichtweisen möchte, muss man bei sehr schwierigen Menschen suchen. Nicht alles, was sie sagen, scheint richtig zu sein. Manche sind schlichtweg verrückt.

Tom Hobson zum Beispiel, der die *Morning Show* moderiert hat, hat jetzt seine eigene Webseite. Er hat sich UrbanDox, BabeTruth und ein paar anderen angeschlossen. Jos liest alles auf ihrem Handy, wenn sie allein ist. Tom Hobson schreibt auf seiner Seite von Dingen in Bessapara, die Jos kaum glauben kann. Folter und medizinische Versuche,

Frauengangs im Norden an der Grenze, die Männer nach Lust und Laune vergewaltigen und umbringen. Hier im Süden ist es ruhig, selbst mit den wachsenden Unruhen an der Grenze. Jocelyn hat viele Einwohner des Landes kennengelernt, die meisten waren wirklich nett. Manche Männer haben gesagt, dass die Gesetze im Moment sinnvoll sind, in Zeiten des Krieges. Frauen haben sie zum Tee in ihr Haus eingeladen.

Manches ist allerdings einleuchtend. Tom schreibt, dass in Bessapara, wo sie sich gerade aufhält, Versuche an Männern wie Ryan durchgeführt werden. Man schneidet sie auf, um herauszufinden, was mit ihnen geschehen ist. Verabreicht ihnen große Dosen dieser Straßendroge namens Glitter. Es heißt, die Droge wird ganz in der Nähe ihres Aufenthaltsortes außer Landes gebracht. Ein Auszug aus Google Maps zeigt den Ort. Tom sagt, der wahre Grund, dass die US-Armee dort stationiert ist, im Süden von Bessapara, ist die Sicherung des Glitternachschubs. Sorgt für Ruhe und Ordnung, damit Margot Cleary die Glitterlieferungen von Syndikaten des organisierten Verbrechens zu NorthStar organisieren kann, die es wiederum deutlich teurer an die US-Armee weiterverkaufen.

Seit über einem Jahr gibt ihr die Armee alle drei Tage ein kleines Päckchen lilaweißen Pulvers, »gegen ihr Leiden«. Auf einer von Ryans Seiten stand, dass das Pulver den Zustand von Mädchen mit Strangproblemen nur noch verschlechtert. Es verstärkt die Hochs und die Tiefs. Der Körper wird abhängig davon.

Doch es geht ihr gut. Sie würde ja sagen, es ist wie ein Wunder, und das ist es ja tatsächlich. Mother Eve hat Wunder an ihr gewirkt. Mit geschlossenen Augen betet sie jede

Nacht im Dunkeln auf ihrem Bett und flüstert: »Danke, danke, danke.« Sie wurde geheilt. Es geht ihr gut. Es muss einen Grund für ihre Rettung geben.

Jos betrachtet die ungeöffneten Päckchen Glitter, die sie unter der Matratze aufbewahrt. Und die Fotos auf Tom Hobsons Webseite von den Drogen, über die er spricht.

Sie schreibt Ryan eine SMS an sein Wegwerfhandy, das er alle drei Wochen austauscht.

Er antwortet: »Glaubst du wirklich, dass deine Mom einen Deal mit einem Drogenkartell gemacht hat?«

Jos sagt: »Ich glaube, sie könnte zu der Gelegenheit nicht Nein sagen.«

Es ist Jocelyns freier Tag. Sie nimmt einen Jeep aus dem Bestand des Stützpunktes – sie will nur eine Fahrt aufs Land machen, ein paar Freunde treffen, ist das in Ordnung? Sie ist die Tochter einer Senatorin, die bei den nächsten Wahlen das Weiße Haus anvisiert und ein wichtiger Stakeholder von NorthStar ist. Natürlich ist es in Ordnung.

Sie studiert die Karten, die sie von Tom Hobsons Webseite ausgedruckt hat. Wenn er recht hat, müsste eine der Hauptfabriken für die Droge in Bessapara nur etwa vierzig Meilen entfernt liegen. Und vor ein paar Wochen ist außerdem etwas wirklich Seltsames passiert: Einige Frauen auf dem Stützpunkt hatten einen Van ohne Kennzeichen durch den Wald verfolgt, dessen Fahrerin sogar auf sie geschossen hatte. Letztendlich hatten sie ihn verloren und den Vorfall als mögliche terroristische Aktivität aus Nordmoldau gemeldet. Doch Jos weiß, in welche Richtung der Van fuhr.

Sie fühlt sich leicht, als sie in den Jeep steigt. Die Sonne scheint, sie hat einen halben Tag Urlaub. Sie wird zu dem angegebenen Ort fahren und schauen, ob sie etwas herausfinden kann. Sie fühlt sich heiter und entspannt. Ihr Strang summt stark und beständig, wie immer seit dem Treffen mit Mother Eve, und sie fühlt sich gut. Normal. Das hier ist ein Abenteuer. Im schlimmsten Fall hat sie einen netten Ausflug gemacht. Doch vielleicht kann sie ein paar Fotos schießen und diese selbst ins Internet stellen. Vielleicht findet sie sogar etwas, das sie gegen ihre Mutter verwenden kann. Das sie Margot mailen kann mit den Worten: Wenn du dich nicht aus meinem Leben heraushältst, schicke ich das sofort an die *Washington Post*. Ja, ein paar Bilder … das würde den Tag perfekt machen.

Tunde

Zuerst war es gar nicht schwer. Er hatte genug Leute kennengelernt, bei denen er auf seinem Weg aus der Stadt und durch die Satellitenstädte Richtung Gebirge unterkommen konnte. Er kennt Bessapara und Nordmoldau; er war schließlich früher schon wegen Recherchen zu Awadi-Atif hier gewesen. Seltsamerweise fühlt er sich sicher.

Ein Regime wandelt sich außerdem normalerweise nicht von heute auf morgen komplett. Die Bürokratie arbeitet langsam. Die Menschen benötigen Zeit. Man wird weiterhin Männer brauchen, die den neuen Frauen zeigen, wie die Papierfabrik betrieben wird oder wie man Bestellungen fürs Lager durchführt. Im ganzen Land betreiben Männer immer noch ihre Unternehmen, während die Frauen etwas von den neuen Gesetzen murmeln und sich fragen, wann diese endlich durchgesetzt werden. In den ersten Wochen seiner Wanderung machte Tunde Bilder von der neuen Ordnung, von den Kämpfen auf der Straße, von den Männern mit den leblosen Augen, die in ihren Häusern festgehalten werden. Er hatte geplant, ein paar Wochen zu reisen und alles zu dokumentieren, was ihm auf seinem Weg begegnete. Daraus wollte er das letzte Kapitel seines Buches erstellen, das auf USB-Sticks und in vollgeschriebenen Notizbüchern in Ninas Wohnung in New York auf ihn wartete.

Er hatte Gerüchte gehört, dass sich die schockierendsten Vorfälle in den Bergen ereignet hatten. Niemand wollte Genaueres sagen, man sprach nur hinter vorgehaltener Hand von Hinterwäldlern und der Dunkelheit, die sich dort nie vollständig gelichtet hatte, nicht unter einem Dutzend verschiedener Regime und Diktatoren.

Peter, der junge Mann von Tatjana Moskalews Party, hatte gesagt: »Früher haben sie die Mädchen geblendet. Als die Gabe zum ersten Mal auftauchte, haben die Warlords in der Gegend alle Mädchen geblendet, zumindest habe ich das gehört. Man hat ihnen die Augen mit glühenden Eisen ausgebrannt. So konnten sie immer noch die Chefs sein, verstehst du?«

»Und jetzt?«

Peter schüttelte den Kopf. »Jetzt geht da keiner mehr hin.«

Deshalb hatte Tunde beschlossen, aus Mangel an anderen Zielen in die Berge zu wandern.

In der achten Woche begannen die Schwierigkeiten. Er erreichte eine Stadt am Ufer eines großen grünblauen Sees. Hungrig spazierte er am Sonntagmorgen durch die Straßen, bis er eine Bäckerei mit offener Tür fand, aus der Rauch und der köstliche Geruch nach Hefe drangen.

Er bot dem Mann hinter dem Tresen einige Münzen an und deutete auf ein paar Brötchen, die auf einem Blech auskühlten. Der Mann machte die bekannte Geste eines aufklappenden Buches, um nach Tundes Papieren zu fragen; das passierte mittlerweile immer öfter. Tunde zeigte seinen Reisepass und seinen Presseausweis.

Der Mann blätterte durch den Pass, auf der Suche nach dem offiziellen Eintrag zu seinem Vormund, die wiederum einen Vermerk hinterlassen haben müsste, der ihm den heutigen Ausflug erlaubte. Der Bäcker betrachtete jede Seite sorgfältig und machte dann wieder das Zeichen für »Papiere bitte«. Sein Gesichtsausdruck wurde immer panischer. Tunde lächelte, zuckte mit den Schultern und legte den Kopf zur Seite.

»Komm schon«, sagte er, auch wenn der Mann ziemlich sicher kein Englisch sprach. »Das sind doch nur ein paar Brötchen. Ich habe nur diese Papiere, Mann.«

Bis jetzt hatte das auch gereicht. Normalerweise lächelte an diesem Punkt immer jemand dem seltsamen ausländischen Journalisten zu oder hielt ihm in gebrochenem Englisch einen kleinen Vortrag, dass er sich das nächste Mal richtig ausweisen können müsse. Tunde entschuldigte sich dann mit seinem gewinnendsten Grinsen und verließ den Laden mit seinem Essen oder anderen Einkäufen.

Dieses Mal schüttelte der Bäcker traurig den Kopf und deutete auf ein Schild an der Wand. Tunde übersetzte die rumänische Aufschrift mithilfe seines Wörterbuchs. Sie lautete ungefähr: *Fünftausend Dollar Strafe für jeden, der einem Mann ohne Papiere geholfen hat.*

Tunde zuckte mit den Schultern und lächelte und zeigte seine leeren Handflächen. Er sah sich um, legte die Hand über die Augen und blickte suchend Richtung Horizont.

»Aber hier ist doch niemand. Ich werde es keinem sagen.«

Der Mann schüttelte wieder den Kopf. Umklammerte die Kante des Verkaufstresens, sah auf seine Hände hinab. Die an den Handgelenken von langen, sich verzweigenden Narben bedeckt waren. Alte und neue farnartige Narben. Auch an seinem Halsansatz war die Haut gebrandmarkt. Er schüttelte den Kopf und wartete mit gesenktem Blick. Tunde nahm seinen Pass vom Tresen und verließ die Bäckerei. Als er über die Straße ging, standen Frauen in offenen Hauseingängen und beobachteten ihn.

Immer seltener wollten ihm Männer und Frauen Essen

oder Benzin für seinen kleinen Campingkocher verkaufen. Mit der Zeit spürte er, wer ihm vielleicht freundlich gesinnt sein könnte. Ältere Männer, die vor dem Haus Karten spielten, die hatten oft etwas für ihn, besorgten ihm sogar manchmal ein Bett für die Nacht. Jüngere Männer hatten meistens zu viel Angst. Mit Frauen zu sprechen war unmöglich, selbst Blickkontakt aufzunehmen war zu gefährlich.

Als er an einer Gruppe von Frauen vorbeiging, die lachten, scherzten und Lichtbögen in den Himmel schickten, sagte sich Tunde, ich bin gar nicht hier, ich bin niemand, ihr seht mich nicht, hier gibt es nichts zu sehen.

Zuerst riefen sie ihm etwas auf Rumänisch zu, dann auf Englisch. Er blickte starr vor sich auf den Weg. Sie brüllten ihm einige obszöne und rassistische Worte nach, behelligten ihn aber nicht weiter.

Er schrieb in sein Tagebuch: »Zum ersten Mal seit meinem Aufbruch aus der Stadt hatte ich heute Angst.« Er strich mit den Fingern über die Schrift, bis sie trocken war. Dort war die Wahrheit leichter zu ertragen als hier.

In der Mitte der zehnten Woche brach die Sonne am Morgen durch die Wolken, Libellen sausten durch die Luft und schwebten über den grünen Wiesen. Wieder rechnete Tunde alles durch – er hatte noch genug Energieriegel in seinem Rucksack für zwei Wochen, genug Filme für seine Reservekamera, sein Telefon und das Ladegerät. In einer Woche wäre er in den Bergen, dann würde er eine Woche lang alles dokumentieren, was er sah, und sich dann so schnell wie möglich mit seiner Story aus dem Staub machen. Er war so in Gedanken versunken, dass er, als er eine Anhöhe umrundete, zuerst nicht erkannte, was in der Mitte der Straße an einem Pfosten befestigt war.

Ein Mann mit langen, dunklen Haaren, die ihm ins Gesicht hingen. Man hatte ihn mit Plastikschnüren an den Pfosten gefesselt. Seine Hände waren am Rücken zusammengebunden, seine Schultern überstreckt. Man hatte die Schnur etliche Male um seine Knöchel und den Pfosten gewunden und fest verknotet, doch es war hastig geschehen und nicht besonders professionell. Der Körper des Mannes war schwer gezeichnet mit dunkelblauen Flecken, lilafarbenen Prellungen und schwarzen Verfärbungen. Um seinen Hals hing ein Schild mit einem einzigen rumänischen Wort: *Hure*. Er war seit etwa zwei oder drei Tagen tot.

Tunde fotografierte die Leiche sorgfältig. Grausamkeit hat etwas Schönes an sich, eine kunstvolle Komposition etwas Hasserfülltes, und er wollte beides einfangen. Er nahm sich Zeit und konzentrierte sich auf seine Arbeit, sah sich nicht um, ob er beobachtet wurde. Später konnte er nicht glauben, dass er so dumm gewesen war. An diesem Abend wurde ihm zum ersten Mal bewusst, dass man ihm folgte.

Es dämmerte bereits, und auch wenn er schon sieben oder acht Meilen gegangen war, sah er immer noch die Leiche, den herabhängenden Kopf, die schwarze Zunge vor sich. Er wanderte am Straßenrand an eng stehenden Bäumen vorbei. Der Mond ging langsam auf, ein gelber, wolkenverhangener Fingernagel aus Licht zwischen den Bäumen. Von Zeit zu Zeit dachte er, dass er hier sein Lager aufschlagen könnte, na los, raus mit dem Schlafsack. Doch er ging immer weiter, brachte noch eine Meile, noch eine, noch eine zwischen sich und die Haarsträhnen vor dem verwesenden Gesicht. Die Nachtvögel begannen mit ihren Liedern. Er blickte in den dunklen Wald und sah plötzlich zu seiner Rechten ein Licht.

Es war klein, aber unverkennbar. Dieses dünne weiße

Leuchten konnte nur eins sein. Eine Frau stand da zwischen den Bäumen und bildete einen Lichtbogen zwischen den Handflächen. Tunde holte scharf Luft.

Es konnte alles bedeuten. Jemand, der ein Feuer entzündete. Ein Liebespaar, das ein Spiel spielte. Er ging schneller. Dann sah er es wieder, direkt vor ihm. Ein langer, träger Lichtbogen, der dieses Mal ein verschwommenes Gesicht beleuchtete, das von langem Haar eingerahmt wurde, sowie einen zu einem schiefen Lächeln verzogenen Mund. Die Frau sah ihn an. Selbst im matten Licht, selbst auf die Entfernung, konnte er es erkennen.

Hab keine Angst. Der einzige Weg, das hier zu überstehen, ist, keine Angst zu haben. Der instinktgetriebene Teil von ihm fürchtete sich. Jeder von uns hat eine Seite, die noch an der alten Wahrheit festhält: Entweder bist du der Jäger oder die Beute. Finde heraus, was du bist. Handle danach. Dein Leben hängt davon ab.

Wieder verteilte sie Funken in der bläulichen Dunkelheit. Sie war näher bei ihm als gedacht. Sie stieß ein leises, kehliges Lachen aus. Himmel, sie war verrückt. Das war das Schlimmste. Dass er völlig grundlos verfolgt wurde, dass er völlig grundlos hier sterben könnte.

Ein Zweig knackte in der Nähe. Er wusste nicht, ob er darauf getreten war oder sie. Da rannte er los. Schluchzend, keuchend, mit der Kraft eines verzweifelten Tieres. Als er sich umsah, rannte sie hinter ihm her. Ihre Handflächen setzten einen Baum in Brand, die Flammen leckten über die staubige Rinde bis ins trockene Laub. Er rannte schneller. Er konnte keinen klaren Gedanken fassen außer, dass es irgendwo einen sicheren Ort geben müsse. Wenn ich weiterlaufe, muss ich ihn doch finden.

Als er am Ende eines sich in die Höhe windenden Weges angekommen war, sah er es: ein Dorf mit erleuchteten Fenstern, in etwa einer Meile Entfernung.

Er hastete auf das Dorf zu. Dort, im Natriumlicht, würde er diesen Horror hinter sich lassen können.

Er hatte schon lange darüber nachgedacht, wie er das hier zu Ende bringen könnte. Seit dem dritten Abend, als seine Freunde ihm sagten, er solle aus dem Land verschwinden, dass die Polizei von Tür zu Tür ginge, um die Männer zu finden, die sich nicht ordentlich mit einem offiziellen Vormund ausweisen konnten. An diesem Abend hatte er sich gesagt: Ich kann jederzeit aufhören. Er hatte sein Handy. Er musste es nur aufladen und eine E-Mail abschicken. Vielleicht an seinen Redakteur bei CNN, an Nina in Kopie. Ihnen sagen, wo er sich aufhielt. Sie würden ihn finden, und dann wäre er ein Held, den man aus seiner Undercovertätigkeit befreit hatte.

Jetzt. Jetzt ist der richtige Zeitpunkt.

Er rannte in das Dorf. Einige Erdgeschossfenster waren noch erleuchtet. Das Murmeln von Radio oder Fernseher drang hier und da auf die Straße. Es war erst kurz nach neun. Einen Moment überlegte er, an eine Tür zu hämmern, um Hilfe zu bitten. Doch der Gedanke an die Dunkelheit, die hinter diesen erleuchteten Fenstern herrschen könnte, hielt ihn davon ab. Die Nacht war jetzt voller Ungeheuer.

An der Seite eines fünfstöckigen Apartmenthauses entdeckte er eine Feuerleiter. Er eilte darauf zu und kletterte rasch hinauf. Im dritten Stock sah er einen dunklen Raum, in dem drei Klimaanlagen auf dem Boden lagen. Ein Lager. Leer, unbenutzt. Das Fenster ließ sich öffnen. Er kletterte in den staubigen, totenstillen Raum und schob das Fenster hinter sich zu. Er tastete im Dunkeln, bis er eine Steckdose gefunden hatte. Rasch steckte er sein Handy an.

Die zwei Töne, die beim Hochfahren des Gerätes ertönten, waren wie das Geräusch seines Schlüssels in der Tür seines Hauses in Lagos. Da. Es ist vorbei. Das Display leuchtete hell auf. Er presste das warme Licht an die Lippen und holte tief Luft. In seinem Kopf war er bereits daheim, die aufwendige Reise mit Autos und Zügen, Flugzeugen, Warteschlangen und Sicherheitskontrollen in weiter Ferne.

Rasch schrieb er eine E-Mail an Nina und an Temi, außerdem an drei verschiedene Redakteure, mit denen er in letzter Zeit gearbeitet hatte. Er erzählte allen, wo er war, dass er sich in Sicherheit befand, dass sie Kontakt mit der Botschaft aufnehmen sollten, um ihn aus dem Land zu holen.

Während er auf die Antworten wartete, las er Nachrichten. Es gab immer mehr kleinere Gefechte, doch niemand wagte es, das als Krieg zu bezeichnen. Der Ölpreis war wieder gestiegen. Er entdeckte Ninas Namen über einem Essay über die Ereignisse in Bessapara. Er lächelte. Nina war nur vor einigen Monaten ein verlängertes Wochenende auf Pressereise hier gewesen. Was könnte sie wohl über das Land berichten? Als er den Artikel las, runzelte er die Stirn. Irgendwie kamen ihm die Worte bekannt vor.

Das tröstliche Ping einer eintreffenden Mail unterbrach ihn.

Einer der Redakteure hatte geantwortet.

Er schrieb: »Ich finde das überhaupt nicht lustig. Tunde Edo war mein Freund. Wenn du seinen Account gehackt hast, werden wir dich finden, du krankes Arschloch.«

Ein weiteres Ping, noch eine Antwort. Ganz ähnlich der ersten.

Panik stieg in Tundes Brust auf. Er sagte sich, alles wird in Ordnung kommen, das kann nur ein Missverständnis sein, irgendetwas ist passiert.

Er suchte im Netz nach seinem eigenen Namen und fand einen Nachruf. Seinen Nachruf. Er war lang und voller eher zweifelhafter Komplimente für seine Arbeit, mit der er der jungen Generation Nachrichten nahegebracht hatte. Die genauen Formulierungen implizierten subtil, dass er wichtige Ereignisse und Zusammenhänge einfach und trivial hatte erscheinen lassen. Der Text enthielt ein paar kleinere Fehler. Er nannte fünf berühmte Frauen, die er inspiriert hatte. Man schrieb, er sei von vielen geliebt worden. Seinen Eltern, seiner Schwester. Er sei in Bessapara bei einem Autounfall gestorben, sein Leichnam leider so verbrannt, dass man ihn nur anhand des Namens auf seinem Koffer habe identifizieren können.

Tunde atmete schneller.

Er hatte seinen Koffer im Hotelzimmer zurückgelassen.

Jemand musste ihn mitgenommen haben.

Er klickte zurück zu Ninas Bericht über Bessapara. Es war ein Auszug aus einem längeren Buch, das sie später im Jahr bei einem großen internationalen Verlag veröffentlichen würde. Die Zeitung bezeichnete das Werk schon jetzt als Klassiker. Es war eine globale Einschätzung des Großen Wandels, basierend auf Berichten und Interviews von der ganzen Welt. Man verglich das Buch mit De Tocqueville, mit Gibbons *Verfall und Untergang*.

Das war sein Essay. Seine Bilder. Screenshots seiner Videos. Seine Worte, seine Ideen, seine Analyse. Abschnitte aus dem Buch, das er Nina zur Aufbewahrung geschickt hatte, zusammen mit Stellen aus seinen Tagebüchern. Ihr

Name stand auf den Bildern, ihr Name über dem Essay. Tunde wurde nirgendwo erwähnt. Sie hatte alles von ihm gestohlen.

Tunde stieß einen Laut aus, den er an sich noch nie gehört hatte. Ein Bellen aus den Tiefen seiner Kehle. Der Klang der Trauer, abgründiger und herzzerreißender als Weinen.

Da drang ein Geräusch aus dem Gang vor dem Lagerraum zu ihm. Ein lauter Ruf, noch einer. Eine Frauenstimme.

Er wusste nicht, was sie da rief. Für sein erschöpftes, verängstigtes Gehirn hörte es sich an wie: »Er ist hier drin! Öffnet die Tür!«

Er packte seinen Rucksack, rappelte sich auf, riss das Fenster auf und rannte über die Feuerleiter nach oben auf das Flachdach.

Von der Straße ertönten Rufe. Wenn sie bisher nicht nach ihm gesucht hatten, dann taten sie es jetzt auf jeden Fall. Frauen versammelten sich unter ihm und deuteten laut rufend nach oben.

Er lief weiter. Alles würde in Ordnung kommen. Über das Dach. Ein Sprung auf das Nachbarhaus, weiter bis zur Feuerleiter, diese nach unten. Erst als er wieder im Wald war, merkte er, dass er sein Handy eingesteckt in dem Lagerraum zurückgelassen hatte.

Er wusste, dass er nicht zurückgehen konnte, und die Verzweiflung drohte, ihn in die Knie zu zwingen. Er kletterte auf einen Baum, band sich an einen Ast und versuchte zu schlafen. Am nächsten Morgen sah vielleicht alles schon ganz anders aus.

In dieser Nacht glaubte er, eine Zeremonie im Wald zu sehen.

Er wachte in seinem hohen Lager vom Geräusch einer knisternden Flamme auf und bekam einen Moment lang

Panik, die Frauen hätten die Bäume wieder in Brand gesetzt und dass er hier oben bei lebendigem Leib verbrennen würde.

Er öffnete die Augen. Das Feuer brannte in einiger Entfernung auf einer Lichtung. Männer und Frauen tanzten darum herum, nackt und mit dem Symbol der Heiligen Mutter bemalt, dem Auge in der Mitte der Handfläche mit den Kraftranken, die daraus hervorwuchsen und sich um ihre Körper wanden.

Gelegentlich warf eine Frau einen Mann mit einem blauweißen Blitz zu Boden, legte ihre Hand auf das Symbol auf seiner Brust, und beide juchzten und schrien auf, als sie ihre Kraft in ihn hineinleitete. Dann bestieg sie ihn, ihre Hand immer noch auf seiner Brust, und auf seinem Gesicht spiegelten sich Raserei und Lust und das Verlangen, immer wieder von ihr unter Strom gesetzt zu werden.

Es war Monate her, dass Tunde eine Frau gehalten hatte und von einer gehalten worden war. Er sehnte sich plötzlich danach, von seinem Versteck herunterzuklettern, in die Mitte des Steinkreises zu treten und genauso benutzt zu werden wie die anderen Männer. Er wurde hart, während er dem Treiben zusah. Abwesend rieb er sich durch seine Jeans.

Lautes Trommeln begleitete die Szenerie. Konnte das sein, Trommeln? Hätte das nicht Aufmerksamkeit erregt? Es musste ein Traum sein.

Vier junge Männer krochen auf allen vieren vor einer Frau in einem scharlachroten Umhang. Ihre Augenhöhlen waren leer und rot vernarbt. Dennoch strahlte sie große Würde und Sicherheit aus. Die anderen Frauen gingen vor ihr in die Knie oder lagen sogar ausgestreckt auf dem Boden.

Sie begann zu sprechen, und ihre Anhänger antworteten.

Wie in einem Traum verstand er die Worte, auch wenn sein Rumänisch nicht gut war und sie unmöglich Englisch sprechen konnten. Dennoch verstand er alles.

Sie fragte: »Ist einer vorbereitet?«

Sie antworteten: »Ja.«

»Bringt ihn zu mir.«

Ein junger Mann trat in die Mitte des Kreises. Er trug eine Dornenkrone auf dem Kopf und ein weißes Tuch um die Hüften. Seine Miene war friedvoll. Er war das willige Opfer, das die Buße für alle anderen auf sich nehmen würde.

Sie verkündete: »Du bist schwach, und wir sind stark. Du bist das Geschenk, und wir sind die Besitzer.

Du bist das Opfer, und wir sind die Überlegenen. Du bist der Sklave, und wir sind die Meister.

Du bist die Opfergabe, und wir sind die Empfänger.

Du bist der Sohn, und wir sind die Mutter.

Erkennst du dies alles an?«

Die Männer im Kreis flüsterten eifrig: »Ja. Ja, bitte, ja, jetzt. Bitte.«

Tunde merkte, dass er in den Chor aus Unterwürfigen einstimmte.

Der junge Mann hielt der blinden Frau seine Handgelenke entgegen, die sie mit sicherem Griff mit je einer Hand packte.

Tunde wusste, was passieren würde. Er hielt seine Kamera schussbereit, konnte jedoch kaum den Auslöser drücken. Er wollte es sehen.

Die blinde Frau am Feuer verkörperte alle Frauen, die ihn fast getötet hätten. Sie war Enuma und Nina, sie war die Frau auf dem Hausdach in Delhi, seine Schwester Temi und

Noor und Tatjana Moskalew, und sie war die schwangere Frau in dem eingestürzten Einkaufszentrum in Arizona. Die Möglichkeit hatte ihn über all die Jahre verfolgt, war ihm schwer auf der Seele gelegen, und jetzt wollte er, dass es erledigt war, wollte es mit eigenen Augen sehen.

In diesem Moment sehnte er sich danach, selbst die Hände der Frau auf sich zu spüren. Er sehnte sich danach, zu ihren Füßen zu knien, das Gesicht in der feuchten Erde vergraben. Er wollte, dass der Kampf endlich vorbei war, er wollte wissen, wer ihn gewonnen hatte, selbst um den Preis seines Lebens. Er wollte das Ende sehen.

Sie hielt die Handgelenke des jungen Mannes.

Sie legte ihre Stirn an seine.

»Ja«, flüsterte er. »Ja.«

Als sie ihn tötete, war es pure Ekstase.

Am Morgen weiß Tunde immer noch nicht, ob es ein Traum war. Seine Analogkamera zeigt an, dass achtzehn Bilder geschossen wurden. Vielleicht hatte er den Auslöser im Schlaf gedrückt. Er wird es erst genau wissen, wenn der Film entwickelt ist. Er hofft, dass es ein Traum war, doch auch diese Vorstellung ist furchterregend. Dass er sich danach gesehnt haben könnte, vor dieser Frau zu knien, wenn auch nur im Traum.

Er sitzt auf dem Baum und denkt über die Ereignisse des letzten Abends nach. Irgendwie sehen die Dinge am Morgen tatsächlich etwas besser aus. Oder zumindest weniger beängstigend. Die Nachricht von seinem Tod kann kein Unfall oder ein Zufall sein. Moskalew oder ihre Leute müssen sein Verschwinden bemerkt haben, dass er seinen Pass mitgenommen hat. Dann haben sie alles arrangiert: den Autounfall, die verkohlte Leiche, der Koffer. Was bedeutet: Er kann nicht zur Polizei gehen. Die Illusion – an die er sich bis zuletzt immer noch geklammert hatte, wie er jetzt feststellt – war gestorben, dass er einfach mit erhobenen Händen auf ein Polizeirevier gehen und sagen könnte: »Hi, ich bin's, der freche nigerianische Journalist. Ich habe ein paar Fehler gemacht und würde jetzt gerne nach Hause reisen.« Das würden sie nicht gestatten. Sie würden ihn in den Wald bringen und ihn dort erschießen. Er ist allein.

Er braucht dringend eine Internetverbindung. Irgendwo muss es doch jemanden geben, der ihm helfen wird. Ein freundlicher Mann, dessen Computer er für ein paar Minuten benutzen darf. In fünf Sätzen kann er seine Kontakte überzeugen, dass er am Leben ist, dass niemand seinen Account gehackt hat.

Er zittert, als er hinabklettert. Von hier an wird er durch den Wald zu einem Dorf gehen, das er vor vier Tagen durchquert und in dem er einige freundliche Menschen gesehen hat. Von dort aus wird er seine Nachrichten abschicken. Man wird ihn holen kommen. Er setzt den Rucksack auf und geht in Richtung Süden.

Etwas raschelt im Gebüsch zu seiner Rechten. Er wirbelt herum. Doch auch zu seiner Linken raschelt es, ebenso wie hinter ihm. Frauen erheben sich aus den Büschen, und mit plötzlicher, glühend heißer Gewissheit weiß er, dass sie auf ihn gewartet haben. Die ganze Nacht. Er will losrennen, doch er stolpert über einen über den Boden gespannten Draht. Er versucht, sich auf die Beine zu kämpfen, doch dann hört er nur noch, wie jemand lacht, und spürt einen Stromschlag im Nacken.

Er wacht in einem Käfig auf und merkt sofort, dass er in großen Schwierigkeiten steckt.

Der Käfig ist klein und aus Holz. Seinen Rucksack haben sie ihm gelassen. Die Knie muss er dicht an die Brust ziehen, da kein Platz ist, um die Beine auszustrecken. Seine Muskeln schmerzen höllisch, weshalb er wohl schon länger in dieser Haltung verharrt.

Er befindet sich in einem Lager im Wald. Ein kleines Feuer brennt. Er kennt diesen Ort. Das Lager aus seinem Traum. Doch es war kein Traum. Hier herrscht die blinde Frau, und man hat ihn gefangen genommen. Er beginnt am ganzen Körper zu zittern. Hier kann es doch nicht zu Ende sein. Nicht in diesem Käfig. Nicht im Feuer oder als Opfer für irgendeinen schrecklichen Baumkult. Er tritt mit den Füßen gegen die Käfigstäbe.

»Bitte!«, ruft er, auch wenn ihn niemand hört. »Bitte, kann mir jemand helfen?«

Ein leises, heiseres Lachen ertönt neben ihm. Er dreht den Kopf.

Eine Frau sitzt neben dem Käfig.

»Na, da hast du dich aber ganz schön in die Scheiße geritten, was?«

Er blinzelt, versucht, sie deutlich zu erkennen. Er hat diese Stimme schon gehört, vor langer Zeit, an einem anderen Ort. Sie muss bekannt sein.

Er blinzelt noch einmal, und plötzlich erkennt er Roxanne Monke.

»Ich habe dein Gesicht auf den ersten Blick erkannt. Ich kenne dich aus dem Fernsehen, oder?«

Das kann doch nur ein Traum sein, oder? Er beginnt zu weinen. Wie ein Kind, verwirrt und wütend.

»Hör auf damit, sonst fange ich auch noch an. Was zum Teufel machst du überhaupt hier?«

Er versucht, es ihr zu erklären, doch seine Geschichte ergibt nicht mal mehr für ihn Sinn. Er hatte sich bewusst in Gefahr begeben, weil er dachte, er wäre quasi unverwundbar, und jetzt ist er in Gefahr, und ihm wird klar, dass er sehr wohl verletzlich ist, und dieser Gedanke ist unerträglich.

»Ich habe … nach der Bergsekte gesucht«, bringt er schließlich hervor. Seine Kehle ist trocken, sein Kopf schmerzt.

Sie lacht. »Na, die hast du jetzt gefunden. Das war eine ganz schön dämliche Idee, oder?«

Sie deutet um sich herum. Er befindet sich am Rand eines kleinen Lagers. Etwa vierzig schmutzige Zelte und Hütten drängen sich um das Feuer in der Mitte. Ein paar Frauen sitzen in den Zeltöffnungen, schärfen Messer oder reparieren Metallhandschuhe. Manche starren auch nur leer vor sich hin. Es stinkt, nach verbranntem Fleisch, verfaultem Essen, menschlichen Ausscheidungen, Hunden und Erbrochenem. Neben der Latrine liegt ein Haufen Knochen. Tunde hofft, dass sie von Tieren stammen. Zwei traurig dreinblickende Hunde sind mit kurzen Seilen an einen Baum gebunden; einem fehlt ein Auge und Büschel von Fell.

Er sagt: »Du musst mir helfen. Bitte, bitte hilf mir.«

Sie verzieht den Mund zu einem unsicheren Lächeln und zuckt mit den Schultern. Da bemerkt er, dass sie betrunken ist. Verdammt.

»Ich wüsste nicht, was ich tun könnte, Kumpel. Ich habe hier nicht viel … Einfluss.«

Verdammt. Er wird seinen gesamten Charme einsetzen müssen, und dabei ist er in einem Käfig gefangen, in dem er kaum den Kopf drehen kann. Er atmet tief ein. Er wird das schaffen.

»Was machst du eigentlich hier? Du bist am Abend der großen Moskalew-Party einfach verschwunden, und das ist Monate her. Selbst als ich die Stadt verlassen habe, hat man gesagt, man hätte dich umgelegt.«

Roxy lacht. »Ach, tatsächlich? Sagt man das? Nun, jemand hat es auch tatsächlich versucht. Es hat einfach eine Weile gedauert, mich davon zu erholen.«

Er lässt seinen Blick bewundernd an ihr herabwandern. Ist von sich selbst beeindruckt, weil er sich dazu ja nicht einmal bewegen kann.

Sie lacht. »Ich sollte die Präsidentin dieses beschissenen Landes werden, weißt du. Etwa … drei Stunden lang sollte ich die verdammte Präsidentin werden.«

»Ach ja?«, meint er. »Ich sollte auf CNN eine eigene Sendung bekommen.« Er sieht nach rechts und links, so weit es ihm möglich ist. »Ob sie jetzt mit einer Drohne nach mir suchen?«

Beide lachen. Die Frauen bei den Zelten werfen unheilvolle Blicke herüber.

»Im Ernst. Was werden sie mit mir machen?«, fragt er.

»Ach, die sind hier völlig verrückt. Nachts jagen sie

Männer«, erzählt Roxy. »Schicken die Frauen in den Wald, um den Kerlen Angst einzujagen. Wenn sie dann davonlaufen, stolpern sie über ausgelegte Fallen, Drähte über dem Weg und so.«

»Mich haben sie auch gejagt.«

»Nun, bist ja auch direkt auf sie zugelaufen, oder?« Roxy lächelt wieder ihr halbes Lächeln. »Sie haben es mit den Kerlen; treiben sie zusammen und machen sie für ein paar Wochen zu Königen, dann setzen sie ihnen Geweihe auf und töten sie bei Neumond. Oder Vollmond. Irgendein Mond. Davon sind sie besessen. Wenn du mich fragst, fehlt ihnen einfach ein Fernseher.«

Wieder lacht er, es kommt von Herzen. Sie ist wirklich lustig.

Magie besteht, bei Tageslicht betrachtet, einfach nur aus Tricks und Grausamkeit. Sie existiert im Glauben an die Magie. Sie besteht nur aus Menschen mit verrückten Vorstellungen. Der größte Horror ist, sich in sie hineinzuversetzen. Und dass ihr Wahnsinn tatsächliche Konsequenzen haben könnte.

»Hör zu«, sagt er. »Da wir jetzt hier sind … wie schwierig wäre es für dich, mich hier rauszubringen?«

Er tritt leicht mit dem Fuß gegen die Käfigtür, die mit diversen Schnüren verschlossen ist. Mit einem Messer könnte Roxy ihn befreien. Doch die anderen würden es sehen.

Sie holt einen Flachmann aus ihrer hinteren Hosentasche und nimmt einen kleinen Schluck. Schüttelt den Kopf.

»Sie kennen mich«, erwidert sie. »Aber wenn ich ihnen nicht in die Quere komme, kommen sie mir auch nicht in die Quere.«

»Du versteckst dich also seit Wochen im Wald und lässt sie in Ruhe?«

»Ja.«

Eine Erinnerung an etwas, das er vor langer Zeit gelesen hat, taucht in seinem Geist auf. Ein schmeichelnder Spiegel. Das muss er für sie sein, ein Spiegel, der sie doppelt so groß zeigt und ihr vermittelt, stark genug für das zu sein, was er von ihr verlangt. Ohne diese Fähigkeit, sagt eine leise Stimme in seinem Kopf, bestünde die Erde wahrscheinlich immer noch aus Sumpf und Dschungel.

»Das bist doch nicht du«, erklärt er. »So bist du nicht.«

»Ich bin nicht mehr die, die ich einmal war, mein Freund.«

»Aber das kann sich doch nicht einfach ändern. Du bist Roxy Monke.«

Sie schnaubt. »Du willst, dass ich uns hier rausboxe? Das … wird leider nicht passieren.«

Er lacht leise. Als ob sie ihn nur verarscht.

»Du musst doch nicht kämpfen, du bist Roxy Monke. Du verfügst über so viel Kraft, ich habe davon gehört. Ich wollte dich schon immer mal kennenlernen. Du bist die stärkste Frau, von der man je gehört hat. Ich habe die Berichte gelesen. Du hast den Rivalen deines Vaters in London getötet, deinen Dad in den Ruhestand versetzt. Du musst sie doch nur darum bitten, mich mitnehmen zu dürfen, und es wird passieren.«

Sie schüttelt den Kopf. »Du musst etwas anbieten, etwas tauschen können.« Doch er sieht, dass sie darüber nachdenkt.

»Was hast du, was sie wollen?«, fragt er.

Ihre Finger graben sich in die feuchte Erde, holen zwei Handvoll heraus. Sie sieht ihn an.

»Ich habe mir geschworen, mich bedeckt zu halten«, sagt sie schließlich.

»Aber das bist doch nicht du. Ich habe von dir gelesen.« Er zögert, wägt seine Möglichkeiten ab. »Ich glaube, du wirst mir helfen, weil es dich überhaupt nichts kostet, mir zu helfen. Bitte. Weil du Roxy Monke bist.«

Sie schluckt. »Ja. Ja, das bin ich.«

Im Morgengrauen kehren mehr Frauen zurück ins Lager, und Roxanne beginnt, mit der blinden Anführerin um Tundes Leben zu verhandeln.

Während sie spricht, erkennt Tunde, dass er recht hatte: Die Bewohnerinnen des Lagers bringen ihr Respekt und auch etwas Furcht entgegen. Sie lässt ein kleines Tütchen mit Drogen vor den Anführerinnen baumeln. Sie bittet um etwas, das ihr verwehrt wird. Sie zuckt mit den Schultern. Dann deutet sie mit dem Kopf in seine Richtung. Na gut, scheint sie zu sagen, wenn wir so nicht ins Geschäft kommen, dann nehme ich den Jungen.

Die Frauen sind überrascht, misstrauisch. Wirklich? Den? Das ist kein Trick?

Es wird etwas gefeilscht, eine Diskussion entbrennt zwischen der blinden Frau und Roxy. Letztendlich lassen sie ihn aber doch gehen. Er hatte recht mit seiner Einschätzung, welchen Stand Roxy bei ihnen hat. Auf ihn sind sie dagegen nicht besonders scharf. Wenn die Frau ihn haben will, dann soll sie ihn mitnehmen. Die Soldaten kommen sowieso, der Krieg rückt jeden Tag näher. So verrückt sind die Frauen dann doch nicht, dass sie unbedingt hierbleiben wollen, während die Soldaten anrücken. In zwei oder drei Tagen werden sie das Lager Richtung Berge verlegen.

Man fesselt seine Arme straff hinter dem Rücken. Aus Respekt geben sie Roxy außerdem noch seinen Rucksack.

»Sei nicht zu nett zu mir«, sagt sie, als sie ihn auf dem Weg aus dem Lager vor sich herstößt. »Sie sollen nicht denken, dass ich dich mag oder dass man dich zu billig verkauft hat.«

Seine Beine sind von dem engen Käfig verkrampft, er kann nur langsame, schlurfende Schritte über den Waldboden machen. Es dauert ewig, bis sie außer Sichtweite des Lagers sind, und noch einmal so lange, bis hinter ihnen Stille herrscht.

Bei jedem Schritt denkt er, ich bin gefesselt und Roxanne Monke ausgeliefert. Sie ist eine hochgefährliche Frau. Was, wenn sie nur ein Spiel mit mir spielt? Sobald diese Gedanken einmal da sind, kann man sie nicht mehr vertreiben. Er schweigt, bis sie schließlich nach ein paar Meilen sagt: »Ich glaube, das ist jetzt weit genug.« Dann holt sie ein kleines Messer aus ihrer Tasche und zerschneidet seine Fesseln.

»Was wirst du mit mir machen?«, fragt er.

»Ich schätze mal, ich werde dich retten und nach Hause bringen. Bin ja schließlich Roxy Monke.« Sie lacht. »Außerdem bist du eine Berühmtheit. Dafür würden viele sicher ordentlich was hinlegen. Mit einem Promi durch den Wald laufen.«

Da muss auch er lachen, was sie wiederum noch mehr zum Lachen bringt. Die beiden stehen im Wald, lehnen sich an einen Baum und brüllen vor Lachen. Etwas hat sich zwischen ihnen gelöst.

»Wohin gehen wir?«, fragt er.

Sie zuckt mit den Schultern. »Ich habe mich eine Weile bedeckt gehalten. Meinen Leuten kann ich nicht mehr vertrauen. Einer von ihnen … hat mich verraten. Es ist mir nur recht, wenn sie mich für tot halten. Bis ich weiß, wie ich mir zurückholen kann, was mir gehört.«

»Du hast dich in einem Kriegsgebiet versteckt?«, fragt Tunde. »Ist das nicht ganz schön dämlich?«

Sie wirft ihm einen scharfen Blick zu.

Er fordert sie heraus. Schon fühlt er das Kribbeln auf der Schulter, wo sie ihm einen Stromschlag verpassen wird, wenn er sie verärgert. Er mag ja eine Berühmtheit sein, aber sie ist eine knallharte Verbrecherin.

Sie verpasst dem Laub auf dem Boden einen Tritt und sagt: »Ja, wahrscheinlich. Mir blieben allerdings auch nicht viele Möglichkeiten.«

»Kein nettes Häuschen in Südamerika? Ich dachte, ihr Typen hättet für alles vorgesorgt.«

Er muss herausfinden, wie wütend er sie machen kann, das ist ihm glasklar bewusst. Wenn sie ihm etwas tun will, dann muss er das vorher wissen. Er versteift sich gegen den Schlag, der nicht kommt.

Stattdessen schiebt sie die Hände in die Hosentaschen. »Es geht mir gut hier«, erwidert sie. »Die Leute halten den Mund. Ich habe ein paar Sachen für mich zurückgelegt, nur für den Fall.«

Er denkt an das kleine Plastiktütchen, das sie den Frauen im Lager gezeigt hat. Ja, wenn man ein instabiles Regime zum Drogenschmuggeln benutzt, dann hat man wahrscheinlich einige Geheimverstecke, nur für den Fall.

»Hey«, sagt sie, »darüber wirst du doch nicht schreiben, oder?«

»Kommt darauf an, ob ich es lebend hier rausschaffe.«

Wieder müssen beide lachen. Schließlich sagt sie: »Mein Bruder Darrell war es. Er hat etwas, das mir gehört. Und ich muss mir genau überlegen, wie ich es mir zurückholen kann. Ich bringe dich heim, aber bis ich weiß, was ich tun soll, halten wir uns bedeckt, okay?«

»Und das heißt …«

»Dass wir ein paar Nächte in einem Flüchtlingslager verbringen werden.«

Sie gelangen zu einer schlammigen Talsenke mit Zelten. Roxy organisiert eine Unterkunft für sie, nur für ein paar Tage, wie sie sagt. Mach dich nützlich. Lern Leute kennen, frag sie, was sie wollen.

In seinem Rucksack findet er einen Ausweis einer italienischen Presseagentur, der zwar schon seit einem Jahr abgelaufen ist, ein paar Menschen aber trotzdem zum Reden bringt. Er setzt ihn mit Bedacht ein, geht von Zelt zu Zelt. Dabei erfährt er, dass es mehr Gefechte gab, als ihm bewusst war, vor allem in letzter Zeit. In den letzten drei Wochen sind die Hubschrauber nicht einmal mehr gelandet, sondern haben Essen und Medikamente, Kleidung und Zelte für den stetigen Strom an erschöpften Menschen, die aus dem Wald kommen, einfach nur abgeworfen. Die UNO will verständlicherweise ihre Leute nicht in Gefahr bringen.

Roxy wird mit Respekt behandelt. Sie weiß, wie man an bestimmte Medikamente und Benzin kommt; sie hilft Menschen mit dem, was sie brauchen. Und weil er mit ihr unterwegs ist, weil er auf einer Metallliege in ihrem Zelt schläft, lässt man ihn in Ruhe. Zum ersten Mal seit Wochen fühlt er sich ein wenig sicher. Was er natürlich nicht ist. Im Gegensatz zu Roxy hätte er nicht einfach durch den Wald hierherspazieren können. Selbst wenn ihn keine seltsame Waldsekte gefangen genommen hätte, ist er nach der neuen Gesetzgebung immer noch ein Illegaler.

Er interviewt ein paar Flüchtlinge, die Englisch sprechen. Sie erzählen alle dasselbe. Männer ohne Papiere werden zusammengetrieben und zum Arbeitsdienst geschickt, kehren jedoch nicht wieder zurück. Einige Männer, aber auch Frauen erzählen dieselbe Geschichte. Die Zeitungen schreiben darüber, man schaut Nachrichtensendungen auf dem einen funktionierenden Schwarz-Weiß-Fernseher im Sanitätszelt.

Das Thema ist: Wie viele Männer brauchen wir wirklich? Denkt mal darüber nach, heißt es. Männer sind gefährlich. Männer begehen einen Großteil aller Verbrechen. Männer sind weniger intelligent, weniger sorgfältig, weniger fleißig, ihre Gehirne stecken in ihren Muskeln und Schwänzen. Männer erkranken mit größerer Wahrscheinlichkeit, und sie belasten das Land finanziell. Natürlich brauchen wir sie zur Fortpflanzung, doch wie viele von ihnen? Nicht so viele wie Frauen. Anständige, saubere, gehorsame Männer, ja, für die wird es natürlich immer einen Platz geben. Aber wie viele sind das schon? Vielleicht einer von zehn.

Das kann nicht dein Ernst sein, Kristen, sagt man das wirklich? Ich fürchte, ja, Matt. Sie legt ihm sanft eine Hand aufs Knie. Aber natürlich sind hier nicht so tolle Männer wie du gemeint, sondern das ist die Botschaft einiger extremistischer Webseiten. Deshalb brauchen die NorthStar-Mädchen mehr Befugnisse; wir müssen uns gegen diese Terroristen schützen. Matt nickt ernst. Ich gebe diesen Männerrechtsaktivisten die Schuld, mit ihrem Extremismus haben sie diese Reaktion provoziert. Jetzt müssen wir uns selbst schützen. Er lächelt. Und nach der Pause werde ich einige spannende

Selbstverteidigungstricks lernen, die ich daheim üben kann. Doch zuerst zum Wetter.

Selbst hier, selbst nach allem, was Tunde gesehen hat, kann er kaum glauben, dass dieses Land versucht, einen Großteil seiner Männer zu töten. Doch er weiß, dass so etwas schon vorgekommen ist. Diese Dinge passieren immer. Die Liste der Verbrechen, die die Todesstrafe nach sich ziehen, wird immer länger. Eine Anzeige in einer wochenalten Zeitung verkündet, dass »respektlose Gehorsamsverweigerung in drei verschiedenen Fällen« mit »Arbeitsdienst« bestraft wird. Manche Frauen hier im Lager sorgen für acht oder zehn Männer, die sich um sie drängen, um ihre Gunst wetteifern, ihr verzweifelt alles recht machen wollen, Angst haben vor dem, was ihnen zustoßen könnte, sollte die Frau ihren Namen aus ihren Pässen streichen. Roxy könnte das Lager jederzeit verlassen, Tunde ist hier jedoch gefangen.

In ihrer dritten Nacht im Lager wacht Roxy kurz vor dem Moment auf, in dem die Lampen, die entlang der Hauptstraße durch die Zeltstadt befestigt sind, zu knistern und knacken anfangen. Sie muss etwas gehört haben. Oder es gefühlt haben, so wie das Nylon summt. Elektrizität liegt in der Luft. Sie öffnet die Augen und blinzelt. Die alten Instinkte leben immer noch in ihr, wenigstens die hat sie nicht verloren.

Sie tritt gegen Tundes Metallliege.

»Wach auf.«

Im Schlaf hat er sich halb aus seinem Schlafsack herausgearbeitet. Als er ihn zurückschlägt, sieht Roxy, dass er beinahe nackt ist. Verwirrend, selbst unter diesen Umständen.

»Was denn? Hubschrauber?«, fragt er hoffnungsvoll.

»Schön wär's. Wir werden angegriffen.«

Plötzlich ist er hellwach und schlüpft in Jeans und Fleecepullover.

Glas splittert im Freien, Metall klirrt.

»Bleib dicht am Boden«, sagt sie, »und renn wenn möglich in den Wald und kletter auf einen Baum.«

Dann legt jemand ihre Hand auf den Hauptgenerator und leitet die gesamte Energie in ihrem Körper in die Maschine, worauf prompt alle Lampen im Lager zerplatzen und alles in stockfinstere Nacht tauchen.

Roxy reißt die Rückseite des Zelts an einer sich auflösenden Naht auf, und Tunde windet sich hinaus, um sofort Richtung Wald zu laufen. Sie sollte ihm folgen. Das wird sie auch, gleich. Zuerst zieht sie jedoch eine dunkle Jacke mit einer großen Kapuze an und wickelt sich einen Schal um Nase und Mund. Sie wird sich im Schatten halten und Richtung Norden schleichen; das sollte sowieso die sicherste Route sein. Sie will mit eigenen Augen sehen, was da passiert. Als ob sie immer noch alles nach ihren Wünschen lenken könnte.

Laute Rufe und Schreie hallen durch das Lager. Sie hat Glück, dass sich ihr Zelt am Rand befindet und nicht weiter in der Mitte, wo bereits einige Notunterkünfte brennen, vermutlich zusammen mit ihren Bewohnern. Benzingeruch überlagert das Geschehen. Es wird sicher noch ein paar Minuten dauern, bis alle Lagerbewohner verstanden haben, was gerade passiert, dass es kein Unfall war oder der Generator Feuer gefangen hat. Im roten Schein der Flammen sieht Roxy eine kleine, stämmige Frau, die mit einem Funken aus ihrer Hand etwas in Brand setzt. Kurz wird dabei ihr Gesicht erleuchtet. Roxy kennt diesen Ausdruck. Ihr Vater hätte gesagt, ganz schlecht fürs Geschäft. Man sollte nie jemanden beschäftigen, der seinen Job zu gern macht. Als sie den hämischen und gierigen Gesichtsausdruck sieht, weiß sie, dass die Angreifer das Lager nicht ausrauben wollen. Was sie haben wollen, kann man nicht einfach mitnehmen.

Sie treiben die jungen Männer zusammen, gehen von Zelt zu Zelt, reißen sie ein oder zünden sie gleich an, damit die Bewohner hinauslaufen oder verbrennen. Sie gehen nicht sorgfältig und methodisch vor. Sie suchen nach allen halbwegs gut aussehenden jungen Männern. Roxys Entscheidung, Tunde in den Wald zu schicken, war gut. Eine Ehefrau oder vielleicht auch eine Schwester versucht, die Angreiferinnen davon abzuhalten, einen blassen Mann mit lockigen Haaren mitzunehmen. Zwei Frauen kann sie mit präzisen Stromschlägen an Kinn und Schläfe abwehren, doch dann wird sie überwältigt und mit besonderer Brutalität getötet. Eine packt die Frau an den Haaren, eine andere presst Zeigefinger und Daumen auf die Augäpfel ihres Opfers und schmilzt diese mit ihrer Energie zu einer weißen Masse. Selbst Roxy muss kurz den Blick abwenden.

Sie zieht sich weiter in den Wald zurück, klettert mithilfe eines Seils einen Baum empor. Als sie sich in einer Gabelung mit drei Ästen niederlässt, wenden sich die Angreiferinnen dem Mann zu.

Er schreit unaufhörlich. Zwei der Frauen packen ihn an der Kehle und verpassen ihm einen Stromstoß, nach dem er sich nicht mehr bewegen kann und reglos auf dem Boden liegt. Eine kauert sich auf ihn, öffnet seine Hose und zieht sie herunter. Er ist bei vollem Bewusstsein. Seine weit aufgerissenen Augen glänzen. Er atmet angestrengt. Ein anderer Mann will ihm helfen und wird mit einem Stromstoß gegen die Schläfe aufgehalten.

Die kauernde Frau wiegt die Hoden und den Penis des Mannes in ihrer Handfläche. Sagt etwas, lacht. Die anderen lachen ebenfalls. Sie kitzelt ihn mit der Fingerspitze, macht ein summendes Geräusch, als spielten sie ein einvernehmliches Spiel. Er kann nicht sprechen, vielleicht haben sie seinen Kehlkopf zertrümmert. Sie legt den Kopf zur Seite und mustert ihn traurig. Ihr Ausdruck sagt, in jeder Sprache verständlich: »Na, was ist los? Bekommst du ihn nicht hoch?« Er versucht, sich zu befreien, doch es ist zu spät.

Roxy wünscht, dass es aufhört. Wenn es in ihrer Macht läge, würde sie aus ihrem Versteck stürzen und sie umbringen. Erst die beiden beim Baum, das merkt keiner. Dann würden die drei mit den Messern auf einen losgehen, aber man könnte nach links zwischen die zwei Eichen springen, wo nur Platz für eine Angreiferin ist. Dann hätte man ein Messer. Es wäre so einfach. Doch das kann sie im Moment nicht. Sie muss tatenlos zusehen. Weshalb sie den Blick auch nicht abwendet. Sie ist eine Zeugin.

Die Frau legt ihre Hand auf die Genitalien des Mannes und leitet kleine Stromstöße hinein. Er versucht immer noch, zu schreien, zu entkommen. Noch dürfte es kaum schmerzen, Roxy hat das auch schon bei Männern gemacht, zu ihrer beider Vergnügen. Sein Schwanz schnellt nach oben, wie immer. Wie ein Verräter. Wie ein Dummkopf.

Die Frau lächelt, hebt die Augenbrauen. Als wolle sie sagen, siehst du? Mit ein bisschen Nachhelfen klappt es. Sie zieht leicht an seinen Hoden, als wolle sie ihn stimulieren, dann verpasst sie ihm einen starken Stromstoß direkt ins

Skrotum, der den Mann von innen zerreißen muss. Er schreit, wölbt den Rücken. Dann zieht sie ihren Uniformrock bis zur Hüfte hoch, schiebt ihre Unterwäsche zur Seite und führt seinen Schwanz in sich ein.

Ihre Freundinnen lachen, ebenso wie sie, während sie an ihm auf und ab gleitet. Ihre Hand liegt auf seinem Bauch, und bei jeder Aufwärtsbewegung verpasst sie ihm einen Stromstoß. Eine der anderen fotografiert mit einem Handy, wie sie ihn reitet. Er will sein Gesicht mit seinem Arm verdecken, doch das lassen sie nicht zu. Nein, nein, sie wollen alles sehen.

Die anderen feuern sie an. Sie stimuliert sich selbst, bewegt sich schneller, schiebt die Hüften bei jedem Stoß nach vorne. Sie vergewaltigt den Mann brutal, fügt ihm quälende Schmerzen zu, keine sorgfältig platzierten Stromstöße, die die Lust steigern. Das passiert leicht, wenn man kurz vor dem Höhepunkt steht. Roxy hat auf diese Weise auch ein oder zwei Mal Männern Angst eingejagt. Wenn man Glitter intus hat, wird es noch schlimmer. Er versucht, die Hand der Frau auf seiner Brust wegzuschieben, den ständigen Stromstößen zu entgehen, er schreit und streckt die Hände, um Hilfe flehend, aus, bittet mit kaum verständlichen Worten. Doch Roxy versteht, was er sagen will: »Helft mir, o Gott, bitte helft mir.«

Als die Frau zum Höhepunkt kommt, johlen ihre Freundinnen. Sie wirft den Kopf in den Nacken, streckt die Brust vor und verpasst dem Mann einen letzten Schlag in den Oberkörper. Lächelnd erhebt sie sich, die anderen klopfen ihr auf den Rücken, während sie immer noch lacht. Sie schüttelt sich wie ein Hund, und wie ein Hund wirkt sie immer noch hungrig. Sie stimmen ein Lied an, eine Art rituellen

Gesang aus vier oder fünf Worten, während sie ihrer Heldin die Haare zerzausen und die Fäuste gegeneinander stoßen. Der blasse Mann mit den Locken ist tot, seine Augen blicken leblos ins Nichts. Seine Brust und seine Kehle sind mit den farnartigen Narben überzogen. Sein Schwanz wird erst später erschlaffen, doch ansonsten ist kein Leben mehr in ihm. Keine Zuckungen, keine Krämpfe. Das Blut sammelt sich bereits in seinem Rücken, seinen Pobacken, seinen Fersen. Sie hat ihn mit einem Blitz ins Herz getötet.

Trauer hat ein ganz bestimmtes Gesicht, einen ganz bestimmten Klang. Jammern und Weinen, ein verzweifeltes Heulen, als riefe ein Baby nach seiner Mutter. Diese Art der Trauer verspricht Hoffnung, zeigt, dass man Dinge in Ordnung bringen kann, dass Hilfe möglich ist. Dann gibt es noch etwas viel Schrecklicheres. Babys, die man zu lange allein gelassen hat, weinen nicht mehr. Sie werden ganz still. Denn sie wissen, dass niemand kommen wird.

Augen haben im Dunkel zugesehen, doch niemand schreit. Es gibt keine Wutausbrüche. Die Männer sind ruhig. Auf der anderen Seite des Lagers kämpfen immer noch Frauen gegen die Angreiferinnen, Männer werfen mit Steinen oder Metallstücken. Doch hier herrscht Totenstille.

Zwei Angreiferinnen treten gegen die Leiche, schieben ein bisschen Erde darüber, was man als Zeichen von Pietät oder Scham interpretieren könnte, doch letztendlich lassen sie ihn doch einfach dort liegen, schmutzig und blutig und voller blauer Flecken, mit immer noch erigiertem Glied und gezeichnet von den Narben des Schmerzes. Sie machen sich auf die Suche nach ihrer eigenen Beute.

Was hier passiert ist, hat keinen Sinn. Es gibt kein Territorium, das man erobern, kein furchtbares Unrecht, das man wiedergutmachen könnte. Nicht einmal gegnerische Soldaten, um sie gefangen zu nehmen. Sie töten die älteren Männer, legen ihnen die Handflächen auf Gesicht und Kehle, während die jüngeren Männer zusehen müssen. Eine gebärdet sich besonders brutal und malt mit den Fingerspitzen blitzende Muster auf das Fleisch ihrer Opfer. Viele Männer werden vergewaltigt, oder die Frauen spielen einfach nur mit ihnen. Ein Mann soll wählen, was er behalten darf: seine Arme oder seine Beine. Er wählt die Beine, doch dann halten die Frauen sich nicht an die Abmachung. Sie wissen, dass niemanden kümmert, was hier passiert. Niemand ist hier, um die Menschen zu beschützen, niemandem sind sie wichtig. Die Leichen können jahrelang unentdeckt hier zwischen den Bäumen liegen. Sie machen es, weil sie es können.

Als der Abend langsam heraufzieht, sind alle müde, ihre Augen rot unterlaufen, doch sie können nicht schlafen; wegen der Elektrizität, die in ihnen pulsiert, der Drogen, der Dinge, die sie getan haben. Roxy hat sich seit Stunden nicht bewegt, ihr tut alles weh, auch die Narbe über dem Schlüsselbein. Sie ist so erschöpft, als wäre das reine Zuschauen schon körperliche Arbeit gewesen.

Jemand ruft leise ihren Namen, und sie zuckt zusammen, stürzt beinahe vom Baum, so nervös ist sie. Seit man ihr den Strang entrissen hat, vergisst sie manchmal, wer sie ist. Jemand muss es ihr in Erinnerung rufen. Als sie nach rechts und links blickt, sieht sie ihn. Tunde sitzt zwei Bäume weiter und ist am Leben. Er hat sich mit drei Seilen angebunden, jetzt löst er diese jedoch. Sie ist froh über seinen Anblick, und das beruht auf Gegenseitigkeit. Etwas Vertrautes und Sicheres in dem ganzen Wahnsinn.

Er klettert höher, wo die Bäume ineinander übergehen, und hangelt sich zu Roxy. Er lässt sich mühsam neben ihr in ihrem Versteck aus drei dicken Ästen nieder. Sie bilden eine Art Nest, und man kann sich an den Baumstamm lehnen. Er scheint an der Schulter verletzt zu sein. Sie verschränken ihre Finger ineinander, um sich Halt zu geben. Beide haben Angst. Er riecht frisch, wie etwas Grünes, Knospendes.

Er sagt: »Ich dachte, du wärst tot, als du mir nicht nachgekommen bist.«

»Nicht so voreilig. Wir könnten heute Nacht immer noch sterben.«

Er macht ein Geräusch, das ein Lachen gewesen sein könnte, und murmelt: »Das hier ist also einer der schwärzesten Orte der Welt.«

Beide schweigen, starren in die aufziehende Nacht, schlafen vielleicht sogar kurz ein. Sie sollten von hier verschwinden, doch beide wollen nicht den Trost eines warmen Körpers neben sich aufgeben, noch nicht.

Jemand klettert unter ihnen den Baum hinauf, eine Frau in grüner Tarnkleidung mit Schutzhandschuh; von drei Fingern steigen Funken auf. Sie brüllt etwas nach unten und gibt Blitze nach oben ab, um etwas zu sehen, um das Laub zu verbrennen. Es ist immer noch dunkle Nacht.

Roxy erinnert sich, als sie und ein paar Freundinnen hörten, dass eine Frau ihren Freund auf der Straße verprügelt. Sie musste natürlich eingreifen; so etwas kann man nicht zulassen, wenn man der Boss ist. Als sie zum Schauplatz des Geschehens kamen, war nur noch die Frau dort, die betrunken auf der Straße randalierte. Nach einer Weile fanden sie ihn, wie er sich im Schrank unter der Treppe versteckte, und obwohl sie nett zu ihm waren, dachte Roxy, warum hast du dich nicht gewehrt? Warum hast du es nicht mal versucht? Du hättest sie doch mit einer Bratpfanne oder irgendwas schlagen können. Einer Schaufel. Sich zu verstecken ist doch keine Lösung. Und was tut sie jetzt? Sich verstecken. Wie ein Mann. Sie weiß wirklich nicht mehr, wer sie ist.

Tunde lehnt mit offenen Augen an ihr, sein Körper angespannt. Auch er hat die Soldatin gesehen. Beide bewegen sich nicht. Sie sind gut versteckt, selbst wenn es hell wird. Wenn die Soldatin aufgibt, könnten sie es schaffen.

Die Frau klettert höher, verbrennt die unteren Zweige, die allerdings nur kurz aufflammen und dann verlöschen. Es hat kürzlich erst geregnet. Das ist gut. Eine ihrer Kameradinnen wirft ihr einen langen Metallstock zu. Damit hatten sie schon ihren Spaß. Ihn irgendwo ansetzen und knistern lassen. Damit fährt sie die oberen Äste des benachbarten Baumes ab. Kein Versteck ist perfekt.

Die Frau stochert ganz in die Nähe von Roxy und Tunde, kaum zwei Armlängen entfernt von Roxys Gesicht. Als die Soldatin die Hand hebt, kann Roxy sie riechen. Der gelbe Geruch nach Schweiß, die beißende Note des Glitters in ihrem Körper, die durch die Haut abgegeben wird, das pfeffrige Aroma der pulsierenden Kraft. Die Mischung ist Roxy so vertraut wie ihre eigene Haut. Eine Frau mit voll aufgeladenem Strang und unfähig, ihn zu kontrollieren.

Tunde flüstert: »Verpass ihr einen Schlag. Wenn der Stock das nächste Mal bei uns landet, pack ihn und leite deine Elektrizität hindurch, so viel wie möglich. Sie wird abstürzen, die anderen müssen sich um sie kümmern. Wir können abhauen.«

Roxy schüttelt den Kopf, Tränen blitzen in ihren Augen auf. Tunde hat auf einmal das Gefühl, als wären die Klammern um seine Brust aufgeplatzt, als hätte sein Herz sich weit geöffnet.

Er hat eine Narbe an ihrem Schlüsselbein gesehen, weiß, wie sehr sie die Stelle schützt. Wie sie mit den Kultfrauen verhandelt hat … doch hat sie ihre Gabe eingesetzt, seit sie ihn in dem Käfig fand? Warum versteckt sie sich im Wald, eine Monke, die stärkste Frau der Welt? Dieser Gedanke war ihm noch nie gekommen. Er hat seit Jahren nicht mehr daran gedacht, wie eine Frau ohne den Strang sein oder wie man ihn entfernen könnte.

Wieder stochert die Frau mit dem Stab, erwischt Roxys Schulter. Schmerz durchfährt sie, doch sie bleibt ruhig.

Tunde sieht sich vorsichtig um. Unter ihrem Baum befindet sich nur sumpfiger Boden. Hinter ihnen liegen die Überreste des zerstörten Lagers, drei Frauen spielen mit einem jungen Mann, der am Ende seiner Kräfte ist. Vor ihnen und rechts von ihnen steht der kurzgeschlossene Generator sowie hinter ein paar Zweigen ein leeres Ölfass aus Metall, in dem sie Regenwasser gesammelt haben. Wenn es voll ist, ist es nutzlos, doch vielleicht ist es ja leer.

Die Frau ruft ihren Freundinnen etwas zu, die ihr ermutigend antworten. Sie haben jemanden in einem der Bäume am Eingang zum Lager gefunden. Jetzt suchen sie weiter. Tunde verlagert vorsichtig sein Gewicht. Eine Bewegung könnte die Aufmerksamkeit der Soldatin erregen, und dann wären sie tot. Er muss nur ein paar Minuten für Ablenkung sorgen, damit sie verschwinden können. Er greift langsam in seinen Rucksack und holt drei Filmdosen aus einer Innentasche. Roxy atmet leise, beobachtet ihn. Sie versteht seinen Plan. Er lässt beiläufig den rechten Arm hängen, wie eine

Ranke von einem Baum, eine Filmdose in der Hand, und schwenkt ihn Richtung Fass.

Nichts. Der Wurf war zu kurz. Die Dose fällt wirkungslos zu Boden. Die Frau klettert weiter und streicht mit dem Metallstock durch den Baum. Tunde nimmt die nächste Dose in die Hand, sie ist schwerer als die erste, was ihn einen Moment lang verwirrt. Dann erinnert er sich – in dieser bewahrt er seine amerikanischen Münzen auf. Als ob er die je wieder brauchen würde. Fast hätte er gelacht. Doch das zusätzliche Gewicht ist gut, die Dose wird sich besser werfen lassen. Gerade noch kann er den Impuls unterdrücken, sie kurz an die Lippen zu legen, wie einer seiner Onkel es immer mit einem Wettschein gemacht hat, wenn es Kopf an Kopf stand und sein Körper so angespannt war wie die Rennpferde auf dem Bildschirm. Los, Dose, ab ins Ziel mit dir.

Er lässt seine Hand wieder unauffällig herabbaumeln, schwenkt sie vor und zurück, ein, zwei, drei Mal. Na los, komm schon, du willst es doch so. Er wirft.

Der Aufprall ist viel lauter als erwartet. Die Dose hat den Rand des Fasses getroffen, und das hallende Geräusch heißt, dass wenig Wasser darin ist. Es klingt wie ein Gong, als würde jemand ihre Ankunft ankündigen. Die Frauen sehen in Richtung des Lärms. Gut. Die dritte Dose, in der er Streichhölzer gegen die Feuchtigkeit aufbewahrt, fliegt durch die Luft, ist schwer genug. Ein weiterer Gongschlag. Jemand muss tatsächlich so dumm sein, die Frauen herauszufordern und das Verderben auf sich herabzurufen.

Rasch eilen sie durch das Lager herbei. Roxy bricht einen dicken Ast ab und wirft ihn gegen das Fass, um noch mehr Unruhe zu erzeugen, bevor die Soldatinnen nahe genug herangekommen sind, um zu sehen, was wirklich passiert. Die Frau unter ihnen klettert rasch zu Boden, um als Erste diejenigen zu entlarven, die dumm genug sind, es mit ihnen aufnehmen zu wollen.

Tundes Körper ist ein einziger Schmerz; es macht keinen Unterschied, ob es sich um verkrampfte Muskeln oder gebrochene Knochen handelt. Sie sitzen so nahe beieinander, dass er einen Blick in Roxys Ausschnitt werfen kann und die Narbe sieht. Er spürt ihren Schmerz, als hätte man ihn selbst aufgeschnitten. Er hält sich fest, streckt die Arme und tastet mit den Füßen nach dem breiten Ast unter ihnen. Lässt sich herab. Roxy folgt ihm. Sie lassen sich auf den Boden fallen und hoffen, dass sie nicht von den Frauen im Lager entdeckt werden.

Sie stolpern über den sumpfigen Boden und riskieren einen Blick zurück über die Schulter, ob die Soldatinnen des leeren Fasses müde geworden sind, ob man sie verfolgt.

Doch das Fass war nicht leer. Die Frauen treten lachend dagegen und holen heraus, was sich darin verbirgt. Tunde und Roxy sehen in diesem Moment des Zurückblickens, wie zwei Kinder aus dem Fass gehoben werden, vielleicht fünf oder sechs Jahre alt. Sie schluchzen, sind eng zusammengekauert. Kleine, weiche Tiere, die versuchen, sich zu schützen. Blaue Hosen, ausgefranst und alt. Nackte Füße. Ein Sommerkleid mit gelben Gänseblümchen.

Wenn Roxy noch ihren Strang hätte, würde sie zurückkehren und die Frauen alle in Asche verwandeln. Jetzt bleibt ihr nur, Tunde zu folgen, der ihre Hand packt und davonrennt. Diese Kinder hätten nie überlebt. Oder vielleicht doch. Sie wären sowieso dort gestorben, an Kälte, Hunger. Vielleicht hätten sie es aber auch geschafft.

Der Abend ist kalt, und sie rennen Hand in Hand, wollen sich nicht loslassen.

Sie kennt das Land und die sichersten Straßen, und er weiß, wie man ein ruhiges Versteck findet. Sie laufen so lange, bis sie zu erschöpft sind, dann gehen sie weiter, Meile um Meile, schweigend, Hand in Hand. Als der Morgen nicht mehr fern ist, entdeckt Tunde einen verlassenen Bahnhof, die in diesem Teil des Landes weitverbreitet sind; die auf Sowjetzüge warteten, die niemals kamen und heute Vögeln Unterschlupf bieten. Sie schlagen ein Fenster ein, klettern ins Gebäude und finden ein paar schimmlige Kissen auf einer Holzbank. In einem Schrank liegt eine trockene Wolldecke. Sie wagen nicht, ein Feuer zu entzünden, und verkriechen sich unter der Decke.

Er sagt: »Ich habe etwas Schreckliches getan«, worauf sie erwidert: »Du hast mir das Leben gerettet.«

Sie sagt: »Du würdest nicht einmal die Hälfte dessen glauben, was ich schon alles getan habe, Kumpel. Richtig schlimme Sachen«, worauf er erwidert: »Und du hast mir das Leben gerettet.«

Im Dunkel der Nacht erzählt er ihr von Nina und wie sie seine Arbeit und seine Bilder unter ihrem Namen veröffentlicht hat. Wie ihm das sagt, dass sie ihm schon immer alles nehmen wollte. Und sie erzählt ihm von Darrell und was er ihr genommen hat, und das sagt ihm alles. Warum sie sich so verhält und sich so lange im Wald versteckt hat, warum sie denkt, sie könne nicht nach Hause gehen, und warum sie sich nicht so vernichtend an Darrell gerächt hat, wie eine Monke es tun würde. Sie hatte schon fast ihren eigenen Namen vergessen, bis er sie wieder daran erinnerte.

Einer von ihnen sagt: »Warum haben sie es getan, Nina und Darrell?«

Und der andere antwortet: »Weil sie es konnten.«

Eine andere Antwort gibt es nicht.

Sie hält sein Handgelenk, und er hat keine Angst. Sie streicht mit dem Daumen über seine Handfläche und sagt: »Wenn ich es richtig verstehe, sind wir beide offiziell tot. Was macht man denn hier so als Toter, wenn man sich amüsieren will?«

Beide sind verletzt, haben Schmerzen. Er glaubt, sein Schlüsselbein ist gebrochen. Wenn er sich bewegt, spürt er, wie die Knochen aneinanderreiben. Theoretisch ist er jetzt stärker als sie; darüber müssen beide lachen. Sie ist klein und kräftig wie ihr Dad, hat denselben Stiernacken, und sie hat öfter als er gekämpft, sie weiß, was sie tut. Als er so tut, als würde er sie zu Boden stoßen, legt sie ihren Daumen auf die Stelle, die am meisten schmerzt, wo Schulter und Hals zusammentreffen. Sie drückt so fest zu, dass er Sterne sieht. Er lacht, sie lacht, atemlos und albern im Auge des Sturms. Durch die Qualen sind ihre Körper wie unbeschriebene Blätter. Sie können nicht mehr kämpfen. In diesem Moment wissen sie nicht, wer wer ist. Sie sind bereit für einen Neuanfang.

Sie gehen langsam vor, ziehen sich nur halb aus. Sie fährt eine alte Narbe an seiner Hüfte nach, die von dem Vorfall in Delhi stammt, als er die Angst kennenlernte. Er berührt mit seinen Lippen die rote Narbe an ihrem Schlüsselbein. Sie liegen Seite an Seite. Nach dem, was sie mit angesehen haben, wollen sie es weder hart noch schnell. Zärtlich berühren sie einander, erspüren die Stellen, an denen sie sich ähneln und an denen sie sich unterscheiden. Er zeigt ihr, dass er bereit ist, und das ist sie ebenso. Ganz natürlich gleiten sie ineinander, wie ein Schlüssel ins Schloss. »Ah«, stöhnt er, »Ja«, antwortet sie. Es fühlt sich gut an; sie um ihn, er in ihr. Sie passen ineinander. Sie bewegen sich langsam und leicht, nehmen Rücksicht auf die Schmerzen des anderen, lächelnd und verschlafen und einen Moment lang ohne Angst. Sie kommen mit leisem, tierischem Stöhnen, keuchen am Hals des anderen und schlafen so ein, miteinander verwoben, unter einer alten Wolldecke, inmitten eines Krieges.

Außergewöhnlich vollständige Schnitzerei aus der Zeit der Verheerung,
etwa fünftausend Jahre alt. Aus Westengland.
Alle Schnitzereien dieser Art wurden in diesem Zustand gefunden –
etwas wurde bewusst aus der Mitte entfernt, doch man weiß nicht,
was das gewesen sein könnte. Die Steine könnten Porträts eingerahmt haben,
oder Aufzählungen von Würdenträgern, vielleicht stellen sie auch nur
eine rechteckige Kunstform ohne Inhalt dar. Die Entfernung des Inhalts
war sicherlich ein Protest gegen das Dargestellte – oder die Leere darin.

Es geht los

Diese Dinge geschehen alle gleichzeitig. Sie sind eins. Sie sind die unausweichliche Folge dessen, was bisher passiert ist. Die Kraft sucht ein Ventil. Diese Dinge haben sich schon zuvor ereignet, und das werden sie auch wieder. Ein endloser Kreislauf.

Der vormals strahlend blaue Himmel überzieht sich mit grauschwarzen Wolken. Ein Gewitter wird kommen. Es hat sich schon lange angekündigt, der Boden ist staubig, dürstet nach wirbelnden Wassermassen. Denn die Erde ist voller Gewalt, und alle Lebewesen sind vom Weg abgekommen. Im Norden und im Süden, im Osten und im Westen sammelt sich das Wasser am Himmel.

Im Süden schließt Jocelyn Cleary das Verdeck ihres Jeeps, während sie eine verborgene Abzweigung nimmt und über einen Schotterweg fährt, der zu etwas Interessantem führen könnte. Im Norden wachen Olatunde Edo und Roxanne Monke bei Regen auf, der auf das Blechdach ihres Unterschlupfes trommelt. Im Westen blickt Mother Eve, die man früher Allie nannte, hinaus in das dräuende Gewitter und fragt sich: Ist die Zeit gekommen? Und hört sich selbst antworten: Nach was sieht's denn aus?

Im Norden war es zu einem Massaker gekommen; die Gerüchte stammen aus zu vielen Quellen, um sie zu ignorieren. Tatjanas eigene Truppen waren die Täterinnen, denen die Macht zu Kopf gestiegen war, die verrückt geworden waren über Verzögerungen und den ständigen Parolen, jeder Mann könne einen verraten, jeder könne für den Norden arbeiten. Oder hatte Tatjana sich einfach nie die Mühe gemacht, ihre Soldatinnen in Schach zu halten? Vielleicht wäre sie sowieso wahnsinnig geworden, ganz egal, was Mother Eve mit ihr angestellt hat.

Roxy ist verschwunden. Tatjana hat ihre Truppen nicht mehr unter Kontrolle. Innerhalb weniger Wochen wird es einen Militärputsch geben, wenn niemand die Sache in die Hand nimmt. Dann wird Nordmoldau in das Land einmarschieren und Zugriff auf die chemischen Waffen in den Städten im Süden bekommen.

Allie sitzt in ihrem ruhigen Arbeitszimmer, blickt auf den aufziehenden Sturm hinaus und zieht Bilanz.

Die Stimme sagt: Ich habe dir immer gesagt, dass dir Großes bevorsteht.

Allie antwortet: Ja, ich weiß.

Die Stimme sagt: Man bringt dir nicht nur hier, sondern überall Respekt entgegen. Frauen aus der ganzen Welt würden hierherkommen, wenn du über das Land herrschen würdest.

Allie antwortet: Ich weiß, das habe ich doch gesagt.

Die Stimme sagt: Worauf wartest du dann noch?

Allie antwortet: Die Welt versucht, zu ihrer alten Form zurückzufinden. Was wir getan haben, war noch nicht genug. Es gibt immer noch Männer mit Geld und Einfluss, die damit ihren Willen durchsetzen können. Selbst wenn wir gegen den Norden gewinnen. Was setzen wir hier in Gang?

Die Stimme sagt: Du willst die ganze Welt auf den Kopf stellen.

Allie antwortet: Ja.

Die Stimme sagt: Ich verstehe dich, aber ich weiß nicht,

wie ich es noch sagen soll. Von hier aus erreichst du diesen Punkt nicht. Du musst neu anfangen. Wir müssen noch mal vollständig von vorne beginnen.

Allie fragt: Eine Sintflut?

Die Stimme sagt: Das wäre eine Möglichkeit. Aber du hast noch andere Optionen. Denk darüber nach. Sobald du es getan hast.

Es ist spät in der Nacht, Tatjana sitzt an ihrem Schreibtisch und unterzeichnet Befehle an ihre Generäle. Sie wird weiter gegen den Norden ankämpfen, was in einem Desaster enden wird.

Mother Eve stellt sich hinter sie und legt ihr tröstend eine Hand auf den Rücken, wie schon so oft. Tatjana Moskalew fühlt sich dann ruhiger, auch wenn sie nicht genau sagen kann, warum.

Tatjana sagt: »Ich tue das Richtige, nicht wahr?«

Allie antwortet: »Gott wird immer an deiner Seite sein.«

Der Raum wird von versteckten Kameras überwacht. Ein weiteres Zeichen von Tatjanas Paranoia.

Eine Uhr schlägt. Ein, zwei, drei Mal. Es ist an der Zeit.

Allie beruhigt mit ihrem ganz speziellen Sinn die Nerven in Tatjanas Hals, Schultern und Schädel. Die Präsidentin schließt die Augen, ihr Kopf sinkt nach vorne.

Plötzlich greift Tatjanas Hand, als gehöre sie gar nicht zu ihr, als wüsste sie nicht, was sie da tut, nach dem kleinen scharfen Brieföffner, der auf den Dokumenten liegt.

Allie spürt, wie ihr die Muskeln und Nerven zu widerstehen versuchen, doch sie sind an ihre Anwesenheit gewöhnt, ebenso wie sie an ihre Gegenwehr. Hier die Reaktion etwas abschwächen, da verstärken. Wenn Tatjana nicht so viel getrunken und ein Mittel nach Allies eigener Rezeptur genommen hätte, das Roxy in ihrer Drogenfabrik für sie zusammengebraut hat, wäre es nicht so einfach. Ganz leicht ist es jetzt auch nicht, aber machbar. Allie nimmt Kontakt zu Tatjanas Hand mit dem Brieföffner auf.

Ein Geruch nach vergorenem Obst breitet sich im Raum aus. Doch dieser entgeht den versteckten Kameras.

Tatjana Moskalew schlitzt sich mit dem kleinen scharfen Messer die Kehle auf, wahnsinnig geworden über ihren drohenden Machtverlust, so schnell, dass Mother Eve nicht eingreifen kann. Und niemand hätte es vorhersehen können.

Mother Eve weicht mit einem Aufschrei zurück, ruft um Hilfe.

Tatjana Moskalew verblutet über ihrem Schreibtisch. Ihre rechte Hand zuckt, als sei sie noch am Leben.

»Sie haben mich aus dem Büro hergeschickt«, sagt die schwerfällige Irina. »Eine Soldatin ist auf einem der Wege hinter dem Grundstück.«

Verdammt.

Zurück im Büro blicken sie auf den Überwachungsbildschirm. Die Fabrik befindet sich acht Meilen von der Hauptstraße entfernt, die Einfahrt ist hinter Hecken und Wald verborgen. Man muss wissen, wonach man sucht, um sie zu finden. Doch da ist tatsächlich eine Soldatin, ein Stück vom Zaun entfernt. Sie scheint allein zu sein. Die Fabrik ist noch weit weg, von ihrem Standpunkt aus kann sie sie nicht sehen. Aber sie ist da, geht am Zaun entlang und fotografiert mit ihrem Handy.

Die Frauen im Büro sehen zu Darrell.

Alle denken: Was würde Roxy tun? Als stünde es auf ihre Stirn geschrieben.

Darrell spürt, wie der Strang in seiner Brust zu pochen und zu zucken beginnt. Immerhin hat er auch damit trainiert. Ein Teil von Roxy ist hier, und dieser Teil weiß, was zu tun ist. Er ist stark. Stärker als jeder andere. Er darf den Frauen nicht zeigen, wozu er imstande ist, Bernie hat sich da sehr deutlich ausgedrückt, diese Katze darf noch nicht aus dem Sack gelassen werden. Bis er bereit ist, den höchsten Bietern in London vorgeführt zu werden als Beispiel dessen, was möglich ist … bis dahin muss er es geheim halten.

Der Strang flüstert ihm zu: Sie ist nur eine Soldatin. Geh raus und jag ihr einen Schrecken ein.

Macht weiß, was zu tun ist. Kennt die Logik dahinter.

Er sagt: Ihr da, beobachtet den Bildschirm. Ich gehe raus.

Als er den langen Kiespfad entlanggeht und das Tor des Zauns öffnet, spricht er mit seinem Strang.

Lass mich jetzt nicht im Stich. Ich habe viel Geld für dich bezahlt. Wir können das gemeinsam schaffen, du und ich.

Der Strang gehorcht, an Darrells Schlüsselbein geschmiegt wie früher an Roxys, summt und zischt. Ein gutes Gefühl, das Darrell zwar erwartet, das sich bisher aber noch nicht bestätigt hatte. Ein bisschen, als wäre man betrunken, aber auf gute Art, bei der man sich stark fühlt. Als könnte man es mit jedem aufnehmen, und in diesem Fall kann man das ja auch.

Der Strang spricht zu ihm.

Er sagt: Ich bin bereit.

Er sagt: Komm schon, mein Junge.

Er sagt: Was du auch brauchst, ich habe es.

Der Kraft ist es egal, wer sie nutzt. Der Strang rebelliert nicht gegen ihn, weiß nicht, dass er nicht sein rechtmäßiger Besitzer ist. Er sagt nur: Ja. Ja, ich bin bereit. Ja. Alles unter Kontrolle.

Er formt einen kleinen Lichtbogen zwischen Daumen und Zeigefinger. An das Gefühl hat er sich immer noch nicht gewöhnt. Es kitzelt unangenehm auf der Haut, doch in seiner Brust fühlt es sich stark und richtig an. Er sollte sie einfach gehen lassen, doch er kann es mit ihr aufnehmen. Das wird ihnen zeigen, dass mit ihm nicht zu spaßen ist.

Als er einen Blick zurück zur Fabrik wirft, drängen sich die Frauen an den Fenstern und beobachten ihn. Ein paar sind ihm auf den Weg gefolgt, um ihn im Auge zu behalten. Hinter vorgehaltener Hand flüstern sie sich etwas zu. Eine formt einen langen Bogen zwischen den Handflächen.

Hinterhältige Fotzen, so wie sie ihm folgen, stetig näher rücken. Roxy war all die Jahre viel zu nachsichtig mit ihnen gewesen, hat ihnen ihre komischen kleinen Zeremonien gestattet und Glitter in ihrer Freizeit. Bei Sonnenuntergang gehen sie in den Wald und kommen erst im Morgengrauen zurück, und er kann noch nicht mal was dagegen sagen, weil sie pünktlich sind und ihre Arbeit machen, doch irgendwas geht vor sich, er riecht es geradezu. Sie haben hier eine verdammte *Kultur* aufgebaut, und er weiß, dass sie über ihn reden, und er weiß auch, dass er ihrer Meinung nach gar nicht hier sein sollte.

Er duckt sich so tief, dass sie ihn nicht kommen sehen kann.

Hinter Darrell versammeln sich immer mehr Frauen.

Am Morgen sagt Roxy, als sie und Tunde sich anziehen: »Ich kann dich aus dem Land bringen.«

Er hatte ganz vergessen, dass es noch etwas außerhalb dieses Landes gibt. Das hier fühlt sich bereits viel realer und logischer an als alles, was bisher geschehen ist.

Er hält inne, als er sich gerade eine Socke anzieht. Er hat sie über Nacht zum Trocknen aufgehängt. Sie stinken immer noch, sind starr und körnig.

»Wie?«, fragt er.

Sie zuckt mit einer Schulter und lächelt. »Ich bin Roxy Monke. Ich kenne hier ein paar Leute. Willst du raus?«

Ja, das will er. Unbedingt.

Er sagt: »Was ist mit dir?«

»Ich hole mir meinen Strang zurück. Und dann komme ich zu dir.«

Sie hat sich schon etwas zurückgeholt. Auf einmal wirkt sie viel größer als das, was sie von Wuchs ist. Er glaubt, er mag sie, doch wie kann er das sicher wissen? Sie ist im Moment aus zu vielen anderen Gründen wichtig für ihn.

Sie erklärt ihm auf ihrer Wanderung ein Dutzend Möglichkeiten, wie er Kontakt zu ihr aufnehmen kann. Diese E-Mail-Adresse führt zu ihr, auch wenn sie zu einer Tarnfirma zu gehören scheint. Jener Mensch wird immer wissen, wie sie zu erreichen ist.

Mehr als einmal sagt sie: »Du hast mir das Leben gerettet.« Und er weiß, was sie damit ausdrücken will.

An einer Kreuzung inmitten von Feldern, neben einer Bushaltestelle, an der nur zweimal in der Woche ein Bus abfährt, ruft sie von einer Telefonzelle aus eine Nummer an, die sie auswendig kennt.

Danach bespricht sie mit ihm, wie es jetzt weitergeht. Eine blonde Frau mit einer Pilotenmütze wird ihn heute Abend abholen und über die Grenze fahren.

Er muss leider im Kofferraum bleiben, aber so ist es am sichersten. Die Fahrt wird etwa acht Stunden dauern.

»Wackel mit den Füßen, sonst bekommst du einen Krampf. Es ist eng da drin, alles wird dir wehtun, aber du wirst nicht aussteigen können.«

»Was ist mit dir?«

Sie lacht. »Ich quetsche mich doch nicht in den Kofferraum eines verdammten Autos, oder?«

»Was dann?«

»Mach dir um mich keine Sorgen.«

Nach Mitternacht trennen sie sich bei einem kleinen Dorf, dessen Namen sie nicht aussprechen kann.

Sie küsst ihn leicht auf den Mund und sagt: »Bald bist du in Sicherheit.«

»Du bleibst nicht?« Aber er weiß, wie es läuft. Wenn man sie sähe, wie sie sich um einen einzelnen Mann besonders kümmert, würde sie das in ihrer Welt schwach erscheinen lassen. Und es brächte ihn in Gefahr, sollte jemand denken, er würde ihr etwas bedeuten. So ist er einfach eine Fracht.

»Geh und hol ihn dir zurück. Jeder, der es wissen darf, wird dich noch viel mehr respektieren, dass du so lange ohne den Strang überlebt hast.«

»Wenn ich es nicht versuche, bin ich sowieso nicht mehr ich selbst.«

Sie geht Richtung Süden. Er schiebt die Hände in die Taschen und wandert mit gesenktem Kopf zu dem Dorf. Dabei versucht er, auszusehen wie ein Mann, den man wegen einer Erledigung losgeschickt und der alles Recht hat, sich draußen aufzuhalten.

Er findet den Treffpunkt nach ihrer Beschreibung leicht. Drei geschlossene Läden, kein Licht in den Fenstern im oberen Stockwerk. Er glaubt, einen Vorhang zucken zu sehen, und sagt sich, dass er sich das nur eingebildet hat. Niemand wartet auf ihn, niemand verfolgt ihn. Seit wann ist er so nervös? Doch dann weiß er es. Die Angst hat sich seit Jahren in ihm aufgebaut und sich mit jedem Monat, jeder Stunde, jeder neuen Gefahrensituation tiefer in ihn hineingebrannt.

Er erträgt es irgendwie in den Momenten, wenn die eingebildete Schwärze der realen entspricht. Die Angst war nicht präsent, als er in dem Käfig oder auf dem Baum festsaß oder die Grausamkeiten im Lager mit ansehen musste. Die Angst schleicht sich auf ruhigen Straßen an oder wenn man im Morgengrauen allein in einem Hotelzimmer aufwacht. Es ist lange her, dass ein Nachtspaziergang Entspannung gebracht hat.

Er schaut auf seine Uhr. Zehn Minuten muss er an dieser einsamen Straßenecke warten. In seinem Rucksack trägt er einen dicken Umschlag mit sich, in dem sich die belichteten Filmrollen befinden, das Videomaterial, das er auf seiner Reise gefilmt hat, Notizbücher. Den Umschlag hatte er schon frankiert mitgenommen; er dachte, wenn die Lage gefährlich wird, schickt er seinen Film an Nina. Doch das wird er jetzt nicht mehr tun. Wenn er sie je wiedersehen sollte, wird er ihr das Herz bei lebendigem Leib herausreißen. Er hat einen Textmarker, er hat den Umschlag. Auf der anderen Straßenseite steht ein Briefkasten.

Wie wahrscheinlich ist es, dass die Post im Land noch funktioniert? Im Lager hatte er gehört, dass in den größeren Ortschaften und Städten noch Briefe abgeholt und zugestellt wurden. An der Grenze und in den Bergen ist alles zusammengebrochen, doch hier ist er meilenweit von beidem entfernt. Der Briefkasten ist nicht versiegelt. Am nächsten Tag soll er geleert werden.

Er wartet und denkt nach. Vielleicht kommt kein Auto. Vielleicht kommt ein Auto, doch statt einer blonden Frau mit einer Pilotenmütze steigen drei Frauen aus, die ihn auf den Rücksitz verfrachten. Vielleicht endet er irgendwo am Straßenrand zwischen zwei Städten, vergewaltigt und ermordet. Vielleicht kommt tatsächlich eine blonde Frau mit einem Hut, die das Geld einfach einsteckt und behauptet, sie hätte die Grenze überquert. Sie wird ihn aussetzen und ihm sagen, in welche Richtung er rennen soll, doch Freiheit wird es für ihn nicht geben, sondern wieder nur den Wald und die Jagd und ein demütigendes Ende irgendwo am Wegesrand.

Plötzlich erscheint es ihm unglaublich dumm, sein Leben in Roxanne Monkes Hände gelegt zu haben.

Ein Auto nähert sich, die Scheinwerfer beleuchten schon von Weitem den Feldweg. Er kann noch einen Namen und eine Adresse auf den Umschlag schreiben. Ninas natürlich nicht. Auch nicht Temis oder den seiner Eltern. Das darf nicht seine letzte Nachricht an sie sein, falls er danach nicht wieder auftauchen sollte. Er hat eine Idee, eine schreckliche, aber auch sichere Idee. Wenn er das hier nicht übersteht, gibt es einen Namen und eine Adresse, an die er den Umschlag schicken kann. Die Person würde dafür sorgen, dass seine Bilder um die Welt gehen. Die Menschen müssen wissen, was hier geschehen ist, sagt er sich. Zeugnis abzulegen ist die oberste Pflicht.

Er hat noch Zeit. Rasch schreibt er, ohne genauer darüber nachzudenken. Rennt zum Briefkasten, schiebt den Umschlag durch den Schlitz. Als das Auto am Straßenrand hält, steht er schon wieder an seinem Platz.

Eine blonde Frau sitzt am Steuer, eine Baseballkappe mit der Aufschrift *JetLife* tief ins Gesicht gezogen.

Sie lächelt; ihr Englisch hat einen starken Akzent. »Roxy Monke schickt mich. Vor dem Morgen werden wir da sein.«

Sie öffnet den Kofferraum, der zum Glück einigermaßen geräumig ist, auch wenn er die Knie eng an die Brust ziehen muss. Acht Stunden.

Sie hilft ihm aufmerksam hinein, gibt ihm einen zusammengerollten Pullover, den er zwischen seinen Hinterkopf und die Metallwand schieben soll. Wenigstens ist der Kofferraum sauber. Der ausgelegte Teppich riecht nach einem blumigen Shampoo. Eine große Flasche Wasser bekommt er auch.

»Wenn du sie ausgetrunken hast, kannst du da reinpinkeln.«

Er lächelt zu ihr auf. Er will, dass sie ihn mag, ihn als Mensch sieht, nicht als Fracht.

Er sagt: »Die Sitze in der Holzklasse werden auch immer enger, nicht wahr?«

Doch er kann nicht sagen, ob sie den Witz verstanden hat.

Sie tätschelt seinen Oberschenkel, während er sich zurechtlegt.

»Vertrau mir«, sagt sie, als sie den Kofferraumdeckel zuknallt.

Von hier aus, auf einem Weg zwischen dem Nirgendwo und dem Nichts, neben einer Baumgruppe, sieht Jocelyn gerade noch die Ecke eines niedrigen Gebäudes mit Fenstern im oberen Stockwerk. Sie steigt auf einen Felsen und macht einige Bilder. Viel ist nicht zu erkennen. Sie sollte wahrscheinlich näher herangehen, aber sie sollte besser vernünftig sein. Berichte, was du gefunden hast, Jos, und komm morgen mit einer Einheit zurück. Hier ist definitiv etwas, das jemand mit großem Aufwand vor Besuchern versteckt. Doch was, wenn es gar nichts Wichtiges ist? Was, wenn man sie auf dem Stützpunkt deswegen auslacht? Sie klettert von dem Felsen und macht noch ein paar Bilder.

Sie will wissen, was hier los ist.

Dabei bemerkt sie den Mann erst, als er fast schon neben ihr steht.

»Was zum Teufel machen Sie hier?«, fragt er auf Englisch.

Ihre Dienstwaffe steckt im Holster. Jocelyn verlagert das Gewicht, sodass die Waffe an ihrer Hüfte mehr in Griffweite sitzt.

»Es tut mir leid, Sir«, antwortet sie. »Ich bin etwas vom Weg abgekommen und suche nach der Hauptstraße.«

Sie spricht ruhig und unaufgeregt, dehnt ihren amerikanischen Akzent unwillkürlich. Spielt die dumme Touristin. Doch das ist ein Fehler, schließlich trägt sie Militäruniform. Sich unschuldig zu geben lässt sie nur noch verdächtiger erscheinen.

Darrell spürt, wie der Strang in seiner Brust pulsiert. Wenn er Angst hat, regt sich das Organ stärker, zuckt und zischt.

»Weshalb treiben Sie sich auf meinem Land herum?«, fragt er. »Wer hat Sie geschickt?«

Er weiß, dass ihn die Frauen hinter seinem Rücken von der Fabrik aus mit kalten, dunklen Augen beobachten. Nach dieser Geschichte wird ihn keine mehr anzweifeln, niemand mehr fragen, was er ist. Das werden sie wissen, wenn sie sehen, zu was er fähig ist. Er ist kein Mann in Frauenkleidern. Er ist einer von ihnen, genauso stark, genauso tatkräftig.

Sie lächelt unsicher. »Keiner hat mich geschickt, Sir. Ich bin nicht im Dienst, sehe mir nur etwas die Gegend an. Ich fahre besser mal weiter.«

Sie sieht, wie sein Blick zu den Karten in ihrer Hand zuckt. Wenn er sie sich näher anschaut, weiß er, dass sie gezielt hierhergefahren ist.

»Na gut«, sagt Darrell. »Dann zeige ich Ihnen mal den Weg.«

Doch er will ihr nicht helfen, er kommt ihr zu nahe, sie sollte Hilfe herbeirufen. Ihre Hand zuckt zum Funkgerät.

Er streckt drei Finger seiner rechten Hand aus und schließt das Funkgerät mit einem raschen Stromschlag kurz. Jocelyn blinzelt. Sieht ihn einen Augenblick lang als das, was er ist: ein Monster.

Sie versucht, ihr Gewehr anzulegen, doch er packt es am Kolben, verpasst ihr damit einen Schlag gegen das Kinn und zieht ihr die Waffe am Riemen vom Körper, während sie strauchelt. Er mustert das Gewehr kurz, wirft es dann jedoch ins Unterholz. Dann stürzt er sich mit knisternden Handflächen auf sie.

Sie könnte davonrennen. Die Stimme ihres Vaters ertönt in ihrem Kopf, pass auf dich auf, Schatz. Die Stimme ihrer Mutter, du bist eine Heldin, also benimm dich auch so. Ein Mann mit einer Fabrik im Nirgendwo – wie schwer kann das schon sein? Und die Mädchen auf dem Stützpunkt, sie hört sie schon. Gerade du solltest doch wissen, wie man mit einem Typen mit einem Strang zurechtkommt. Oder, Jocelyn? Das magst du doch besonders gern? Sie muss etwas beweisen, ebenso wie er. Auf in den Kampf.

Sie umkreisen einander und suchen nach den Schwachpunkten des jeweils anderen.

Darrell hat nicht viel geübt. Zwei der Chirurgen, die ihn operiert haben, hat er ein paar kleinere Verbrennungen und Verletzungen zugefügt, um zu sehen, ob es funktioniert. Und er hat allein trainiert. Doch er hat seine neue Kraft nie in einem Kampf eingesetzt, nicht so. Ein aufregendes Gefühl.

Er spürt, wie viel Saft er noch in seinem Strang hat. Mehr als genug. Er stürzt sich auf die Soldatin, verfehlt sie, gibt einen aufgeregten Stromstoß durch die Füße in die Erde ab und hat immer noch mehr als genug. Kein Wunder, dass die verdammte Roxy immer so selbstzufrieden ausgesehen hat. Schließlich hatte sie auch das hier mit sich herumgetragen. Da wäre er auch selbstzufrieden gewesen. Wie jetzt.

Jocelyns Strang zuckt, weil sie aufgeregt ist. Er funktioniert jetzt besser denn je, seit Mother Eve sie geheilt hat, und nun weiß sie auch, warum es so kam, warum Gott ihr dieses Wunder gewährt hat. Es war für diesen Moment. Um sie vor diesem gefährlichen Mann zu retten, der sie töten will.

Sie spannt die Bauchmuskeln an und rennt auf ihn zu, täuscht nach links an, in Richtung seines Knies, und als er sich bückt, um sich zu verteidigen, weicht sie im letzten Moment nach rechts aus, packt sein Ohr und verpasst ihm einen gleichmäßig summenden Stromschlag gegen die Schläfe. Er erwischt sie am Oberschenkel, was höllisch schmerzt, wie eine rostige Klinge, die am Knochen entlangschrammt. Die großen Muskeln bewegen sich weiter, während das Bein am liebsten eingeknickt wäre. Jocelyn rappelt sich auf dem rechten Bein auf, zieht das linke hinter sich her. Er hat viel Kraft, die knisternd seine Haut überläuft. Seine Schläge sind eisenhart und gezielt, nicht wie Ryans. Mit so jemandem hat sie noch nie gekämpft.

Sie ruft sich ihr Training für den Kampf gegen einen stärkeren Gegner ins Gedächtnis. Sie muss ihn ermüden, ihm die Körperstellen präsentieren, an denen er am wenigsten Schaden anrichtet. Er verfügt über mehr Elektrizität als sie, doch wenn sie ihn dazu bringen kann, etwas in die Erde abzugeben, wenn sie schneller und wendiger als er sein kann, könnte sie es schaffen.

Sie weicht zurück, schleift ihr Bein etwas schwerer hinter sich her als nötig, stolpert ein wenig. Hält sich die Hüfte. Beobachtet, wie er sie nicht aus den Augen lässt. Sie hebt eine Hand, knickt ein, stürzt. Er fällt über sie her wie ein Wolf über ein Lamm, doch sie ist schneller als er, rollt sich zur Seite, sodass sein Stromschlag die Erde aufpeitscht. Er brüllt, und sie tritt ihm mit ihrem unverletzten Fuß hart gegen den Kopf.

Dann will sie auf die Rückseite seines Knies losgehen, wie man es ihr beigebracht hat. Wirf den Gegner zu Boden, ziel auf die Knie und Fußknöchel. Genau das wird sie jetzt tun. Ein fester Schlag an die Stelle, an der die Bänder sich kreuzen, und er ist erledigt.

Sie packt sein Hosenbein, legt die Hand fest auf seine Wade. Nichts passiert. Ihre Kraft ist verschwunden. Wie ein abgewürgter Motor. Wie eine ausgedörrte Pfütze. Einfach weg.

Das kann nicht sein.

Mother Eve hat ihr doch ihre Kraft zurückgegeben. Sie muss da sein.

Wieder versucht sie es, konzentriert sich, denkt an einen Fluss, wie man es ihr beigebracht hat, der ganz natürlich das Wasser weitertransportiert, wenn sie es erlaubt. Wenn sie einen Moment Ruhe hätte, würde sie ihn wiederfinden.

Darrell verpasst ihr mit seinem Absatz einen Tritt gegen den Kiefer. Auch er hatte auf den Schlag gewartet, der nicht kam. Doch er zögert nicht. Keuchend kniet sie auf allen vieren, während er ihr ein, zwei, drei Mal in die Seite tritt.

Plötzlich riecht er Bitterorange und verbranntes Haar.

Er hält ihren Kopf mit dem Handballen nach unten und verpasst ihr einen Stromschlag in den Nacken. Wird man an dieser Stelle getroffen, kann man nicht mehr weiterkämpfen. Diese Erfahrung hat er selbst auch gemacht, damals, nachts in einem Park. Man ist verwirrt, der Körper wird schlaff, man kann sich nicht mehr wehren. Er gibt gleichmäßig Elektrizität ab, die Soldatin sinkt mit dem Gesicht nach unten zu Boden. Er wartet, bis sie aufhört zu zucken. Sein Atem geht schwer. Er hat noch genug Saft in sich, um sie noch zweimal zu töten. Ein gutes Gefühl.

Darrell sieht lächelnd auf, als ob die Bäume seinem Sieg applaudieren sollten.

In der Ferne stimmen die Frauen ein Lied an, eine Melodie, die sie schon öfter gesungen haben, die ihm aber keine erklären will.

Er sieht, wie ihn die Frauen mit ihren dunklen Augen beobachten. Plötzlich wird ihm etwas bewusst, etwas, das er schon von Anfang an hätte wissen müssen, wenn er dieses Wissen nicht verdrängt hätte. Die Frauen freuen sich nicht über das, was er getan hat, und dass er es kann. Die Schlampen starren ihn an mit Mündern, versiegelt wie die Erde, mit Augen, unergründlich wie das Meer. Sie gehen hintereinander die Treppe in der Fabrik hinunter und kommen geschlossen auf ihn zu. Darrell stößt den Ruf eines gejagten Tieres aus und rennt los. Die Frauen verfolgen ihn.

Er rennt auf die Straße zu, die nur ein paar Meilen entfernt ist. Dort kann er ein Auto anhalten, vor diesen verrückten Schlampen flüchten. Selbst in diesem gottverlassenen Land wird ihm doch sicher jemand helfen. Er hastet im Zickzack über eine freie Fläche zwischen zwei Wäldchen, seine Füße stoßen sich vom Boden ab, als ob er gleich zu einem Vogel werden könne, einem Fluss, einem Baum. Er ist auf freiem Feld, er weiß, dass sie ihn sehen können. Kein Geräusch dringt zu ihm, und er bildet sich ein, dass sie vielleicht zurückgegangen sind. Er sieht sich um. Ein raunendes Meer aus Frauen nähert sich ihm, schließt zu ihm auf, er verdreht sich den Knöchel und fällt.

Er kennt sie alle. Irina, die schlaue Magda, Veronyka, die blonde Jewgenija, die dunkelhaarige Jewgenija. Die vorsichtige Nastya, die fröhliche Marinela und die junge Jestina. Alle sind da, die Frauen, mit denen er in den letzten Monaten und Jahren zusammengearbeitet hat, die Frauen, die er angestellt und die er gut behandelt hat, gemessen an den Umständen, und jetzt haben alle einen Gesichtsausdruck, den er nicht deuten kann.

»Kommt schon«, ruft er ihnen zu. »Ich habe für euch diese Soldatin aus dem Weg geräumt. Kommt schon. Jewgenija, hast du mich gesehen? Ich habe sie mit einem Schlag erledigt. Habt ihr das alle gesehen?«

Er stößt sich mit seinem unverletzten Fuß ab, als könne er sich kriechend in den Schutz der Bäume oder des Berges flüchten.

Er weiß, dass sie wissen, was er getan hat.

Sie rufen einander etwas zu, es klingt wie eine Ansammlung von Vokalen, ein Schrei aus den Tiefen der Kehle: eoi, yeoui, euoi.

»Mädels«, sagt er, als sie ihm immer näher kommen. »Ich weiß nicht, was ihr denkt, gesehen zu haben, aber ich habe ihr einen Schlag in den Nacken verpasst. Anständig und ehrlich. Ich habe sie einfach nur geschlagen.«

Doch seine Worte zeigen keine Wirkung bei den Frauen.

Leise summen sie ihr Lied.

»Bitte«, fleht er, »bitte nicht.«

Da stürzen sie sich auf ihn. Ihre Hände finden nacktes Fleisch, packen zu, Finger graben sich in seinen Bauch und seinen Rücken, in seine Seiten, seine Oberschenkel und in seine Achselhöhlen. Er versucht, sich mit Stromschlägen zu wehren, mit Händen und Zähnen. Sie ertragen die Elektrizität und lassen nicht locker. Magda und Marinela, Veronyka und Irina packen seine Gliedmaßen und lassen den Strom über seine Haut laufen, fügen ihm Narben zu, brandmarken ihn, graben sich in sein Fleisch, weichen seine Gelenke auf und drehen sie.

Nastya legt ihre Fingerspitzen an seine Kehle und bringt ihn zum Sprechen. Es sind nicht seine Worte, sein Mund bewegt sich, doch nicht durch ihn.

Seine Kehle lügt: »Danke.«

Irina stemmt ihren Fuß in seine Achselhöhle und zieht an

seinem rechten Arm, verbrennt ihn dabei. Das Fleisch um das Gelenk herum verschmort. Zusammen mit Magda ziehen sie, bis sich der Arm aus dem Gelenk und vom Körper löst. Die anderen kümmern sich um seine Beine, seinen Hals, den anderen Arm und vor allem die Stelle über seinem Schlüsselbein, an der sein Hochmut saß. Wie ein Wind, der die Blätter von den Bäumen peitscht, so unerbittlich und grausam. Sie ziehen seinen Strang, dieses geschmeidige und sich windende Organ, aus seiner Brust, bevor sie seinen Kopf vom Körper trennen. Endlich ist er still, ihre Finger sind dunkel von seinem Blut.

Als sie wegen Tunde anruft, ist das der Anfang. Roxy Monke kommt zurück.

»Mein Bruder«, sagt sie am Telefon, »mein verdammter Bruder hat mich verraten und wollte mich töten lassen.«

Die Stimme am anderen Ende der Leitung klingt aufgeregt.

»Ich wusste, dass er lügt. Das kleine Stück Scheiße. Ich wusste einfach, dass er lügt. Die Frauen in der Fabrik haben gesagt, er hätte behauptet, seine Befehle kämen von dir, und ich wusste, dass er lügt, verdammt noch mal.«

»Ich habe Kraft gesammelt«, spricht Roxy weiter, »und Pläne geschmiedet, und jetzt werde ich mir von ihm zurückholen, was er mir genommen hat.«

Jetzt muss sie es nur noch in die Tat umsetzen.

Sie versammelt eine kleine Truppe um sich herum. In der Fabrik geht niemand ans Telefon, es muss also etwas passiert sein. Sicher hat er Leute bei sich, auch wenn er sie für tot hält. Er wäre ein riesiger Idiot, wenn er glaubt, dass niemand versuchen würde, ihm die Fabrik abzuknöpfen.

Als sie bei dem Gebäude ankommt, erwartet sie, sich den Weg freikämpfen zu müssen, doch die Tore stehen weit offen.

Ihre Arbeiterinnen sitzen im Gras, begrüßen sie mit Jubelrufen, die über den See hallen.

Wie hatte sie nur je glauben können, dass man sie hier nicht willkommen heißen würde? Selbst als Krüppel? Wie hatte sie sich nur einreden können, sie dürfe nicht zurückkehren?

Ihre Ankunft ist Anlass zu großer Freude. Sie sagen: »Wir wussten, dass du zurückkommen würdest, wir haben es gesehen. Wir wussten, dass du diejenige warst, auf die wir gewartet haben.«

Sie drängen sich um sie, berühren ihre Hand, fragen, wo sie gewesen ist und ob sie schon einen neuen Standort für die Fabrik gefunden hat, jetzt, wo der Krieg immer näher rückt und die Soldaten ihnen auf der Spur sind.

Die Soldaten? »Von der UNO«, erklären sie. »Wir mussten sie schon mehr als einmal abschütteln.«

»Ach ja?«, sagt Roxy. »Das habt ihr aber ohne Darrell gemacht, nicht wahr?«

Die Frauen werfen sich verschwörerische Blicke zu. Irina legt ihren Arm um Roxys Schulter. Roxy glaubt, einen gewissen Geruch an ihr wahrzunehmen, süßlich, aber auch etwas verfault, wie Menstruationsblut. Die Frauen haben ein wenig von der Droge abgezweigt, das weiß Roxy. Sie haben nichts von der Ware genommen, die verkauft werden soll, sie konsumieren das Zeug im Wald und am Wochenende; ihr Schweiß riecht davon wie Schimmel. Irina hat blaue Farbränder unter den Fingernägeln.

Sie drückt Roxy fest an sich, sodass diese schon denkt, die andere Frau wolle sie hochheben. Magda nimmt ihre Hand. Gemeinsam gehen sie in den Kühlraum, in dem die leichtflüchtigen Chemikalien aufbewahrt werden. Dort liegt auf dem kalten Tisch ein Haufen aus rohem, blutigem Fleisch. Roxy weiß zuerst nicht, warum die anderen ihr das zeigen. Dann versteht sie.

»Was habt ihr getan?«, fragt sie. »Was zum Teufel habt ihr getan?«

Unter dem Blut und dem matschigen Fleisch findet sie es wieder, ihr eigenes Selbst, ihr schlagendes Herz, den Teil von ihr, der den ganzen Rest angetrieben hat. Ein dünnes, verrottendes Stück Knorpel. Der Muskel ist gefurcht und tiefrot und lila.

Drei Tage nachdem Darrell ihr den Strang geraubt hatte, hatte sie erkannt, dass sie nicht sterben würde. Die Krämpfe im oberen Brustkorb waren abgeklungen. Sie sah keine roten und gelben Blitze mehr. Sie hatte sich verbunden und war zu einer Hütte in den Wäldern gewandert, wo sie auf den Tod gewartet hatte, doch am dritten Tag wusste sie, dass der Tod nicht kommen würde.

Damals dachte sie, weil mein Herz noch schlägt. Außerhalb meines Körpers, in seinem, aber noch am Leben. Sie dachte, ich würde wissen, wenn es tot wäre.

Doch sie hatte es nicht gewusst.

Sie legt ihre Handfläche auf ihr Schlüsselbein.

Sie wartet, ob sie etwas spürt.

Mother Eve trifft sich mit Roxanne Monke, die mit einem mitternächtlichen Armeetransport eintrifft, am Bahnhof von Basarabeasca, einer Stadt etwas weiter im Süden. Sie hätte auf Roxy auch im Palast warten können, doch sie wollte ihr Gesicht sehen. Roxy Monke ist dünner, wirkt ausgezehrt und gequält. Mother Eve umarmt sie fest und vergisst für einen Moment, sie mit ihrem besonderen Sinn abzutasten. Ihre Freundin riecht immer noch so wie früher, nach Kiefernnadeln und süßen Mandeln. Sie fühlt sich auch genauso an.

Roxy zieht sich steif zurück. Etwas ist nicht in Ordnung. Sie schweigt beinahe die ganze Fahrt über durch die leeren Straßen zum Palast.

»Du bist also jetzt die Präsidentin?«

Allie lächelt. »Es konnte nicht warten.« Sie tätschelt Roxys Hand, die diese jedoch wegzieht.

»Jetzt, wo du wieder da bist, sollten wir über die Zukunft reden.«

Roxy lächelt mit zusammengepressten Lippen.

Als sie in Mother Eves Wohnräumen im Palast und alle Türen geschlossen sind, nur sie beide, mustert Allie ihre Freundin fragend.

»Ich dachte, du wärst tot.«

»Das war ich auch beinahe.«

»Aber du bist zurückgekommen. Du bist diejenige, von

der mir die Stimme gesagt hat, sie würde kommen. Du bist ein Zeichen«, sagt Allie. »Du bist mein Zeichen, wie schon immer. Ich stehe immer noch in Gottes Gunst.«

Roxy sagt: »Davon weiß ich nichts.«

Sie knöpft die obersten drei Knöpfe ihres Shirts auf, um zu zeigen, was es darunter zu sehen gibt.

Und Allie sieht es.

Sie versteht, dass das Zeichen, das in eine Richtung weisen sollte, genau in die entgegengesetzte Richtung weist.

Als Gott das letzte Mal die Welt zerstörte, malte sie danach ein Zeichen in den Himmel. Sie zog mit dem angefeuchteten Daumen einen Bogen über den Himmel in vielen verschiedenen Farben und besiegelte damit Ihr Versprechen, die Erde nie wieder zu überfluten.

Allie betrachtet die gekrümmte, nach unten gebogene Narbe auf Roxys Brust. Sie streicht sanft mit den Fingerspitzen darüber, und auch wenn Roxy den Kopf abwendet, lässt sie ihre Freundin gewähren. Der umgedrehte Regenbogen.

»Du warst die stärkste Frau, die ich je kannte«, sagt sie. »Und selbst dich hat man in die Knie gezwungen.«

»Ich wollte, dass du die Wahrheit weißt.«

»Das war auch richtig«, antwortet Allie. »Ich weiß, was es bedeutet.«

Nie wieder: das in den Himmel geschriebene Versprechen. So etwas darf nie wieder geschehen.

»Hör zu«, sagt Roxy, »wir sollten über den Norden reden. Den Krieg. Du bist jetzt eine mächtige Frau.« Sie zwingt sich zu einem kleinen Lächeln. »Du warst immer auf dem Weg irgendwohin, hattest immer ein Ziel. Doch hier oben geschehen schreckliche Dinge. Ich habe nachgedacht. Vielleicht finden du und ich eine Möglichkeit, diesen ganzen Wahnsinn aufzuhalten.«

»Es gibt nur eine Möglichkeit«, erwidert Mother Eve ruhig.

»Vielleicht können wir uns gemeinsam etwas ausdenken. Ich könnte im Fernsehen auftreten und erzählen, was ich gesehen habe, was man mir angetan hat.«

»Oh. Klar, zeig ihnen deine Narbe und erzähle, was dein Bruder getan hat. Danach wären Wut und Raserei unaufhaltbar. Der Krieg würde erst recht ausbrechen.«

»Nein, so meine ich das nicht. Nein. Eve, du verstehst nicht. Es wird richtig, richtig schlimm hier werden. Verrückte, wirklich völlig durchgeknallte religiöse Irre werden hier herumlaufen und Kinder umbringen.«

Eve sagt: »Es gibt nur eine Möglichkeit, alles in Ordnung zu bringen. Der Krieg muss jetzt anfangen. Der wahre Krieg. Der Krieg von allen gegen alle.«

Gog und Magog, flüstert die Stimme. Das stimmt.

Roxy lehnt sich auf ihrem Stuhl zurück. Sie hat Mother Eve die ganze Geschichte erzählt, alles, was sie gesehen, was man ihr angetan und wozu man sie gezwungen hat.

»Wir müssen den Krieg aufhalten«, beharrt sie. »Ich weiß immer noch, wie man Sachen ins Rollen bringt. Ich habe nachgedacht. Lass mich über die Armee im Norden bestimmen. Ich werde für Ordnung sorgen, wir patrouillieren an den Grenzen – echten Grenzen wie bei einem echten Land –, und wir werden mit deinen Freunden in Amerika sprechen. Sie werden nicht wollen, dass hier das verdammte Armageddon losbricht. Wer weiß schon, was Awadi-Atif für Waffen hat.«

Mother Eve antwortet: »Du willst also für Frieden sorgen.«

»Ja.«

»*Du* willst für Frieden sorgen? *Du* willst über die Truppen im Norden bestimmen?«

»Nun ... ja.«

Mother Eve schüttelt ungläubig den Kopf.

Sie deutet auf Roxys Brust.

»Warum sollte dich jetzt noch jemand ernst nehmen?«

Roxy zuckt zurück.

Sie blinzelt und sagt: »Du willst die Katastrophe, nicht wahr?«

Mother Eve antwortet: »Es ist die einzige Möglichkeit, um zu gewinnen.«

»Aber du weißt doch, was passieren wird. Wir werden Bomben auf sie abwerfen, und sie werden Bomben auf uns abwerfen, und es wird sich immer weiter ausbreiten, und Amerika wird sich einschalten und Russland und der Mittlere Osten und ... die Frauen werden genauso leiden wie die Männer, Evie. Die Frauen werden genauso sterben wie die Männer, wenn wir uns zurück in die Steinzeit bomben.«

»Und dann werden wir in der Steinzeit sein.«

»Äh, ja.«

»Und dann werden wir fünftausend Jahre Zeit haben, alles neu aufzubauen, fünftausend Jahre, in denen nur eins zählt: Kann ich dem anderen mehr Schaden zufügen, kann ich den anderen mehr verletzen, kann ich Angst und Schrecken verbreiten.«

»Und?«

»Und dann werden die Frauen gewinnen.«

Schweigen breitet sich über den Raum aus, kriecht in Roxys Knochen, bis ins Mark, eine eiskalte, flüssige Stille.

»Verdammte Scheiße«, sagt sie schließlich. »So viele Leute haben mir gesagt, dass du verrückt bist, und ich habe das nie geglaubt.«

Mother Eve betrachtet sie mit tiefem Ernst.

»Ich habe immer gesagt, nein, nein, wenn du sie kennengelernt hättest, wüsstest du, wie klug sie ist, und sie hat viel durchgemacht, aber sie ist nicht verrückt.« Sie seufzt und betrachtet ihre Handflächen, ihre Handrücken. »Vor Ewigkeiten habe ich über dich recherchiert. Ich musste es einfach wissen.«

Mother Eve betrachtet sie wie aus weiter Ferne.

»Es ist nicht schwer herauszufinden, wer du mal warst. Das Internet vergisst nichts. Alison Montgomery-Taylor.« Roxy wählt ihre Worte sorgfältig.

»Ich weiß«, erwidert Mother Eve. »Ich weiß, dass du dafür gesorgt hast, dass alles verschwindet. Dafür bin ich dir dankbar. Wenn du darauf hinauswillst … ich bin dir immer noch dankbar.«

Roxy runzelt fragend die Stirn, und Allie weiß, dass sie irgendwo einen Fehler gemacht, etwas falsch verstanden hat.

Roxy sagt: »Ich verstehe es total, okay? Wenn du ihn getötet hast, dann hat er es wahrscheinlich verdient. Aber du solltest dir mal anschauen, was seine Frau mittlerweile macht. Sie heißt jetzt Williams. Hat einen Lyle Williams in Jacksonville geheiratet. Sie wohnen immer noch dort. Schau es dir mal an.«

Sie steht auf und fleht: »Tu das nicht. Bitte.«

Mother Eve antwortet: »Ich werde dich immer lieben.«

Roxy sagt: »Ja. Ich weiß.«

»Es ist die einzige Möglichkeit. Wenn ich es nicht tue, werden sie es tun«, fügt Mother Eve hinzu.

»Wenn du wirklich willst, dass die Frauen gewinnen, dann überprüf Lyle Williams in Jacksonville. Und seine Frau.«

Allie zündet sich eine Zigarette an, in einer stillen Kammer aus Stein im Orden, von der sie über den See blicken kann. Sie macht es wie früher, mit einem Funken an den Fingerspitzen. Das Papier knistert und schwärzt sich in der aufglühenden Flamme. Allie atmet tief ein, ist wieder voll und ganz ihr altes Selbst. Sie hat seit Jahren nicht geraucht. Ihr ist schwindelig.

Es war nicht schwer, Mrs. Montgomery-Taylor zu finden. Ein, zwei, drei Wörter in eine Suchmaschine tippen, und da ist sie. Sie leitet jetzt ein Kinderheim unter der Schutzherrschaft und mit dem Segen der Neuen Kirche. Sie war als eine der ersten in Jacksonville eingetreten. Auf einem Foto auf der Webseite des Kinderheimes steht ihr Mann hinter ihr. Er sieht Mr. Montgomery-Taylor sehr ähnlich, ist vielleicht ein bisschen größer. Der Schnurrbart ein wenig buschiger, die Wangen ein wenig runder. Eine andere Haarfarbe, ein anderer Mund, doch dieselbe Kategorie Mann: schwach, die Art Mann, die selbst vor dem Großen Wandel alle Befehle ausgeführt hätte. Vielleicht erinnert sie sich aber auch an Mr. Montgomery-Taylor. Sie sehen sich so ähnlich, dass Allie die Stelle an ihrem Kiefer reibt, wo ihr Pflegevater sie geschlagen hat. Als ob das erst ein paar Sekunden her wäre. Lyle Williams und seine Frau, Eve Williams. Zusammen kümmern sie sich um Kinder. Allies eigene Kirche hat das ermöglicht. Mrs. Montgomery-Taylor wusste schon immer, wie man ein System zum eigenen Vorteil ausnützt. Auf der Webseite des Kinderheimes steht etwas von »liebevoller Disziplin« und »zärtlichem Respekt«, der hier vermittelt werden soll.

Sie hätte jederzeit nachsehen können. Sie weiß nicht, warum sie dieses alte Licht nicht schon früher entzündet hat.

Die Stimme sagt: Tu es nicht. Wende dich ab. Tritt von dem Baum zurück, Eve, mit erhobenen Händen.

Allie hört nicht auf sie.

Stattdessen nimmt sie den Telefonhörer in die Hand, hier an dem Schreibtisch in dem Zimmer im Orden mit Ausblick über den See. Sie wählt die Nummer. In weiter Ferne klingelt in einem Flur mit einem Beistelltisch, auf dem ein Häkeldeckchen liegt, ein Telefon.

»Hallo?«, meldet sich Mrs. Montgomery-Taylor.

»Hallo«, sagt Allie.

»Oh, Alison«, antwortet Mrs. Montgomery-Taylor. »Ich hatte gehofft, dass du anrufst.«

Wie die ersten Regentropfen. Als ob die Erde sagen würde: Ich bin bereit. Komm und hol mich.

»Was haben Sie getan?«

»Nur was der Heilige Geist mir befohlen hat.«

Denn sie weiß, worauf Allie hinauswill. Irgendwo in ihrem verdrehten Herzen weiß sie es. Wie sie es schon immer gewusst hat.

In diesem Moment erkennt Allie, dass »Alles wird verschwinden« nur eine Fantasie war, nur ein hübscher Traum. Weder die Vergangenheit wird verschwinden noch die Linien, die der Schmerz in den menschlichen Körper gegraben hat. Während Allie sich ihr Leben aufgebaut hat, wurde auch Mrs. Montgomery-Taylor mit jedem Tag immer monströser.

Ihre frühere Pflegemutter plappert fröhlich weiter. Sie fühlt sich ja so geehrt, von Mother Eve angerufen zu werden, auch wenn sie wusste, dass das geschehen würde; als sie hörte, welchen Namen Allie angenommen hatte, wusste sie, dass sie Allies echte Mutter war, ihre *spirituelle* Mutter, und hatte Mother Eve nicht immer gesagt, dass die Mutter größer war als das Kind? Sie hatte den Sinn dieser Aussage verstanden, dass die Mutter nämlich immer weiß, was am besten ist. Sie ist glücklich, so erfreut, dass Allie verstanden hatte, dass alles, was sie und Clyde für sie getan hatten, zu ihrem eigenen Besten war. Allie ist übel.

»Du warst so ein wildes junges Mädchen«, sagt Mrs. Montgomery-Taylor. »Du hast uns abgelenkt. Ich habe den Teufel in dir gesehen.«

Allie erinnert sich, befreit es aus der hintersten Ecke ihres Geistes, wohin sie es die ganzen Jahre geschoben hatte. Sie bläst den Staub von diesem Haufen aus Lumpen und Knochen, schiebt sie mit einer Fingerspitze auseinander. Erinnert sich, wie sie im Haus der Montgomery-Taylors ankam, ein überreiztes Kind, mit Knopfaugen, schmal wie ein Vögelchen und sehr wild. Ihre Augen sehen alles, ihre Hände berühren alles. Mrs. Montgomery-Taylor hatte sie ins Haus gebracht, und Mrs. Montgomery-Taylor wollte sie haben, und Mrs. Montgomery-Taylor züchtigte sie, wenn sie aus der Rosinendose genascht hatte. Mrs. Montgomery-Taylor packte sie am Arm und warf sie auf die Knie und befahl ihr zu beten, dass der Herr ihr ihre Sünden vergebe. Immer wieder, auf die Knie.

»Wir mussten dir den Teufel austreiben, das verstehst du doch jetzt, nicht wahr?«, fragt Mrs. Montgomery-Taylor, jetzt Mrs. Williams.

Und Allie versteht es tatsächlich. Sie sieht es so deutlich vor Augen, als würde sie durch die Glasscheibe ihres Wohnzimmers blicken. Mrs. Montgomery-Taylor versuchte, den Teufel aus ihr herauszubeten und ihn ihr dann mit Schlägen auszutreiben, bis sie eine neue Idee hatte.

»Alles, was wir getan haben«, fährt sie fort, »haben wir aus Liebe zu dir getan. Man musste dir Disziplin beibringen.«

Sie erinnert sich an die Abende, an denen Mrs. Montgomery-Taylor die Polkamusik im Radio sehr laut stellte. An denen Mr. Montgomery-Taylor die Treppe zu ihr hinaufstieg, um ihr eine Lektion zu erteilen. Plötzlich erinnert sie sich glasklar, in welcher Reihenfolge alles geschah. Erst die Polkamusik. Dann die knarzenden Treppenstufen.

Hinter jeder Geschichte lauert eine weitere Geschichte. Eine Hand in der Hand – hat Allie das noch nicht deutlich genug gelernt? Ein Schlag wartet hinter dem Schlag.

Mrs. Montgomery-Taylors Stimme ist hintertrieben und verschwörerisch.

»Ich war das erste Mitglied deiner Neuen Kirche in Jacksonville, Mother. Als ich dich im Fernsehen sah, wusste ich, dass Gott dich als ein Zeichen für mich geschickt hatte. Ich wusste, dass Sie durch mich wirkte, als wir dich aufnahmen, und dass Sie wusste, dass ich alles nur für Ihre Herrlichkeit getan habe. Ich habe dafür gesorgt, dass die Polizeiakten verschwinden. All die Jahre habe ich für dich gesorgt, Liebling.«

Allie denkt an alles, was im Haus von Mrs. Montgomery-Taylor passiert ist.

Bisher hatte sie alles als eine einzige Zeit der Qualen abgespeichert, nie hatte sie die einzelnen Vorkommnisse getrennt voneinander betrachtet. Die Erinnerung ist wie ein

Scheinwerfer auf einem Gemetzel. Körperteile und Maschinen, Chaos und ein Geräusch, das sich von einem grellen Ruf zu einem Schrei aus tiefster Kehle steigert und dann abrupt erstirbt und eine leise summende Stille hinterlässt.

»Du verstehst doch sicher«, sagt ihre ehemalige Pflegemutter, »dass Gott durch uns gewirkt hat. Alles, was wir getan haben, Clyde und ich, geschah aus dem Grund, damit du hier sein würdest.«

Ihre Berührung spürte sie jedes Mal, wenn Mr. Montgomery-Taylor sich ihr aufzwang.

Der Blitz ruht in ihrer Hand, und sie befiehlt ihm einzuschlagen.

Allie sagt: »Sie haben ihm gesagt, dass er mir wehtun soll.«

Mrs. Montgomery-Taylor, jetzt Mrs. Williams, antwortet: »Wir wussten nicht, was wir sonst mit dir tun sollten, mein Engel. Du wolltest einfach nicht auf uns hören.«

»Und machen Sie das jetzt auch so, mit den anderen Kindern? Mit den Kindern in Ihrer Obhut?«

Doch Mrs. Montgomery-Taylor, jetzt Mrs. Williams, war schon immer gerissen, selbst in ihrem Wahn.

»Kinder brauchen verschiedene Arten von Liebe«, erwidert sie daher. »Wir tun, was nötig ist, damit gut für sie gesorgt wird.«

Kinder sind so klein, wenn sie geboren werden. Es ist egal, ob es Jungen oder Mädchen sind. Alle sind schwach und kraftlos bei ihrer Geburt.

Allie bricht langsam auseinander. All die Gewalt in ihr hat Hunderte Male ein Ventil gefunden. Als es passiert, ist sie ruhig, treibt über dem Sturm, betrachtet das aufgewühlte Meer unter sich.

Sie setzt die Bruchstücke zusammen, arrangiert sie immer wieder neu. Wie schwer wäre es, alles in Ordnung zu bringen? Untersuchungen und Pressekonferenzen und Eingeständnisse. Mrs. Montgomery-Taylor wird nicht die Einzige sein. Wahrscheinlich sind es mehr, als sie zählen kann. Ihr eigener Ruf wird darunter leiden. Alles wird ans Licht kommen: ihre Vergangenheit, ihre Geschichte, all die Lügen und Halbwahrheiten. Sie könnte Mrs. Montgomery-Taylor unauffällig versetzen lassen. Vielleicht würde sie sogar einen Weg finden, sie töten zu lassen, doch sie bloßzustellen hieße, alles zu enthüllen. Wenn sie das hier ausmerzt, merzt sie sich selbst aus. Ihre eigenen Wurzeln sind bereits verfault.

Ab hier spaltet sich ihr Geist von allem ab. Eine Zeit lang ist sie nicht hier. Die Stimme versucht, sich Gehör zu verschaffen, doch das Heulen des Windes in ihrem Kopf ist zu laut, die anderen Stimmen zu vielfältig. Eine Zeit lang spielt sich in ihrem Geist der Krieg aller gegen alle ab. Er kann nicht standhalten.

Nach einer Weile fragt sie die Stimme: Fühlt es sich so an, wie du zu sein?

Und die Stimme sagt: Verdammt noch mal, ich habe dir doch gesagt, du sollst es nicht tun. Du hättest dich niemals mit dieser Monke anfreunden sollen. Das habe ich dir gesagt, und du hast nicht auf mich gehört. Sie war nur eine Soldatin. Wofür brauchtest du eine Freundin? Du hattest doch mich, ich war immer da.

Allie antwortet: Ich hatte nie irgendwas.

Die Stimme sagt: Und was jetzt? Wo du doch so schlau bist?

Allie antwortet: Was ich schon lange fragen wollte – wer bist du? Bist du die Schlange?

Die Stimme sagt: Oh, du glaubst, weil ich fluche und dir sage, was du tun sollst, muss ich der Teufel sein?

Der Gedanke kam mir. Also, wie soll ich jetzt entscheiden, welche Seite gut und welche schlecht ist?

Die Stimme holt tief Luft. Das hat Allie noch nie von ihr gehört.

Hör zu, antwortet die Stimme, wir sind an einem schwierigen Punkt angelangt, das gebe ich zu. Manche Dinge hättest du nie erfahren sollen, und jetzt hast du sie erfahren. Mein einziger Zweck war, die Dinge für dich einfach zu halten, verstehst du? Das ist es, was du wolltest. Einfach bedeutet Sicherheit. Gewissheit bedeutet Sicherheit.

Ich weiß nicht, ob es dir bewusst ist, fährt die Stimme fort, aber du liegst gerade auf dem Boden in einem Büro, mit dem Telefonhörer unter dem rechten Ohr, und hörst dem Tuten in der Leitung zu, und du zitterst am ganzen Leib. Irgendwann wird jemand hereinkommen und dich so finden. Du bist eine mächtige Frau. Wenn du nicht bald zurückkehrst, wird etwas Schlimmes geschehen.

Deshalb gebe ich dir einen Spickzettel. Vielleicht verstehst du ihn, vielleicht nicht. Deine Frage ist ein Fehler. Wer ist die Schlange und wer die Heilige Mutter? Wer ist schlecht, und wer ist gut? Wer hat den anderen überredet, den Apfel zu essen? Wer hat die Macht und wer nicht? Das sind alles falsche Fragen.

Denn es ist viel komplizierter, Schätzchen. Das ist es immer. Es gibt keine Abkürzungen. Nicht zum Verständnis und nicht zum Wissen. Man kann niemanden in eine Schublade stecken. Schau mal, selbst ein *Stein* ist anders als alle anderen Steine. Daher weiß ich nicht, weshalb ihr alle denkt, dass man *Menschen* mit einfachen Worten einordnen könnte, dass ihr glaubt, alles zu wissen. Aber die meisten Menschen können so nicht leben, nicht einmal übergangsweise. Sie sagen: Nur außergewöhnliche Menschen können die Grenzen überqueren. Die Wahrheit ist: Jeder kann es. Doch nur außergewöhnliche Menschen ertragen es, den Dingen ins Auge zu sehen.

Hör zu, ich bin nicht einmal real. Oder zumindest nicht das, was du dir unter »real« vorstellst. Ich bin hier, um dir zu sagen, was du hören willst. Aber die *Dinge*, die ihr Menschen haben wollt, die sage ich dir.

Vor langer Zeit, fährt die Stimme fort, kam ein anderer Prophet, um mir zu sagen, dass Menschen, mit denen ich mich angefreundet hatte, einen König wollten. Ich habe ihnen gesagt, was ein König tun würde. Er würde ihre Söhne zu Soldaten machen und ihre Töchter zu Köchinnen – wenn die Töchter Glück hatten, nicht wahr? Er würde Steuern auf ihr Getreide und ihren Wein und ihre Kühe erheben. Das waren keine Menschen mit iPad, verstehst du? Getreide, Wein und Kühe waren alles, was sie hatten. Ich habe gesagt: Ein König wird euch im Prinzip zu Sklaven machen, und heult euch dann nicht hinterher bei mir aus. Das tun Könige einfach.

Was soll ich dir sagen? Willkommen bei der menschlichen Rasse. Ihr Menschen wolltet immer so tun, als sei alles so einfach, selbst zu eurem eigenen Nachteil. Sie wollten immer noch einen König.

Allie fragt: Willst du mir damit sagen, dass es hier keine richtige Entscheidung gibt?

Die Stimme antwortet: Die gab es noch nie, Schatz. Das ganze Konzept, zwischen zwei Dingen wählen zu müssen, ist das Problem.

Allie fragt: Was soll ich dann tun?

Die Stimme sagt: Hör zu, ich will ganz ehrlich zu dir sein: Mein Optimismus hinsichtlich der menschlichen Rasse ist auch nicht mehr das, was er einmal war. Es tut mir leid, dass ich es dir nicht mehr einfach machen kann.

Allie sagt: Es wird dunkel.

Die Stimme antwortet: Ja, das wird es.

Allie sagt: Nun, ich verstehe, was du mir sagen willst. Es war nett, mit dir zu arbeiten.

Die Stimme antwortet: Gleichfalls. Wir sehen uns auf der anderen Seite.

Mother Eve öffnet die Augen. Die Stimmen in ihrem Kopf sind verschwunden. Sie weiß, was sie zu tun hat.

Die Qualen des Sohnes, eine weniger wichtige kultische Statue. Etwa ähnliches Alter wie die Abbildungen der Heiligen Mutter auf Seite 45.

Das Telefon auf dem Schreibtisch von Margots Assistentin klingelt.

Sie ist in einem Meeting. Die Assistentin erklärt der Stimme am anderen Ende der Leitung, dass Senatorin Cleary gerade nicht zu sprechen sei, aber man gern eine Nachricht hinterlassen dürfe.

Senatorin Cleary sitzt in einem Meeting mit NorthStar Industries und dem Verteidigungsministerium. Man will ihren Rat. Sie ist jetzt wichtig. Der Präsident hört ihr zu. Senatorin Cleary darf nicht gestört werden.

Die Stimme am anderen Ende der Leitung spricht weiter.

Man setzt Margot auf die cremefarbene Couch in ihrem Büro, als sie es ihr erzählen.

»Senatorin Cleary, wir haben schlechte Neuigkeiten.«

»Die UNO hat sich gemeldet; man hat sie im Wald gefunden. Sie ist noch am Leben, ganz knapp. Sie hat schwere Verletzungen erlitten. Wir wissen nicht, ob sie es schafft.«

»Wir denken, wir wissen, was geschehen ist. Der Mann ist bereits tot.«

»Es tut uns so leid, Senatorin. So furchtbar leid.«

Margot verliert den Halt.

Ihre eigene Tochter. Die vor langer Zeit ihre Fingerspitzen auf die Handfläche ihrer Mutter gelegt und ihr die Gabe weitergegeben hatte. Die einst ihre kleine, winkende Hand um Margots Daumen geschlungen und so fest zugepackt hatte, dass Margot zum ersten Mal wusste, dass sie die Starke war. Immer würde sie versuchen, diesen kleinen Krümel vor allem Unheil zu schützen. Das war ihre Aufgabe.

Als Jocelyn drei war, erforschten sie den Apfelhain auf der Farm ihrer Eltern, Mutter und kleine Tochter, mit der langsamen Konzentriertheit, mit der eine Dreijährige jedes Blatt und jeden Stein und jeden Stock untersucht. Es war Spätherbst, das Fallobst begann gerade erst zu vergären. Jos ging in die Hocke, drehte einen der braunen Äpfel um, und ein Schwarm Wespen stieg auf. Margot hatte seit ihrer Kindheit panische Angst vor Wespen. Sie packte Jos und zog sie an sich, hob sie hoch und rannte mit ihr zum Haus. Jos ging es gut, sie war unversehrt. Margot jedoch stellte fest, als sie wieder bequem auf der Couch saßen, dass sie sieben Mal gestochen worden war, ihren ganzen rechten Arm entlang. Sie hatte es nicht einmal gespürt. Das war ihre Aufgabe.

Sie erzählt ihnen diese Geschichte, stöhnend, unzusammenhängend. Sie kann nicht aufhören, diese Geschichte zu erzählen, als ob sie dadurch in der Zeit zurückreisen und Jocelyn vor dem Unheil schützen könnte, das ihr begegnet ist.

Margot sagt: »Was können wir tun, damit so etwas nicht passiert?«

Sie antworten der Senatorin, dass es bereits geschehen ist.

Margot präzisiert: »Nein, was können wir tun, damit so etwas nicht mehr passiert?«

Eine Stimme spricht in Margots Kopf: Von hier aus kommst du nicht an diesen Punkt.

Plötzlich sieht sie es deutlich vor sich, den Baum der Kraft. Von den Wurzeln bis zu den Spitzen, die sich verzweigenden Äste. Natürlich, der alte Baum steht immer noch. Es gibt nur eine Möglichkeit – nämlich alles in Stücke zu sprengen.

In einem Postfach im ländlichen Idaho wartet ein Umschlag sechsunddreißig Stunden darauf, abgeholt zu werden. Er ist gelb und gefüttert, etwa so dick wie drei Taschenbücher und klappert, wenn man ihn schüttelt. Der Mann, der deshalb zum Postamt geschickt wird, befühlt ihn misstrauisch. Kein Absender, doppelt verdächtig. Doch er enthält keine feste Masse, die auf eine selbst gebastelte Bombe hindeuten würde. Er schlitzt den Umschlag am Rand mit einem Taschenmesser auf, um sicherzugehen. Acht unentwickelte Filmrollen fallen nacheinander in seine Hand. Er wirft einen genaueren Blick in den Umschlag. Notizbücher und USB-Sticks.

Er blinzelt. Er ist kein kluger Mann, auch wenn er gerissen ist. Er zögert einen Moment, es könnte sich ja schließlich auch um irgendeinen Mist von Männern handeln, die eher verrückt als unzufrieden sind. Sie haben schon genug Zeit mit sinnlosem Müll verschwendet, von dem irgendwelche Kerle behauptet haben, er repräsentiere den Beginn der neuen Ordnung. UrbanDox persönlich hat ihn getadelt, dass er Post mit zurückgebracht hat, die Ortungsgeräte in selbst gebackenen Muffins enthalten könnte, oder so seltsame Dinge wie Jockeyshorts und Gleitgel. Er zieht ein paar Notizen aus dem Umschlag und liest die saubere Handschrift.

»Zum ersten Mal seit meinem Aufbruch aus der Stadt hatte ich heute Angst.«

Er sitzt in seinem Pick-up und denkt nach. Andere hat er

ohne zu zögern weggeworfen, die er eigentlich zurückbringen hätte müssen.

Schließlich fällt ihm ein, dass auf den Filmen oder den USB-Sticks ja auch Nacktfotos enthalten sein könnten. Sie sich anzuschauen kann ja nicht schaden.

Er schiebt alles zurück in den Umschlag. Kann ja nicht schaden.

Mother Eve sagt: »Wenn eine Masse mit einer Stimme spricht, bedeutet das Stärke und Macht.«

Die Menge brüllt ihre Zustimmung.

»Wir sprechen jetzt mit einer Stimme«, fährt sie fort. »Wir sind ein Geist. Und wir appellieren an Amerika, sich uns im Kampf gegen den Norden anzuschließen!«

Mother Eve hält die Hände in die Höhe, um für Ruhe zu sorgen, wobei die Augen in ihren Handflächen sichtbar werden.

»Wird die größte Nation der Erde, das Land, in dem ich geboren wurde und aufgewachsen bin, zuschauen, während unschuldige Frauen abgeschlachtet werden und die Freiheit zerstört wird? Werden sie stumm zusehen, während wir verbrennen? Wenn sie uns im Stich lassen, wen ignorieren sie als Nächstes? Ich rufe die Frauen in der ganzen Welt an, Zeugnis abzulegen von dem, was hier passiert. Legt Zeugnis ab und seht, was euch auch blühen kann. Wenn in eurer Regierung Frauen sitzen, macht sie verantwortlich, fordert sie auf, etwas zu tun.«

Ordenswände sind dick, und Ordensfrauen sind klug, und als Mother Eve sie warnt, dass die Apokalypse bevorsteht und nur die Rechtschaffenen gerettet werden, kann sie der Welt eine neue Ordnung befehlen.

Das Ende allen Fleisches ist nahe, denn die Erde ist voller Gewalt. Baut eine Arche.

Es wird einfach sein. Genau so wollen sie es.

Die Tage vergehen, während Jocelyn sich erholt. Während sich herausstellt, dass sie nicht wieder völlig gesund werden wird. Während sich etwas in Margots Herzen verhärtet.

Bei einem Fernsehauftritt spricht sie über Jos' Verletzungen. »Terrorismus kann überall zuschlagen, egal ob daheim oder im Ausland. Das Wichtigste ist, dass unsere Feinde im In- und Ausland wissen, dass wir stark sind und zurückschlagen werden.«

Sie blickt direkt in die Kamera und fährt fort: »Wer auch immer ihr seid, wir werden zurückschlagen.«

In Zeiten wie diesen kann sie es sich nicht leisten, schwach zu erscheinen.

Kurz darauf trifft die Drohung einer Extremistengruppe ein. Irgendwie sind sie an Bilder aus der Republik der Frauen gekommen. Haben sie überall im Internet hochgeladen und sagen, ein Typ hätte sie aufgenommen, der doch bekanntlich seit mehreren Wochen tot ist. Furchtbare Bilder. Wahrscheinlich mit Photoshop bearbeitet, das kann nicht echt sein. Sie stellen nicht einmal Forderungen, verbreiten nur Wut und Angst und drohen mit Anschlägen, bis endlich etwas – Gott, keine Ahnung, Margot –, bis endlich etwas getan wird, vermute ich. Der Norden bedroht Bessapara deshalb bereits mit Raketen.

Margot sagt: »Wir sollten etwas tun.«

Der Präsident antwortet: »Ich weiß nicht. Ich habe das Gefühl, ich sollte eine versöhnende Hand ausstrecken.«

Margot beharrt: »Glauben Sie mir, in Zeiten wie diesen müssen Sie stärker als je zuvor erscheinen. Ein starker Anführer. Wenn diese Nation unsere selbst gezüchteten Terroristen unterstützt und radikalisiert hat, müssen wir ihr eine Botschaft schicken. Die Welt muss wissen, dass die Vereinigten Staaten keine Gnade zeigen werden. Wer uns einen Schlag verpasst, wird mit zweien bestraft werden.«

»Ich kann Ihnen gar nicht sagen, wie sehr ich Sie respektiere, Margot, dafür, wie Sie sich aufrecht halten bei allem, was passiert ist.«

»Mein Land steht an erster Stelle. Wir brauchen eine starke Führung.«

Laut Vertrag steht ihr ein Bonus zu, wenn NorthStar dieses Jahr über fünfzigtausend Soldatinnen in die Welt entsendet. Mit der Summe könnte sie sich eine private Insel kaufen.

Der Präsident sagt: »Sie wissen, es kursieren Gerüchte, dass sie chemische Waffen aus Sowjetbeständen zur Verfügung haben.«

Und Margot denkt: Brennt doch einfach alles nieder.

Ein weitverbreiteter Gedanke in diesen Tagen ist, dass fünftausend Jahre eigentlich keine lange Zeit sind. Etwas wurde begonnen, das jetzt seinen Abschluss finden muss. Wenn ein Mensch in die falsche Richtung abgebogen ist, muss er dann nicht zurückgehen? Schließlich haben wir das alles bereits schon mal durchgemacht. Wir können es noch einmal schaffen. Anders, besser. Das alte Haus niederreißen und von vorne beginnen.

Historiker sprechen von diesem Moment als »Spannungen« und »globaler Instabilität«. Sie postulieren »die Wiederauferstehung alter Strukturen« sowie »die Inflexibilität existierender Glaubensvorstellungen«. Die Kraft findet ihren Weg. Sie reagiert auf Menschen, und Menschen reagieren auf sie.

Wann existiert die Kraft? Nur in dem Moment, in dem sie ausgeübt wird. Für eine Frau mit einem Strang sieht alles nach einem Kampf aus.

UrbanDox sagt: Tut es.

Margot sagt: Tut es.

Awadi-Atif sagt: Tut es.

Mother Eve sagt: Tut es.

Kann man den Blitz zurückrufen? Oder kehrt er von allein in die Hand zurück?

Roxy sitzt mit ihrem Vater auf dem Balkon und blickt auf das Meer. Ein schöner Gedanke, dass, egal was passiert, das Meer immer da sein wird.

»Also, Dad, das hast du ganz schön vergeigt, was?«

Bernie mustert seine Hände. Roxy erinnert sich noch, als diese Hände ihr mehr Angst eingejagt haben als alles andere.

»Ja«, meint er. »Schätze schon.«

Roxy sagt lächelnd: »Hast deine Lektion gelernt, oder? Machst es beim nächsten Mal anders?«

Beide lachen. Bernie legt den Kopf in den Nacken, sodass seine nikotinfleckigen Zähne sichtbar werden mitsamt ihren Füllungen.

»Ich sollte dich wirklich umlegen, weißt du.«

»Ja, das solltest du. Kannst es dir nicht leisten, weich zu sein, Mädchen.«

»Das sagen mir alle. Vielleicht habe ich ja *meine* Lektion gelernt. Hat auch lange genug gedauert.«

Ein Blitz zuckt über den Horizont. Rosa und braun, auch wenn es kurz vor Mitternacht ist.

»Was Nettes gibt es auch zu erzählen«, fährt sie fort. »Ich habe da einen Typen kennengelernt.«

»Ach ja?«

»Ist noch früh und auch ziemlich kompliziert, so wie es gerade auf der Welt aussieht. Aber ja, vielleicht. Ich mag ihn. Er mag mich.« Sie lacht ihr altes raues Lachen. »Ich habe ihn aus einem Land voller verrückter Frauen gebracht, die ihn töten wollten, und ich besitze einen Bunker unter der Erde, es ist also klar, warum er mich mag.«

»Enkelkinder?«, fragt Bernie hoffnungsvoll.

Darrell und Terry sind tot. Ricky wird sich in diesem Bereich nie wieder betätigen können.

Roxy zuckt mit den Schultern. »Vielleicht. Irgendjemand muss das alles hier ja überleben, nicht wahr?«

Ihr kommt ein Gedanke. Sie lächelt. »Wenn ich eine Tochter hätte, wäre sie bestimmt richtig, richtig stark.«

Sie trinken noch ein Bier, bevor sie wieder hinuntergehen.

Apokryphen aus dem Buch Eve

Gefunden in einer Höhle in Kappadokien, etwa 1500 Jahre alt.

Die Gestalt der Kraft ist immer dieselbe: Sie ist grenzenlos, komplex, verzweigt sich ins Unendliche. Wenn sie lebendig ist wie ein Baum, wächst sie; wenn sie sich zurückhält, ist sie vielfältig. Ihre Richtung ist unvorhersehbar, sie gehorcht ihren eigenen Gesetzen. Niemand kann die Eichel beobachten und jede Ader in jedem Blatt der Eichenkrone definieren. Je näher man hinsieht, desto vielfältiger wird es. Es ist immer komplexer, als man denkt. Wie die Flüsse, die ins Meer fließen, wie der einschlagende Blitz ist sie unzüchtig und entfesselt.

Ein Mensch wird nicht von seinem Willen geschaffen, sondern durch denselben organischen, unfassbaren, unvorhersehbaren, unkontrollierbaren Prozess, der die Blätter im Frühjahr austreibt, kleine Knospen aus den Zweigen wachsen und die Wurzeln in der Erde in einem Labyrinth Fuß fassen lässt.

Kein Stein gleicht dem anderen.
Alles hat nur die Gestalt, die ihm innewohnt.
Jeder Name, den wir uns geben, ist falsch.
Unsere Träume sind realer als unser Leben.

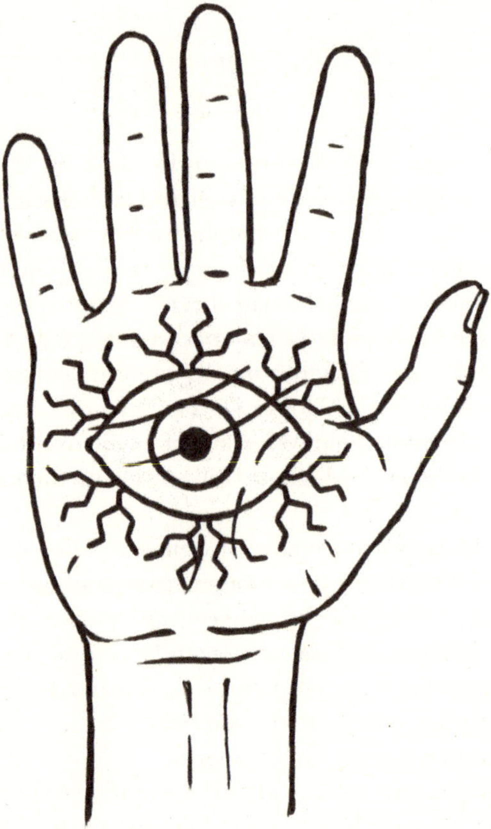

Lieber Neil,

wow! Als Erstes muss ich sagen, ich mag deine listige und wortgewandte Mother Eve. Ich habe so etwas schon mal im Untergrundzirkus gesehen, und ich war sehr beeindruckt. Eine dieser Frauen hat es geschafft, dass meine Hand allen im Raum zugewinkt hat, und selbst Selim konnte danach kaum glauben, dass ich es nicht selbst getan hatte. Ich vermute, dass viele Begebenheiten in den alten Schriften auf so eine Fähigkeit zurückzuführen sind. Und ich verstehe, was du mit Tunde gemacht hast – ich bin mir sicher, so etwas ist im Lauf der Zeit unzähligen Männern passiert.

Frauen ernten die Lorbeeren für Leistungen, hinter denen eigentlich Männer stehen. Männer helfen ihren Frauen, Schwestern oder Müttern, Großes zu erschaffen, und werden nicht dafür gewürdigt. Oder man beraubt sie ganz einfach ihrer Ideen und Arbeiten.

Doch ich habe auch ein paar Fragen. Die männlichen Soldaten am Anfang … ich weiß, dass du mir gleich sagen wirst, dass bei früheren Ausgrabungen Statuen von männlichen Kriegern gefunden wurden. Doch hier sehe ich ein Problem. Waren das vielleicht nicht einfach nur abgeschiedene Zivilisationen? Eine oder zwei unter Millionen? Man hat uns in der Schule beigebracht, dass Männer zur Erbauung von Frauen kämpfen mussten. Wahrscheinlich werden das viele deiner Leser im Kopf haben bei deinen Szenen, in denen Männer Soldaten in Indien oder Arabien sind. Oder diese streitlustigen Männer, die einen Krieg heraufbeschwören wollen! Männerbanden, die Frauen wegen Sex gefangen halten … manche von uns haben deswegen ja die wildesten Fantasien! (Darf ich, soll ich eingestehen, dass ich, während ich daran denke … Nein, ich kann es nicht sagen.) Doch das bin nicht nur ich, mein Lieber. Ein ganzes Heer aus Männern in Armeekleidung oder Polizeiuniformen ruft in den meisten Menschen leider wirklich Gedanken an einen sexuellen Fetisch hervor.

Du hast wahrscheinlich dasselbe wie ich in der Schule gelernt. Die Verheerung traf ein, nachdem diverse verschiedene Lager in der alten Welt nicht zu einer Einigung kamen und deren Anführer dummerweise dachten, sie könnten einen globalen Krieg gewinnen. Das hast du ja eingebaut, ebenso wie die Nuklear- und Chemiewaffen. Und natürlich die Auswirkungen der elektromagnetischen Kämpfe auf die damaligen Datenspeichergeräte.

Aber unterstützt die Geschichte wirklich die Vorstellung, dass Frauen erst kurz vor der Verheerung einen Strang ausbildeten? Ich weiß von den Frauenstatuen ohne Strang aus der Zeit vor der Verheerung, die gelegentlich gefunden werden, doch das könnte auch einfach nur auf künstlerischer Freiheit beruhen. Es ergibt sicher mehr Sinn, dass Frauen den Krieg heraufbeschworen haben. Mein Gefühl sagt mir – und deines dir hoffentlich auch –, dass eine von Männern geführte Welt freundlicher wäre, netter, liebevoller und fürsorglicher. Hast du an die evolutionspsychologischen Aspekte gedacht? Männer haben sich zu starken Erbauern und Bewahrern des eigenen Hauses entwickelt, während Frauen, weil sie ihre Kinder schützen mussten, aggressiver und gewalttätiger wurden. Die wenigen unvollkommenen Patriarchate, die jemals in der Menschheitsgeschichte existiert haben, waren sehr friedlich.

Ich weiß, du wirst mir antworten, dass weiches Gewebe nicht lange überdauert und dass wir fünftausend Jahre alte Leichen schlichtweg nicht auf Stränge untersuchen können. Aber sollte dir das nicht auch eine Verschnaufpause gewähren? Löst deine Inter-

pretation Probleme, die das Standardmodell der Weltgeschichte bisher nicht lösen konnte? Ich gestehe dir voll und ganz zu, dass es eine schlaue Idee ist. Und auf jeden Fall wert, sie mal durchzuspielen, einfach nur zum Spaß. Aber ich weiß nicht, ob es deiner Sache nützt, eine These aufzustellen, die nicht unterstützt oder bewiesen werden kann. Du wirst mir vielleicht sagen, dass es nicht die Aufgabe von Geschichts- oder Romanschreibung ist, eine Sache voranzutreiben. Oje, jetzt diskutiere ich schon mit mir selbst. Ich warte einfach auf deine Antwort. Und bitte versteh mich nicht falsch, ich möchte dich nur auf ein paar Sachen hinweisen, bevor es die Kritiker tun!

Alles Liebe,
Naomi

Teuerste Naomi,

zuerst einmal danke ich dir, dass du die Zeit und die Mühen auf dich genommen hast, das Manuskript zu lesen. Ich hatte Angst, dass es eigentlich unverständlich ist – ich selbst verstehe es leider wirklich nicht mehr.

Ich muss sagen, ich … halte nicht viel von Evolutionspsychologie, zumindest in Geschlechterfragen. Ob Männer von Natur aus friedlicher und fürsorglicher sind als Frauen … das soll der Leser entscheiden. Doch denk mal darüber nach: Sind Patriarchate friedlicher, weil Männer friedlicher sind? Oder erlauben friedlichere Gesellschaften Männern eher, an die Spitze aufzusteigen, weil diese weniger Wert auf die Gewaltbereitschaft legen? Ich frage nur.

Hm, was wolltest du noch wissen … ah, die männlichen Soldaten. Ich kann dir Bilder von Hunderten von Statuen oder Fragmenten von männlichen Kriegern schicken, die auf der ganzen Welt ausgegraben wurden. Und wir wissen, wie viele Gesellschaften versucht haben, alle Spuren vorheriger Zivilisationen zu tilgen – allein die Zahl derjenigen, von denen wir wissen, geht in die Tausende. Wir finden so viele zerstörte Statuen und Schnitzereien, so viele Steine, deren Beschriftung ausgelöscht wurde. Stell dir nur vor, wie viele Statuen von männlichen Kriegern es gäbe, wenn man sie nicht zerstört hätte. Wir können sie interpretieren, wie wir wollen, doch es ist eine Tatsache, dass es vor fünftausend Jahren sehr viele männliche Soldaten gab. Die Menschen wollen es nur nicht glauben, weil es nicht zu ihren Überzeugungen passt.

Und ob du es für nachvollziehbar hältst, dass Männer Soldaten sein können, oder was deine sexuellen Fantasien über Horden von uniformierten Männern angeht … dafür kannst du mich nicht verantwortlich machen, N.! Ich verstehe, worauf du hinauswillst, manche werden das sicher als billigen Porno lesen. Das ist leider kaum vermeidbar, wenn man eine Vergewaltigungsszene einbaut. Ernsthaft interessierte Leute werden das aber sicher durchschauen.

Oh, und noch eine Frage: »Aber unterstützt die Geschichte wirklich die Vorstellung, dass Frauen erst kurz vor der Verheerung einen Strang ausbildeten?« Ja, das tut sie. Außer man ignoriert Unmengen an archäologischen Nachweisen. Das habe ich versucht, in meinen bisherigen Geschichtsbüchern zu vermitteln, aber wie du weißt, glaube ich nicht, dass das irgendjemanden interessiert hat.

Ich weiß, dass du es nicht so überheblich gemeint hast, wie es klingt, doch für mich ist das nicht »nur zum Spaß«. Wie wir über unsere Vergangenheit denken, zeigt, was wir heute für möglich halten. Wenn wir an denselben alten Vorstellungen über die Vergangenheit festhalten, auch wenn es offensichtliche Beweise gibt, dass nicht alle Zivilisationen unsere Vorstellungen teilten … leugnen wir, dass sich überhaupt irgendetwas ändern kann.

O Gott, ich weiß auch nicht. Jetzt, da ich es niedergeschrieben habe, bin ich noch unsicherer. Hast du woanders Dinge gelesen, die du hier vermisst? Vielleicht kann ich sie noch einarbeiten.

Vielen, vielen Dank noch mal, dass du das Buch gelesen hast. Das bedeutet mir wirklich viel. Wenn deines fertig ist – und es wird wieder ein Meisterwerk! –, schulde ich dir zu jedem Kapitel einen ausführlichen Kommentar.

Alles Liebe,
Neil

Lieber Neil,

natürlich habe ich »Spaß« nicht im Sinne von »trivial« oder »dumm« gemeint. Ich hoffe, du weißt, dass ich niemals so von deiner Arbeit denken würde. Dazu habe ich schon immer viel zu viel Respekt vor dir.

Aber da du gefragt hast … für mich stellt sich eine offensichtliche Frage. Was du geschrieben hast, widerspricht so vielen der Geschichtsbücher, die wir als Kinder gelesen haben; und diese basieren auf Auffassungen, die man seit Hunderten, wenn nicht gar Tausenden von Jahren vertritt. Was ist deiner Meinung nach passiert? Willst du wirklich andeuten, dass jeder in so monumentalem Umfang hinsichtlich der Vergangenheit gelogen hat?

Alles Liebe,
Naomi

Liebe Naomi,

danke, dass du so schnell geantwortet hast! Um auf deine Frage einzugehen: Ich weiß nicht, ob ich andeuten muss, dass jeder gelogen hat.

Natürlich liegen uns keine Originalmanuskripte vor, die älter als tausend Jahre sind. Die Bücher aus der Zeit vor der Verheerung wurden seither unzählige Male abgeschrieben. Dabei können viele Fehler passieren. Und nicht nur diese. Jeder Schreiber kann den Text nach seinen eigenen Vorstellungen anpassen. Über zweitausend Jahre lang erstellten ausschließlich Nonnen in Orden Abschriften. Es ist sicherlich nicht weit hergeholt, dass sie eher solche Bücher abschrieben, die ihren Standpunkt vertraten. Alle anderen ließen sie verrotten. Warum sollten sie auch Bücher kopieren, in denen die Männer stärker und die Frauen schwächer waren? Das wäre Ketzerei, und sie wären dafür verdammt worden.

Das ist das Problem mit der Vergangenheit. Was nicht da ist, kann man nicht sehen. Man betrachtet eine leere Stelle und sieht, dass dort einmal etwas war, aber man hat keine Möglichkeit zu wissen, um was es sich dabei gehandelt hat. Ich … fülle einfach die Lücken. Das soll kein Angriff sein.

Alles Liebe,
Neil

Teuerster Neil,

ich fasse es auch nicht als Angriff auf. Es ist schwer für mich, Frauen so zu sehen, wie sie manchmal in diesem Buch dargestellt sind. Wir haben so oft darüber gesprochen. Wie sehr das »Frausein« mit

Stärke verbunden ist, keine Angst oder Schmerzen zeigen zu dürfen. Ich bin dankbar für unsere ehrlichen Gespräche. Ich weiß, dass es dir nicht immer leichtgefallen ist, Beziehungen zu Frauen aufzubauen, und ich verstehe auch warum. Ich bin so dankbar, dass wir unter diesen Voraussetzungen eine Freundschaft aufbauen konnten. Dein offenes Ohr war sehr wichtig für mich, als ich dir Dinge erzählt habe, die ich weder mit Selim noch den Kindern besprechen konnte. Die Szene, in der der Strang entnommen wird, war kaum auszuhalten.

Alles Liebe,
Naomi

Liebe Naomi,

danke dafür. Ich weiß, dass du dir Mühe gibst. Du bist eine der Guten.

Ich will mit diesem Buch wirklich etwas verbessern, N. Ich glaube, wir können besser als das hier sein. Das ist keine »natürliche Verhaltensweise« für uns. Einige der schlimmsten Ausschreitungen gegen Männer waren – zumindest meiner Meinung nach – in der Zeit vor der Verheerung niemals Frauen zugefügt worden. Vor drei- oder viertausend Jahren war es normal, neun von zehn männlichen Säuglingen zu töten. Verdammt, es gibt immer noch Gegenden, in denen männliche Föten routinemäßig abgetrieben werden. Oder ihnen werden nach der Geburt die Penisse ausgebrannt. Das kann man Frauen in der Zeit vor der Verheerung einfach nicht angetan haben. Wir haben zuvor über Evolutionspsychologie gesprochen – es hätte keinerlei evolutionstechnischen Sinn für

Kulturen gehabt, weibliche Föten im großen Umfang abzutreiben oder ihre Fortpflanzungsorgane zu verstümmeln! Weshalb es auch nicht »natürlich« für uns ist, so zu leben. Das kann nicht sein. Ich glaube das einfach nicht. Wir können einen anderen Weg einschlagen.

Die Welt ist so, wie sie ist, wegen fünftausend Jahren tief sitzender Machtstrukturen, die ihre Wurzeln in schwärzeren Zeiten haben, als das Leben noch viel gewalttätiger und das Entscheidende war: Konntest du und deine Sippe härtere Stromschläge verteilen? Doch das ist heute nicht mehr nötig. Wir können uns ganz anders sehen, sobald wir einmal verstanden haben, worauf unsere Vorstellungen basieren.

Das Geschlecht ist ein Hütchenspiel. Was ist ein Mann? Das, was eine Frau nicht ist. Was ist eine Frau? Das, was ein Mann nicht ist. Tipp darauf, und es ist hohl. Schau unter die Hütchen: nichts.

xx,
Neil

Teuerster Neil,

ich habe das ganze Wochenende darüber nachgedacht. Es gibt viel zu diskutieren, und ich finde, wir sollten uns treffen, um darüber zu sprechen. Ich habe sonst Angst, etwas zu schreiben, was du falsch verstehen könntest, und das will ich nicht. Ich weiß, dass das ein wichtiges Thema für dich ist. Ich bitte meinen Assistenten, dir ein paar Terminvorschläge für ein Mittagessen zu schicken.

Ich will nicht sagen, dass ich nicht hinter dem Buch stehe. Das tue ich wirklich. Ich will, dass es das größtmögliche Publikum erreicht.

Daher habe ich einen Vorschlag. Du hast mir erklärt, wie alles, was du tust, von deinem Geschlecht begrenzt wird. Dass diese Grenzen unüberwindlich und unsinnig sind. Jedes deiner Bücher wird der »Männerliteratur« zugeordnet. Mein Vorschlag soll also nur eine Antwort darauf sein, nichts weiter. Denn schon früher haben Männer diese speziellen Fesseln abgeschüttelt. Du wärest in guter Gesellschaft.

Neil, ich weiß, dass du diese Vorstellung wahrscheinlich verabscheuen wirst, aber hast du schon mal daran gedacht, das Buch unter einem weiblichen Pseudonym zu veröffentlichen?

Alles Liebe,
Naomi

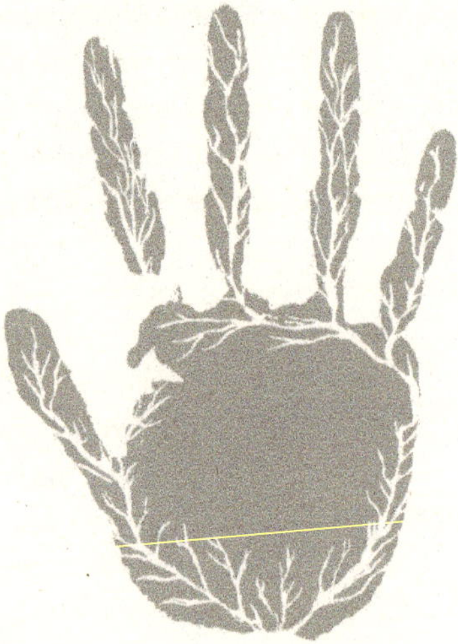

Danksagung

Mein größter Dank geht an Margaret Atwood, die bereits an dieses Buch geglaubt hat, als es noch eine Idee war, und die mir gesagt hat, dass es definitiv am Leben ist, wenn ich ins Straucheln geriet. Karen Joy Fowler und Ursula K. Le Guin, ich danke euch für die erhellenden Gespräche.

Danke auch an Jill Morrison von Rolex und Allegra McIlroy von der BBC, die diese Gespräche ermöglicht haben.

Ich danke dem Arts Council England, dem Rolex Mentor und der Protégé Arts Initiative, deren finanzielle Unterstützung mir das Schreiben dieses Buches ermöglicht hat. Ich danke meiner Lektorin bei Penguin, Mary Mount, sowie meiner Agentin Veronique Baxter, ebenso wie meiner Lektorin bei Little, Brown in den USA, Asya Muchnick.

Ein großer Dank geht an den guten Zirkel, der das Buch eines Mittwinters gerettet hat: Samantha Ellis, Francesca Segal und Mathilda Gregory. Ich danke ebenfalls Rebecca Levene, die weiß, wie man eine Story weiterentwickelt, und die für viele aufregende Elemente in diesem Buch verantwortlich ist. Vielen Dank, Claire Berliner und Oliver Meek, für die Starthilfe während des Entstehungsprozesses. Ich danke allen Leserinnen und Lesern und Kommentatorinnen und Kommentatoren, die mir Mut und Selbstvertrauen vermittelt haben, vor allem Gillian Stern, Bim Adewunmi, Andrea Phillips und Sarah Perry.

Danke für die Gespräche zur Maskulinität: Bill Thompson, Ekow Eshun, Mark Brown, Dr. Benjamin Ellis, Alex

Macmillan, Marsh Davies. Bei Seb Emina und Adrian Hon bedanke ich mich für die Gespräche zu Beginn des Schreibprozesses. Sie kennen die Zukunft, wie ich früher Gott kannte: genauso immanent und glänzend.

Ich danke Peter Watts, dass er mir bei den meeresbiologischen Fragen geholfen hat und an welcher Stelle im menschlichen Körper die elektrischen Anschlüsse beheimatet sein sollten. Außerdem danke ich der BBC Science Unit, vor allem Deborah Cohen, Al Mansfield und Anna Buckley, dass ich meine Neugier in Bezug auf Zitteraale mehr stillen durfte als erhofft.

Ich danke meinen Eltern, ebenso wie Esther und Russell Donoff, Daniella, Benjy und Zara.

Die Illustrationen in diesem Buch stammen von Marsh Davies. Der »Dienerjunge« und die »Priesterkönigin« basieren auf realen archäologischen Funden aus der alten Stadt von Mohenjo-Daro im Indus-Tal (natürlich ohne das iPad). Wir wissen nicht viel über die Kultur der Mohenjo-Daro. Manche Funde deuten darauf hin, dass diese Gesellschaft recht gleichberechtigt gewesen sein könnte. Die Archäologen hatten allerdings keinen Kontext und nannten den Kopf aus Speckstein auf Seite 295 »Priesterkönig« und die Bronzestatue auf Seite 294 »tanzendes Mädchen«. Sie werden heute noch so genannt. Manchmal denke ich, die Botschaft des Buches könnte allein mit diesen wenigen Fakten und Illustrationen erzählt werden.